U0048459

回檔1988
2

目錄頁

CONTENT

第一章

做春夢，白少爺疑似開竅了

米陽的病情時好時壞，所幸幾次發燒都沒有超過三十八度。

晚上的時候，白洛川不顧他的反對，硬是跟他擠到一張床上，寸步不離照顧著。

醫護人員每天都會過來，他們幫米陽測量體溫時都是讓白洛川最緊張的時候，他坐在旁邊眼睛一眨不眨地看著，生怕錯漏了任何一個細節。等到醫生點頭表示沒有異常，過來要為他測量時，白洛川就放鬆了許多，他的身體比米陽好很多，完全沒有受到影響。

米陽有時候會故意跟他開點玩笑，想讓他放鬆一下，但是白洛川這會兒已經分不清什麼是玩笑，什麼是真的了，米陽說什麼他都點頭答應。

米陽說：「平時都是你使喚我買零食，等我們回去之後，你幫我買一個月的麵包吧，要學校附近那家現烤出爐的牛角麵包。」

白洛川點頭道：「好。」

米陽又逗他：「買回來時要熱的才行。」

白洛川道：「好。」

米陽看他一眼，笑道：「你今天怎麼這麼好說話？」

白洛川從後面抱著他，用棉被把兩個人圍住，下巴擱在他肩膀上，認真地道：「以後我幫你買飯，幫你摺衣服，幫你買零食……你讓我做什麼都可以。」

米陽趁機要求道：「脾氣也要好一點。」

白洛川悶聲道：「我努力改。」

他這麼聽話，米陽反而有點不好意思了，「我逗你的，你平時已經幫我很多了，幫你買

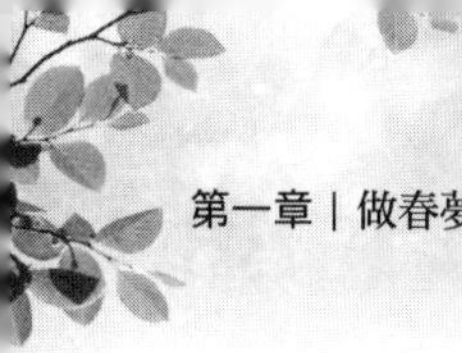

飯摺衣服什麼的都是小事，順手就能做好，反正我們一起吃飯，衣服也都放在一起。」

白洛川還是抱著他不肯放手。

米陽想了一下，道：「你把我包裡的書拿過來，我們一起看。」

白洛川這才稍微離開一點，但是很快又坐回原來的位置，和米陽一起看書。米陽包裡帶了兩本書，一本是魏賢為他找來的古籍修復專書，另外一本是隨便在家裡拿的心理勵志故事集。米陽隨手翻開那本勵志書，挑了一篇小故事看。

兩個人都不說話，低頭看書。

白洛川看書的速度比米陽快，眼睛一掃就看到上面的一句話「有些路只能一個人走」，忍不住臉色蒼白道：「不看這個了吧。」

米陽沒反應過來，「嗯？就這一本了。」

白洛川把書從他手裡抽出來，生硬道：「這書不好。」

他想隱藏什麼時，總會故意遮著，這次也不例外，用大拇指故意壓住書上的那句話，但只擋了幾個字，還是露出一些。米陽眼角餘光看到，便不爭搶，任由他把書扔到一邊。

白洛川把米陽抱在懷裡，用手腳把他圈起來，像是小時候抱玩具的模樣，悶聲道：「你哪兒也別想去。」

米陽道：「嗯，不去。」

米陽記得上一次瞧見白少爺這麼驚慌失措模樣的時候，還是在他們小時候。

那個時候魏賢剛來邊城給他們上課，對他們的學業非常看重，挑選的書單也是精心準備

的，有些書米陽甚至以前都沒有聽過。也是那一次，他和他們談到了生與死。

這個問題讓小白洛川有些無措，這是他第一次聽到關於「死」的含義，他白天一直沒說話。到了晚上，米陽和他躺在一張床上，忽然被小孩翻身抱住，聽見他結結巴巴小聲問：「爸爸和媽媽都會死嗎？」

米陽小聲道：「會的。」

小白洛川抱著他的手用力了點，又問他：「你也會嗎？」

那個時候他是怎麼回答的？好像是一邊安撫他，一邊告訴他大家都會死，還告訴他一生其實很短暫，所以要做一些開心的事才不浪費……過去太久了，反而記不真切，倒是當時那雙抱著自己努力要勇敢又忍不住微微發抖的小手印象深刻。

一如現在。

米陽嘆了口氣，頭往後仰，倒在他胸前，好一會兒才慢慢道：「你還記得魏老師剛來的時候，跟我們談過一本書，上面提到關於生命的問題嗎？」

白洛川乾巴巴道：「不記得了。」

米陽還想說，就被他飛快打斷，白洛川顯然不喜歡這個話題，語調生硬地轉移話題：「你每年參加那麼多比賽，太拚命了，像是這次的比賽，我覺得你喜歡做的手工也不是這種，為什麼一直參加啊？」

米陽道：「以前跟你說過啊，想得獎唄，獎學金不少的。」

白洛川道：「米叔叔和程阿姨有錢啊，他們可以養你。」

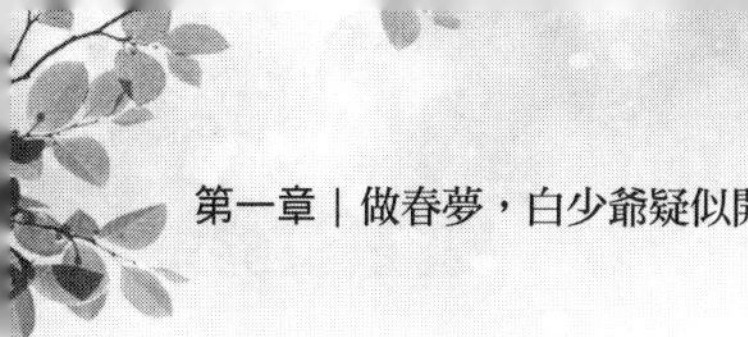

米陽笑道：「我也想幫他們減輕負擔，我家在存錢，打算把我媽那個店鋪盤下來。」

白洛川道：「那個位置可以，就是有點小。」

米陽道：「嗯，再大也買不起了。」

米陽不清楚以後拆遷規劃的情況，但是大概的商圈還是知道一些的，而且在滬市買個小商鋪絕對不會出錯，以後都是寸土寸金的地兒。那家店可以用兩層，一樓當作藥房和門診，二樓住人，相當實惠又方便。

白洛川說了一會兒藥房選地段的事，他大少爺拿著一處三十來坪的小房子紆尊降貴地說了好半天，仔細分析著，絲毫沒有厭煩，他去的次數多得簡直像自己家一樣熟悉。米陽安靜聽他說著，白洛川跟他聊半天家裡的事，連最不喜歡的米雪都聊了。

白洛川道：「我那邊有一個別人送來的飛機模型，改天就把那個送去給米雪，她不是一直吵著要看你比賽做的那個嗎？你那個做得太費勁了，別給她，把這個模型送她剛好。」

米陽笑了一聲，點頭道：「好。」

白洛川又道：「我可以再補份禮給你妹，像是玩具熊什麼的，女孩都喜歡什麼來著？」

米陽道：「芭比娃娃或者零食吧，小雪一直很想吃海棠果鋪的點心，上回我爸來京城出差帶了一份回去，她很喜歡，每天吃一個。」他嘆了口氣，看向窗外，「我本來答應她，這次回去要帶一盒給她，現在也不行了。」

白洛川道：「等你好了，我陪你去買。」

米陽笑道：「算了吧……」過陣子防控嚴格起來，很多商家都會暫停營業。白洛川的手臂猛然收緊，道：「可以的，我陪你去，我買一箱給她。」

米陽剛開始沒反應過來，聽見他語氣緊張，這才恍然大悟，白洛川是怕他失去求生的欲望。從家裡又談到他最喜歡的妹妹，生怕他放棄了這個世界一樣。

米陽是過來人，雖然有些慌張，卻沒有特別懼怕，他拍了拍白洛川的手，安撫道：「一箱太多了，小雪正在換牙，一天最多只能吃一個……」

他慢慢地接話，白洛川就沒有那麼緊張了，人也跟著放鬆了些，有一搭沒一搭繼續說下去。兩個人聲音都小，在空蕩的房間裡，窩在棉被裡互相取暖。

白洛川每天打電話給家裡報平安，駱江璟的聲音疲憊，但每次都是第一時間接起電話，詢問狀況。駱江璟前兩年力排眾議在滬市買下了一大片爛尾樓，公司為此爭議很大，有人說是燙手山芋，有人說是金娃娃，總之現在都是擱在手裡的資產，對於現金流有所影響。

白洛川知道她工作忙，簡單道：「我們再過一個多禮拜就回去了，您也照顧好自己。您別讓人來了，我們都很好，我讓小乖跟您說。」

白洛川說著，把手機遞給米陽。米陽接過去就聽到駱江璟的聲音，一如往常的溫柔：「小乖？好點沒有，要不要阿姨請個醫生去看看？」

她跟著白洛川一起喊了幾年，叫習慣了，話語裡帶著幾分親暱。

米陽連忙道：「不用了，我已經好了，今天量體溫三十六度五，只是晚上會低燒，就跟以前一樣，可能是換季的關係吧。」

駱江璟道：「我還是不放心，過兩天讓人去看看你們吧。」她同身邊的人說了幾句，似乎在簽什麼文件，才又道：「那就這麼定了，你們照顧好自己，過幾天我派司機去接你們。」

米陽答應了一聲，那邊才掛斷。

通知完一邊的家長，又打了電話給等著的程青。因為電視新聞上並沒有特別報導，程青雖然覺得有些疑惑，但沒有意識到事情的嚴重，再加上米陽說白家已經讓人前來探望了，她就沒再說自己要來，只叮囑他們注意保暖，衣服帶的不夠可以再買幾件。

程青對他們兩個很放心，米陽和白洛川還每天能和家裡通電話，她便沒太擔心。

沒過兩天，新聞又報導了幾起病人被送往醫院的消息，甚至中央電視臺在午間新聞也插播了短暫的幾十秒，氣氛變得凝重。

飯店裡的工作人員都戴上了厚厚的紗布口罩，飯菜放在門口後就迅速離開，十分畏懼他們所在的「隔離房」。走廊上每天有人拿著消毒噴霧來回噴灑，有時候還會順著門縫灑進來一些，氣味嗆鼻。原本白洛川是可以離開房間在走廊上走動一會兒的，但是現在飯店整層設置了檢道，拉了封鎖線。

從早到晚都能聽到救護車呼嘯而過的聲音，整個京城隱隱開始有了戒嚴的預兆，甚至直到京城戒嚴，駱江璟派來探望的人都沒能進來，只好戴著口罩站在樓下和白洛川通電話，把帶來的東西托人送進去。

在外面這麼嚴峻的形勢下，唯一讓白洛川感到安慰的是，米陽終於退燒了。

先前米陽晚上總會低燒上一段時間，現在他貼身照顧著，晚上一連幾次幫米陽測量體溫都在三十六度五左右。看著穩定下來沒有什麼危險，他跟著鬆了一口氣。等醫護人員來了之後，白洛川跟他們說明了情況，對方表示目前是安全的。

然而，整個飯店前後的封鎖線還在，包括部分飯店人員在內，仍舊不允許出入。

白洛川皺著眉頭看著樓下，不知為何，穿著防護服的醫護人員來的更多了。

「衛生部新聞辦公室現在通報……」

米陽看著電視新聞，聽得認真，倒是旁邊的白洛川有些煩躁地在窗邊走來走去。

下午的時候，駱江璟派來探望的人又準時到了飯店樓下。

很快兩袋東西送上來，吃穿用什麼都不缺，而且都是準備的雙份。

駱江璟這兩天的電話少了，可是派來探望他們的人來得更勤快了，基本上每天兩趟，今天把東西送上來後，在飯店樓下打電話詢問白洛川道：「還有需要什麼嗎？什麼都可以，駱總說了，她讓我盡量滿足你們一切需要。」

白洛川一時想不出要什麼，轉頭問米陽道：「你有什麼想要的沒有？」

米陽想了一下，搖了搖頭。

白洛川就對那人道：「就剩最後幾天隔離了，不用再送東西來。」

駱江璟的電話是在第二天下午到的，她聲音裡帶著疲憊和緊繃，對白洛川道：「洛川，你站在窗前往外面看，能看到媽媽嗎？」

白洛川愣了一下，趕緊去落地窗前往外看。空蕩蕩的庭院，停了一輛熟悉的黑色轎車，身材高挑的女人穿著厚厚的風衣站在那裡仰頭看著，還試著揮了揮手。兩邊離得太遠了，並

不能看清楚彼此，白洛川只看到她臉上戴著厚厚的口罩，遮擋得嚴實。

他點點頭道：「能看到。」

駱江璟道：「你聽媽媽說，有一個好消息和一個壞消息，壞消息是飯店裡送去醫院的那位病人確診了，已經送去加護病房，你們還要繼續被隔離一段時間。好消息是你們兩個都沒有發熱的跡象，而且快要滿十五天的隔離期，媽媽幫你們申請在家隔離……只是和人群分開，做一些預防。我們先去醫院檢查登記，沒事的，媽媽陪著你們。」

白洛川點點頭道：「知道了，我這就去準備。」

駱江璟又道：「你把電話給小乖，媽媽跟他說兩句話。」

白洛川答應了一聲，把手機給了米陽，自己轉身去收拾行李。

米陽接起來，聽到駱江璟輕聲勸慰道：「小乖，你媽媽很掛念你，本來堅持要來京城，是我攔住了，讓她不要來的。你家裡還有一個妹妹，如果不小心照顧肯定會生病，你媽媽很辛苦，你可以體諒她嗎？」

米陽一開始只盼著白洛川也離開這裡，並沒有想家人來這，更沒料到駱江璟會親自來一趟，忙道：「當然，駱阿姨，我之前打電話回家說過了，您也幫忙勸勸我媽，我能照顧自己。您不該來的，工作很累了，還專門跑一趟，其實我們過幾天就能回家了……」

米陽是知道半年內就能控制住疫情，所以沒有太多的懼怕。駱江璟只當他年紀還小，在學校裡被保護得很好，像白紙一樣單純，但是這個時候的聽話也好過畏懼，她道：「一會兒你跟著洛川下來，阿姨帶你們去醫院。」

米陽道：「好。」

駱江璟滿意道：「你是個好孩子，有什麼要的就跟我說，知道嗎？」

米陽點點頭，道：「謝謝駱阿姨，我知道了。」

米陽掛了電話，白洛川已經收拾好東西，只帶了必要的，其餘的都丟在飯店。

救護車來得晚，駱江璟打電話給他們，不斷安撫著孩子們。

白洛川道：「您快回去吧，真沒什麼事，我們今天都測過體溫，沒有發燒。」

駱江璟忙碌多日，又站在寒風裡，整個人像是快要昏倒了，蒼白著臉道：「媽媽不累，你再看我一會兒。」

白洛川道：「外面冷，站久了會感冒的。」

她這才肯坐回車裡去。

不多時，救護車來了，白洛川和米陽兩個人走下樓，他們並沒有跟駱江璟說上一句話，雙方都戴著口罩，隔著封鎖線彼此點了點頭，算是打過招呼。米陽和白洛川被醫護人員送去了救護車上，駱江璟的視線一直追著兩個孩子的身影，等救護車開走，她立刻回到車上，一路跟著救護車去了醫院。

醫院檢測的地方在另一棟樓，雖然沒有傳染科那麼嚴格，但也不好隨意進入，駱江璟穿了一套防護服只能跟到門口，她隔著一道玻璃門看著他們進去做檢測，只能點點頭用鼓勵的眼神看著兩個孩子。

白洛川的檢查很快就完成，米陽因為之前低燒，檢查完後又被醫生再次叫了進去。

米陽轉身回去的時候，白洛川嚇得站起來。

駱江璟被他嚇了一跳，看他臉色蒼白，安撫道：「沒事的，小乖很快就出來。」不知道隔著玻璃門白洛川聽到了沒有，他還是站在那裡，一動不動地等著。

駱江璟也皺眉看著醫護室。

米陽很快就出來了，戴著口罩的他對他們點了點頭，白洛川這才鬆了一口氣。

駱江璟把一顆提起來的心放回原位，不過幾分鐘的時間，她額頭上都嚇出了冷汗。

兩個人在那邊等著，駱江璟去幫他們開了健康證明。

白洛川與米陽並肩坐著，不安地伸手抓著他的手腕，生怕米陽要去什麼地方似的。米陽抽了一下，他力氣更大了，低聲道：「別動。」

米陽伸手去扳了一下他的手指，「你這樣我不舒服。」

白洛川垂著眼睛半天沒說話，手抓得死緊，等駱江璟來了也沒鬆開。

駱江璟神色這時放鬆了許多，連帶著氣色都變好了，眼裡帶著笑意道：「可以了，沒什麼問題，比我想的還順利。咱們上車吧，我帶你們回家。」

白洛川抓起米陽的手跟上她，駱江璟見慣了他們兩個親密，從小就是這般，也沒在意，小聲跟白洛川還在說著話：「你不知道，我剛才還以為特別嚴重，需要留在京城隔離一個月，我上午還去買了套房子，正在發愁怎麼找人來照顧你們……」

白洛川道：「我跟您說過了，肯定沒事的。我問過了，溫度會降低就沒事，而且小乖退燒之後都沒有再發熱。」

駱江璟道：「對，這下好了，檢查也做了，健康證也開好了，我們可以回滬市去。雖然一個月內還需要跟當地醫生彙報情況，但是比在這裡好多了，自己家怎麼都要方便些。」她想了一下，又道：「對了，你們在京城隔離的事沒有跟你爺爺說，他年紀大了，怕嚇著他，你爸倒是來問了好幾次，他那邊也忙，走不開……你爸打電話給你了沒有？」

白洛川道：「打了，今天早上還問過。」

駱江璟道：「這還差不多。」她嘆了口氣，又安慰兒子：「別怪你爸，他工作很忙。」

白洛川「嗯」了一聲。

他們母子神色如常，反倒是米陽一直被抓著手腕，莫名有些心虛。

上了車之後，駱江璟起初還跟他們說話，接著很快就睡著了。她工作忙，如果不是親生兒子出了事情，多半不會拚了命也要跑這麼一趟。

白洛川握著米陽的手腕始終沒鬆開，回程需要幾個小時，兩個人就這麼握著手，頭碰著頭，睡了一路。等到了滬市，米陽老遠就看到自家那輛小車，那是程青接貨用的車。

米陽提著東西下車，駱江璟也沒有讓司機多停留，放下車窗跟程青說了兩句話就走了。

程青用力抱了抱兒子，捧著他的臉看了好一會兒，紅著眼眶道：「走，跟媽媽回家。」

米陽笑道：「好。」

程青帶著米陽回到家中，把他的行李箱放在旁邊，推著兒子進了浴室，裡面已經放好了一浴缸的熱水，可以舒舒服服泡上一會兒。

米陽泡澡的功夫，程青將他行李箱裡的東西都清洗消毒，隔著浴室門問道：「陽陽，你有想吃的沒有？媽媽來做。」

米陽道：「都行，媽，您做什麼我都愛吃。」

程青應了一聲，就去廚房了。

米陽洗完澡出來，剛穿好衣服，就聽到小拖鞋踢踢踏踏的聲響，抬頭就看見小丫頭睡得臉頰紅撲撲的，一邊揉眼睛一邊朝他撲過來，聲音裡帶著點軟綿綿的哭腔道：「哥哥！」

米陽抱住小丫頭，親了她一下，道：「哥哥回來了。」

小丫頭有十幾天沒見到哥哥了，抱著米陽脖子不肯鬆手，跟他撒嬌。

米陽就抱著她去了廚房，站在門口道：「媽，有要我幫忙的嗎？」

程青見到他回來心裡就踏實了許多，儘管眼底下還有未散去的青黑色，但精神了不少，笑道：「沒有，你們去客廳玩吧，這裡油煙大。對了，小雪，妳不是說等哥哥回來，要把妳的畫給他看看嗎？」

小丫頭這才想起來，扭著身體從米陽身上蹦下來，跑去拿了畫。

那是她在幼稚園的圖畫作業，藍天白雲和一棟房子，前面草地上站著一排小人，依舊是火柴人一家，長頭髮的是媽媽，短髮的是爸爸，中間兩個略小，是兩個小孩。只是跟平時不同的是，最小的那個小孩頭上戴了一個四四方方的帽子，上面還畫了紅色的一個符號。

米陽抱著她，問道：「這是什麼？」

小丫頭道：「是醫生的帽子。」她轉身抱住米陽，啪嗒啪嗒地掉眼淚，「我不要哥哥一個人生病，我要陪著，還、還要給哥哥治病……」

米陽心都軟了，抱著她親了好幾口。

程青做好了飯，讓米陽先吃。米陽看看時間，道：「等等吧，爸一會兒就回來了。」

程青道：「不用等他，他這段時間忙得很，戴著口罩也不會耽誤出門，不過去的不是人流密集的地方，沒關係的，你們先吃。」

米陽很久沒有吃到家裡的飯菜了，之前生病一直喝粥，這會兒吃到媽媽做的菜只覺得特別香，埋頭吃了兩碗飯才停下。

米雪看得也胃口大開，吃了滿滿一小碗的米飯，有時候只顧著抬頭看哥哥就乾扒米飯，菜都忘了夾，還是程青夾進碗裡給她的。

米陽給她什麼都吃，連哄都不用了，平時要哄很久只肯吃三筷的青菜，今天也多吃了好些，特別的聽話。

飯後米陽帶著妹妹洗碗，他洗好一個就遞給她讓她擺好，一邊洗一邊跟程青說話：「媽，之前說讓家裡藥房多進一些消毒水和板藍根沖劑，進了嗎？」

程青道：「進了，這幾天賣了一些。怎麼，京城那邊很嚴重嗎？」

米陽點點頭道：「挺嚴重的，消毒水和板藍根沖劑什麼的都多進些吧，還有口罩和白醋。對了，也給姥姥那邊打個電話，讓她提前準備一點。」

程青點頭答應了，道：「行，你姥姥那邊有呢。年初的時候我不是回家一趟嗎？給她們帶了好些，她們肯定都沒用完。」

米陽道：「那打個電話跟我姨她們說一聲。」

程青點頭，又疑惑道：「這麼大的事，怎麼也沒見電視上報導呀？」

米陽道：「過段時間就有了吧。」

當時一藥難求的場面他記得清楚，近乎恐慌一樣蔓延全國，也不知道是哪裡開始說起喝板藍根沖劑可以預防，家家戶戶都在喝這個。不知道有沒有用處，哪怕圖個安心也是好的。現在才三月，至少要等到七月以後才會慢慢恢復正常工作生活了。

米陽跟程青聊了一會兒，米雪在旁邊眼巴巴看著他們，做事積極得不得了。

米澤海是晚上九點多才進家門的，瞧見老婆孩子們都在客廳，臉上的表情和緩，道：「陽陽回來了？你回家我心裡就踏實多了。前陣子我一直跑工地，沒時間去京城看看你，心裡總是放不下……」他換了鞋，抬頭看著米陽懷裡的小丫頭道：「小雪還沒睡呢？」

程青壓低聲音道：「睡著了，非要在客廳一起等你回家，陽陽抱著都不敢動呢。」

米澤海過去接過小丫頭，小丫頭睡得臉上紅撲撲的還蓋著小毯子，他親了女兒一口，連人帶毯子送到她的小臥室裡去。安頓好女兒，他出來坐著跟米陽低聲聊了幾句，問的無非是京城的情況，以及米陽的身體。

程青端飯來給他的時候，正好聽到米澤海說：「從前年就在統計這個了，我帶人跑了很多處爛尾樓看，挨個對比挑選出來的，原本還覺得這單穩妥些，不會有什麼風險，誰知道又遇到今年這個事。市裡發了預防流感的通知，工程可能要慢些了，看情況吧。」

米澤海接過程青手裡的碗，也是餓壞了，兩口下去就吃了小半碗。

程青道：「還是那棟樓吧？我記得是在徐家匯那一帶？」

米澤海一邊吃一邊道：「對，光徐家匯那裡總面積就有八萬平方米了。」

程青道：「十多年前的老房子了，不是有人接了半路又跑了嗎？駱姊膽子太大了。」

米澤海道：「駱總眼光還是很獨到的，我相信她。」

程青道：「我不懂這些，反正能賣掉就好。」

米陽：「……」

何止是賣掉，簡直是翻數倍的生意！那是滬市商業繁華地段，圈了那麼大的一片地，他都有點不敢想了，粗略算下來都是十億上下起跳。

米澤海如今西裝革履，每天晚上回家吃飯，即便應酬再晚也從不超過晚上十二點。他的眼界和程青不同了，但心裡永遠把這個小家當成第一位，看向程青的時候也永遠仍像從前帶著愛慕的年輕人一樣。看到程青笑，他自己也跟著笑，程青說什麼，他都聽得津津有味，跟她搭話的時候也都能接上一兩句。

米澤海催著米陽去休息，對他道：「我已經幫你跟學校請好假了，你什麼都別擔心，在家裡看書複習也是一樣，過陣子回學校就算考不好也沒關係，咱們陽陽聰明，讀哪個學校爸都高興，不爭名次，沒意思。」

米陽知道父親在安慰自己，怕他在家隔離，回去跟不上進度難過，就點頭應了一聲。

回了房間，米陽躺在床上，忍不住搖頭嘆息。

這一年估計大部分學生都考得不太好，學校放假是時間最長的，一兩個月都是短的，最長的甚至連放三個月，跟暑假銜接上。不過他們是畢業班，應該會特殊點。

正想著，手機閃了兩下，有簡訊傳進來。他打開看了看，是白洛川傳來的。

剛才吃飯時就沒看手機，打開一瞧，已有五六條未讀簡訊。第一條是手機欠費通知，緊跟著第二條就是已繳費的記錄，再然後幾條簡訊是白少爺傳來的，光看字就能聽出語氣。

「怎麼停機了？」

「我幫你充好話費了，接電話。」

「怎麼不接我電話？」

「人呢？」

……

米陽打過去，那邊秒接，語氣倒是比想像中的好些：「我正準備傳簡訊給你，你就打來，剛才幹什麼去了？」

米陽道：「回家收拾了一下，又吃飯來著。」

白洛川不滿道：「又是你妹挑食吧？多大了，吃飯還要你餵，當自己是孩子嗎？」

米陽道：「她才六歲，就是孩子啊！」

白洛川嗤笑一聲，不置可否。

米陽試圖為自家妹妹正名，白洛川卻懶得提了，對他道：「我打電話來是想問問你，這個月要不要住到我家來，我家不是有家庭醫生嗎？檢查方便些，不然隔兩天就要去醫院一次。之前我媽開那個健康證明讓咱們回來就已經是破例了，原本按規定是要留在京城的……」

米陽立刻明白過來，點頭道：「好，我跟我媽說一聲，明天一早過去吧。」

白洛川答應了一聲，沒掛斷，又問他：「有沒有累到？沒有再低燒吧？」

米陽笑道：「沒有。」他想了一下，又補充道：「你照顧得好。」

那邊輕輕哼了一聲，道：「沒什麼事，我掛了。」

米陽第二天一早跟程青說了，程青便幫著米陽收拾了一個背包，對他道：「要沒你駱阿姨我都見不到你，洛川家也不遠，知道你在身邊媽媽就放心了。」

米雪從米陽開始收拾行李就含著兩包眼淚，要哭不哭的，等趴在窗邊看到樓下白家那輛熟悉的車後，「哇」一聲哭了。米陽心疼她，但給了幾塊奶糖都哄不住，小丫頭哭得鼻尖都紅了，最後還是程青抱起她道：「不許哭了，喉嚨疼了得喝藥，還要打針。」

小丫頭打了一個嗝，硬生生止住哭聲，但眼淚還是滾下來一串。

程青抱著她送米陽離開，米陽上車的時候，還聽到她們在說話，小丫頭戴著口罩說了什麼他沒聽清，可是程青那句聽得很清楚。

程青警告道：「沒禮貌，不許說『壞蛋』，那也是哥哥，知道嗎？」

小丫頭大概是賭氣，抱著程青的脖子轉開頭去不肯看那輛車。

米陽笑了笑，等到了白家，他帶著背包直接去了二樓。

白家的房子大，單獨一層留給他們用，吳阿姨每天把飯菜送到門口，除了不能出門，與之前沒有什麼差別。以前禮拜天的時候，米陽每次來找白洛川，大部分的時間也都是和白少爺在房間裡玩遊戲，或是去書房做做手工。

駱江璟擔心他們第一天不適應，特意在家裡陪了他們一會兒，確定沒什麼問題，跟著放鬆了心情，道：「你們再忍耐一下，有什麼需要的就跟司機說，讓他去買，等一個月……哦，你們還要去學校，那就等暑假，送你們去國外玩。」

米陽擺手推拒，白洛川倒是無所謂，站在二樓道：「再說吧，外面也沒什麼好玩的。」

雖然在一個屋子裡，但是瞧著兒子不能自由出入，駱江璟心裡還是有點難受，她抬頭看著二樓很想說一句「我留下陪著你」，可現在她是留不下來的，先前勉強跑了一趟京城，已經是極限了，公司裡一大堆事等著她去解決，只好酸澀道：「媽媽會多回家來看看你。」

白洛川用手肘撐著樓梯，對她點頭道：「好。」

二樓的書房和平時一樣，兩個臥室也是相鄰著的。

他們兩個現在不睡在一起了，白洛川前兩年對那種上下鋪很感興趣，在客房安了一張，有時候和米陽睡上下鋪，這次要住一個月，吳阿姨提前把上下鋪的床收拾好了，枕頭被子都是新的，曬陽光曬得軟軟的。

米陽把睡衣從背包裡拿出來，又拿了兩本書放在一旁的桌子上。白洛川一直看著他那個背包，米陽注意到了，問道：「怎麼了？」

白洛川看他一眼，「你沒感覺出少了點什麼？」

米陽疑惑道：「少什麼了？」

白洛川眼神更古怪異，但閉緊了嘴巴不肯說。

米陽覺得莫名其妙，沒放在心裡，他和白洛川雖然請假沒去上課，功課卻沒有落下，魏賢老師準時打電話過來，幫他們兩個單獨輔導，老爺子還學著人家上網，為他們講題。

米陽寫好作業，就上企鵝號發給魏賢看看，魏賢那邊傳一個笑臉表情符號來誇獎他。初代的表情包米陽很久沒見過了，冷不防看到還真有點懷念。

他現在用的企鵝號碼是和白洛川一起註冊的，騰訊剛推出靚號業務，白少爺挑了他們兩個的生日做帳號，特別好記。不過米陽平時很少上網，大部分時間喜歡安靜地做做小手工，偶爾閒了也是寫字畫畫看書，再幫著程青忙藥房的事，剩下的時間還要帶著米雪。

這年頭幼稚園的作業也是不少的，程青忙不過來，大部分的作業都是米陽帶著妹妹做完的，這也是兄妹倆感情好的原因之一，小丫頭特別崇拜自家哥哥，覺得米陽無所不能。

晚上米陽去客房睡，剛躺下就覺出不對勁來，他忘記帶枕頭了。

昨天剛從京城回來，程青拿去洗了，這會兒多半沒乾，還在家裡晾著呢。

米陽翻了翻身，閉著眼睛背了一會兒課文，剛背到第二遍的時候，就聽到敲門聲，緊跟著白洛川就推門走了進來，挨著他坐下，摸了他的枕頭一下，道：「睡得著？我就說你忘了帶什麼東西。今天你背那個包，也就剛好夠裝一個枕頭。」

米陽掀開一點被子讓他進來，被白洛川手臂上的溫度冰得哆嗦了一下，「沒事啊，現在不用那個也睡得著。」

白洛川笑了笑，道：「說謊，第二天你又要黑眼圈了。」他在黑暗中摸索著碰了碰米陽的臉，拇指貼著他眼周蹭了蹭，小聲呢喃：「從小就嬌氣……」

米陽道：「沒有吧？」他覺得自己很能吃苦啊！

白洛川抱著他，下巴搭在他肩膀上道：「春天換季要感冒，夏天太熱了不肯吃飯，秋天的時候老是喉嚨疼，一旦開始咳嗽整個冬天總是反覆……我哪個說錯了？」

米陽道：「沒那麼誇張吧？誰都會生病呀！」

白洛川捏他的臉一下，哼道：「還挑食，牛奶都喝不了一瓶。」

米陽：「……」

這點米陽特別想抗議，這跟胃容量有關啊，他已經拚盡全力去喝了，白家每天早上的這一瓶鮮奶頂商店裡賣的兩三瓶了，完全不一樣好嗎？

白洛川拍了拍他肩膀，把被子拉上來一點，裹緊了彼此，打著哈欠道：「忘記帶小枕頭也沒事，我陪你睡。你乖一點閉上眼睛，等一下就睡著了。」

米陽大半夜都被他氣精神了啊！

白洛川看他動來動去，又道：「我背課文給你聽吧？」

他小聲背著，沒背兩遍自己先睡著了。米陽剛才就在心裡背了好幾遍了，這會兒聽到也覺得眼皮沉，不知道是課文的功勞，還是身邊的人相處太久熟悉得跟他的小枕頭一樣，在又軟又暖的被子裡，米陽慢慢睡著了。

白家的廚師有事請假，這幾天都是吳阿姨在做飯，白洛川之前還說米陽不好好吃飯，自己就開始挑食了，白天沒吃好，晚上天一黑就餓得肚子咕咕叫。

吳阿姨只有白天在，晚上駱江璟還在公司忙，多半也要住在那邊。米陽幫白洛川拆了包泡麵，大少爺挑食到聞一下都不肯，躺在那裡肚子又叫了一聲，閉眼不耐煩道：「好餓，明天想吃炒飯，軟一點的那種，還要加火腿……」

米陽站起身道：「走吧。」

白洛川歪頭看他，「去哪兒？」

米陽道：「去一樓，我做炒飯給你吃。」

白洛川瞬間就坐起來了，跟著米陽去了一樓廚房，下樓梯的時候太心急都沒去開燈，藉著一點從側窗照過來的月光勉強看著臺階，咚咚咚往下快走了兩步。

一樓廚房的冰箱裡放了不少食材，米陽拿了蔬菜和火腿出來，還有白天大少爺不肯吃的飯，加上菜和肉，一起回了鍋，香味很快就竄了出來，直往鼻尖鑽。

白洛川看得新奇，他沒見過米陽下廚，「你什麼時候學會的？」

米陽一邊炒飯，一邊道：「帶我妹妹的時候學會的。」

白洛川挑高了眉毛，問道：「這也是你妹妹愛吃的吧？」

米陽見過不講理的，還真沒見過他這麼不講理的，都被氣樂了，「不是，小雪喜歡吃清蒸的東西，這是你剛才自己點的。」他把炒飯盛出來，自己也有點餓了，就分了小半碗，剩下的一大盤都給了白洛川，拿了勺子塞他手裡道：「嘗嘗吧，看合不合胃口。」

白洛川吃了滿滿一大口，好吃得停不下來。

米陽吃了小半碗，火候還不錯，炒得入味了，吃起來白飯嚼勁剛好，火腿特別香。

白洛川忽然道：「你平時沒少做飯給米雪吃吧？」

米陽道：「還好，寒暑假多些，我媽要管藥房太忙了。」

白洛川皺眉道：「等再過幾年就好了。」

米陽道：「什麼？」

白洛川吃了一口飯，含糊道：「再兩年她十歲就能幹活了。」

米陽哭笑不得，「你當她是小丫鬟呢？那可是我的親妹妹，不讓她做這些的。」

白洛川道：「你能做，憑什麼她不做？哪有你伺候她的道理？」

米陽道：「那也沒有妹妹伺候哥哥的道理。反正我沒什麼事，順手做個飯而已。」

白洛川吃了炒飯，大概是肚子沒那麼餓了，心情放鬆許多，連「米雪應不應該學做飯」都能跟米陽討論半天，最後兩人各退一步，說等米雪十六歲之後徵求她意見再決定。

白洛川摸摸下巴，道：「她十六歲，那就是十年後了，那會兒我們都二十四了。」

米陽把吃空的碗盤拿去放在廚房，「對，大學畢業兩三年，都開始工作了。」

白洛川笑話他：「你一定是在最大的圖書館裡忙著做『手工』了。」

米陽也笑了一下，道：「或許吧。」

米陽和白洛川在家中隔離的這一個月裡發生了很多事。

四月上旬，衛生部部長表示，疫情得到有效控制。

四月下旬，該負責人及京城市市長被免職。

四月底，新任衛生部部長上任，首次公開疫情隱瞞情況。

五月，受疫情影響，宣布取消五一黃金週。

五月中旬，全國各地中小學生陸續開始停課，為解決停課帶來的問題，教育部和廣電總

局開辦臨時頻道「空中課堂」。

……

電視上滾動播放著抗擊「非典」的新聞，到處貼滿了「眾志成城抗非典」的布條，與此同時全國性的恐慌開始蔓延，人們開始搶購各種生活用品，只要是能吃的能喝的都被一掃而空，超市裡只剩下一排排空蕩蕩的貨架。

大批人倉皇離開京城，防疫人員在車站等人員密集地方逐一檢查離京人員的身分證、車票和健康卡，數日後開始管制流動人口……

駱江璟看著新聞報導，心裡一陣害怕，電視臺上正在播放京師大學為本校師生發放中藥湯劑的事，校園裡都是戴著口罩排隊領藥的學生們。她看到之後拍了拍胸口，心裡明白這是限制人員離京了，也在暗暗慶幸之前帶了兩個孩子出來。

白洛川和米陽的一個月隔離期限早就到了，但是外面這樣嚴重的情況，家裡人也不敢讓他們出去，依舊是關在家裡，請了魏賢老師來家中輔導。米陽兩邊跑著太麻煩，就還是住在白家一起上課，只在週末回自己家裡，和平時在學校念書的時候一樣。

白家遍布消毒水的氣味，吳阿姨拿著消毒噴霧不時噴灑著，特別小心。

不誇張地說，現在咳嗽一聲，周圍的人都會嚇得躲得遠遠的。

先前一個女學生不知道從哪裡要到了米陽的手機號碼，打電話過來問他數學作業，問完了也不肯掛斷，支支吾吾還想跟米陽說話，又說不出兩句有用的。白洛川在一旁聽得臉都黑了，抓著米陽的手靠近自己一點，大聲咳嗽了兩聲，對方立刻兔子一樣迅速說了再見就掛斷了，生怕病毒順著電話傳過來一樣。

米陽：「……」

白洛川冷笑道：「看到了吧？這就是人性。」

米陽別的沒看出來，就看出他任性了。

白洛川還在那教育他：「你別聽那些女孩說漂亮話，關鍵時候沒用，那次在京城的時候，我把你發給我的簡訊跟他們說了，回飯店拿行李時，老師順口問了一句需不需要人照顧你，你不知道，一圈人嚇得往後躲，別說什麼男同學女同學，飯店的人臉色都變了。這打電話的更誇張，咳嗽一聲隔著電話都跑了……」他總結道：「現在知道誰對你好了沒有？」

米陽還是第一次聽他說起，心裡有點感動，立刻道：「你最好了。」

白少爺心裡舒坦了一點，又道：「他們都靠不住，也就是我了，這叫患難見真情。」

米陽點頭道：「懂了。」他把手機擱在一邊的桌上，認真問道：「我不講電話了，我去幫你把昨天那個模型組好？」

白洛川道：「不組了，那個沒意思，我讓人買了新的遊戲機，我們一起玩。」

司機很快就送了兩大袋東西回來，不止有遊戲機和書，還有不少零食飲料。

白洛川翻了一下，拿出兩個看起來就不是很高級的紙盒，花花綠綠的，倒是印了「遊戲機」三個字，估計是臨時從商店裡隨便抓了一個，巴掌大小，螢幕不大，下面三個按鈕，打開就瞧見一隻電子雞頂著蛋殼鑽了出來，張大了嘴討吃的。

白洛川隨便按了幾下，一臉的不可思議，「這什麼鬼東西？這也叫遊戲機？」

米陽湊過去看了一眼，他倒是見怪不怪，淡定道：「電子寵物，小雪也有一個。」

白洛川按了兩下，特別不爽，「我這輩子都沒見過這樣的遊戲機。」

米陽樂了，「見過啊，小雪給我她那個紅色的寵物蛋玩，上次你不是在我家見過？」

白洛川道：「就是她不要的那個？」

米陽看他一眼，「是她最喜歡的那個。」

白洛川嗤之以鼻。

米陽指點白洛川道：「按這裡，還可以幫它取名字，然後點這個給吃的……這個是散步，最後這個是把它的便便鏟走。」

白洛川震驚了，「這玩意兒還需要鏟屎嗎？」

米陽道：「是啊，電子寵物都是這樣玩的，養成嘛！」

米雪之前養了很久，小丫頭還拿來跟哥哥特意炫耀過，米陽對它比較熟悉。

白洛川餵了點吃的，看著那電子雞一啄一啄地在盆裡吃東西，一副難以言說的表情，「它最後能養成什麼樣？長出翅膀嗎？」

米陽道：「就是普通的雞，還挺可愛的。」

白洛川按了幾下，不覺得哪裡好玩，臭著一張臉扔到一邊。米陽撿起來，幫那個剛出殼的電子雞取了一個名字「美美」。白洛川看見了，皺眉道：「為什麼叫這個名字？」

如果他沒記錯的話，剛才打電話那個女學生名字裡好像就有一個「美」字。

米陽倒是沒他想的那麼多，淡聲道：「它是女孩子，這邊還顯示性別了，你看。」

白洛川：「……」

白洛川不肯讓他取那個名字，自己拿過來刪除之後又開始打字，剛寫了一個「雪」，米陽就咳了一聲，他就改成雪球了。

米陽看了他一眼，白少爺義正辭嚴道：「你看它多白啊，就應該叫這個名字。」

大概是取了名字就比較有責任感，又或者米陽時不時看過來的視線，白少爺認認真真養了三個月電子雞，一直等到非典的新聞慢慢在電視上不再出現，他那隻電子寵物也達到了滿級，然後留下一顆蛋飛走了。

白洛川憤怒了，「這是什麼鬼遊戲機？這不等於清零重玩嗎？垃圾遊戲，活該倒閉！」

二〇〇三年的夏天，充斥著消毒水、體溫計、白醋、口罩、板藍根這些東西，在一片慌亂中度過了。

對被父母保護起來的孩子們來說，那是一個安靜的夏天，除了空蕩蕩的街道和消毒水的氣味，還有電視裡正在播放的《情深深雨濛濛》，隨身聽的磁帶裡永遠放著周杰倫的歌，男孩們還會一起玩電腦遊戲。

部分地區學校的中考也降低了難度，英語考試取消了聽力測驗，數學題難度降低，物理化分數比重調低，有的學校還取消了體育分數……米陽他們學校保留了數語外的全部題目，只調低了物理化學的分數，比起往屆來，難度也降低了不少。

他和白洛川這幾個月有魏賢悉心教導，成績穩定，沒有什麼意外的拿了高分。白洛川拿了全校第一，米陽是第五名。

白少爺為此不高興了好幾天，第二名那幾個有市級優秀生的加分，如果沒有的話，和米陽的分數差不多，他們倆的名字就能連在一起了。

米陽參加的比賽大部分是興趣，拿獎也都是為了減免學費和拿一些獎學金，都是校內獎勵，跟分數的關係不大。不過他拿了這個名次自己倒是挺滿意的，他從沒考這麼好過，以前在山海鎮上隨便讀書，後來高中才去市裡，拚了三年考上一個重點大學就挺滿意的了，哪比得了現在，一步步的規劃未來，特別踏實。

米陽反過來勸他：「我覺得挺好的，第五名也不錯，比我之前估分高了。」

白洛川皺眉道：「第二名加太多分了，去掉之後，你還比他高零點五分。」

米陽收拾了書包，把不要的書帶回去，對他道：「沒事，下次再努力唄。」

白洛川看他一眼，「這些破書你還要它幹麼？周通他們都扔了。」

米陽道：「我帶回去給小雪，我媽說以後或許可以給小雪看看，多留一套教材也好。」

白洛川道：「過幾年肯定改了，你別帶回去了，這麼多書太沉了，回頭我買一套給她。」

米陽書被扣下，只能隨手拿了數學和語文的課本，對他道：「那我就帶這兩本回去吧，一本沒有小雪又要哭了。」

白洛川嘖了一聲，「真麻煩，行吧。」

最後一個暑假照舊發了幾本暑假作業，周通他們領了之後，又來找白洛川，主要是問他暑假的安排，有沒有要去什麼地方玩，他們幾個是打算暑假出國參加夏令營。

白洛川搖頭道：「不去了，回山裡。」

周通佩服道：「還是白少覺悟高，修身養性。」他看了眼旁邊，「米陽，你也去吧？」

米陽點點頭道：「對。」

白洛川每年寒暑假都回山海鎮，白老爺子退休了，定居在那邊頤養天年，他父母工作都很忙，每年他就去那邊過一段假期陪陪老人，權當替他們盡孝了。

米陽跟他一起回去，他家裡情況差不多，爺爺和姥姥家都在那，每年回去的時候米鴻除了手把手教他修書，還會把自己會的雜七雜八的絕活一併教給孫子。他這兩年性格越發古怪了，但儘管沉默，對孫子還是很好的。

說起山海鎮，米陽還是很懷念，那畢竟是他長大過的地方，除了邊城之外，也就是山海鎮最讓他熟悉，每次回去都特別放鬆。

這次暑假，駱江璟也讓人送了他們回去。

這次的車是一輛商務車，比之前大些，方便多帶東西。白洛川自己的行李就帶好幾箱，但是他這會兒眼睛看著米陽，眉頭都皺起來，忍了半天終於壓低聲音道：「你帶她幹麼？」

米陽抱著一個小女孩，路上輕輕顛簸，小孩睡得很香，乖乖窩在哥哥懷裡。

米陽低頭看看她，又低聲道：「噓，別吵醒她，剛睡著。」

白洛川道：「後面空間大，你把她放到後面睡。」

米陽道：「不行，會滾下來。」

白洛川不耐煩道：「她這麼大，太沉了！」

米陽道：「不沉，還行……」

兩個人小聲爭辯了一會兒，懷裡的小丫頭動了一下，兩人都噤聲了。白洛川瞧著小孩團在米陽懷裡又呼呼地睡了，抿著唇半天沒吭聲。

路途比較遠，中午的時候他們停在一處臨海小城吃飯。

這邊的特色就是海鮮，也沒有什麼菜單，當天捕撈上來什麼就放在門口透明的水缸裡讓大家自己挑選，簡單說一下想怎麼烹飪，就為客人做，吃的就是一個鮮味。

白洛川和米陽去點菜，白少爺挑的都是自己沒見過的，吃個新鮮感，米陽則跟他完全相反，牽著妹妹的手，兩個人商量著點自己家裡常吃的一些，以穩妥為準。

白洛川用手肘碰了碰米陽，問他：「再來兩個甜點吧，給你妹吃。」

米陽笑著看他，白少爺完全不臉紅，他道：「好，小雪聽見了嗎？快謝謝白哥哥。」

他低頭說得自然，白洛川卻是耳朵動了一下，忽然看向米陽，眼睛亮了一下。

米雪沒有爸媽在身邊，還是有些膽怯，抱著米陽的腿躲在後面，小聲說了一句。

白洛川立刻道：「太小了，聽不到，你再教她一遍啊！」

米陽就蹲下身來，抱著小丫頭道：「小雪，要有禮貌，說謝謝白哥哥。」

米雪小聲說了一遍，白洛川現在也不嫌棄小丫頭了，像忽然發現了新世界一樣，打從吃飯開始到再上路，都對小丫頭照顧有加，路邊瞧見什麼新鮮玩意兒不管便宜還是貴的，都硬買來塞到小丫頭手裡，然後理所當然地要求米陽再教她感謝自己一遍。

次數多了，米陽也察覺出來了，抬頭看著白洛川不吭聲。

對面兄妹倆都保持沉默，白洛川忍不住摸了鼻尖一下，咳道：「我就是看著挺有意思，隨便買點，給你妹妹拿著玩吧。」

米雪一路上已經學會了，對白洛川也沒有剛才那麼大的戒心，開口道：「謝謝白哥哥。」然後抬頭看著米陽，等著自己家哥哥點頭才敢去碰玩具。

米陽輕輕點頭，小丫頭就抱過紅色小皮球自己玩，眼睛還在看著後面，白洛川買了太多玩具給她，都放在後排的座位上，花花綠綠的還是很吸引小孩子的。

米陽摸摸她的頭，道：「去吧，小心一點，不要摔下來。」

米雪點點頭，乖巧地自己過去玩了。

白洛川坐在一邊假裝看窗外，自己嘿嘿笑了一聲，又把他和米陽之間的扶手放下來靠近一點，對他道：「不然你也喊我一聲吧？」

米陽道：「一路上還沒聽夠？」

白洛川哼道：「你都沒看著我叫，我也買給你……」玩具兩個字還沒說出口，就被對面的少年一把拽下帽檐，遮住那張得意洋洋的臉。白洛川在帽子下面悶笑：「怎麼還害羞了？」

米陽塞了一個耳機給他，淡聲道：「別鬧，聽歌吧。」

周杰倫的歌來回聽了幾遍，就到了山海鎮。

米雪下車的時候，已經可以熟練地喊白洛川「哥哥」了，這次說得特別積極，尤其是最後一句「再見」，小聲又脆又甜。

白洛川隨意擺擺手，轉頭看向米陽道：「我過兩天來看你。」

米陽點點頭，牽著妹妹的小手走了。

米陽先帶著小丫頭去看了爺爺米鴻，米鴻這幾年住在小院裡很少出來，他在屋前開了一塊小菜地，除非必要，一般都不會離開這個小院。他大概也是算好了孩子們暑假要來，提前準備了水果和糕點，廚房裡的小灶上還燉著一鍋冰糖梨，給他們降暑吃的。

米雪有點認生，她沒來過山海鎮幾次，回來的時候幾乎都是程青帶著她，這還是她第一次跟著哥哥一起回來，冷不防瞧見不苟言笑的爺爺，小丫頭直往後躲。

米鴻也不介意，盛了雪梨湯給他們，又拿了點心給他們吃，瞧著也沒有留晚飯的意思。

米雪吃了半碗湯，就開始甜甜地喊爺爺了。小孩好哄，分享一點食物讓她感覺到善意就敞開心扉去信賴人。米鴻嘴角動了一下，做了一個笑的樣子。

等從爺爺家出來，又去了姥姥家的時候，程老太太那邊準備的可就豐富多了，她提前幾天就開始打電話給程青，恨不得掐著時來給孩子們準備吃的，光乾果零食就擺滿了客廳的茶几，瞧見米陽他們進來，先是抱抱外孫，又低頭親親外孫女，疼愛得不得了。

程如從外面走進來，笑道：「陽陽回來了？快去房間裡瞧瞧，三姨給你和小雪準備了新衣服，你姥姥非說買大了，我跟她說你今年一定長高了，你去換上給老太太看看。」

米陽每年回來幾個姨都給他準備不少東西，大概是這個家裡第一個出生的小孩，幾個姨疼他習慣了，對他的關注比妹妹更多些。這次也是，他們住的臥室床上放著兩三套新衣，米雪的是兩身小連衣裙，他這邊的要正式多了，襯衫褲子外套，薄毛衣也有一件。

程如道：「上回你不是說想去山上釣魚嗎？我跟你姨夫說好了，讓他找人陪你去。山裡很冷，得穿厚一點。」她看著米陽把外套穿上，眼睛都亮了，推著他出來給程老太太看，「瞧瞧吧，我說什麼來著？這不就是正好，陽陽長高了呢！」

程老太太認真看了一會兒，笑著點頭，「是高了。高了好，陽陽長大了。」

程如又去幫米雪換了小裙子，大概是對家人天然的血脈親近，沒過一會兒米雪就開始喊人了，小聲清脆，程老太太給她奶糖吃的時候，小丫頭抓著糖笑得眼睛彎起來，但也只吃了一塊，剩下的那塊偷偷塞到哥哥的口袋裡去了。

程老太太瞧見他們兄妹感情好，坐在那也笑了。

晚上吃飯的時候，程如更是大顯身手，她是四姊妹中最潑辣的一個，個子卻是最嬌小，米陽去幫忙，程如不讓他在這，米陽笑道：「三姨，讓我偷師，回頭學會了也做給我媽吃，她一直誇您是咱家做飯最好吃的，大廚水準呀！」

程如得意道：「那是，不過要說做的好吃，那還是你姥姥的手藝好，回頭讓老太太教你幾道拿手菜，將來也用得上。你不知道，現在男人不會做飯都娶不到媳婦啦！」

米陽被她說得臉紅，道：「三姨，我還早。」

程如道：「提前準備，咱們可別輸在起跑線上。」

米陽還是第一次聽說這樣的起跑線，都聽樂了，一邊跟她聊家常，一邊幫忙做飯，做到最後一道菜時，程如讓他試著掌勺，見米陽做得有模有樣，連聲誇他有天賦。

晚飯準備的飯菜很多，程老太太特意盛出一份排骨蓮藕湯放在一旁，對米陽道：「晚上

拿過去給你爺爺，我記得以前這菜還是他教我做的。」

米陽答應了一聲，不知道為什麼，忽然想起爺爺家裡擺放著的那把三弦琴，依舊是當初那個位置，擦拭得乾淨。米陽想，或許米鴻現在不愛吃蓮藕排骨了，喜歡吃的那個人已經不在了，他一日三餐也失去了味道。

吃完飯，米陽去了一趟，果然米鴻臉上表情淡淡的，只是讓他放下並沒有動筷的意思。

米陽想留下陪他說話，米鴻卻道：「我今天累了，你先回去吧，明天上午再來。」

米陽站起身來，想了想又道：「爺爺，我帶了兩套工具來，有些是買的，有幾件是我自己打磨的，明天也拿過來給您看看，順手的話，您也留一套？」

米鴻道：「行。」

老人這兩年明顯蒼老了，雖然脊背挺得筆直，但臉上的皺紋增多，也越發不愛說話了。

米陽和妹妹住在了姥姥家，程老太太收拾了一間臥室，裡面放了一大一小兩張木床，米雪白天的時候還好，到了晚上還是有點認生，抱著自己的布娃娃去了米陽身邊，小聲道：「哥哥，我想媽媽。」

米陽就翻過身來輕輕拍著小丫頭後背哄她：「沒事，姥姥是媽媽的媽媽，也跟妳親。」

米雪「哦」了一聲，手指去摳米陽睡衣的扣子，玩了一會兒就慢慢睡著了。

雖然剛開始怕生，但是等幾個姨家的表弟表妹們放了暑假送來的時候，米雪就又高興起來，除了三姨程如家是一個表弟，另外幾個都是表姊。程春家裡是一對剛上初中的雙胞胎女兒，程歌家裡是一個和米雪差不多大的小女孩，米雪跟著她們玩得特別開心，很快就湊到一

起翻花繩去了。

三姨家的表弟年紀也小，最近有點假性近視，程如就給他配了一副眼鏡先戴著想矯正一下。米陽一看到他戴眼鏡的樣子就想起以後這個表弟的模樣來了，也是差不多類型的框架眼鏡，一直戴到大，書生氣十足。

孩子們一多，程老太太這裡就像開了幼稚園似的，特別熱鬧。

米陽看米雪適應了姥姥家的生活，就放心去了爺爺那邊，有時晚上還會住下陪米鴻。

米鴻對他的到來不置可否，米陽留下，他也會準備住的地方，更多時候是教米陽修書，順帶著指點他分辨書籍。米鴻手裡還有幾本老書，手上也有幾分本事，給米陽講解的時候，順手在紙上能畫出一些書上沒有的東西。

米鴻道：「我父親當年是鑒別金銀券的，後來兵荒馬亂的，金銀券也不好使了，他又去當鋪做了十幾年，見到的東西多了，眼睛、手上也有準頭，我畫給你看的這些，你瞧仔細了，一般看準了這幾處不會錯。」

米陽點頭道：「嗯。」

米鴻又道：「別的東西太貴，我只略微碰過幾次金器，但像是古籍這些版本的鑒定，我還是能說得準。早些年書肆興旺的時候，琉璃廠、福隆寺周圍開了幾十家。古書買賣也要看押寶，看好一部書，押中了，也能賺上一小筆。」

米陽心裡一動，問道：「爺爺，您之前去過京城嗎？」

米鴻看他一眼，平淡道：「聽講。」

這是不打算提起了，米陽認真聽著，米鴻是手藝人，但又是個小商人，講得雜而精，多餘的話半句也不說。他教給米陽的這些，與其說是技藝，不如說是他這大半生流離顛沛所學到的維生手段。

老人見米陽學得認真，嘴上不說什麼，等米陽臨走時摘了兩顆樹上剛掛果不久的石榴給他，對他道：「這是今年春天新栽的石榴樹，觀賞用的小石榴，不能吃，你拿著玩吧。」

米陽笑了一聲，道：「好！」

米鴻送他出小院，對他道：「下午不用來了，去山上弄兩個竹片，明天我教你畫欄。」

米陽答應了，有點迫不及待。

他中午回去給了米雪一顆小石榴，紅皮的小果子很可愛，小丫頭開心得不得了，瞧著米陽兜裡還有一個，纏著他撒嬌還想要。

米陽捏她鼻尖一下，笑道：「這個不能給妳了，要給別的人。」

小丫頭咬著手指問道：「哥哥要給誰呀？」

米陽道：「給妳白哥哥。」

小丫頭想了一會兒，點點頭道：「好，除了我，哥哥跟他最好了。」

米陽忍不住笑了，這話太耳熟，白少爺也說過一模一樣的，只是神情不同，小丫頭是悻悻地妥協，白少爺那邊是趾高氣揚地批准。

米陽下午去了後面的小山坡，這邊有點難走，他就沒帶妹妹一個人去了。這裡氣候偏濕潤，也有一些竹子，卻沒有南方長得那麼高大粗壯，細細弱弱立在那裡，根根青翠。

米陽挑了一會兒，選中一棵，正準備動手的時候，聽見旁邊有人說話。

「城裡來的少爺吧？瞧著像。」

「這是幹麼呢？你們看……哎，說你呢，你就是那個城裡來的小少爺吧？」

米陽剛開始完全沒覺得對方是在叫自己，結果被人扔了一小塊竹片在腳下的時候，才抬起頭來，愣了道：「你叫我？」

對面站著的三四個男孩年紀跟他相仿，暑假剛開始就到處跑曬得比他黑上許多，十來歲剛剛有些少年人的樣子，也帶著這個年紀的驕縱，抬了抬下巴道：「對啊，就說你呢！」

米陽認出他們來了，這幾個是他當年一起玩到大的小夥伴啊，不對，他現在的發小只有白洛川一個，嚴格意義上來說，他和這些小夥伴們還真沒什麼交集，每年寒暑假雖然都來山海鎮，但是大半時間都用來跟米鴻學習了，剩下那小半的時間也被白少爺霸占得死死的，一點都沒抽出空來去結交新朋友。

米陽還在想著，對面那幾個男孩打量了他，忽然站在最前面的那個哼了一聲，道：「出門還戴帽子啊，真嬌氣！喂，你們城裡沒見過竹子嗎？大下午的頂著太陽來看？」

米陽：「……」

米陽覺得頭疼，當年白洛川來的時候，他這幫小夥伴好像就是這麼排斥白少爺的，他萬萬沒想到還有一天會輪到自己。

對面幾個男孩對他有好奇，更多的是排外，站在不遠處一直看著，米陽還是很想和以前的小夥伴打好關係的，努力找著話題去融入他們，慢慢跟他們也能聊上幾句了。

就在山海鎮上的小夥伴們慢慢向米陽靠攏，並開始問他找什麼樣的竹子，打算幫忙的時候，就聽到一陣自行車急剎的聲響，聲音有些大，米陽抬頭去看，就瞧見白洛川騎著一輛嶄新的登山車停在山坡下，仰頭瞇著眼睛看他，按響了幾下鈴鐺，喊道：「你跟他們有什麼好說的？下來走了！」

對面那幾個看向米陽的眼神就不善起來，甚至再瞧他都像看「叛徒」、「臥底」似的。

米陽：「……」

為首那個嘲諷道：「快下去吧，你們城裡來的少爺不經曬，小心回去臉上脫皮疼哭！」

「連幾根破竹子都看半天，不知道選哪個，你還上山玩啊？」

「就是，回你們城裡去吧，看不起誰啊！」

米陽被山海鎮上的貧窮小夥伴嘲諷的一臉懵逼。

白洛川上來了，他騎著的那輛登山車很酷炫，噴了層漆，是現在男孩們最喜歡的那種，一來就吸引了不少人的視線。不過剛才都劃清了界限，那幾個男孩沒多待，都跑了。

白洛川上來的時候只聽到最後一兩句，還挑眉問米陽：「怎麼，沒交上朋友？」

米陽：「……」

這都是你該承受的，你知道嗎？

白少爺顯然不知道，還在那得意道：「算了，不用理那些人。你上來，我載你過去爺爺那邊，有好東西給你看。」

米陽悶聲道：「什麼東西啊？」

白洛川道：「特別帶勁兒的小寶貝，你來就知道了。」

米陽看了他那輛登山車，不知道怎麼上去。

白洛川道：「踩著後面就行，然後你抱著我。」

米陽試了一下，道：「這樣行嗎？不會踩壞吧……」

白洛川道：「抱緊了啊！」說著就加速衝了下去。

米陽嚇了一跳，只能抱緊了對方。白少爺在前頭笑了一聲，騎得更快了。

到了白家老宅，米陽跟他進去之後，一眼就瞧見了那個帶勁兒的小寶貝。

那是一匹黑色的小馬，毛色油亮，額前一小撮白毛，一雙黑亮的眼睛特別漂亮，聽見有人來，兩隻尖尖的小耳朵機靈地抖了抖。

院子裡寬敞，放了一捆草給小馬吃，牠瞧見有人來，站在那裡張望，耳朵直直豎著，打了個響鼻。等著白洛川和米陽再靠近一點，牠就用前蹄子使勁刨土，瞧著緊張起來。

米陽隔著一段距離去看牠，越看越是喜歡。

白洛川拿了一根胡蘿蔔給他，道：「先餵點吃的，一會兒就跟你親了。」

米陽沒餵過馬，試著往前遞了遞，小馬防備地並沒有吃。

白洛川道：「奇怪啊，上午的時候就是這麼餵的……你看，牠吃了。」

白洛川餵的，小馬就低頭吃了，只是那雙大大的眼睛還在看著米陽那邊，吃著東西都透著好奇。米陽被牠那一身黑緞子似的皮毛誘惑得無法自拔，趁著白洛川靠近時，終於忍不住伸出小手也摸了一把，驚奇道：「真滑！」

白老爺子從後面拄著拐杖走了過來，笑呵呵道：「怎麼樣，漂亮吧？」

米陽跟老爺子問好，點頭道：「白爺爺，這小馬是從哪裡來的，太漂亮了！」

白老爺子道：「前陣子老區那邊的軍馬場裁減，最後剩下的這幾匹馬也要賣，我捨不得，就託人運回來一匹。」他走近了，伸手撫摸了一下小馬的頭，眼裡透著懷念，「當初我參軍那會兒還有騎兵團呢，每年最盼著的事就是新馬入營，跟過節似的，一早就去營地門口守著，就為了提前看牠們一眼。後來騎兵團沒了，養馬場也一個接一個裁減掉了……」

小馬跟白老爺子很親，沒有胡蘿蔔吃也拿腦袋在他掌心蹭了蹭，畢竟是三歲大的幼馬，對人的防備心還不重，也是最容易和人建立感情的時候。

白老爺子被牠蹭了一下，笑道：「好好，不說那些老黃曆了，瞧瞧，牠都不樂意了。」

小馬還在蹭著白老爺子的手掌，打了個響鼻，期待地看著他。

白洛川道：「爺爺，您口袋裡是不是裝糖塊了？」

白老爺子立刻否認：「瞎說，哪有？」

白洛川道：「那牠怎麼跟您這麼好啊？」

白老爺子哼道：「那是爺爺馭馬有術，我像你這麼大的時候，早在軍營裡開始摸爬滾打。別的不說，我當騎兵團團長時，手底下一千多匹好馬，挑著使喚，一個個都這麼親我。」

白洛川不信，上前摸了一下老人的口袋，白老爺子趕他：「去去去，沒大沒小！」

白洛川道：「您還說沒有，我都摸著了，好幾塊呢！」

爺孫倆當面爭寵，一個手裡拿著胡蘿蔔一臉的不服，另一個口袋裡揣著糖塊梗著脖子死活不認，小馬比他們嗅覺要好多了，年紀小也忍耐不住，很快就彎下頭輕輕去咬白老爺子的衣角，隔著口袋討糖吃。

白洛川冷笑，「您還說沒有？」

白老爺子：「……」

白老爺子拄著拐杖站直了身體，勉強道：「我這是拿給陽陽的，剛才忘了，現在就給他。陽陽過來，爺爺教你怎麼餵小馬。」

米陽憋著笑走過去，白老爺子一本正經掏出幾顆水果糖來給他，教著把糖紙剝開，把那幾顆糖平攤著放在掌心讓小馬去吃。白老爺子握著他的手舉高一點，道：「對，就這麼慢慢靠近，多餵幾次就跟你熟了。小東西記性好著，誰對牠好牠都知道。」

小馬靠近用舌頭捲了那兩塊水果糖吃了，終於肯讓米陽摸腦袋了。

米陽不小心碰到牠的耳朵，小馬立刻防備地抖了抖，又退後了一步。

白洛川湊過來對他道：「耳朵不行，先摸頭，慢慢來。」

白老爺子陪著他們看了一會兒，他年紀大了，身上有些乏，叮囑他們不要餵多，就先回去休息了。白洛川陪著米陽跟小馬留在院子裡建立感情，順便跟米陽講這匹馬的故事。

「當初爺爺在騎兵團時，騎的就是這樣的黑馬，爺爺說是蒙古牧區裡運來的，當時整個騎兵團都轟動了，這麼些年從來沒見過這麼好的馬，其他馬撒開了腿跑也追不上牠，一個馬廄裡吃草的都先讓這牠，沒一匹馬敢跟牠搶。全團當寶貝似的供著，後來你猜怎麼著？」白

洛川摸了小馬的腦袋，對米陽眨眨眼道：「牠跑了。」

米陽吃了一驚，「跑了？跑哪兒去了？」

白洛川道：「一路從甘肅跑回了內蒙，從騎兵團到牧區小一千公里，牠領著另外兩匹馬大半個月就回去了，牧區入伍的兩個戰士每人兩匹馬一路追了二十七天，到了養馬場之後，那匹黑馬還在那吃草料呢！牧工也是被牠感動得不行，都不想把牠給騎兵團了，後來還是師部又派車過去連人帶馬給運回來，當時還上內刊了，誇這馬特別靈性，可出名了。」

米陽聽得津津有味，追問道：「後來呢？」

白洛川道：「後來啊，牠就跟爺爺了唄，退役之後也一直養著，爺爺每年都往那邊捎錢，以前還捎一點副食券，就是知道牠愛吃糖。養了這是三四代了吧，這不軍馬場裁減，那邊問是要賣給牧民還是怎麼處理的時候，爺爺捨不得，讓人給運過來了。」

他摸了摸小馬的腦袋，眼神溫和，「這也是最後一匹了。」

米陽看著他，覺得他身上有種矛盾的衝突感，這人脾氣大，但是對著小動物的時候總是天真無害，對著其他人就又武裝起來，想著之前在山上遇到的那些小夥伴，他忍不住道：「你剛才瞧見那些小孩的時候，好像……沒現在心情這麼好？」

白洛川皺了一下眉頭，「他們叫得煩人，懶得搭理。」

米陽愣了愣，道：「他們給你取外號了？」

白少爺不願多談這個，又拿了根胡蘿蔔逗著小馬餵，跟動物在一起時更舒心。

米陽想了想，道：「或許他們不是故意的……」

白洛川打斷他道：「你還沒見過馬廄吧？我帶你過去看看。」他牽著小馬，帶米陽一起過去，馬蹄聲噠噠響著，小馬非常溫順地跟著他走，大概是米陽剛才給了糖塊，牠還扭頭看了米陽，好像在奇怪他為什麼不跟上。

米陽嘆了口氣，抬步跟了上去。

白老爺子讓人在後院給小馬搭了一個馬廄，大概是考慮到牠以後要長大許多，馬廄建造得非常寬敞，木牆上爬滿了常春藤，側邊還掛了一塊小牌子寫著：烏樂。

米陽好奇地拿著那塊小木牌看了，問道：「這是牠的名字嗎？」

白洛川道：「對。」

米陽道：「好像是蒙古語，翻譯過來是什麼意思？」

白洛川把小馬牽進去安置，摸摸牠的腦袋，看著牠那雙黑亮的眼睛，笑道：「雲圖，好聽吧？你不知道牠跑起來有多帥氣，比天上的雲快。明天天氣好了，我帶你一起去看。」

米陽隔天去向米鴻請了假，專門去看小馬。

白洛川帶著他去找了一塊平坦的場地，那邊臨時用木欄圍起來一塊，撤開讓烏樂跑了一會兒。小黑馬三歲正是活潑好動的年紀，圍著場地跑了幾圈，又遛達著來找過來，白洛川摸了摸牠，道：「我試試，等學會了再帶你一起。」

米陽讓開一點，點頭道：「騎慢點，小心些啊！」

白洛川在旁邊大人的幫助下，試著騎到烏樂背上，在指導下有模有樣地騎了一圈，然後那個馴馬的大人就鬆開手，讓他自己來了。

白老爺子有些時候對這個唯一的孫子溺愛非常，恨不得捧在手心要什麼給什麼，有些時候又特別嚴厲，像是小時候的訓練，米陽做不來，白洛川卻一定要做到，還要做到白老滿意為止。又像是現在，包括馴馬師在內，都沒有因為他還是個少年人就放鬆了要求，甚至還要比常人更嚴格些。

米陽站在圍欄邊看著白洛川騎馬，白少爺身姿矯健，胯下的小黑馬也是肌肉漂亮，邁開腿跑動時帶著風呼嘯而過，脖頸上還未完全長長的鬃毛甩動著，看起來漂亮極了。

米陽看了一會兒，忽然想到，白洛川從未讓身邊的人失望過，他把一切都做得很好。

白洛川跑過來的時候，目不斜視，但只看側臉也能瞧出少年人的俊美，眉眼深邃，鼻樑挺拔，這人帶著如利劍般勇往直前的鋒利，勢如破竹，銳不可當。

米陽看著他的側臉，不知怎麼就想起了駱江璟。

駱江璟是一個美麗的女人，即便是發怒也是賞心悅目的，勾勾唇角就讓人心裡打顫，總是想低下頭，不敢多看她一眼。他剛才瞧見白洛川，只覺得他和駱江璟十分相似，也是一張漂亮的臉，只是多了幾分少年氣息，帶著雌雄莫辨的美麗，笑起來像，發怒更像。

然而，即便再相似，也絕對不會把他錯認成女孩。

駱江璟像雪峰下流淌的暗河，帶著冰冷的溫度和未知的洶湧，而白洛川則像是一團火，年輕肆意，又帶著天真的貪婪，從未受過挫折的驕縱讓他舒展開爪牙，是棲息在自己領土上的天之驕子。

白洛川騎著小馬過來，額頭上帶著薄汗，眼睛裡滿是快活的笑意，輕輕勒了下韁繩坐在馬上看他，「我剛才騎得怎麼樣？」

米陽仰頭看著他，忽然覺得兩人之間有些不一樣了。

白洛川又喊了他一聲：「米陽？」

米陽笑道：「特別棒！」

白洛川又高興起來，從小黑馬上俐落翻身下來，想讓米陽也上去試試。

米陽猶豫一下，還是搖頭拒絕了。

白洛川問道：「怎麼了？」

米陽道：「我還是慢慢來，先餵幾天吃的吧。」

白洛川勸了幾次，米陽還是笑著拒絕，他就聳聳肩道：「那好吧，你在這看著啊，我騎給你看，瞧，烏樂特別溫順，不會把人甩下來。」

他騎著小黑馬圍著米陽繞了兩圈，已經可以控制得很好，一邊騎馬一邊對米陽道：「烏樂的爸爸當初在牧區的時候還救過一個人呢！」

米陽道：「怎麼回事？」

白洛川道：「有一回草場遷徙，路上下了大雪，牧工騎著牠走在前頭遇上了野狼，牠一腳就把那頭狼的脊骨踹碎了，雖然人和馬都跑出來，但也跟大部隊隔開了一段距離，天黑又下著大雪，差點找不到回牧區的路。那個牧工有經驗，就伏在馬背上，抱著牠的脖子讓牠自己跑。老馬識途，第二天天剛濛濛亮的時候，他們就回到牧區了。」

小黑馬打了一個響鼻，白洛川伸手安撫牠一下，道：「這都是爺爺告訴我的，他說如果騎馬迷路了，不要強行控制馬，你聽牠的，牠一定會將你安全地帶回住處。」

他說完翻身下來，碰碰米陽的肩膀，笑道：「你說，是不是個特別帶勁兒的小寶貝？」

米陽笑了一聲，點點頭。

兩個人和小馬玩了一天，回來的時候身上都沾了草料和塵土，白洛川剛進房間就開始脫衣服，受不了道：「怎麼這麼臭……」

米陽沒帶換洗的衣服，只能先拿白洛川的湊合，聽見他說也樂了，道：「你下午的時候可不是這麼說的，你還說烏樂是個小寶貝。」

白洛川催著他去洗澡，米陽抱著衣服進去，剛脫下衣服沖了沒兩下，就聽見門「吱呀」一聲響了，白洛川光著上身走進來，道：「樓下太久沒人用，浴缸好髒，我跟你擠擠。」

米陽身體僵了一下，道：「你等我一下，五分鐘，我很快就沖好。」

白洛川已經進來了，他站在那還在看著米陽，眼神往下瞟。

米陽惱羞成怒，拿毛巾捂住了道：「你看什麼？」

白洛川嘖了一聲，伸出手指比劃了大小，道：「也沒長大多少啊，還是我的比較大。」

這個年紀的男孩已經開始發育了，不少人課間上廁所的時候會一邊撒尿一邊比大小，完全是一種雄性的炫耀本能，白洛川也不例外，尤其是他還是發育得比較好的那種，走過來跟米陽一起擠著沖澡的時候，還要伸手去摸。

米陽耳朵紅了，伸手推他出去，「你走不走？不走我就出去了……」

白少爺道：「走走走，我走不成嗎？又不是小女生，你怎麼老這麼害羞？你別出來了，一會兒又著涼感冒。」他一臉不爽地走出去，在門口等了一會兒，就看到米陽穿上衣服出來，頭髮還是濕的，看都不看他道：「好了，你進去吧。」

白洛川道：「你洗好沒有？」

米陽沒理他，拿了條毛巾頂在頭上悶頭走了出去。

白洛川覺得莫名其妙，自己進去痛痛快快洗了一個澡，熱水打在皮膚上的時候，舒服得他都想哼歌了。

白老爺子這邊很少來人，晚上特意留了米陽一起吃飯，又興致勃勃道：「陽陽，洛川說你最近在學修書？這個不錯，爺爺這邊也有一些書，都是家裡以前留下來的，等會兒找給你，你拿回去看看能不能修。」

老人家這麼說了，米陽就留了下來，但是跟著去看了才明白白老爺子口中一些的意思。哪是一些，根本就是一整個書房。

老宅裡的書房保存完好，榫卯結構，沒有一顆鐵釘。

白老爺子推開書房的雕花木門，帶著兩人進去看。這書房挑高了，極為高大寬敞，裡面不少老物件都在，一排排高大的書櫃上還能看到以前貼了封條的樣子，撕下來的時候匆忙，不少書上面還帶著白色殘缺的紙。

白老爺子道：「這是一百多年前建的了，我接手之後也沒再打理過，這些東西平白放著也是糟蹋了，陽陽，你看看能救回多少就救多少吧。」

米陽看著這一書房的書，根本挪不開腳步了。他原本想說晚上還要回家去，這會兒話到

了嘴邊，也變成了一個「好」字，連白洛川要他住下的時候，也回了一個好。

米陽沒貪多，先看了一遍，挑了兩本情況略微輕的準備帶回去。

白洛川半路打劫，對他道：「你晚上肯定又要偷著修書，放我這吧，書房鑰匙也在我這，明天一早你來跟我要。」

米陽的視線落在他手裡拿著的鑰匙上，點點頭道：「好。」

白洛川晚上和米陽一起睡，把枕頭並排放好時還在輕聲抱怨：「爺爺也不多請幾個人打掃一下，這邊太大了，客房沒兩天就落灰，你剛洗乾淨又去睡那邊？不成。」

米陽穿著他的睡衣躺下來，摸了摸枕頭，睡衣袖子有點長了，蓋住半截手指，看起來米陽整個人都小了一圈似的。

白洛川瞧見心裡還挺美的，捏著他的下巴讓他看向自己，得意道：「而且你枕頭沒帶，自己肯定睡不好，我陪你吧。」

米陽垂著眼皮「哦」了一聲，心想，我可真是太謝謝你了。

白洛川出去跑了一天，運動量充足，沒一會兒就睡著了。

他做了一個夢。

夢到自己抓到了一隻小動物，對方軟軟的小小的，特別不乖地在掙扎，老想跑。

他咬住了對方的脖子，用牙齒威脅似的磨了磨，想聽到平時那種討饒的聲音。往常的時候都是這樣的，只要咬一下，或者撓撓癢癢，對方就連聲討饒，什麼好聽的話都說給他聽。

白洛川等了一會兒，身下的小東西哼唧了兩聲卻沒喊疼，只是縮在他身下軟軟地發抖，

小聲說：「不要了，疼……」

聲音在夢裡，像浸透了蜜似的讓人心口發甜。

白洛川的心臟忽然沒有來由加快了跳動，他喉結滾動一下，鬆開一點牙齒，但還是不捨地叼著，輕輕磨嘴裡那塊嫩肉，含糊不清問他要什麼。

要什麼，他都願意給。什麼都想給他的那種心情，說不清道不明地只想要哄著他。

身下的小東西趴伏在那，小聲念叨著疼，還說想要舒服。

白洛川喉結滾動一下，捨不得鬆開嘴，卻又很想看看小東西現在什麼樣子，聲音沙啞地問他：「想怎麼舒服？」

他不懂，但是身下的小東西懂。

……

白洛川醒來之後，胸口的心跳還是劇烈的，他緩了好一會兒才坐起身來，不用掀開被子都知道發生了什麼事。

門口傳來敲門聲，米陽在喊他：「起來吃早飯了，爺爺都在樓下等著你了！」

白洛川應了一聲，但是看到門被推開一點的時候，立刻捂著被子道：「先別進來！」

米陽嚇了一跳，站在門外道：「怎麼了？」

白洛川臉上發燙，含糊道：「我有事……反正你等一會兒再進來！」

……

白洛川一大早偷偷摸摸洗內褲的事，瞞得了別人，瞞不過米陽。

米陽他們這種做修書小手工的，有時候還需要把一整本糟爛的快成碎末一樣的古書拼起來，米粒大的一個小細節都不能放過，早就練出一雙好眼睛，房間裡總共這麼大的地方，白洛川又窸窸窣窣弄出一點水聲，他進去一看，就知道發生了什麼事。

白洛川臉還有些紅，看見米陽時，視線都沒敢跟他對上。

米陽陪著他吃了早飯，一邊想著昨天挑中的那幾本書，一邊又想著青春期的知識。他心裡一直認為自己比白洛川大些，這會兒潛意識就想要幫他解決這種少年人的小煩惱。

吃過早飯，兩人回了樓上，米陽就關上房門打算坐下來跟他談一談。

米陽看了浴室那邊一眼，白洛川瞬間繃緊了身體。

米陽問道：「緊張嗎？」

白洛川道：「啊？」

米陽搬了椅子坐在他面前，「咱們上課的時候不是學了嗎？其實這個是正常現象。」

白洛川心虛，視線沒敢跟他對上，只隨口「嗯」了一聲。

米陽硬著頭皮跟他講解生理知識，課本上說的太少了，三言兩語都在往解剖方面去說，也是一貫的國人式含蓄，沒有說什麼細節和特別的注意事項。

「要注意衛生，穿寬鬆點，還有，盡量分散一下注意力，別弄太多，對身體不好。」米陽說了一會兒，又半真半假地嚇唬他道：「弄多了要長不高。」

白洛川忽然道：「你怎麼知道這麼多啊？」

米陽愣了一下，含糊道：「我爸找了兩本書給我，我從書上看到的唄。」

白洛川問道：「你看這些幹麼？」

米陽道：「我提前準備啊！」

白洛川這次看向他了，問道：「用上了嗎？」

米陽有些尷尬道：「快了吧，反正早晚都能用上。」

白洛川湊近了他一點，小聲道：「我跟你說，我昨天晚上做了個夢，具體的不能告訴你，反正剛開始就只覺得有點熱，後來就蹭得特別舒服。夢裡跟有霧似的其實我也看不到什麼，但確實進去了……」

米陽被他說得臉上臊得慌，往後躲，撓了撓臉道：「也、也正常，反正一般都是這樣。」

對面坐著的白洛川看了他一會兒，站起身來，笑了道：「這些我都知道，之前也看書了，你甭擔心我，我剛才逗你玩的。」

米陽：「……」

白少爺起身出去了，神情比米陽還放鬆許多，半點都沒有受到影響。

米陽開始懷疑青春期心理輔導類的書籍了，包括他以前的時候，多少也會有點不太好意思去看這些，但是白少爺坦坦蕩蕩、光明磊落的樣子，讓米陽覺得自己才是弄錯的那個。

白洛川拿著鑰匙去開了書房的門，找了昨天那幾本挑出來的書給米陽，大概是嫌書放的時間太久了，用一個乾淨盒子裝好了才讓米陽去拿，還一再叮囑他：「你修的時候小心點，這書可有年頭了，戴上眼鏡吧，別弄到眼裡。」

米陽點頭答應了，帶著書回了米鴻那邊。

米鴻倒是對這兩本古書很感興趣，摸了封面道：「清代的醫書，品相還不錯，像是你手裡這兩本就很好。」他用手指頭敲了敲，忽然問道：「是誰讓你修的？」

米陽道：「是白洛川的爺爺，他有一個好大的書房，說隨便我拿來練手。」

米鴻淡漠道：「說是練手，那修好了的錢要另算。」

米陽愣了一下，道：「還跟他家要錢嗎？」

米鴻看他一眼，略有些不滿道：「你怎麼一直幫著白家？你還不如姓白算了！」

米陽臉上一陣發熱。

米鴻道：「手藝人靠手藝吃飯，即便是學徒，也從不做白工，我們這一行雖然沒有什麼祖師爺，但規矩就是規矩，你一個小孩臉皮薄開不了口也是正常，我去問吧。」

米鴻放下書，去堂屋打了電話，米陽連忙跟上去，米鴻已經開始撥號了。

米陽小聲道：「爺爺……」

米鴻打去白家的電話被接起來了，白老爺子的聲音傳來：「喲，老米，你這傢伙，怎麼今天想起打電話給我了？」聲音聽著熟稔，帶著笑意的打趣。

米鴻道：「我孫子去你家修書，活計拿到家裡，他一個小孩什麼都不懂，我瞧見自然要問清楚雇主的要求。」

白老爺子笑呵呵道：「什麼要求不要求的，我那一堆破書放在那只是發黴，沒什麼用處，拿給小孩們玩吧。前兩年你幫我修了老宅的門窗，我還沒謝你呢。」

米鴻道：「這不成規矩。」

米鴻跟對方詢問得清楚，說起話來又像是書肆裡那個修書先生了，聲音淡漠但具體的都講得清楚，是生意人的模樣。白老爺子卻是大咧咧的，聽一會兒就厭煩了，隨意道：「好好，聽得我耳朵都疼了，你要多少錢？」

米鴻看了一眼旁邊站著的孫子，回他道：「不要錢，每修五本就給我們一本吧？您放心，不拆成套的，行裡有規矩，就揀幾個單本的收。」

白老爺子道：「行，就這麼辦吧！」

米鴻掛了電話，教育小孩道：「以後遇到什麼事，提前都說開了，雖然瞧著有些生分，但比起以後的麻煩好處理多了。」

米陽點點頭道：「跟誰都這樣嗎？」

米鴻揚了揚嘴角，難得跟他開了句玩笑話：「不，跟自己媳婦不用分你我。」

米陽還在那點頭，米鴻看他一眼，道：「找小女朋友了？」

米陽連連搖頭，「沒有，沒有！」

米鴻道：「那就是有喜歡的人了。」

這句話說得肯定，米陽臉上發燙，視線挪開，努力岔開話題道：「爺爺，您、您還去給白家修過門窗啊？」

米鴻道：「對，白家老宅前兩年翻修過一次，找了一些好木材又信不過別家的手藝，找到我這裡來了，我就幫著修。鎮上不少人家都去幫忙過，白家是個好雇主，錢給得大方。」

米鴻絲毫不介意地說出來，不覺得哪裡低人一頭。

米陽只是想換個話題，立刻道：「對，我還瞧見收拾庭院的，好像就是雇鎮上的人。」

米鴻點點頭，看了看小孫子，忽然道：「你這是喜歡上誰了？」

米陽鬧了個大紅臉，支支吾吾不肯說，下午的時候更是埋頭修書，不提這件事，幸而米鴻只是隨意說了這麼一句，沒有再追問的意思，讓米陽偷偷喘了一口氣。

米陽晚上踏著月光回姥姥家去，夜裡的山海鎮寂靜，石子路上踩下去發出細微的聲響，他踢著一塊小石子慢慢往前走，想著心事。

從那天騎馬回來，他就一直在想。

他好像不知道從什麼時候開始，就覺得應該留在白少爺身邊了。

這個習慣太理所當然，恍然驚醒時，才察覺到有些事情變了味道。他開始在意兩人之間的距離，開始也去看著他成長的身影，還有下意識想要去照顧他的心情，理所當然為他和他的家裡去修書……

米陽嘆了口氣，抬頭看著天上的一輪圓月，月光清明，照得人無處可逃。

他好像有那麼一點喜歡……

米陽自言自語道：「也不一定，或許是習慣了。」他多念叨了兩遍，像勸自己似的。

他這邊走著，都快到程老太太家了，忽然聽到外面小院有聲響，隱約還有說話的聲音。

米陽揚聲道：「誰？誰在那兒？」

那邊安靜了一下，立刻又發出一陣聲響，像是要跑。

米陽拿著手電筒開了最強光，他一路上原本不用這個，遇到小賊了想起個震懾作用，大聲道：「我瞧見你了……還跑，說你呢……」他本來想大聲喊人來，這邊離家近，左鄰右舍的喊一聲就都能出來幫忙，但是手電筒強光照上去的時候，米陽自己先收聲了。

被照得直捂眼睛的是一個跟他年紀相仿的男孩，十四五歲的模樣，舉起手臂直擋臉，小聲喊道：「別、別喊，自己人！」

米陽被他氣樂了，手電筒的光線放低了一檔，但是也沒挪下來還照著那男孩的臉，湊近了道：「別擋了，我知道你是誰。」

那個男孩臊得慌，把手放下來撓了撓臉，不好意思看他，左顧右看地道：「那什麼，我就是晚上吃多了，來遛達遛達……就……到處看看。」

米陽道：「就遛達到我家菜園來了？」

男孩咳了一聲。

米陽道：「王兵，說吧，大晚上幹麼來了？」

王兵抓耳撓腮，說不出來，米陽就把手電筒的光全身掃了他一遍，很快落在他那鼓鼓囊囊的褲子口袋裡，王兵馬上捂著口袋不吭聲了。

米陽想笑，這事他再清楚不過了，眼前這個王兵就是之前去山坡上挑竹子的時候領頭說他的那個男孩，也是當年他的小夥伴之一，人不壞，就是特別喜歡講義氣，總愛跟人玩，愛替人出頭。王兵想當老大，就要做出點老大應該做的「大事」來。這年頭的少年人會偷偷在家裡一起看香港電影，王兵家有影碟播放器，暑假大人又不在，更是湊在一起看電影了。米

陽記得自己以前也跟他們一起看過，好像是古惑仔一類的，片名都記不清楚了。

記得王兵當時吹牛，瞧見電影裡的大哥抽菸，非說自己也學會抽菸了。一幫半大的孩子毛都沒長齊，起鬨說讓王兵抽給他們看。

鎮上就這麼大，王兵哪兒敢自己去買菸，買了之後賣菸的六婆能在十分鐘內告訴半個鎮上的人王家小子學壞嘍，會抽菸了，但是牛都吹出去了，能怎麼辦？王兵也不知道從哪聽來一個小道消息，說是乾枯的老絲瓜藤捲起來當菸抽，味道跟香菸特別像，勁兒還更足。

他那個暑假沒少禍害鎮上有菜園的人家，拔了人家好些絲瓜藤，米陽姥姥家這塊小菜園留著做種的老絲瓜都被他拔了好些——米陽記得當時他還求自己讓他拔絲瓜藤來著，伏低做小，求他千萬別告訴別人自己抽的是「假菸」。

米陽憋著笑，故意繃著臉道：「說說吧，偷什麼了？」

王兵臉皮漲紅，吭哧半天道：「就、就一點菜，我回頭跟程奶奶說一聲還不成嗎？」

米陽點頭道：「那行，走吧，現在就進去跟我姥姥說去。」

王兵一下子拽住了米陽的手臂，小聲求他：「別別，米陽，當我求你，這事真不好說，但我跟你保證，不值錢，就一小把那什麼。」

米陽驚訝道：「你知道我的名字啊？」

王兵：「……」

米陽道：「我以為你還管我叫城裡來的少爺呢。」

王兵抹了一把臉，憋屈道：「我錯了，我跟你道歉還不成嗎？」

米陽就收了手電筒，道：「好吧，那我就當沒看見。」

王兵愣了一下，他還以為米陽要故意折騰他，已經想好接下來求人的說辭，冷不防聽見他這就不管了，反而有點詫異。

米陽看他，奇怪道：「還不走？」

王兵立刻道：「走，這就走！」他朝那邊的菜地又低聲喊了一句：「趙海生，走了！」那邊滾出一個人來，比王兵胖些，圓滾滾的結實，應了一聲也跟著逃竄了。

米陽看他們一眼，心道：這還是團夥作案！偷個絲瓜，陣仗真大！

米陽回了姥姥家，進門後就聽到裡面一陣笑聲。家裡小孩多，程老太太被哄得也跟著高興起來，這幾天一直都是笑個不停。

米雪紮了漂亮的小辮子，正坐在一幫小孩裡舉著自己的翻花繩給老太太看，她瞧見自己哥哥進來，就跑過來了，舉高了手給米陽看：「哥哥，看，我會弄到第七個啦！」

小女孩都喜歡玩花繩，米雪人小，每次都只能勉強跟上，今天弄了一個類似縱橫「井」字的蜘蛛網一樣的，比之前進步很多。

米陽彎腰看了，認真誇她：「厲害啊，都會這麼複雜的了。」

米雪又對哥哥展示了今天新得的禮物，把小腦袋湊過來給米陽看，「哥哥，表姊給我的新髮夾，可好看啦！」她頭上帶了一個金屬材質的小蝴蝶髮夾，翅膀上是五彩的小珠子串成的，走路的時候蝴蝶翅膀還會一顫一顫地晃動，小丫頭美得不行。

米陽也誇了她兩句，小丫頭又問他：「我可以把哥哥給我的小石榴送給表姊嗎？姊姊送了我髮夾，我也想送她東西。」

米陽道：「可以啊，怎麼想起送小石榴了？」

小丫頭仰頭道：「姊姊說她們畫素描要用。」

米陽道：「那就送吧，回頭哥哥再找一顆小石榴給妳。」

小丫頭眨巴著眼睛，問他：「哥哥桌上還有一顆，那個，白哥哥還要嗎？」

米陽想起來還沒拿過去給白洛川，最近忙忘了，倒是小丫頭一直眼饞著，他捏了小孩鼻尖一下，笑她：「小機靈鬼，那個不行。」

米雪吐吐舌頭，又牽著米陽的手去了臥室，他們房間的小桌上放著一個小布口袋，小丫頭打開給他看，一邊說道：「姥姥今天帶我們去摘棗子啦，我和幾個姊姊拎著小籃子去摘的，摘了好多，這些是留給哥哥的。」

米陽過去看了看，是第一撥冬棗，比較小，但是特別甜，他瞧著那滿滿的一小袋，驚訝地道：「摘了這麼多？」

小丫頭道：「對呀，去王奶奶家的棗園裡摘的，王奶奶還誇我有禮貌，說下次讓我帶哥哥一起過去玩。」她從抽屜裡拿了一個盒子出來，又踮腳捧了幾把布袋裡的冬棗，把它們分成兩小堆，多一些的推給米陽，「這是哥哥的！」她指著另外一小半，認真道：「這是哥哥要留給白哥哥的。」

換了平時沒什麼，現在米陽臉皮莫名有點發熱。

妹妹好像也知道了，他什麼東西都要留一份給白洛川，簡直留成了習慣。

米雪現在已經適應了姥姥家的生活，抱著枕頭跟著幾個表姊去睡了，小丫頭們有說不完的話，湊在一起特別開心。米陽把妹妹送過去，自己回房間，躺在床上想了好一會兒。有點失眠了。

他這一夜心事重重，想著過去的白洛川，還有現在的白少爺，兩個人的身影交織一片，想著他們的過去，又想著他們的現在和將來。

米陽心裡年齡不小，就沒有辦法孤注一擲地去放肆享受這段青春——他比少年人沉穩，但也沒有了少年人的勇氣。

想了一夜，天濛濛亮才睡下。

米陽第二天起來，難得有小枕頭的情況下還沒睡好，剛吃過早飯，白洛川就打了電話來問他要不要去白家老宅，米陽推拒了，道：「不了吧，我有點事。」

白洛川道：「什麼事？麻煩嗎？我去幫你。」

米陽道：「沒，就是幫我姥姥做點事，你忙你的吧，等我空了就過去。」

白洛川那邊答應了一聲，掛了。

米陽自己心裡有事，想再冷靜一下，正巧程老太太從前面小院子裡摘了一些蔬菜瓜果要拿出去給人，米陽就接了過來，道：「姥姥，我去吧。」

程老太太笑道：「也行。昨天我帶著小雪她們幾個孩子去摘了你王奶奶家的冬棗，今天你送點菜過去給她，就是街口王兵家，你知道吧？」

米陽點點頭道：「知道。」

山海鎮不大，鄰里關係很好，小鎮又靜又安全，程老太太特別放心地讓他去了。

米陽走在清晨霧氣還未完全退散的街上，看著熟悉的一草一木，心裡略微放鬆了些。他以前就是在山海鎮上長大的，大學畢業之後，還有一段時間想回來繼續過這樣平淡的日子，找一個溫和的人，兩個人不吵不鬧，有滋有味地過一輩子。

可是這麼想的時候，總有個身影霸道地跑出來，揮散不去。

米陽走了一會兒，忽然聞到一股嗆鼻的味道，像是什麼燒了帶著糊味。

他四處看了一下，就瞧見一幫半大小子偷偷摸摸躲在一處避風的牆角圍著也不知道幹什麼，沒多久又一股白煙冒出來，立刻引來「哇」的一陣羨慕聲。

米陽：「……」

王兵躲在牆角正在顯擺自己會抽菸，他昨天用白紙捲了幾根「香菸」，猛一看還挺像的，可是點上之後就不是那個味了。

老絲瓜藤的辛辣比香菸可要嗆多了，一口氣吸進去，又苦又澀，王兵眼淚都快要嗆出來了，但當著一幫小弟的面前，他哪裡肯示弱，還在那為了逞能誇張地往肚裡嚥，博得滿堂彩的同時，一張面皮都憋紅了。

米陽隔著這麼遠都覺得嗆得慌，真有點佩服王兵了。

王兵正躲在牆角一邊享受羨慕的目光，一邊準備咬牙再來一口的時候，忽然就聽到牆那邊一聲怒吼：「小兔崽子，要造反啊？」

米陽都被這一聲嚇了一跳，抬眼去看，就看到一個高大壯實的婦女從矮院牆那直接翻了

過來，蒲扇大的手一抓就是兩三個小崽子，全都給推搡到牆角那邊去了。那幾個縮在那成了鵪鶉，哆哆嗦嗦的，一個都不敢跑。

有人試著喊：「王王王……」

那女人怒氣沖沖，戳了他腦門道：「小王八蛋不學好，還敢抽菸！」

另一個都快哭了，「沒沒沒，不敢，王大娘！」

女人冷笑道：「叫王母娘娘都不好使，今天誰都跑不了，等一下排隊給我回家去，讓你們老子娘好好管管！念書不見你們這麼積極，學壞倒是都知道找伴了啊！」她轉頭又看著自家兒子，怒道：「王兵，你給我過來！說的就是你，別的不爭第一，學這些東西你倒是快！」

王兵打從剛才起見了他媽就像耗子見了貓，兩腿發軟，一口「煙」吸進去愣是沒敢吐出來，這會兒憋得滿臉通紅，五臟六腑都要燒起來，本就難受得不行，被點了名又害怕地哆嗦了一下，沒撐住咳了起來。這一咳嗆到氣管裡，咳得太陽穴都爆青筋了，涕淚橫流。

王兵他媽多半也是真生氣了，搶過兒子手裡那半截「菸」，伸手就去揪他耳朵。王兵當著這麼多人也不肯說出真相，梗著脖子閉著眼就要硬扛。

米陽提著籃子走過去，道：「阿姨。」

王兵他媽還沒被人這麼叫過，一時沒聽出來是喊自己，米陽喊她第二聲的時候她才回過頭來，道：「什麼事兒？」

米陽舉了舉籃子，滿滿的一籃蔬菜瓜果都帶著露珠，每一顆都是程老太太精心挑選最

漂亮的，特別討人喜歡。米陽乾淨斯文，笑起來也是討人喜歡的樣子，「阿姨，這是我姥姥讓我送來的，說是謝謝昨天王奶奶讓我們去摘冬棗。您家裡的棗特別甜，比外面賣的好吃多了。」

王兵他媽神情緩和了許多，伸手不打笑臉人，尤其人家還是來道謝的，也客氣地回了一個笑臉道：「米陽是吧？甭客氣，我以前跟你媽關係特別好。你就當自己家，什麼時候想吃了自己去摘，姨家裡一片冬棗林呢，管夠。」

她對米陽笑著，但手沒鬆勁兒，還拎著家裡小崽子的耳朵。

米陽看了一眼，道：「阿姨，還有王兵的事，其實不是這樣的。」

王兵他媽皺眉，「我親手抓到的，還能有假？」

米陽指了指她手裡那半截菸，「這個其實是我昨天給他的。」

王兵他媽驚呆了，這好歹是鎮上來的小客人，又聽說學習特別好拿了好些獎，斯斯文文站在那，她完全沒辦法像對付家裡的這些皮猴子一樣動手，「你、你給的？」

米陽點點頭道：「您讓他們走吧，我跟您解釋。」他說著就對縮在牆角那幾個人使眼色，那裡面有機靈的，貓腰竄了出去。另外幾個有樣學樣，也跟著跑了。

王兵他媽懶得去抓，只拎住自己兒子，還在看米陽，眉頭已經皺起來。

米陽等著人都跑了，把她手裡那截菸要過來，掰開給她看了道：「喏，您看，這裡面不是菸絲，是老絲瓜藤……王兵其實沒抽菸，您管得嚴格，他不敢的，但是跟別人又說了，就沒辦法，昨天晚上去我姥姥家的菜地抓了好些絲瓜藤。您要是不信，可以讓他帶您去看看，

家裡肯定還剩下不少。」

王兵他媽用一種看傻子的目光看向自己兒子，「你抽絲瓜藤？」

「嗯。」王兵臉都紅了，抽這個和抽香菸不一樣，畢竟是假菸罪刑比較輕，但是也特別丟臉就是了。

王兵他媽還是吼他道：「學也不行！以後不許玩這個，這不是小孩該會的！」

王兵也覺得自己特別傻逼，趕緊點了點頭。

王兵他媽知道自己兒子什麼樣，無非又是吹牛了，教訓完了就讓他回家去把剩下的老絲瓜藤都翻出來，嚴肅道：「給你程奶奶都送回去！」

後面拎著菜籃子進來的米陽：「……」

米陽覺得他姥姥好像也用不到這些絲瓜藤。

米陽給王家送蔬菜，籃子裡又被王兵他媽放了一個小西瓜，對他道：「黃瓤西瓜呢，拿回去吧，你家孩子多，吃個新鮮。」

米陽謝了她，從王家出來，後面跟著提著小半口袋絲瓜藤的王兵。

米陽過了拐彎處，見王兵還跟著自己，笑道：「幹麼，還真送去給我姥姥嗎？別傻了，你拿去玩吧，別讓你媽再瞧見就行。」

王兵眨眨眼道：「啊？」

米陽樂得不行，對他道：「這事就你、我和王阿姨知道，她比你還要面子呢，不會說的，我也不告訴別人，我跟你保證。」

王兵臉上立刻像撥雲見日似的放晴了，眼睛亮晶晶道：「你真不說出去？」

米陽在嘴上做了一個拉鍊的手勢，道：「一個字都不說。」

王兵鬆了一口氣，腰桿也挺直了，過去跟米陽勾肩搭背，一副好兄弟的樣子道：「可真嚇死我了，剛才你怎麼這麼機智啊，米陽，我跟你說，以後有我的地方，一準兒護著你，你在山海鎮上報我名字，沒人敢動你。」

米陽道：「行吧。」

王兵也不在意他這麼平靜地接受，還心有餘悸道：「剛才我以為我這輩子毀了。」

米陽道：「……你這輩子也太短了點。」

王兵道：「這要是傳到其他人耳朵裡，我以後還要不要在學校混了？我跟你說，人活一口氣樹活一張皮，面子特別重要。」他又不好意思道：「我這也是想耍帥嘛！」

米陽看他一眼，「抽菸可不怎麼帥。」

王兵不服，哼道：「那你是沒見過帥的！」

米陽想反駁，但是腦海有個畫面一閃而過，那是一張在夜色下煙霧裡半明半滅的俊臉，皺起來的眉峰都是帥氣的。他張張口，把到了嘴邊反駁的話又收了回去。如果是少爺的話，確實是賞心悅目。

王兵還在那得瑟，米陽看不慣，道：「等以後再抽吧，現在抽菸女孩也不喜歡。」

王兵臉紅道：「誰、誰抽給女生看了？」

米陽簡直不能再了解他，裝成熟也是為了吸引班花，當初追了好些年，好不容易人家點

頭答應了，結果大學又是異地戀，苦哈哈堅持了七年，女生研究生畢業之後跟他結婚，也算是功德圓滿，而且婚禮上王兵特別沒出息地哭了一場，說兩人再也不分開了。

米陽去給他當伴郎，也挺感動的。現在看看十幾歲的王兵，米陽就覺得人家女孩子一開始沒答應也是正常，這人從頭到腳都冒著傻氣。

米陽這邊感慨什麼，王兵全然不知，但是也不妨礙他把米陽劃入自己小圈子範圍之內。米陽保住了他的面子，就是他王兵最鐵的哥們兒了。

王兵帶著米陽去認識了一圈小夥伴，聽說米陽要去爺爺家裡學修書，沒多留他一起玩，但是等到了中午，王兵帶著這幫小子們送了七八根竹子來，有長有短，有粗有細，大概是不知道他要什麼樣的，連竹葉都沒敢去掉，囫圇弄過來。也虧了這幫傻小子們力氣大，隔著院牆扔過來之後，又一哄而散地跑遠了。

米陽聽見響聲出來，正好瞧見王兵隔著院牆看他，對他嘿嘿一笑，跳下去跑遠了。

米鴻見院子裡亂七八糟地放了一地竹子，道：「你認識的小朋友送來的？」

米陽道：「對，上回我去找竹子來著，他們瞧見了。」

米鴻帶著他整理，拿刀砍了一小節竹子道：「他們挑的還不錯，這個正好，今天做兩個小工具給你，把畫欄學了。」

王兵這幫小子們像是一夜之間就接納了米陽，交到第一個朋友之後，頓時就都跟他熱絡起來，平日裡程老太太的人緣就不錯，加上米陽又是好學生的樣子，這幫人發現，只要他們說去找米陽玩，家裡大人都鬆口放他們出去。

米陽身邊的朋友開始多起來，以王兵為首的這幫人帶著他重新認識了一遍山海鎮，倒是和米陽記憶裡的都重疊起來，更熟悉了幾分。

王兵這天帶著米陽去趕集，類似廟會但又有點不同，每個月中都會有一場，在離著這裡不遠處的一條街上，熱鬧的時候連著三五條街滿滿的都是人。王兵騎了自行車，帶著米陽一起過去，路上還在興沖沖道：「這次比之前的都大，小廣場還有雜耍表演，你玩過套圈沒有？我請你玩，我媽給我錢了！」

米陽出門的時候程老太太也給了他零用錢，聽見王兵這麼說就道：「看看吧，我聽趙海生說有賣舊書的是嗎？」

王兵道：「有啊，你要那些幹麼，又破又舊的。」

米陽道：「我喜歡書。」

王兵笑了一聲，道：「你還真喜歡啊？我當你應付大人的呢！成，等到了之後我帶你去找找，咱們人多，保管一會兒就能找到。」

趕集的人多，沿街的商店都開了，有些人還鋪了墊子把東西擺在石板街道上叫賣。

米陽跟著王兵他們一路走一路看，覺得這才是又回到了小時候，東西雖然一看就是廉價的小商品，但是出了這裡，就不是那個熱鬧的味兒了。

王兵四處張望，找了好幾個地方，忽然眼睛一亮，道：「來了！」

米陽問道：「誰來了？」

王兵已經開始擺弄頭髮，隨便抓了兩把，就開始依在一旁的石獅子那抖著腿等，盡量做

出一副無所謂的表情，如果不是那雙眼睛太亮，估計會更像。

沒一會兒，迎面來了幾個女孩，走在最前面的兩個手牽手，都是十來歲的樣子。左邊那個梳馬尾辮，唇紅齒白的特別漂亮，右邊那個秀氣些，梳兩條麻花辮，看起來溫婉可人。

王兵激動極了，用手臂撞了米陽一下，眼睛還盯著人家女生，對米陽道：「看見沒，那個麻花辮的女孩，怎麼樣，夠漂亮吧？」

米陽臉上的表情有點僵，他的視線落在左邊那個女孩身上好半天都沒挪開。那個高個子梳著馬尾辮的女孩，如果他沒記錯的話，是他們學校當時的校花——他最後一次見她，是在白洛川的「訂婚」宴上。

第二章

原來我們倆的心已經如此靠近

王兵小聲道：「那個女生叫姜媛，是我同桌，也是班花呢！」他美滋滋地跟米陽說著，隨後防備地上下打量了米陽一眼，叮囑道：「先說好了，你可不能跟我搶啊！」

米陽點頭道：「不會。」

他還在看著那些女孩，王兵順著看了一眼，道：「瞧上姜媛旁邊那個紮馬尾辮的了？沒用的，她叫楊柳青，全校第一，成績好，人長得漂亮，高傲著呢。」

正說著，幾個女孩就走近了，王兵先開口道：「喂，姜媛媛！」

麻花辮的女孩臉皮薄，對他道：「別瞎叫！」

王兵那次聽到她的小名，就總愛這麼叫她，像兩個人之間特別親暱一樣，帶著一點自己的小心思，覺得這樣喊疊字小名心口就發甜。

旁邊幾個女孩笑鬧著，姜媛氣得打她們兩下，臉紅道：「瞎說什麼，我才不跟他好！」

王兵只聽到最後幾個字，問道：「什麼？誰好？」

姜媛道：「誰都好，就你不好。」

王兵臉皮厚，毫不在意地擠過去，他和姜媛那些女孩靠著走，一邊護著她們，一邊問道：「妳今天來買什麼，我瞧見那邊有新出的歌曲磁帶，妳上次不是說想聽歌，我帶妳去吧？」

姜媛道：「嗯，有任賢齊的嗎？我最喜歡他了。」

王兵道：「妳逗我呢，任賢齊長得那麼醜！」

姜媛怒道：「你才醜，不准你侮辱我的偶像！」

王兵道：「好吧，其實我也覺得任賢齊還行，我還學了他一首歌，我唱給妳聽啊！我要妳陪著我，看著那海龜水中游……」

「難聽，不許你唱小齊的歌！」

「慢慢地爬在沙灘上，數著浪花一朵朵……」

……

姜媛對這個同桌還不錯，米陽在一邊聽著，她正在那問王兵作業寫了多少，寫完沒有。

王兵一提作業就頭大，但是這會兒居然認真聽了，也不用他媽擰著耳朵去學，甚至還背了一段英文作文給姜媛聽。

米陽看得嘆為觀止，愛情的力量果然是偉大的。

另外那幾個女孩見米陽一路跟著她們走，又是新面孔，對他很好奇。楊柳青走在姜媛身邊，她們倆本來是牽著手走路，王兵一過去，就擠到另一邊去挨著姜媛去了，倒是她和米陽並肩走在了一處。

她有點好奇地看了米陽一眼，問道：「你也是我們學校的學生嗎？轉學生？」

米陽搖頭道：「不是，我姥姥家在這裡，來這裡過暑假的。」

楊柳青點點頭，又小聲跟他聊了幾句，互相介紹了一下。她見米陽一直看著自己，忍不住道：「你是不是也覺得我這名字特別奇怪？」

米陽道：「嗯？」

楊柳青嘆了口氣，道：「真不是故意詩情畫意的，因為我爸爸在津市楊柳青木板年畫那

上班，又剛好姓楊，就給我取這麼一個名字了。」

和以前一樣的爽朗，一樣的接地氣，米陽聽著都笑了。

他和楊柳青當年第一次見面說的話也是這幾句，不過當時是同學，關係更好一些，楊柳青是翻著白眼跟他說的，一個字不差，全程吐槽她爸，說這名字跟她性格完全不符。她性格脾氣也是多年來一點都沒變，帶著點機靈勁兒，同時也風風火火潑辣得很。

米陽記得她高中去了市裡讀書，依舊成績很好，只是犯了一個小丫頭最容易犯的錯誤，她喜歡上一個男孩，還寫了封含蓄的情書給他，沒有署名，只畫了一顆愛心，但她是親手交給喜歡的男孩的，鄭重其事地把自己第一份小小的愛戀一併交了出去。沒想到那男生不是好東西，把信拿出來炫耀，從男生宿舍一路傳到了老師手裡，學校開大會點名斥責早戀，把那封信當著全校師生讀了一遍，用嘲諷的語氣說道：「麻煩這位『愛心』同學到教導處來領一個處分，學校的臉面都讓妳丟盡了！」

楊柳青坐在班級裡，漂亮的面孔上血色盡失，她也覺得自己的臉面都丟盡了。

男生害怕被處分，在宿舍寫了悔過書，想把責任推得一乾二淨。

米陽看不下去，攔著他，站出來說是他寫的。

事實真相不重要了，學校無非是要立規矩，要一個人出來認錯，米陽替她認了錯。

楊柳青不能退學，她其實家境不好，只有她和父親兩個人，她也足夠心高氣傲，這樣一件事完全可以把一個十幾歲的小丫頭壓得抬不起頭來，光是輿論就讓她無法繼續留在學校。

米陽家裡表妹多，也一直被長輩教導著要愛護女孩子，他覺得所有女孩都要被尊重，就

站出來幫了她一把，結果是他被記了一個小過，寫了一封五千字悔過書。教導主任問他那個女孩的名字，米陽不肯說，問他兩人交往多久，米陽含糊道：「一個禮拜吧？」

雖然沒說，但也不少人都知道和楊柳青有關，這個「交往了一個禮拜」的小男朋友自然是不能和她繼續同班了，米陽被調去另一班，然後也是在那個班裡，他遇到了白洛川。

白少爺那會兒剛轉學過來，只在山海鎮上讀了一年多高中，他留在這裡是因為白老爺子身體不好，特意過來陪伴老人家。

米陽一轉到那個班級，就被白洛川盯上了。

想到這裡，米陽看著楊柳青的神色就複雜起來，他對這個聰明漂亮的女孩是有一些好感的，但僅限於同學，米陽背鍋當了她短短一個禮拜的「男朋友」，她倒是在高中畢業的時候，也半開玩笑似的說過，等以後她三十歲還沒有結婚，就和米陽湊合著過。

米陽當時只是笑笑，那幾年流行過一陣子這樣的憂傷文學，說這種話的小丫頭特別多，他壓根兒就沒放在心上。他畢業之後回到魯市，楊柳青有一次回家探親時，他們還遇上過，兩人簡單喝了一杯咖啡，聊了幾句近況就各自走了。

再見的時候，卻是在白洛川的那個「訂婚」宴會上。

米陽心裡有點不是滋味。

楊柳青跟他說話時也沒有了回答的興趣，只胡亂點頭應了幾聲，就對王兵道：「我看這裡也沒有什麼書，我就先回去了。」

王兵聽不出來他想走的意思，拽著他道：「一起唄，人多力量大，我們一起幫你找。」

王兵這麼說著，又去跟姜媛聊天去了，眉飛色舞地還學粵語歌，變聲期完全是一個公鴨嗓，逗得姜媛那幾個女孩一直笑。

這個年紀的男孩能做出傻兮兮的事，也就是為了爭取女孩的注意力了。

趙海生買完東西擠過來，看見王兵跟小丑一樣獻殷勤，悶聲悶氣道：「窮、窮得瑟。」

米陽道：「嗯？」

趙海生有點結巴，努力說道：「這是看、看上人家校花了，想追、追追追不上。」他總結道：「什麼傻逼事都做得出，像耍猴。」

趙海生跟他走在後面，帶著同情感慨道：「還不如直、直說。」

米陽看著王兵一會兒笑一會兒惱怒，心裡像是什麼閃過，但是太快了，他沒抓住。

這個時候，前面主街上傳來汽車喇叭的聲音，很短，只是提醒對方，混雜著一陣陣引擎的悶聲震動，光聽動靜就能聽出那車被困在街上無法走動的窘迫樣子。

王兵道：「哪個傻……」他被姜媛看了一眼，小心改口道：「傻乎乎的人今天把車開過來了？這邊堵得厲害，主街寬敞但人也多，沒半個小時開不走。」

米陽抬頭去看，就瞧見一輛熟悉的黑色賓士車慢騰騰地像是烏龜一樣在挪動，他隔著老遠，都能想像得出白少爺那張擰起眉頭的臉，多半已經憋不住要發火了。

米陽想過去，但是看看前面滿眼好奇的楊柳青又頓住了腳步。

米陽就站在那裡，忽然想起一個問題：白洛川喜歡的人是她吧？

當初白少可是和她訂婚了。

米陽停住腳步，站在那沒動了。

他不走，旁邊的趙海生差點撞到他，「哎喲」了一聲，問道：「怎、怎麼了？」

王兵轉頭回來搭著米陽的肩膀跟他一副哥倆好的樣子，多半是和姜媛搭上話，心情也好了，笑嘻嘻道：「你看什麼呢？好半天沒動了，我也看看。」

米陽低頭看著旁邊木桌上放著的一排泥人，隨口道：「就看著這個挺有意思的。」他隨手拿了一個，在那細細地打量，不打算再走了。

王兵也湊近一點，道：「我看看，好像是不錯啊，你說女孩喜歡這個嗎？小兔子怎麼樣？頭頂還一個花呢……」

他還沒說完，手裡那個兔子就被人拿走了，白洛川站在一邊道：「我買了。」

王兵一句話就要罵出來，但是看了一眼不遠處的女孩忍了，翻白眼道：「桌上那麼多呢，你非買我手裡這個？」

白洛川從口袋裡掏出皮夾，抽了兩張大鈔，道：「這些我都要了。」

米陽下意識就要按住旁邊的人，但王兵按不住了，梗著脖子罵道：「有錢了不起啊！」

白洛川抬眼看他，不鹹不淡道：「還行。」

老闆倒是樂得做生意，已經收拾好了裝了一個大紙盒給他，還送了一個特別結實的袋子方便提著。白洛川就提著那個袋子跟在米陽身邊，米陽停下，但凡碰了什麼，他就冷著臉給買下來，弄到後面米陽都不敢在小攤位上多停，但他一走，白少爺也黑著臉跟上去。

白洛川不開口，米陽也不敢說話。

他們兩個跟鋸嘴葫蘆似的悶著，尤其是白少爺臉色不好，周圍那幾個男生女生都不敢隨意問話，一時氣氛都有些冷了。

白洛川一路跟他們走，也不知道是街上人多，還是他走路快，沒兩步就把米陽身邊的人擠開了，自己和米陽並肩走著，甚至還藉著躲開人流的時候攬著米陽肩膀一起快走了兩步，不著痕跡地就把米陽帶近自己身邊，跟旁邊那些少年人隔開了。

王兵不樂意了，追上兩步道：「你什麼意思啊？」

白洛川拽著米陽的手，沉聲道：「別理他。」

王兵氣樂了，「我跟你說話呢！」

白洛川道：「我跟你沒什麼好聊的。」他看米陽腳步放慢，抓緊了他威脅道：「你幾天沒去見我了？你自己想想。」

米陽有點慫了，「有點忙。」

白洛川嗤了一聲，不客氣道：「我喊你幾次，每次都說忙，我還當你有正事要做，我這次去了你姥姥家裡才知道，原來你忙著跟人出來逛街？」

王兵不服，「跟我們出來逛街怎麼不算正事？米陽，你自己說，你想不想跟我們玩？」

米陽有點猶豫，白洛川抓緊他的手，壓低聲音帶著怒火道：「你乖一點，別惹我生氣。」

王兵冷嘲熱諷：「是，大少爺上來就壓人，一貫的手段嘛！」

米陽試探道：「你們倆之前見過？」

白洛川言簡意賅，連看一眼都懶得看王兵，「他們人品不好。」

「你才人品不好！」王兵直接炸了，「你說誰呢？有種出去比劃，誰不來誰是孫子！」

白洛川冷笑道：「上次你們挨揍了還沒長記性是吧？」

這兩人一見面就開懟，誰也不讓誰，眼瞅著就要一言不合打起來。

米陽擋在中間，聽出一些來，皺眉道：「到底怎麼回事啊？」

白洛川不肯說，執意讓他先跟自己走。

米陽看王兵被幾句話羞辱得臉皮漲紅，有點同情，猶豫道：「我等一會兒再走吧。」

白洛川氣壞了，臉都黑了。

王兵覺得米陽幫他找回面子了，舒了一口氣，他發現只要沾惹到米陽，那個凡事不落下風的白少爺就很容易氣急敗壞，他立刻就伸了手搭在米陽肩膀上，道：「對，我們是好兄弟，就許你和米陽是朋友啊？真要論起來，我家還和程奶奶家是遠房親戚呢，你算啥？」

白洛川抿唇看著米陽，「真不走？」

米陽道：「我下午去找你。」

白洛川頭也不回地走了。

米陽看著他的背影心裡有點難受，王兵還起鬨似的吹口哨，剛吹一聲就被米陽用手肘給了肚子一下，都吹岔氣了，米陽擰眉道：「你差不多夠了啊！」

王兵哼著歌道：「你不知道，他以前高高在上的樣子，簡直就是……」他抬頭看了一眼女孩們在另一邊挑選小飾品了，這才壓低了聲音道：「簡直就是十個楊柳青，不，十個校花

加起來也沒他這麼傲，特別煩人！」

米陽覺得不對勁，問王兵道：「你們之前怎麼了？」

王兵道：「還能怎麼了，他大少爺看不起人，欺負我們這些土包子唄！」

米陽搖頭道：「不可能，他不是這種人，一定有理由。」

王兵不耐煩道：「哪有那麼多理由啊，反正我去的時候他就已經在欺負人了，過去說上兩句，他還誣賴我們偷了東西，反正態度特別差，我們能偷他東西？鬧呢，山海鎮上多少年都沒出過小偷，誰不認識誰啊。」王兵臉色也不好看。

米陽擰眉，覺得他這只是一面之詞，心裡還是更信任白洛川的，但是白洛川從未對他說起過這些，讓他有些拿不準，猶豫一下道：「我先走，你們逛吧。」

王兵瞧見女孩們也往路口去了，立刻就道：「我跟你一起走，送你回家。」

米陽從人群中穿過，大步走著，越想越覺得蹊蹺。

他和王兵那些人一起從人群裡出來，剛走到路口，就看到了白洛川的那輛車。

米陽猶豫一下，過去敲敲車窗，白少爺就落下車窗，抬頭看著他，瞧得出怒氣未消。

白洛川語氣生硬道：「你今天跟我回去，明天帶你去市裡，爺爺去看一個書畫展，帶我們一起過去。」

米陽心裡軟了一下，白少爺還記得自己喜歡書法這件事，眼神柔和了不少，小聲道：「我一會兒過去，得先去跟姥姥那邊說一聲……」

王兵湊過來，大大咧咧道：「米陽，程奶奶不是說了嗎？讓我們帶你去山裡玩，你不是想去釣魚？我帶你啊，擇日不如撞日，就明天吧！」

白洛川眼神微冷，瞧著唇邊那點剛剛揚起來的弧度又收了回去，「你要跟他們去玩？」

米陽頭疼得厲害，剛想解釋兩句，就看到白洛川從車裡拿出一個盒子，打開從裡面取了支新手機出來，塞到他手裡，「上次中考成績咱們不是都進了全校前五嗎？這是獎勵。」

米陽愣了一下，道：「不用了，我的手機還能用。」

白洛川道：「你那個程阿姨都用好幾年了，再說手機上一個遊戲都沒有，這個可以玩滑雪還能上網，你拿著。」

米陽沒接，推拒道：「這個我不能收。」

白洛川手伸出去時間長了，也不耐煩起來，塞到他手裡道：「就一個破手機，你拿著就是了，跟我倔什麼啊？」

米陽剛才那一點心軟，在這個手機面前被撞得七零八碎，他閉了閉眼睛，努力讓語氣平穩一些：「真的不用了，真的，我有手機。」

白洛川不聽他多解釋，把手機塞他手裡，還在催他上車走。米陽上前兩步，隔著車窗把這手機給扔到座位上去，白洛川氣得一下子要推開車門出去，但是後面車門上了鎖，氣得他使勁兒捶了兩下，對司機道：「把門打開！」

司機開車門鎖的功夫，米陽已經走了，連頭都沒回，根本就沒看他。

白洛川揉了眉心一下，憋著火氣沒下車追上去，冷聲對司機道：「走，回老宅。」

司機應了一聲，戰戰兢兢開走了。

白洛川覺得他對米陽已經遠超過自己的底線，一再的寬容。

他坐在車上塞著耳機悶不吭聲，眉頭擰緊了一會兒，那支被扔進來的手機一直在座椅上擱著，他連碰都沒碰一下，一直到下車之後，白少爺走了兩步，才又折返回來掏出自己口袋裡那支一模一樣的手機，取了卡出來，把那新手機扔在同一個位置，對司機道：「我不要了，你把它們扔了。」說完轉身走了。

司機愣了一下，去看那兩支手機，都是最新款的，他猶豫了一下，仍舊拿盒子把那兩支手機放好和其他在街上買的幾大袋零零碎碎的小玩意兒一起送了進去。

另一邊，米陽還是搭王兵的自行車跟他們回去了。

王兵大概是看到米陽拒絕白洛川那份昂貴的禮物，還跟他豎起大拇指，一再表示他們這個小團體接納了他。

王兵道：「當初我們跟這個大少爺就合不來，這人簡直就是從門縫裡看人，把人看扁了！我們還跟他打了一架，你不知道，這大少爺嘴皮子有多厲害，死人都能讓他氣活了，就看我們窮嘛，還說謊，非說我們偷了東西，故意欺負我們……」

米陽在他身後立刻否定道：「不可能！」

王兵道：「有什麼不可能啊？他欺負的那人就是趙海生的表弟。趙海生多老實？他表弟你沒見過吧，跟他一般老實憨厚，不可能偷東西！」

米陽道：「你帶上那個人，我們當面對質。」

王兵覺得為難，「這不太好吧，那可是我兄弟的弟弟……」

米陽嚴肅道：「你不去，我就告訴別人你抽假菸。」

王兵惱怒道：「你之前不是說誰也不說嗎？」

米陽也怒了，「你也沒跟我說和他打架了啊！」

王兵更氣了，自行車都騎不穩當，磕磕碰碰地向前，「那是打架嗎？我們好幾個都被他打得差點手臂折了！你不知道那姓白的多陰險，踢我幾腳陰的也就算了，用拳頭的時候他專門打我的臉啊，我回家還得說是從山上摔下來，臉撞到石頭上了！」他憤憤不平，至今還帶著怨氣，「打得我半個月都沒敢出門，臉都腫了！」

米陽瞇眼道：「你們幾個人打他一個？」

王兵梗著脖子道：「剛開始一對一啊，是他自己說的，讓我們一起上。」

米陽冷笑：「你們就一起上了？」

王兵道：「沒，輪著的。」

米陽：「……」車輪戰，不要臉！

王兵防備地道：「你是不是在心裡罵我？」

米陽揉揉眉心，過了好一會兒才吐出一口氣，道：「反正你們把人叫出來，我把白洛川也喊出來，當面說清楚。他不是那種人，我也不是就說你們偷東西了，總要有個交代，你們還想這樣被人冤枉一輩子？」

王兵雖然不太樂意，但也只能勉強道：「好吧。」

米陽在路上跟王兵約好了時間，一再叮囑對方。王兵雖然不太樂意，但點頭答應的事都

會辦到。儘管這樣米陽心裡還是不踏實，想著今天的事，雖然白少爺送東西的方式讓人心裡不痛快，但總歸是一片好心，他氣過後又有點心軟了。

白洛川這麼多年身邊只有他一個，有什麼好吃的好玩的都會留一份給他，這支手機和他桌上的那顆小石榴說到底其實是一樣的。這麼一想，心裡最後那一點小火苗也徹底熄滅了。

米陽到家後跟程老太太說了一聲，又去跟米鴻請假，說明後天也不過來學手藝了。

米鴻道：「要去白家吧？多給你幾天假，也和朋友一起玩。」他拿了一支竹笛給米陽，語氣溫和道：「以前白家那小子還老是來找你，這兩年瞧著好多了，都不怎麼來打擾你學東西，他在這裡也沒什麼認識的人，你拿這個過去給他玩吧。」

米陽接過竹笛，摩挲了一下。

米鴻又道：「你那支還在打磨，等下次找到好材料，再做更好的給你們。」

米陽道：「謝謝爺爺！」

米陽帶著那支竹笛騎上自行車去了白家老宅，二十幾分鐘的路程出了一身薄汗，到了之後一問，才知道白洛川不在。

打掃庭院的一個阿姨道：「他剛和白老爺子去市裡了，估摸著要明天才回來。」

米陽有點失望但也沒辦法，只能道：「那麻煩您告訴白洛川，說我過兩天再來找他。」

那個阿姨笑著答應，看他推著自行車要走，又問道：「你也是鎮上的小孩吧？」

米陽點頭道：「對，您有什麼事嗎？」

那個阿姨讓米陽等一會兒，然後提著一小袋東西過來，笑道：「你知道趙海生家嗎？就

是特別高特別壯的那個，跟你年紀差不多……或者王兵家？他家就在街頭轉角那裡，對面是個掛著燈籠的小商店。」

米陽點點頭道：「我知道王兵家。」

那個阿姨道：「那能不能麻煩你幫我把這個捎帶給王兵家，讓王兵幫我給趙海生？」她說著就打開那個袋子，裡面放著的是兩袋大白兔奶糖，她拆開一袋，也不管米陽阻攔，先塞到了他口袋裡一把，笑著道：「你可能沒見過我，我是趙海生的小姨，今年剛搬回鎮上，好不容易找了份工作也不方便常回家去，就是挺想孩子的……我家小孩叫符旗生，你知道他嗎？」

米陽只留了一顆奶糖，其餘的放回袋子裡去，搖搖頭道：「我是放暑假回我姥姥家住的，只認識王兵那幾個。」

那個阿姨嘆了口氣，又笑道：「唉，我家那孩子比較內向。」

米陽對這個熱情的阿姨印象不錯，跟她道別之後就返回鎮上去了。

一路上邊騎邊想，覺得符旗生這個名字太陌生了，他一點印象都沒有。

過去的記憶越來越淡薄了，他能記住的很少，偶爾一些事件會在夢裡浮現，但是現在連關於上一世的夢都做的很少了。

米陽嘆了一口氣，看著眼前熟悉的小路，倒是覺得眼前的一切更為真實鮮活。

只是有些事記不清，有一些卻記得清楚。

米陽在路上，不知怎麼就想起當初來給白洛川送禮金的時候了。想到那個場面，最耀眼的還是那個站在他身邊穿一身白色禮服的女人，哪怕就算在夢裡，一眼掃過去也忘不掉……

可是在夢裡，白洛川也吻過他啊！

米陽心裡酸得厲害，一時說不清是什麼滋味。

等到了鎮上，米陽把那袋糖給送到了王兵那邊，正巧王兵那兒幾個男生在玩軍棋，左邊那幾個米陽認識，右邊是趙海生和一個瞧著臉生的男孩，估摸著也是十四五的樣子，但是黑瘦許多，站在一邊也不主動說話，習慣性抿著唇，挺沉默的。

米陽過去把東西放下，道：「趙海生，你也在啊，那正好，我剛去了白家老宅那邊遇見你小姨了，她讓我把這些捎過來給你表弟。」

趙海生接過去直接給了旁邊那個黑瘦的男孩，笑呵呵道：「謝、謝謝啊。」

米陽笑了一下，視線落在那個男孩身上，「這就是你表弟？符旗生，我正好有事想……」一個問字還沒說出口，就瞧見那邊王兵把棋子丟下，喊了一聲：「旗生，你先替我一下啊！」他說著就把米陽給拉出去了，在他耳邊小聲求道：「米陽，哥，你是我哥行吧，先別問啊，我還沒跟海生提這事呢！」

米陽瞇著眼睛看他，王兵討饒道：「再給我一點時間，好歹讓我跟他們說一聲啊！」

米陽伸出一根手指頭，「就一天，你今天要是不說，明天上午我自己來跟他說。」

王兵道：「行。」

米陽又道：「剛才為什麼不能說啊？打架的不就是你們這幾個人嗎？」

王兵撇嘴道：「旗生他媽不是在白家做事嗎？你好歹也顧及一下人家的自尊心吧，你心裡就那個大少爺……」

米陽甩開他手臂，不滿道：「你們還一直對他有偏見呢！再說了，工作不分高低貴賤，我剛給符旗生糖的時候他也沒什麼反應，我看就是你們自己想太多了！」

王兵舉手投降，「好好好，我想多了，行了吧？」

米陽道：「就一天啊，明天一早我就來找你。」

王兵道：「知道啦！」

米陽這才從王兵家出來，臨走的時候忍不住又看了一眼符旗生，這個男孩他真的一點印象都沒有，他忍不住擰起眉頭認真想，依舊想不起什麼來。王兵和趙海生他們以後發生的事情，他多少還能記起一些，唯獨這個人，像是憑空跳出來的一樣，絲毫沒有印象。

米陽想了一陣子，沒什麼頭緒，只能先回自己家去了。

晚上的時候，程老太太做了最拿手的板栗燉雞，用木柴燒出來的味道特別足，足足燉了個把鐘頭才出鍋。板栗冒著油光，雞肉燉得酥爛，筷子一碰就能骨肉分離，咬在嘴裡特別的香。程家人多，但是這一鐵鍋也足夠吃了，盛出來滿滿的兩小盆板栗雞，程老太太給孩子們挑的都是肉多的，但是小丫頭們更喜歡吃裡面香甜軟糯的板栗。

人多了吃飯也香，米雪還回了一次碗，多吃了半碗飯。小丫頭最喜歡用湯汁拌飯吃，米陽瞧見了，叮囑她多嚼幾次才可以嚥下去，米雪就又端著小碗慢慢吃完那些飯，還自己夾了青菜吃，比在家裡聽話多了。

晚上鎮上沒有什麼娛樂活動，米陽陪著程老太太坐在樹下看月亮。程家院子裡有一棵老榆樹，長得高高大大的，枝葉茂盛，祖孫倆就坐在那一邊搖蒲扇一邊聊天。程老太太沒念過

什麼書，但是知道不少神話故事，從三清開始講，竟然還能把佛道儒都能連上一點。米陽坐在小板凳上聽著，一邊想自己的心事，一邊跟她搭上兩句話。

說上幾句，米陽就掏出手機來看一下，他下午的時候就發簡訊給白少爺了，那邊沒回，剛才又發了一條，等到現在，估計也不會回了。

程老太太笑道：「等朋友電話啊？」

米陽道：「沒，跟白洛川發著玩呢。」

程老太太道：「洛川呀，他今天還來家裡呢，特別有禮貌，問你去哪兒啦，我跟他說你去街上之後，他還認真問我要不要去，說有車可以接送我。哎喲，我這老胳膊老腿的是去不成啦，也不放心你幾個妹妹在家。陽陽，我瞧著洛川不錯，可真是個好孩子。」

米陽摸了摸鼻尖，道：「他啊，還行吧。」

每回在長輩面前都特別講究，私底下跟他相處的時候可不是這副樣子。

正聊著，他的手機就響了，接起來就聽到了程老太太誇讚不停的那個好孩子的聲音：「你在哪兒了？」

米陽道：「在我姥姥家呢，你看見簡訊啦？」

白洛川道：「等我五分鐘，馬上到。」

米陽趕忙起來往院子門口跑，程老太太嚇了一跳，道：「陽陽，怎麼了？」

米陽道：「沒事，您在這歇一會兒，我去看看……白洛川來了！」

他心跳得飛快，覺得在院門前等還不夠，想了想，拿上手電筒就走了出去。程老太太這

邊拐兩個彎就到大馬路上，那邊比較寬，一般白少爺來都走這裡。

米陽剛到沒一會兒，就聽見汽車聲響，白家的車子很快就出現在視野中。車上的人看見了等在路邊的米陽，很快停靠過來。白洛川提著一個紙袋下來，低聲跟司機說了兩句什麼，司機就先走了。

白洛川走過來，看著米陽，繃著臉沒先開口說話。

米陽上下打量了他，笑道：「少爺去哪兒了？穿得可真漂亮。」

白洛川難得穿了一身正裝，看起來像是參加宴會的小少爺，頭髮也精心打理過了，這會兒把外套拿在手裡，只穿了白襯衫和黑色西褲，提著那個紙袋，站在米陽面前看了他一會兒才道：「去看書畫展，爺爺的老朋友來了，發了邀請函來請他去一趟。」

米陽道：「白爺爺也回來了嗎？」

白洛川道：「沒有，他留下參加宴會了。」

他站了一會兒，又道：「我看到你的簡訊了。」

剩下的話不用問也知道，白少爺宴會一開始就偷溜出來，跑回山海鎮來找他。

米陽嘴角動了一下，再看他的時候，眼睛裡都帶了一點亮閃閃的，忍不住要彎起來，「那今天晚上還回去嗎？」

白洛川臉還繃著，硬著口氣道：「司機走了。」

米陽打開手電筒，照亮路帶他回去，「那留下來吧，住一晚再回去好不好？」

白洛川「嗯」了一聲，也沒多說話，但人跟在他身邊走著。

米陽一邊帶他回家，一邊小聲跟他說話：「你上午來的時候，還跟我姥姥說讓她也去嗎？你這是『挾天子以令諸侯』，你知道嗎？」

白洛川道：「我這是有備無患，誰讓你總是不聽話。」

米陽道：「白天的事啊……」他停下腳步，轉頭看著他道：「我跟你道個歉吧。」

白洛川愣了一下，沒什麼放鬆的感覺，反而提起來似的更緊張了。米陽是很聽話，但是從來沒有聽話到這個地步，他的小乖還是很有自己的主見，冷不防道歉，完全出乎意料。

米陽沒管他，揉了一下鼻尖道：「我知道你給我手機是好意，我不是故意那樣對你的，但是好幾千塊錢的東西，我真的不能要，現在咱們都是學生，還用家裡的錢了，一下子拿這麼貴重的東西……」

白洛川打斷他道：「那是我自己賺錢買的，你要嗎？」

米陽愣了一下，「你賺錢買的？你從哪兒賺的錢啊？」

白洛川又問他一遍：「你要不要？」

米陽想了好一會兒，才點頭道：「好吧，如果是你自己賺來的錢，我就拿著，等以後我賺了錢也買好的給你。」

白洛川嘴角勾了一下，很快又挑眉道：「下次跟你說清楚了，你不要，我就真扔了。」

米陽道：「那你這脾氣也改改啊，一生氣什麼都往外扔，小時候扔被子挨罵忘了吧？」

他伸手指戳了白洛川的腰一下，「你在北京的時候還答應我要改來著，你改了嗎？」

白洛川握著他的手，道：「這次是你先扔的。」

米陽跟他一路小聲吵回去，等到了程老太太住的那個小院，基本上已經恢復得差不多，白洛川瞧著懶洋洋的嘴上也沒饒了他，不冷不熱地回上一兩句就特別氣人。

見到程老太太的時候，白洛川又換了一副好學生的樣子，跟老太太問好。他見了長輩總是拘謹有禮，不管是程老太太還是米鴻跟他說話，他從不厭煩，站在那耐心聽著。

程老太太這次沒說多少，笑呵呵讓他們坐下，自己起身道：「你們坐啊，我去那邊看看，丫頭們出去玩好一會兒啦，我去問問怎麼還沒回來。」說著搖著蒲扇就慢悠悠出去了。

樹下擺了一把單邊扶手的竹貴妃椅，寬大得像是一張小床，白洛川自己坐了，也拽著米陽挨著他坐下，兩人並肩坐在那賞月。

小鎮上的夏天暑氣淡了許多，尤其是到了晚上，庭院裡更是納涼的好去處。

米陽想問他和王兵他們怎麼有的過節，但是白少爺不肯說，米陽也不強求，就和他坐在那張竹貴妃椅上，透過樹枝去看星星。

米陽現學現賣，把程老太太教他的那幾個星座指給他看，「瞧見沒有，那個勺子一樣的就是北斗七星，最亮那個是玉衡，靠中間了……不是那個，我帶你認一遍啊！」

米陽握著白洛川的手，舉起來在星空裡慢慢劃過，勾出了一個勺子的形狀，輕聲道：「這樣，頭柄指南，天下皆夏。」

白洛川被他握著手，指尖癢了一下，但沒有掙開，又問他：「那玉衡又是哪一顆？」

米陽握著他的手，向上挪了一點，手指搭在他的手背上點了點道：「在這兒呢。」

白洛川覺得自己的手背上又癢了一下，很輕，像是被小蟲子咬了一口，但是一直鑽到心尖，又癢又疼，臉上也跟著熱起來。他應了一聲，等到米陽把他手鬆開，他才裝作若無其事地把手合併在一處，手指搓了搓手背那裡，才沒有那麼癢了。

天氣很好，天空是深藍色的，還能看到雲彩在遊走。

白洛川坐在那仰頭看著，除了夜空，還有他們頭頂上的那棵大樹。樹蔭散落下來形成一方被籠罩的陰影，像是一座孤島。

白洛川心裡微微一動。他忽然有點喜歡上了這棵樹，它用樹蔭劃了一片區域，裡面是他和米陽，外面是馬路、房屋和其他所有人。

除了他和米陽以外的所有人。

白洛川笑了笑，見米陽看過來，很快用手抵在唇邊咳了一聲，掩飾過去。

米陽問他：「怎麼了？」

白洛川的心靜下來了，看他一眼，道：「沒什麼，你這兩天都幹什麼去了？」

米陽道：「就跟平時一樣唄，去爺爺那邊學東西，他年紀大了，我不放心他一個人吃飯，做好飯和他一起吃了再回來，然後我姥姥就一定要再餵我一頓，覺得我在外面吃不飽，受委屈了，我不吃她心疼得眼淚都要下來，我只能吃了。這幾天真是，撐得快要走不動了……」

白洛川笑了一聲，挨著他近了一點，道：「我摸摸。」

米陽推他道：「別鬧。」

白少爺力氣大，米陽推不動，到底讓他把手伸到衣服裡面摸了一把小肚子，沒有以前那

麼軟了，卻是帶著少年人的柔韌，皮膚細膩白皙，白洛川手覆蓋在那捏了捏，道：「是胖了一點，挺好的。」

米陽被他摸得發癢，拽著他的手出來。白洛川手出來了，人卻賴了過來，沒骨頭一樣靠在米陽身上，下巴搭在他肩上問道：「我剛才就想問了，你妹妹呢？」

米陽道：「出去啦。」

白洛川道：「哦，我說怎麼這麼安靜，她幹麼去了？」

米陽道：「和我姨家的其他幾個小孩一塊去抓知了猴……哦，就是金蟬，今天晚上估計都不睡了，昨天姥姥跟她們講三十六計，聽到金蟬脫殼，她們都說要觀察一夜呢。」

白洛川問他：「你怎麼沒去？」

米陽抬頭瞧他一眼，就看到那人挑了唇角在笑，一看就是故意的。

白洛川牽他的手，嘴角的笑意還未散去，小聲道：「你才不去，你怕蟲子，嬌氣包。」

米陽試圖反抗：「我不是。」

白洛川道：「以前養幾隻蠶寶寶都不敢去碰。」

米陽道：「我也放過桑葉的好嗎？」

白洛川道：「第一次還被嚇哭了。」

米陽惱羞成怒，「你夠了啊！」

白洛川躺在竹榻上悶笑了一陣，忽然道：「爺爺那邊的院子裡也有一棵樹，說是椿樹。」他輕聲念了兩句《莊子》，帶著了點放鬆的輕慢：「上古有大椿者，以八千歲為春，

八千歲為秋，樹的時間比我們長多了。」

風吹過樹葉翻動，嘩嘩作響，外面行人很少，只聽到蟲鳴和偶爾幾聲蟬鳴。

白洛川握著他的手，忽然道：「小乖，我們不吵架了，好不好？」

米陽道：「嗯。」

白洛川彎著眼睛也笑了，打理整齊的頭髮散了幾縷髮絲落在額前，看著更有幾分少年人的活潑模樣，一張俊臉不笑時就能引得人看他，笑起來更是如沐春風，視線要移不開了。

那些抓金蟬的回來了，聽著小孩的聲音嘰嘰喳喳的越來越靠近小院，白洛川忽然拉著米陽起來，一起跑去了他那間臥室，還把燈關了。

程家小院類似於四合院那種，米陽住的是側邊單獨的一間房，門窗一關，進來就是漆黑一片。米陽在黑暗中摸索了幾下，小心翼翼不磕絆著，問他道：「你幹麼？」

白洛川道：「噓，別說話。」他像不放心似的，還去找米陽的嘴，輕輕捂著。

一會兒就聽到有人進來了，有小丫頭說話的聲音，帶著興奮道：「抓了這麼多呢，我要拿給大表哥看看！」

米雪的聲音特別清楚，清脆道：「不行，不能給我哥哥看！」

另外的小孩問道：「為什麼呀？」

米雪道：「牠太醜啦，我哥哥不喜歡醜的。」

小丫頭們在外面嘰嘰喳喳的說話，在大人的催促聲中，提著東西一起去了堂屋。

白洛川忽然低頭在他耳邊問道：「那你喜歡我嗎？」

米陽耳尖都紅了，緊張道：「啊？」

白洛川貼著他耳朵，輕笑一聲道：「問你喜不喜歡我，我這張臉漂亮吧？」

米陽臉都滾燙起來，「還、還行吧。」

白洛川得意道：「那就是喜歡了？」

「你、你剛才關燈幹什麼？我都看不到東西了……」米陽岔開話題，心跳得簡直要從喉嚨裡蹦出來，「我要換衣服準備睡了。」

白洛川道：「等一會兒。」

米陽不知道他要等什麼，但是白少爺難得心情好了，他也樂意哄著他，就一起摸黑在房間裡等著。沒過多久，米雪的聲音又傳來，小丫頭噠噠跑過來，推了推房門，道：「咦，怎麼關門啦？哥哥，哥哥，你睡了嗎？」

黑漆漆的小房間裡一直沒人應聲，小丫頭就自己走了。

米陽嘴巴還被白洛川捂著，等妹妹走了，就拽下他的手低聲道：「捂什麼，我又不喊，你什麼時候還把門反鎖了？」

白洛川哼了一聲，沒回他。

米陽想想又想笑，白洛川這反鎖門的本事，還是打從米雪一歲多會走路開始就有的，穩準狠，例無虛發，一招制敵。

兩人偷偷摸摸洗漱，再摸黑回房間一起躺下。白洛川比米陽高了一截，這會兒兩個人躺在床上，米陽翻身就能不小心踢到他小腿。

白洛川哼道：「我這兩天晚上老抽筋，你還踢我。」

米陽羨慕道：「這是要長高啊，真好。」

白洛川道：「你就不能說句好聽的？」

米陽想了想，有點不好意思地笑了一聲道：「其實我下午去找你來著。」

白洛川的心一下子就軟了，他翻身抱著他道：「我下午拿了本字帖去給你，想著你要是明天不來找我，我再送過來給你……就在我剛才提著的那個紙袋裡。」

米陽道：「你怎麼不早跟我說？」

白洛川道：「早？你一早還跟著那些人去街上閒逛呢！我數了數，十來個人吧，可真夠熱鬧的啊，光女孩就四五個吧？你還跟旁邊那個女孩說話，你們很熟嗎？」

米陽垂著眼睛，道：「那個女孩挺漂亮的，對吧。」

白洛川捏他下巴，讓他看著自己，壓低聲音帶著怒氣道：「怎麼，你還想早戀啊？」

米陽眼神躲了一下，「沒啊，我就是隨便問問。」

白洛川冷笑道：「你不乖了。」

米陽道：「什麼？」

白洛川抱緊他一點，躍躍欲試地隔著他衣服開始磨牙，「之前在飯店隔離的時候，我說什麼你幹什麼，多聽話啊，你現在怎麼回事？你跟他們出去玩，一直幫他們說話，居然還打算早戀，真是一點都不乖了，我要罰你。」

米陽被他按在床上，有點不樂意：「剛剛不是和好了嗎……啊，鬆口，痛痛痛！」

白洛川咬著他脖子後面那點軟肉，又用小尖牙磨了磨，身下的人哆嗦了說著好聽的話求饒才鬆開，拇指按著用力揉了揉，道：「就得給你個教訓！」

米陽裹著棉被滾到床最裡面去了，自己摸了一下道：「你肯定咬破了，特別疼！」

白洛川道：「過來。」

米陽不肯，被他抓過去吹了兩下，道：「沒破，就是印子深了點。」

米陽悶聲道：「下次別咬了，很痛的。」

白洛川彈了他腦門一下，道：「那你也長點記性，我不是不讓你交朋友，周通那些人我從來不攔著，但是王兵他們不行，他們有問題。」

米陽還要問，白洛川把他按下睡了，道：「我睏了，今天陪著爺爺他們好久，又半夜跑回來，真的特別累。」

米陽一肚子問號，但是白少爺已經閉眼表示進入睡眠狀態，他只能帶著疑惑也睡了。

白洛川又做了那個夢。

夢裡的場景換了，但是他抓在手裡的小傢伙沒有變，還是他最喜歡的那一個，也是他唯一的那一個。

他沒有像之前一次那樣急迫，反而更想先看看他的臉，想看清他是誰。心臟跳得像打鼓一樣，迫不及待想要映證自己心裡那個想法。

白洛川渾身血液奔騰一般帶著滾燙的熱度。

他喉結滾動兩下，忽然抬手捂住眼睛無聲笑了，跟他想的一樣。

果然是「他」！

……

白洛川起得很早，米陽醒的時候，他已經出去跑了一圈回來了。

米陽睡得迷迷糊糊的，見他打了個哈欠道：「怎麼醒這麼早啊？沒睡好嗎？」

白洛川道：「睡得挺好的，就是起來活動一下，外面空氣不錯。我買了豆漿和油條回來，要不要起來吃？」

米陽點點頭，洗漱好了跟他一起去吃早飯。

程家今天早上特別安靜，那些小傢伙們昨天晚上又是抓金蟬又是觀察的，一晚上都興奮得沒怎麼睡，現在一個個睡得像小豬一樣香甜。程老太太沒喊她們，只自己起來煮好了粥，簡單吃過之後，就去侍弄小菜園了。

白洛川把油條放在盤子裡端出來，瞧見了問道：「姥姥不跟咱們一起吃？」

米陽盛了兩碗粥，坐在那道：「她吃過了，每天早上都要看看前面的小菜園，估計要好一會兒才回來了，咱們自己吃就行。」

他夾了一根油條，兩股拆開分了白洛川一半。這麼多年分著吃習慣了，動作比腦子動得更快，白少爺接過去時絲毫沒有覺得哪裡有錯，兩人就這樣分著吃了。油條是剛炸好出鍋的，外皮金黃酥脆，內裡綿軟，嚼起來非常有勁道，米陽拿它撕碎了泡粥一起吃。程老太太煮了瘦肉粥，撒點胡椒粉和小蔥花，熱騰騰的吃一碗，滋味別提多美了。

一小碗吃下去，人就醒過來了，也精神起來。

白洛川也跟著吃了一碗，坐在那跟他說話：「過兩天沒什麼事，我就帶你去山裡吧。」

米陽道：「怎麼突然想進山了？」

白洛川道：「你不是想去釣魚嗎？我問過了，山裡有條小溪水挺清亮的，一般釣魚都去那裡。說是有條路很平坦，順便帶烏樂去跑跑，牠這兩天在家待膩了，正好出去遛一下。」

米陽點點頭道：「行，看看天氣，好的話我們就去。」

夏天是雨季，這邊雖然不會陰雨綿綿，但是北方的天氣就像當地人的脾氣，來得快去得也快，狂風暴雨就會下一陣，讓人猝不及防。

白洛川道：「嗯，昨天還報著下雨，也沒下了。」

兩個人一邊吃一邊小聲聊著，白洛川沒在這邊多留，一會兒司機就來接他回去。

米陽送他出去，又喊住他，回去拿了一顆小石榴和一袋冬棗給他，道：「之前老是忘了拿過去給你，爺爺那邊的石榴樹上就結了兩顆好的，上回摘回來了，這是留給你的。」

白洛川把小石榴揣進口袋裡，道：「另一顆呢？」

米陽覺得這話太耳熟了，笑道：「你怎麼也問這個？那顆給小雪了，她還惦記你手裡這顆呢。快拿著走吧，再晚兩天我也留不住。」

白洛川道：「她不敢。」欺負小孩欺負得理直氣壯。

白少爺拿了東西走了，留下一個紙袋給米陽，裡面裝著的是一本字帖。

米陽起來吃完早飯，翻看了一會兒字帖，米雪她們就醒了，跟在後面一起出來的還有他的小表弟，八歲大的年紀這會兒戴著個框架眼鏡看起來呆頭呆腦的，不時用手輕輕扶一下鼻

樑上要滑下來的眼鏡，看到米陽的時候喊了一聲「表哥」。

米雪湊到哥哥身邊，跟他撒嬌，米陽就陪著小丫頭玩了一會兒，米雪抱著他問道：「哥哥今天還出去嗎？」

米陽點點頭道：「對。」

米雪跑去房間裡拿了一把傘給他，認真叮囑他道：「姥姥說今天會下雨，昨天晚上蜻蜓飛得可低了，菜園裡還有蝸牛爬出來，哥哥拿上傘，淋雨會生病的。」

米陽摸摸她的頭，笑道：「好。」

米陽看了一會兒字帖，就去找了王兵。

王兵那邊也沒想到他來得這麼早，正在那捧著一本英語課本大著舌頭在朗讀，冷不防被米陽看見還有點不好意思，紅著臉道：「我、我就是隨便看看。」

米陽道：「讀得挺好的。」

王兵鬆了一口氣。

米陽又道：「跟姜媛的發音很像，學得不錯。」

王兵被他鬧了個大紅臉，放下書道：「說點別的成嗎。」

米陽點點頭，問他：「你跟趙海生他們說了沒有？」

王兵道：「說好了，你等我一會兒，我拿點東西跟你一起去找他們兄弟倆。」

米陽在一旁等著，王兵拿了一身校服疊好了放在袋子裡。這校服瞧著是穿過了的，有點舊，但是洗得很乾淨也沒有什麼破損。

米陽在一旁問道：「你帶校服幹什麼？」

王兵一邊收拾一邊道：「給海生他表弟，就是那個符旗生。你不知道，他挺可憐的，他爸一直生病，藥罐子似的躺在床上全靠他和她媽養活。他四歲起就踮著腳做飯給他爸吃了，再大一點就去撿瓶子、報紙，有一次我看見他手腕上還拖了一根繩子，綁著一塊也不知道哪撿來的磁鐵，一路走一路在地上吸，一天吸不到幾個鐵片……你別瞧他悶不吭聲的，其實人特別好，特別孝順，你說他什麼他都不吭聲，但是說他媽一個字，他絕對會跟你拚命。」

米陽認真聽了，問道：「他們家以前不是住在鎮上的吧？我聽說搬過來了？」

王兵又順手塞了幾個自己用不完的作業本進去，「對啊，以前在旁邊那個鎮上。他爸去年冬天沒熬過去，走了，旗生和她媽就搬過來投奔娘家人一起住了。要我說，他爸走了也算放他們母子倆一條活路，旗生現在還壯實點了，之前可真是瘦得一把骨頭。」

他收拾好了東西，提著那個袋子對米陽道：「好了，咱們過去吧。」

米陽看著他那一袋衣物想了一會兒，道：「我也有幾件穿舊了的校服……」

王兵樂了，「得了，少爺，你那是滬市的校服，跟咱們這可不一樣，再說旗生轉學過來我們學校了，我給他這幾件他剛好穿上。你的心意我替旗生領了，就甭操這份心了。」

米陽點點頭，沒再強求。

王兵領著他到了趙海生家裡的時候，那表兄弟兩個正在悶頭寫暑假作業。

趙家條件一般，房間不多，符旗生來了是在表哥趙海生的臥室放了一張小床，哥倆床鋪中間還放了個小書桌，湊合著擠在一起用，倒是看起來感情很好，趙海生對這個表弟也特別

照顧，桌上他用的文具符旗生也都有一份，符旗生把它們整整齊齊擺著，看得出特別愛惜。

趙海生正愁眉苦臉地寫數學題，看到王兵鬆了一口氣，道：「太、太好了，你來，我數學實、實在不會寫，咱倆換換，我、我來英語吧？」

王兵道：「不行，我都跟姜媛媛說好了，昨兒還打電話問她閱讀理解呢。我不換，你自己接著磨吧。」他把那袋衣服放在床上，又道：「旗生，這是我去年穿小了的校服，我媽已經洗過了，你別嫌棄啊，拿去穿吧。」

符旗生有些拘謹，嘴唇動了動，不知道說什麼。

趙海生大咧咧道：「放那吧，我那身旗、旗生穿太大，你的，正好。」

米陽掃了一眼，就知道這是一人寫一科作業，然後集中湊在一起抄一遍。他以前是負責語文，還要幫著編幾十篇週記的內容，光上山釣魚就要換著法子寫七八次。

王兵問他：「米陽，你們不寫暑假作業嗎？」

米陽道：「我是畢業生，也有一點吧，但是不多，已經寫完了。」

王兵這才想起來這位是跳級的好學生，人家已經初中畢業了，回頭就去讀高中，放假時間也比他們長，那點作業壓根兒就沒放在心上，估計分分鐘就能寫完，答題的速度比他們連矇帶猜的快多了。

米陽還在旁邊等著，王兵就看了一眼趙海生，趙海生明白過來，合上書道：「咱們去、去外面說，我寫這個寫得頭疼。」

趙海生喊上他表弟，四個人一起去了外面，也沒敢在家裡，生怕家人大人聽見，特意走

遠了一點，在街口一棵大樹下面，正好有幾個石凳，就坐在那裡說。

米陽看向符旗生，問道：「你和白洛川到底怎麼回事？」

符旗生沉默寡言，看著地面半晌才道：「我沒偷東西。」

米陽道：「那他為什麼冤枉你？」

這話說得有點主觀意識了，王兵皺起眉頭來，輕輕推了米陽一下道：「你別老站在姓白的那邊啊，什麼叫『他為什麼冤枉你』，我還想問問他為啥動手打人呢！」

趙海生攔在中間說了句公道話：「人、人家熟，正常。咱們不也幫著旗、旗生？」

王兵抿了抿嘴，不吭聲了。

符旗生沉默得像是一塊石頭，不管別人問什麼都沒反應似的。

米陽也無奈了，白少爺不說，這位也悶不吭聲的，不明不白地就這麼打了一場，兩個當事人都覺得自己沒錯，但又都不肯站出來解釋。

問了半天沒問出什麼有用的來，米陽也只能放棄了，起身準備回去。

趙海生也帶著表弟回去了，王兵起身小聲道：「旗生特別老實，別人打到他的臉上也不吭聲，除非惹急了才動手，我看一定是你家那位少爺先惹了他。」

米陽搖頭道：「白洛川不是那樣的人。」

王兵還在嘀咕，走了兩步見米陽沒跟上來，回頭問道：「看什麼呢，走吧？」

米陽看著符旗生離開的方向，他還是有些疑惑，他對這個人真的沒有什麼印象。

王兵不滿道：「我看你就是覺得旗生說謊了，心都偏到白家老宅去了！」

米陽道：「也沒偏到那個程度吧？」

王兵憤憤道：「果然偏心了！聽聽，都自己認了！」

米陽笑了一聲，沒理他。

王兵也就是嘟囔上兩句，等到了下午的時候，又帶著那幫小夥伴來找米陽了，問道：「你去不去山裡釣魚？旗生以前學校的同學要來，咱們都商量好了，先過去探探路，等他們來了就帶他們去玩。」

米陽看了一下天色，這才兩點多就有些積雲了，天光暗下來一些，他道：「好像要下雨，你們也別去了，山上路滑不安全。」

王兵那幾個人笑了，道：「沒事，你來的少不知道，這天下不了雨，別的不說，去山上玩我們比你有經驗！」

程老太太聽見動靜過來看了一眼，見他們那幾個孩子騎著自行車又扛著魚竿，就道：「去山裡釣魚呀，今天可不成，要下雨啦。你們幾個也回家去，淋了雨小心感冒……」

王兵最怕老太太念叨，他家裡平時念得就夠狠了，立刻調轉了車頭道：「程奶奶，我們這就回家去啊！」

程老太太滿意道：「對啦，回家避避雨，要愛惜身體啊！」

王兵那幾個人騎著自行車一哄而散，嘴裡喊著「回家避雨嘍」卻跑得更快了，瞧著方向是向街口那邊去的，但是過不過馬路去山裡，那就說不準了。

程老太太拍拍米陽的肩膀，道：「陽陽，咱不去啊，等幾天讓你姨夫帶你去山裡玩。你跟他們那幫皮小子不一樣，養在城裡沒被風吹過，淋雨就要生病啦。你今天穿的也少，去加件衣服，可千萬不能感冒。」

米陽扶著老人家一起回屋，道：「嗯，不去，我陪您下棋。」

米雪她們找了一副跳棋出來，這幾天正玩得起勁。小丫頭們愛乾淨又愛整潔，跳棋珠子一顆顆被擦拭得像是透明的糖果一樣，按顏色分類擺好再收起來，這會拿出來就能玩。

米陽陪著程老太太下了一局棋的功夫，窗外就變天了，烏雲滾滾地壓過來，天色一下就暗了。程老太太眼神不好，米陽去把客廳的燈打開，老太太還戴了老花鏡，特別認真地繼續下那盤棋，她快贏了呢！

米陽口袋裡揣著幾顆自己家的棋子，一邊不動聲色地幫老太太，一邊抬眼瞧了外面，心裡有點擔心王兵他們幾個。

不過還好，看著陣勢大，陰天了一會兒又慢慢轉晴了，太陽還更大了些，曬得人在窗邊也跟著熱起來。米陽脫了外套，瞇著眼看了一眼外面，小聲道：「運氣還挺好。」

程老太太聽見了，還以為在說自己剛贏的這局棋，立刻反駁道：「什麼運氣好呀，姥姥當年下棋特別厲害，你姥爺還在的時候呀，回回都輸給我呢！」

米陽笑道：「是是，您最厲害了，咱們再來一盤？」

程老太太滿意了，「那行吧，輸了不許哭啊，昨天小雪還哭了一回呢！」

米陽驚訝道：「她哭啦？」

程老太太笑道：「可不是，一邊哭一邊不許我們告訴你，這好面子的勁兒，跟你媽小時候可不像，你媽都是憋足了勁兒非贏回來不可，一滴眼淚都不掉，我瞧著是像你們老米家！」

米陽揉揉鼻尖，笑出一邊的酒窩。

一連幾天瞧著外面天氣都不太好，王兵他們去探路了好幾回，雖然都沒碰到下暴雨的時候，但是有一次回家的時候還是晚了點，緊趕慢趕地被淋濕了頭髮，衣服上落了雨滴，回家被大人們給罵了一頓，不許他們再出去了。

王兵鬱悶壞了，他們每次去都沒下雨啊，可這天氣變來變去總一副要下暴雨的樣子，符旗生那邊的同學也總是推時間，幾次下來他也煩了。

看著符旗生那沉默寡言的樣子，他又咬牙道：「旗生啊，別擔心，回頭哥一定幫你把面子掙回來！咱們這快要評旅遊風景區了，什麼都比你以前住的那鎮上好，你就放心吧，你同學他們來了一定都羨慕你！」

趙海生笑道：「我弟，我、我管，你甭操心了。」

雖然是這麼說著，但天公不作美，慢慢又下起雨來。

一連數日下得很大，雨珠砸在地上劈啪作響，一下一個凹陷下去的痕跡，撐著傘走上一小段路都覺得傘骨發沉，路上的行人沒有多停留的，都攏著衣服急匆匆回家避雨去了。

程老太太家裡幾個小孩也出不去，被關在家裡好幾天，趴在窗邊眼巴巴看著外面。米雪膽小，不敢靠近窗戶，躲在米陽懷裡捂著耳朵，偷偷看外面，小聲道：「哥哥，我怕。」

米陽抱著她，幫她一起捂著耳朵道：「不怕，哥哥在。」

小丫頭膽子大了點，歪頭去看，半黑不黑的天上正好劃過一道閃電，嚇得她又縮回米陽懷裡去了。米陽低頭親了親她髮頂，道：「沒事，雨停了就好了。」

小丫頭怯生生地小聲道：「什麼時候停呀？」

米陽看了一眼外面，也拿不準，遲疑道：「快了吧。」

一般到了夏季總是要下上幾場暴雨，山海鎮上的人們已經習慣了，大人們閒在家裡的時候還會討論上幾句。一如這場大雨，連下了幾天之後，終於撥雲見日放晴了。

太陽掛在空中，雨水還未完全曬乾，路上的小水窪都被曬得發燙，又恢復到了炎夏。

白洛川打了電話來，對米陽道：「這兩天我先不過去了，家裡請了師傅來給烏樂重新釘馬掌，牠太不聽話了，上次那個師傅都沒能釘成……」

他這麼說著就聽見白老爺子不服氣的聲音：「牠才三歲呢，多小啊，得哄著來！」

白洛川也沒避開米陽，跟白老爺子爭辯了幾句，道：「牠上次用的那副鐵掌都磨成什麼樣了，您就是一直慣著牠。人家別的小馬九個月就能釘掌，怎麼牠就這麼難啊？再說了，牠蹄子那角質層那麼厚，一點都不疼，跟穿雙鞋似的，能有多費勁？」

白老爺子道：「穿鞋不費勁啦？你小時候讓你穿鞋才難，你還往火車外面扔鞋呢！」

白洛川道：「您老提我幹麼啊？」

米陽隔著電話都能聽出那邊有多熱鬧來，樂得不行，對他道：「你先陪著烏樂吧，過兩天我去看看牠。」

白洛川那邊聽著在上臺階，像是去了房間裡面，周圍安靜了不少。

白少爺哼道：「你就只來看牠？」

米陽道：「也去看白爺爺。」

白洛川道：「我呢？不看我了？」

米陽笑了，「也看你。」

白洛川笑了一聲，道：「那我等著你。」

放晴了幾日，符旗生以前學校的同學們終於確定下週末的時間要來這邊玩了。

沒想到王兵他們這幫人前陣子老往山裡跑，玩的時間太長，家裡人都不讓出去了，逮著他們留在家寫作業。王兵想偷偷摸摸翻牆出來跟他們一起去，被趙海生勸住了，道：「你、你別來了，在家待著吧，回頭讓王、王大娘瞧見，又要打個屁滾尿流！」

王兵道：「哪那麼嚴重了，就出去玩一會兒。」

趙海生還是不讓，笑呵呵道：「我認識路，咱們都去踩點多、多少次了！放心吧，回頭你幫我把、把數學作業寫完就成。」

王兵罵了他一句，但是對方已經把寫一半的數學暑假作業扔進來，拽著表弟跑遠了。

王兵沒辦法，只能留在家裡悶頭寫作業。

那邊的趙海生雖然有點結巴，但是長得人高馬大，才初中就跟個成年人似的了，眼瞅著就要一米八的個兒，老遠看著跟小鐵塔似的。符旗生那些以前的同學雖然聽出他結巴，但是沒一個敢取笑他的，反而還對他很尊敬。

符旗生的同學來了七個人，四個男生三個女生，其中兩個女孩還背著畫板，瞧著是要來寫生畫畫的，路上畫板就被幾個男生給搶著背上了，她們車筐裡就放了漁網一類的小東西，等到那個車筐裡放著魚餌的男同學靠近的時候，女孩們還笑著尖叫了幾聲，都快騎了兩步躲開了，「討厭，別拿蟲子靠近我們！」

那個男生多半也是頭一回這樣被女孩說，臉都漲紅了，道：「不是，這裡面不全都是蟲，符旗生，你……你準備的，你說說唄！」他平時仗著家裡條件好，常壓符旗生一頭，要不然也不會任性地一再要來這裡，還讓符旗生陪著了，但是山海鎮上他不熟，也不知道符旗生還有這麼一個身高力壯的表哥，一時有些訕訕的。

符旗生沒吭聲，倒是旁邊的趙海生開口了：「是、是魚，切成段了，別怕。」

那幾個女孩這才放鬆了許多。

趙海生在前面帶路，喊表弟也過來，等人靠近了之後他小聲道：「旗生，別怕，哥、哥罩著你，讓他們也瞧瞧你多本事，挺直了腰桿。」

符旗生聽他的，挺直了背，賣力踩自行車，惹得一旁的趙海生哈哈笑起來。

這次來還是趙海生替表弟應承下來的，他多少知道一點符旗生在學校被欺負的事，但是沒到動手的地步，頂多就是看不起，言語上冷嘲熱諷幾句。趙海生怕表弟在這幫人面前直不起腰來，也是有意提前準備了幾天，帶他們來山裡玩一趟，為表弟掙幾分顏面回來。

到了山腳下，再後面的路就不好走了，趙海生招呼他們把自行車停一邊靠在樹上，然後讓大家拿上東西徒步進山。

臨鎮來的那幾個學生有點猶豫，尤其是拿著魚餌那個，他的自行車是新買的變速車，貴

著呢！想了想，還是用車鎖鏈子捆在車輪在樹上，訕笑道：「那個，以防萬一嘛。」

趙海生道：「我們山海鎮從來就沒、沒丟過東西。」

那人摸了摸鼻尖，笑笑沒回話。

另外幾個人有跟著一起鎖了車子的，也有隨便放下就跟著進山的，嘰嘰喳喳特別熱鬧。

趙海生走在前面當嚮導，他們從小就在山裡玩，對這一片很熟悉，但是為了給這幾個人找更漂亮的地方，走得就深入了幾分。果然沒一會兒，就聽見身後那幾個人「哇」了一聲，還有人懊惱道：「應該帶相機的！」

「現在回去也晚啦，用眼睛多看看好啦！」

「我還帶了畫板呢，一會兒找個好看的地方畫！這裡太美了，溪邊肯定更漂亮！」

……

趙海生看著表弟沉默地走在自己身旁，低聲問他道：「怎、怎麼不高興？」

符旗生猶豫道：「哥，其實我不想來。」

趙海生的大手拍了他肩膀一下，把表弟瘦小的身子差點拍歪了，他大咧咧道：「來，怎麼不來？這以後就是你家，你做主人就要、要招待！」

符旗生抿了抿嘴，道：「嗯。」

他們一行人到了小溪邊，下了幾天雨，這裡的水比之前多了些，但是依舊清澈見底，連裡面游動的幾尾小銀魚都看得清楚，那幾個跟來的人又一陣歡呼，有的已經坐下拿出零食開始招呼大家吃了，還有兩個女生擺好了畫板，正在選地方取景。

趙海生教著他們甩鉤釣魚，可是也只教了一個，另外一個想問的時候，他就指了指表弟道：「旗、旗生會，你問他去。」

那人當真就捧著魚竿過去了，符旗生先是愣了一下，緊跟著就開始低聲跟他說起來。趙海生在一旁看著，滿意地笑了。

他們這幫人在山裡釣魚，不覺得時間過得有多快。

米陽留在山海鎮的家中，正在聽程老太太和幾個長輩在那閒話聊天，說的內容天南海北的，倒也聽到了一點關於房子的事。

那位長輩道：「我兒子考到京城讀書，瞧著不打算回來了。前陣子說是在看房子，挺偏的地了都要一平方米三千多啊，十平方米就小四萬了，夠咱們這買一套房了呢！」

程老太太道：「兒孫自有兒孫福，你退了休也忙自己的，熱熱鬧鬧的過咱們自己的日子多好。孩子們大啦，讓他們去打拚吧。」

那位感慨：「您說得輕鬆，家裡四個女兒一個比一個優秀，聽說您家老二要分房了？」

程老太太笑道：「是，前陣子說是單位分房了。」

兩個老人家在那說著話，米陽覺得光線暗了點，抬頭看了一眼窗外。

又開始陰天了，瞧著要下雨。

米陽心裡不太安穩，總覺得有什麼事要發生一樣。

他以前的記憶已經很模糊了，更多的是一種隱隱不好的感覺。他起身站在窗前往外看，外面天色大亮，風聲卻漸漸大了起來，吹得外面樹葉嘩嘩作響。

程老太太和老朋友還在說話，兩個人從京城聊回山海鎮，談話的隻言片語傳了過來。

「市裡的批文快下了，我聽說是要在咱們這建旅遊風景區呢！」

「那挺好的，以後來的人多了，咱們這還能辦個農家樂多份進項。」

米陽渾身發冷，上一世的時候，山海鎮根本沒有建成風景區，因為發生了一起事故。

他想起來了，也是這樣夏天的一個暑假，一場雨下不完似的斷斷續續不停，週末的時候難得放晴，但他因為之前淋雨生病，被程老太太送去醫院輸液了。

他在醫院住了半個月，回來之後才知道鎮上出了大事。

就在放晴的那天，一幫學生跑去山裡玩，天氣忽變下起了大雨，溪水暴漲，夾著泥土、石塊和樹枝沖下來，半大的孩子被捲在水裡幾個起伏就沒了身影。搜救隊找了一個晚上，還是第二天才陸續找到已經失去呼吸的學生們。

那一年淹死了七八個孩子，逃出來的只有一人。

被水沖走的是外鄉人，活下來的那個是趙海生。

山海鎮上的孩子們不知為何那一天都被家裡人勸住了，只有趙海生帶著他們去了山裡，他死裡逃生，但是之後還是轉學走了，趙家全家都沒有繼續留在這裡。

米陽臉色發白，難怪他會對這個人這麼陌生，不記得和他有所交集……

因為符旗生是已死之人。

米陽騰一下站起身，腿像不是自己的一樣，磕磕碰碰去摸著找到電話，抖著手撥電話號碼，打通了王兵家的電話之後緊張得上下牙齒都碰到一起，聲音沙啞地道：「趙海生呢？他

那個表弟在哪裡？符旗生在哪裡？」

王兵道：「進山了啊，難得今天天氣好，海生給他們當嚮導一起去溪邊釣魚去了。最近可能是下雨多的關係吧，溪水漲高了好大一截，魚也跟著多起來了，就是多了些，沖下來的石塊挺煩人的……」

米陽閉了閉眼睛，一字一句用力道：「你在家等我，哪裡都別去，我馬上就到。」

他掛了電話，起身去房間裡拿了背包，又在院子裡找了一捆結實的繩子放進去，拿了手電筒和打火機，還有一點吃的，以及桌上米雪當玩具的一個塑膠口哨。往背包裡一邊放東西的時候，米陽就一邊慢慢冷靜下來，他手上速度不慢，很快就收拾裝好。

程老太太見他突然動作，嚇了一跳，「陽陽，怎麼了，你這是要去哪兒啊？」

米陽看了一眼天空，烏雲還沒完全散盡，但是天上掛著太陽，並未引起人們的注意和猜測，這樣的天氣任誰都不覺得會降下暴雨。他記不清當時報紙上那一個小小的版面具體寫的什麼了，只記得當時畫了一張河道和防汛圖，分析了當時如果可能的逃生路線，只是當時的遺憾，在現在變成了一絲的希望。

米陽不知道確切的時間，卻明白事情的危機，他不能預知溪水在什麼時候暴漲，只好盡可能地編一個理由把事情說得嚴重些：「姥姥，剛才王兵打電話，說山裡溪水漲了好些，還有石塊沖下來，今天趙海生帶著一些小孩去那邊玩了，一直聯絡不上，太危險了，您跟鎮上大人們說說，讓他們進山去找吧！」

程老太太嚇了一跳，答應了一聲就去打電話，剛拿起話筒就瞧見米陽背著包走出去。程老太太擱下話筒，忙追出去問道：「陽陽！陽陽，你要去哪兒啊？」

米陽騎上自行車道：「我去找王兵！」

程老太太這裡只能盡量去喊人，並不一定能叫來誰，畢竟山海鎮幾十年從來沒有遇到過這樣的事，如今太陽又高高掛在半空中，更是沒有哪個大人肯輕信。

米陽已經做好了心理準備，等到了王兵家，說了這個理由之後，大人們嬉笑的態度卻還是讓他心裡發冷。

王兵的一個叔叔正在喝小酒，用手指了外面的太陽，哈哈大笑道：「我看你們是讀書讀傻了，這麼大的太陽，能出什麼事？」

王兵有些猶豫道：「可是溪水確實漲了些。」

那個叔叔道：「曬幾天就好了，我在這一輩子都沒遇到過事，這點雨不算啥。」他看了侄子，又故意逗他：「哦，我知道了，你是想出去玩，找藉口啊？想都別想啊，你爸媽可是說了的，得寫完作業才能出去。」

米陽也不跟他多廢話，對王兵道：「你認識路吧？帶我過去！」

王兵略微猶豫一下，應道：「好！」

他們騎上車就走，等到了山林邊緣，瞧見那裡綁著的幾輛自行車之後，王兵也開始猶豫起來，「米陽，我看他們車都還在這，天氣也沒那麼誇張，是不是你想多了？」

米陽沉聲道：「那如果遇到暴雨呢？連著幾天大雨山上的土都鬆了，再沖下來就不止是小石塊，連人都會被沖走。」

樹林裡收訊不好，米陽進去之後，拿出手機打了一個電話給白洛川，盡量用平穩的語氣跟他說了自己在山裡。白洛川那邊有清脆的馬蹄聲，問他道：「你進山了？有誰跟著，最近天氣不穩定，山裡太危險了。」

米陽道：「我和王兵，趙海生他們一群人大概有……」

天忽然黑下來了，大中午開始有了烏雲，一層層疊壓下來，遮天蔽日。

王兵感覺到自己臉上落了一滴雨，顫聲道：「九個，他們九個人。」

米陽拿著手機道：「趙海生他們有九個人，去了溪邊的位置，王兵說靠近東南方，有個小山崖的地方，溪水下游是河道，被沖下去非常危險。你跟白爺爺說一下，先報警，再盡可能去通知鎮上的人注意溪邊和下游……」

白洛川那邊說了什麼，王兵也沒有聽到，只聽見米陽應了一聲說「好」。他現在整個人有些慌張起來，等米陽掛了電話，從背包裡拿了繩子給他捆在腰上的時候，他才反應過來。

米陽幫他打了一個結，和自己捆在一起，道：「你別怕，水流方向、河道位置我從地圖上看過，不會沖到這邊來。如果遇到水，我站在前面，你從後面彎腰抱住我的腰，我們就都不會倒，然後盡量找粗一些的樹爬上去，聽到了嗎？」

王兵的情緒已經恢復了些，點頭道：「知道。」

米陽看著他道：「我不會讓你有事的，我能帶你出去的。」

王兵看著他，覺得眼前這人恍惚間像是個大人一樣穩妥，讓人信賴。他喉結滾動一下，然後用力點了點頭。

溪水邊，趙海生坐在一旁，摸了自己臉上一下，落了一顆雨水，抬頭去看天色也暗了不少，但是在樹林裡並沒有感覺到太大的風，他微微皺眉，心裡有了警覺。等再落了幾滴雨在臉上的時候，他迅速起身對著那邊喊道：「走了！下、下雨了，得回家！」

那邊幾個人已經挖了一個坑當土灶，正在點火準備烤剛釣上來的幾條魚，那個騎變速車的男生格外積極，他因為拿著魚餌，用多了魚餌之後釣上來的果然就多了，他剛贏得了眾人的目光，正誇口說讓大家嘗嘗烤魚，這會兒就不樂意走，沒有起身地繼續生火，回道：「幹麼走啊？才剛玩多久，我看雨也沒下嘛，烤完了魚再走唄！」

趙海生道：「已經下、下了！」

符旗生倒是聽他的話，連忙收拾東西，另外那幾個卻是不聽，還圍在升起來的火堆那哄笑成一團，也不知道是在笑什麼。

趙海生過去兩步，生氣道：「跟你們說了走……走！」

那個烤魚的男生心裡不服氣，故意在那學著他大舌頭道：「知知、知道了！」

一群人又哄笑起來。

符旗生臉色變了一下，上前推搡了那人一把，踢了一腳土，把他們那火苗帶串在樹枝上的烤魚一起埋了，道：「我哥說了，讓你們走！」

那些人也不樂意了，跟他們推搡起來。幾個女生膽小，躲開一點，也有人勸了兩聲，帶著點不滿道：「好啦好啦，不要打，走就是了，真掃興，我還以為能在這裡畫完呢！」

「就是，下雨而已，在樹林裡聽雨多美呀，我瞧著那邊的岩石就能避雨，也不知道在急什麼，現在出去一定會淋成落湯雞啦！」

另外一個比較文靜的女孩一直沒開口，她的視線頻頻落在溪水的方向，緊張道：「你們快看，水是不是大了一些……還、還變黃啦？」

符旗生被他們推倒在地上，他離著溪邊近，轉頭看了一眼，臉色微微變了。不遠處一股渾濁而急促的水流正沖過來，天色很暗，看不清楚裡面還有什麼，但是漂浮在裡面的一截木頭卻是看得清楚，和他身邊清澈的溪水截然不同，光憑肉眼就能看到水位明顯高了一截。

趙海生看了一眼，大聲喊道：「水……發大水了，跑啊！」

那個烤魚的男生也不蹲在那了，站起身來六神無主地張望一下，下意識要去河邊拿自己東西，「我的魚竿……」他還沒過去，就被趙海生搧了一個耳光，捂著臉差點倒在地上。

趙海生眼睛都紅了，罵道：「我操……操你大爺，要不要命了！」

大雨開始落下，雨滴起初緩慢，緊跟著就大顆大顆砸下來，暴風驟雨地下個不停。

閃電劃過天空，米陽和王兵裹著帶來的雨衣，緩慢前行。

往日林中幽靜聽到的潺潺水聲也變了，像是什麼動物的咆哮聲似的，離得很遠就聽到水流嘩嘩作響。溪面比往日寬了兩三米，之前還有一個簡易的木板小橋此刻已經完全不見了，不知道是被沖毀了還是被水面淹過去了，只看到滾滾水流席捲而下。

王兵在前面帶路，米陽跟著他一路過去，之前溪邊的位置被急促的流水沖寬了許多。米陽沒有讓他走太近，兩人站在安全的位置觀察了一下，之前不過漫過小腿膝蓋左右的水，現在漲高了許多，沿著河道流淌而過，水也是渾濁的。

河道有限，溪水從上面往下沖的力量很大，但是人並沒有在這裡。

王兵想了一下，「肯定去上游了，那邊我們之前也去踩點過。」

米陽道：「別靠太近，慢慢過去。」

王兵點點頭，跟他一起向前走著。

山裡原先的河道只是乾涸，現在水位高漲，水勢看著洶湧，卻沒脫離河道原先的範圍。米陽看了一眼，心裡略微放下一些，這和他上一世記憶裡的一樣。

當年出事之後，學校裡還專門訓練過學生們如何在水流中逃生，當時分析的就是這次的事，只要上游沒有什麼突發洩洪之類的情況，水勢驟然增大，也不會脫離一個安全範圍，只要趕緊離開河道範圍，往上游或者高處等待救援就可以保證生命安全。

那次出事的時候並沒有成年人在，唯一懂得這些的也就一個當地長大的趙海生，可是他帶著的是一群半大的學生。悲劇的發生，也跟這個有很大的關係。學生年紀小，尤其是這個年紀，並不是完全服從於同齡人的。

王兵腳下磕絆了一下，米陽扶住他道：「小心！」

王兵哆嗦著聲音問道：「你說，他們不會有事吧？上面會不會有大石頭滾下來啊？」

米陽搖搖頭道：「如果有石頭滾下來，就不是這樣的水勢了。」

那恐怕會是整座山坡滾落，聲音轟鳴，山搖地動，不可能像現在這麼安靜。比起山體滑坡巨石滾落，現在的情況還算是輕微的，只要聽話不亂跑，就不會有事，巨石滾落恐怕下面半個鎮都會被壓垮在裡面。

米陽抬頭看了一眼黑幽幽的山林，大山沉默巍然，讓人忍不住心生敬畏。

王兵道：「現在就怕他們避雨到處亂跑，不過海生在，他知道這些，應該不會有事……」他像安慰自己似的這樣說著，抹了一把臉上的雨水。

米陽沉聲道：「但願如此。」

暴雨如注，山裡天色暗下來路都看不怎麼清楚，米陽從背包裡拿出手電筒打開照著，沿著岸邊幾米處安全的地方往上游走。

王兵認識路，這次走了沒一會兒就看到了人，只是和他們預想的不一樣，人還在，卻是在岸邊不遠處起了爭執，夾雜著女孩的哭聲和男孩們的推搡，像是要打起來。

米陽看到人還在心裡就一塊石頭落地，他和王兵迅速跑過去，手電筒晃了他們兩下，大聲喊道：「趙海生——」

趙海生人高馬大，人又壯實，即便瘸著一條腿在人群裡也特別好認，他丟開拽著的一個男生的衣領，抹了一把臉臉上的雨水道：「在這裡！」他聲音沙啞，離近了看一身的水，頭髮都濕透了，腿上的褲子破了一個大洞，不知道被什麼蹭得血肉模糊一片，一瘸一拐地朝米陽他們走了兩步。

王兵看到他之後嚇了一跳，忙道：「這是怎麼了，出什麼事了，你掉水裡去了？」

趙海生眼睛是赤紅的，幾乎是咬著牙齒在說：「他們搶著拿東西，我、我讓他們快跑，他們不跑……那個傻逼掉水裡，我把人撈上來，旗生就沒了！」

王兵臉色變了，過去道：「符旗生呢？他人怎麼沒的？」

岸邊上那幾個外鄉人其中有兩個似乎摔了一跤，身上衣服都沾了泥，還有一個跟趙海生一樣蹭傷了，這會兒正被同伴攙扶著，多半是掉水裡被撈上來撿了一條命的。受傷的那倆抖得厲害，扶著他的幾個同伴也不敢吱聲，還是其中一個蹭傷了臉的女生哭著喊道：「是苒苒，苒苒去拿畫板，我沒拽住她一起摔了一跤……符旗生跳到水裡來救我們……他把我拽上來，抓住苒苒的時候，被沖走了……」

那個女生「哇」一聲哭起來，又冷又怕，幾乎站不住地摔坐在地上。

米陽脫下雨衣給了趙海生，他身上的傷太過駭人，多少能保護一點，再抬頭數了一遍人數，包括趙海生在內一共有七人，符旗生和那個叫苒苒的女孩被水沖走，其餘人都還在。

那幾個外鄉人中的一個男生開口道：「你們來得正好，我剛才就說要走，現在情況太危險了，我就跟他說，大家不如先下山去，再報警求援，趙海生就一直問符旗生……水這麼急，我們也不知道人被沖到哪兒去了啊！」

另一個也道：「就是，應該先保證剩下人的安全啊！」

趙海生紅著眼睛罵道：「我、我操你們大爺！我弟為了救你們這幫王八蛋沒、沒了！要走你們自己走，我要去找旗生！」

他說著轉頭就走，王兵怒火也上來了，罵了那幫孫子一句，拔腿要跟上趙海生。

那幾個學生看著他們還要去下游，其中一個顫著聲音喊道：「要去你自己去，我不去！我要回家，要下山！」他抬腿就要往反方向走，又問身邊的人：「你們走不走了？傻了啊，真要跟著去送死啊？」

他這麼說完，另外幾個原本遲疑的也抬腳跟了上去，六個人互相攙扶著要走。

米陽看著他們，忽然明白過來，難怪當年不是在同一地點發現他們的。溪水下游發現的那兩個人是符旗生和那個叫苒苒的女孩，另外一處河道打撈數日之後才逐漸找到的，就是這六個人。他們走的方向是錯的，山裡暴雨的時候黑得看不清路，剛才那個領路的人走的路是錯的，那邊有一處斷崖，摔下去之後連通「之」字形河道。這裡的水流如此湍急，那邊更寬些，只怕水會更大，也更快把人給沖走。

米陽喊道：「王兵，你留下！」

王兵停下腳步，看著米陽道：「我要去找旗生，他們這幫王八蛋沒事，旗生怎麼辦啊？」

米陽從背包裡拿出一塊疊起來的防水塑膠布，又給了他一個手電筒和哨子，道：「你拿著這些，帶他們往高處走，找安全點的地方，然後待在原地不要動。手電筒光線三長三短不間斷閃光，同時吹這個口哨……我和趙海生去找人。」

王兵愣了一下，道：「不行，太危險了，你帶他們！」

米陽搖頭道：「我沒有你對這裡熟，你帶他們去安全的地方。」他把手按在王兵肩上，用了力氣按住道：「現在不是意氣用事的時候，我們撐到救援來就夠了，知道嗎？」

王兵拿了東西，咬牙道：「好吧！」

米陽快步去追趙海生去了，王兵轉頭走回來，看到那幫人撿了兩根樹枝撐著正在無頭蒼蠅一樣地向前亂走，立刻喊道：「都給我站住，還要不要命了？」

那幫學生愣了一下，看著王兵走過來搶了他們手裡的樹枝，惡狠狠道：「都跟在我後面，這次跟好了，丟了可沒人再去救你們！」他嘴上這麼說著，但看到那兩個渾身狼狽的女生的時候，還是脫下了自己身上的雨衣給了她們，他胡亂裹上那個塑膠布，也沒管剛才那幾個嚷著要走的男生，悶聲喊道：「跟好了，前面是斷崖，你們再亂走，摔死了不管！」

趙海生腿上受了傷，走得慢，米陽追上他的時候，他摔了一跤正努力爬起來，米陽連忙上前去扶起他來，撐著他的手臂架在自己肩上，道：「撐住了，我跟你一起去找。」

「我的錯，都是我的錯……」趙海生抖著聲音，哭喊道：「旗生說他不、不想來，是我，是我讓他來的啊！」

米陽還是第一次見他哭，那麼高壯的一個人哭得表情都扭曲了，他抓著自己受傷的腿，嫌它沒力氣一樣往前走，手指有血滴下來。

米陽扶著他一路走，沉聲道：「省省力氣，先別哭，等真找不到人了再哭。」他喘了喘，咬牙道：「還有機會，已經救了幾個了……總還有機會。」

「我跟我姥姥說過了，也已經打了電話讓白洛川報警，救援隊應該就在路上了。」

「我們現在去了那邊最重要的是確定位置，旗生剛被沖走，下游肯定有人攔截。」

「我們也在往那邊趕，總還是有機會的。」

「趙海生，你弟弟會不會游泳？他水性怎麼樣？」

……

大概是身邊的人足夠冷靜，趙海生慢慢平復下來，他抹了把臉上的淚水和雨水，「會，

旗生力氣大，你別看他個、個子小，力氣跟我一般大。」

米陽立刻道：「我和王兵剛才過來的時候，沿著溪水走的，並沒有看到他，我猜旗生肯定是半路抓住了什麼，被擋在別處了。」

趙海生道：「在、在北邊！那邊有個乾的小河道，現在有水，肯定沖、沖那邊去了！」

趙海生是在這裡長大的，打小不知道來了山上多少次，這次更是情急之下一時未能想起來，米陽跟他分析一下，他恢復理智之後就瘸著腿往北邊去，米陽快步跟上他，心裡也是沉甸甸的，那六個人應該是不會死了，但是符旗生和那個女生，他並不敢保證。

趙海生猜測的沒錯，他們找到了符旗生和那個女孩。

另外一邊的河道平日是乾涸的，現在水不斷沖下來漲到胸腹的位置，如果是平靜的水流並不會有危險，但是此刻夾雜著泥沙一起從上游洶湧而下力量非常大，人站不住腳，萬幸的是有一棵枯樹橫在那裡，符旗生和那個女生被勾住了。

那個女生帶著的畫板撐在他們前面，破了一個洞，看樣子替他們擋了石塊之類的東西。

趙海生要下去救人，被米陽攔住了，米陽用繩子捆在岸邊一棵結實粗壯的大樹上，又把自己捆住，留出一部分打了一個繩結。

米陽道：「等一下你抓住我，我去。」

趙海生不肯，米陽道：「你在岸上，你力氣比我大，我用繩子套住他們……水太急了，下不去，太遠了。」他把背包放在地上，摸了一下，果然在側面小袋裡摸到一個硬邦邦的東西。米雪有個習慣，自己有什麼，都會偷偷往他包裡也塞一份，這裡面就是個粉色塑膠的口哨，再便宜不過的那種，但也是此刻最能救命的東西。

米陽把手電筒調亮燈光放在一旁保持閃光的狀態，又試著吹了一下口哨，聲音響亮，甚至還隱約聽到了回應，不知道是王兵他們還是救援的人員。米陽把口哨給了趙海生，道：「你抓緊了繩子，在岸邊使勁吹口哨，報對了方位就是現在最重要的事。」

趙海生點點頭，含著口哨去拽住繩子。他力氣大，試了一下就把米陽拖拽回來，這才一點一點地放了繩子出去讓米陽踩進水中。

口哨一聲聲吹著，刺耳的哨聲三長三短，不停歇地響在山林裡，被困在水中的人也像是被鼓足了勁兒一樣又有力氣再撐一會兒了，但是他們第一次並沒有成功，米陽量力而為，不敢下到太深的水中，可繩子扔不過去，被水一沖就捲走了，第二次的時候他看到一個被沖下來的塑膠小水桶，似乎是他們拿來釣魚裝水的，便用它綁在繩子上，扔過去，這才讓捆在水中的那個人抓住了。

第一次救過來的是那個女生，她力氣小，但也抱住了那個小桶，被米陽和趙海生連拖帶拽地弄上來了。等到想要再用同樣的方法救符旗生的時候，橫在那裡的枯樹忽然被沖斷了，在趙海生的怒吼聲中，符旗生和那截枯枝一同再次被捲走。

米陽在水裡也受到波及，整個人跌倒嗆了水，被拽上來的時候還被石塊割到了腿。

遠處的燈閃爍，先是一點，緊跟著一片，像是由遠及近的星光，混著人聲一併到來。

米陽躺在岸邊渾身狼狽地嗆咳著，一顆心也徹底踏實下來。

救援隊來了！

救援人員動作迅速，也有對講機在聯絡彼此，很快就行動起來。

趙海生要跟著過去，被大人們按住，披上厚衣服送到後面做緊急包紮處理傷口去了。

米陽被趕來的救援人員抱著送了過去，米陽嗆了水，人還清醒著，只是水嗆到氣管之後口鼻處和喉管都火辣辣地痛，說不出話來。他聽到有人喊了他的名字，眼睛瞇起來去看的時候，只看到晃來晃去的手電筒，旁邊有人在說話：「在岸邊發現的，嗆水了……」

很快就有人湊過來，遮住了所有的光線，俯身對上了他的嘴，一手捏著他臉頰讓他張開嘴，然後唇貼唇地使勁兒吸了一口，緊跟著吐掉口中的河水，又低頭吸了兩口，清理乾淨，捏住他鼻子，又再次貼上來做了人工呼吸。

米陽只來得及聞到熟悉的氣息，被迫張開嘴接受的時候完全沒有反應過來。對方動作非常迅速，一點都不拖泥帶水地就帶著他呼吸了兩次。圍攏上來的炙熱呼吸和乾淨的氣味是他最熟悉不過的，耳邊的聲音帶著急切也是他所熟悉的：「米陽？米陽你試試，用嘴呼氣！」

米陽跟著他做了一次，想要張開嘴說「可以了」，卻只發出一點微弱含糊的聲音，就又被白洛川捏緊鼻孔，俯身貼緊了他的唇吹了一大口氣。每隔幾秒反覆一次，直到米陽的呼吸和他融合，這才放鬆一點。

米陽道：「可以了……」

他鼻子被捏住，說話的時候只能動動舌尖，略微碰到了白洛川的，兩人都是一觸即分。

白洛川鬆開他，但解開了他領口的鈕扣，手指放在他氣管和頸部那兒還在輕輕按壓，擰著眉頭小聲喊他名字，問他好點沒有。

米陽已經緩解很多，點點頭道：「我沒事。」

救援隊來的人多，除了前面呼喊著營救的，後勤人員也抬了擔架，白洛川還從家中帶了隨行的醫生，只是醫生年紀有些大，腿腳不便，此刻正在山下等著。

白洛川解開自己身上的雨衣，把米陽也裹進去，抱緊了他道：「冷不冷？」

米陽搖搖頭，他剛才有點冷，現在整個人都被包裹住了暖烘烘的，並不覺得冷了。

白洛川又道：「我先帶你下山，他們會找到人的。」

米陽點點頭道：「好。」

白洛川把雨衣脫下來給他穿上，自己蹲下身道：「上來，我背你。」

米陽略微猶豫一下，道：「算了，我可以自己走，或者……」

白洛川蹲在那沒動，身上被雨打濕了，堅持道：「上來。」

米陽就趴到他背上，努力用那個寬大的雨衣遮擋住他們兩個人，旁邊的一個救援隊的人看到了，問道：「怎麼樣？可以走嗎？後面有擔架！」

旁邊跟著他一同上來的警衛人員走了過來，道：「我來背吧，咱們還有一匹馬，可以讓馬駝下去更快一些……」

不遠處忽然有人對講機滋滋作響，很快傳來呼喊的聲音：「找到了！那個男孩找到了……人還活著，要擔架，快送下山去搶救！」

白洛川在一旁聽得清楚，立刻對警衛道：「我跟救援隊走，你帶著馬去那邊，烏樂還小，穿過樹林不難，比擔架快許多，先救人！」

警衛人員立刻應了，牽著馬跟救援隊一同過去了。

白洛川又對一旁救援隊的工作人員道：「他只是嗆到了，現在人醒著，我帶他下去就行，擔架留給更需要的人吧。」他把米陽往上托了托，道：「麻煩您找兩個人給我們帶路。」

對方道：「好，你們跟我來，正好王隊長那邊找到幾個學生，先送你們一起下山！」

白洛川點頭應了，跟著他一起過去。

米陽趴在他背上，耳邊只聽到雨水落在雨衣上的劈啪聲響，還有白洛川的呼吸聲，沉穩又有力。白少爺後背很暖，即使他渾身濕透了也能一點一點暖回來，米陽抱緊了他，忽然有點累了，慢慢閉上眼睛。

不知道在白洛川背上顛簸了多久，米陽模糊聽到他在說話，好像是跟誰在陳述什麼，聲音帶著凝重：「嗆到了，可能會引起肺部感染，還是拍片看看，再住院仔細檢查……對，先測一下，我怕他會對藥過敏……」

米陽聽了兩句，每個字都聽得清楚，卻反應不過來，手背上冰涼了一下，緊跟著微微刺痛，有一股冰涼的液體慢慢注入，讓他意識開始不那麼清醒，慢慢睡了過去。

米陽做了一個並不是多好的夢。

夢裡地動山搖，房屋垮塌，連壓在身上的那份重量都逼真得像是他親身經歷過一樣。

他凝視過的那座山滾落巨石，雪上加霜地壓在塌了的房屋殘骸上，堵住唯一的生路。

他又夢到了白洛川覆在他身上的樣子，他們動作親密，但白洛川手臂撐在他頭部兩側，那是一個保護的姿勢。

白洛川在保護他。

他想起來了，白洛川訂婚的那一晚，不是他在頭暈，是牆壁真的在晃動。他們被落下的牆壁砸倒困在狹小的空間裡苟延殘喘。白洛川護著他，撐在他胸前用自己的身體護著……

米陽鼻尖微酸，但是在夢裡無論如何都哭不出來，他像是浮在那裡的一層微薄的記憶，無法撼動曾經的過去。

白洛川不知道撐了多久，聲音都沙啞了，以前那麼光鮮亮麗的一個人只剩下狼狽，只剩下一雙眼睛如同以往盯著他不放，他用砂紙摩擦過似的聲音道：「米陽，親我一下。」

他說：「就一下。」

米陽就湊過去，艱難地親了他一下。

他嘴裡有血腥味，不是自己的，是白洛川的。

護著他的這個人咬破了自己的手腕，餵了他血喝。

白洛川得了那個吻就笑了，眼裡像是盈滿了星光，即便在是黑暗中也能看到那柔軟下來的溫情，他道：「我逗你的，不訂婚，都是騙你的……我誰也不娶，我只想跟你在一起。」

落在臉上的吻一下又一下，白洛川呼吸變慢，但是心情很好，他喘息道：「這、這是給英雄的獎勵嗎？等出去之後，我可不要只親臉頰。」

「嗯。」

「嗯？」

米陽抬起下巴又親了他一下，聲音沙啞道：「出去之後我跟你結婚。」

白洛川心臟跳動得快了幾分，眼睛閃爍著歡快的光芒，「真的？你不是騙我的吧？」

米陽認真道：「不騙你，你堅持一會兒，別睡，我們能出去。」

這次那人等了很久也沒回應，只有輕微的呼吸聲。

米陽道：「白洛川，出去之後我們是不是要領證？去哪兒領？那還要擺酒席，請多少人來合適？你醒醒，別睡了……我上回去見駱阿姨的時候，她還說讓我念念你，現在我都跟你『同流合汙』了，你怎麼賠我？」

他說很很多，很仔細地問他。

白洛川輕笑了一聲，聲音很虛弱：「賠你十克拉的鑽戒，只能綁我一個人的那種。」

米陽道：「那不能比楊柳青戴的小。」

白洛川斷斷續續發出氣音：「傻逼……才給她買……戒指……」

都這會兒了還有力氣罵人呢！

米陽鼻子很酸，「白洛川，你醒醒，你陪陪我，好不好？」

白洛川又清醒了一次，不顧米陽的意願再餵了一次血給他。

他把頭埋在米陽肩上，搭在那用微弱的氣息跟他撒嬌：「我好累。」

米陽手腳被壓著無法動彈，咬破了自己舌尖，歪著頭也要哺餵給他自己的血，但是力氣不足，白洛川也不肯喝，只一邊親吻他一邊逼著他自己喝了。

米陽哽咽著喊他的名字。

白洛川忽然有了一點精神，他小聲道：「我有點冷。」

米陽想抱抱他，可惜手腳已經在疼痛中沒有任何知覺了，他眼眶酸澀道：「那你抱抱我，抱一下就不冷了。」

白洛川笑了一聲，臉頰貼著他的，帶著冰涼的體溫道：「不知道會不會有轉世，如果有的話，我怕記不得了，那可怎麼找你呢……」

米陽道：「沒事，我來記，我來找你。」

白洛川輕笑道：「好啊！」

米陽自己也開始發冷，他輕輕蹭了白洛川的臉頰道：「我記憶力好，我肯定能記得。」

白洛川道：「你多說幾遍，我怕你忘了。」

米陽修書的時候做了無數遍反覆枯燥的修復工作，他有足夠的耐心，一遍又一遍在白洛川耳邊重複著：「我會記得你，記得所有事……我還會去找你，你要等著我，這次……這次永遠陪著你，不離開你一步了……」

白洛川笑了一下，聲音漸漸弱了下去：「只記得好的，我做的那些傻逼事都忘了吧。」

「不過，我這狗脾氣多半改不了，你要是再見了我，一定要陪在我身邊，多教教我，我就聽你一個人的話，我想變好一點。」

「你記得見了我，對我笑一笑，我就能認出你，一輩子跟你好。」

「要是能重新開始，我們就一起開始，好不好？」

米陽動了動嘴，發出一點聲音：「好。」

……

白洛川沒了力氣，米陽也漸漸沒了力氣，渾身發冷，意識渙散。

他和身前的人保持相擁的姿勢，閉上眼睛。

他想，這人不是騙我的。

那些拙劣的、暴躁的脾氣混著一顆笨拙的心，但從未有逗弄的意思，自始至終都是那個真實而濃烈的白洛川。是自己沒敢邁出那一步，如果還有機會再來一次，我願意再遇到你。

這世間最好的你。

夢境扭曲，如同被融化的鏡面，很快又變換了其他的場景。

都是他熟悉的，已經分不清是上一世，還是這一世。

或者都是他們自己。

米陽被包裹在一個軍綠色的襁褓裡，被年輕的父母抱著輕聲哄著，他們笑呵呵地拿了小撥浪鼓哄他玩，外面是不停落下的大雪。

沒一會兒，年輕的白政委夫婦也走了進來，駱江璟燙著時髦的捲髮，懷裡抱著一個精緻漂亮的嬰兒，嬰兒戴著一個小熊帽子，動了動鼻尖從睡夢中醒來，他睜開水汪汪的大眼睛，好奇地落在了米陽身上。

小娃娃米陽抬了抬小手，對他笑了一下。

那個漂亮的嬰兒也咯咯地笑出了聲，露出僅有的兩顆米粒大的一點小白牙。

第三章

除了我，誰會對你這麼好

米陽臉上被溫熱濕潤的毛巾擦拭過，對方的動作很輕，但他還是醒了，動了動睫毛，睜開眼睛就看到小心翼翼幫自己擦臉的人。原本還有點心疼的神色，在看到他醒來的時候，立刻挑起眉頭，壓低了怒聲道：「你知不知道你昨天晚上又發燒了？醫生說如果再不醒，可能就要轉成肺炎，你真是……一點都不聽話！」

白洛川把毛巾扔在一旁，站在那居高臨下道：「我讓你在岸邊吹哨子，等我來，誰讓你下水了啊？現在知道怕了吧，燒了一晚上光說胡話，嚇得一直哭！」

米陽睜大了眼睛看著他，這樣的反應反而讓白洛川嚇了一跳，他下意識要按鈴，「小乖，你怎麼了？我這就讓醫生來，你要是不舒服就跟醫生說，什麼病都治得好，你別怕啊！」

米陽抬了抬手，聲音沙啞地道：「白洛川……」

白洛川立刻坐到床邊，托著他的手起來一點，包裹著道：「別動，晚上動得太厲害還鼓針了，是不是疼了？」

米陽道：「我找了你好久啊！」

白洛川伸出手指幫他擦拭了一下眼角，放緩了聲音道：「怎麼又哭了？沒事了啊，昨天是我來晚了，是我不好，下次我就把你放在我身邊，去哪兒咱們都一起，好不好？」

米陽點點頭，但是眼淚止不住。

白洛川有點慌了手腳，笨拙地幫他擦拭著，看著他紅著眼眶的樣子，心疼得不得了，連聲問道：「怎麼了？到底哪裡痛？」

米陽搖搖頭，還在看著他，捨不得移開眼睛，哽咽道：「我做了一個夢。」

白洛川愣了一下，道：「什麼？」

米陽道：「我夢到特別喜歡你。」

白洛川一下漲紅了臉，但也不肯退開分毫，眼睛看著米陽還在那逞強，「什麼意思，你就夢裡喜歡我？我還以為你現在也喜歡我喜歡得不得了呢！」

原本只是隨口的一句話，沒想到躺在病床上臉色蒼白紅著眼睛的小孩認真回答了。

「喜歡！」

「特別喜歡！」

「我最喜歡你了，白洛川！」

白洛川嘴角揚起來一點，又努力把那個弧度壓下去，將米陽的手放回了被子裡，咳了一聲道：「你等我一會兒，我去叫醫生來，這次聽話一點，好不好？」

米陽點點頭，乖得不像話，軟聲道：「好。」

醫生來的時候，身邊還跟著程家的人，連米鴻這樣長年不肯外出的人也跟著過來了，將米陽住的這個單人病房擠得滿滿的，白洛川扶著程老太太的手站在離醫生最近的地方，老人家緊張地看著醫生為外孫診治，小聲讓他別怕。

醫生看了一會兒，道：「沒事，可能是驚嚇引起的發熱，現在不礙事了，不過為了穩妥起見，再觀察一天吧，情況好的話明天就能出院。」

程老太太鬆了一口氣，伸手碰了碰米陽的小臉，勉強笑道：「我就說我家陽陽肯定沒事，你想吃什麼啊？姥姥去給你做。」

程如也道：「對，咱家離著這裡近呢，三姨開車來的，一會兒就能送來給你。」

醫生看完了又給開了一張單子，簡單再吃一點消炎藥。

程如對老太太道：「媽，您在這和陽陽說話，我去跟著拿藥，再送去護士站，陽陽一會兒還要輸液呢。」

白洛川也跟著醫生一同出去了，米陽血管比較細，普通的針老是鼓針，他想問問有沒有兒童用的那種細一些的，或者軟針。

老太太答應了一聲，滿眼心疼地看著外孫不放。

米鴻看了孫子一會兒，見他身邊有人照顧，默不作聲地出去了。過了一會兒，他又回到病房，留了一些錢給米陽，叮囑道：「我已經去把住院費交了，你什麼都不用擔心，養好了身體再出來。這段時間也不用來看我，在你姥姥那裡養好身體再學手藝也不遲。」

老人家大概是長時間沒有跟人交流，語氣有些生硬，唯獨在跟米陽說話的時候才能放緩和一些，但也不是多話的人，說完放下錢就走了。

程老太太沒推辭，摸摸米陽的頭髮道：「你爺爺疼你呢。」

米陽笑了一下，點頭道：「嗯，我知道，您對我也好。」

程老太太就點點他的鼻尖，心疼得跟什麼似的，道：「我昨天都嚇壞了，你一直也不醒，我還想著要真是出了什麼意外，我可怎麼跟你媽交代！」

米陽道：「姥姥，您跟我媽說了？」

程老太太道：「昨晚想說來著，怕她著急連夜過來，你三姨說等今天早上醫生看過了再

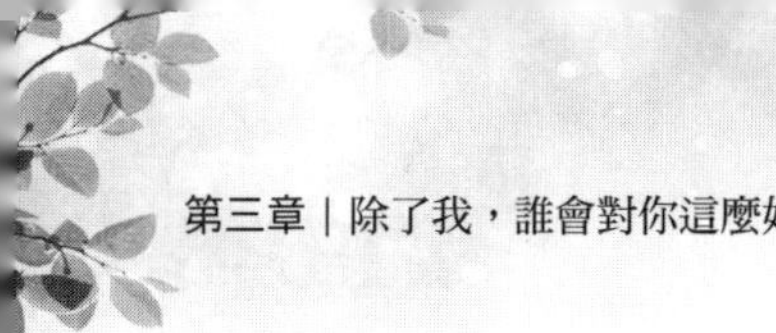

打電話，醫生也一直安慰我們呢，說你就是累了……也就剛才，才跟你媽說了一聲，她那邊也急壞了，過兩天就來啦！」

程老太太一邊說著，一邊又念叨了幾樣菜非要米陽選，米陽想了一會兒道：「姥姥，我想吃白粥，再要一點帶辣味的鹹菜。」

程老太太道：「醫生說你不能吃太刺激的東西，姥姥做點醬菜給你吃，甜的那種。」

米陽道：「好。」

程老太太高興起來，等著程如回來就跟著她的車一起回去做飯去了。

白洛川沒走，留在病房陪著他，道：「剛才我看到爺爺去交住院費了，我昨天就交過了，他又交這麼多根本用不了，我問了醫生，今天晚上就能回去，到時候我幫你退吧。」

米陽點點頭，白洛川說什麼他都說「好」，又乖又信賴他。

白洛川拿了蘋果坐在一邊削皮，看他一眼，見米陽跟等著餵食的雛鳥一樣眼睛一直隨著自己轉，他去哪兒，病床上小孩的視線就跟到哪裡。

白洛川切下一塊蘋果，餵到他嘴裡，米陽就慢慢嚼著吃了，再餵還吃。一直餵了大半個蘋果，白洛川伸手去摸他小肚子的時候也老實得沒半點反抗，乖得不像話。

白洛川若有所思地看了他，抬手彈小孩腦門一下，道：「現在知道害怕了？」

米陽伸手抱住他道：「害怕了。」

白洛川心裡已經軟了一半，但還是硬著聲音道：「下次還敢不敢了？簡直胡鬧！我讓你在岸邊吹哨，你還敢下水，那水位都比你高了！」

懷裡的小腦袋輕輕搖了搖，小聲道：「不敢了。」

白洛川把人抓出來，捏著他的下巴盯著他看，米陽大概是剛睡醒頭髮還有些亂翹著，努力想著正確的答案補了一句：「沒有下次了，真的。」

白洛川略微滿意了一點，放開他道：「我去拿杯水過來給你。」

米陽現在看不到他就有點心慌，坐起身道：「不要，我不想喝水。」

白洛川道：「那你要什麼？」

米陽捏著被角道：「你陪我一會兒吧。」

白洛川掀開被子和他挨近了一起半躺在那，忽然笑了一聲，把他抱在懷裡道：「就這麼怕我走啊？我不走，在這裡陪你，陪你一個白天。等晚上醫生說沒事了，我就帶你回家……回我家好不好？爺爺那邊有醫生，我實在不放心，咱們再觀察兩天，嗯？」

米陽想了一會兒，道：「要跟姥姥說一聲。」

白洛川笑道：「好，我去跟姥姥說。」

米陽趴在他肩上閉了閉眼睛，腦海裡想的還是夢裡那些驚心動魄，心臟跳得太快，整個人反而顯得遲鈍，白洛川跟他說話的時候，他過上好半天才能想明白，慢慢回應他。

白洛川看他醒過來之後就沒什麼精神的樣子，握著他的手，小聲跟他說話：「你知道嗎？那個被你和趙海生拽上來的女孩子沒事了，符旗生也救回來了。」

米陽微微動了一下，道：「都平安了嗎？他們也在這個醫院？」

白洛川道：「對，已經脫離危險了。那個女孩手臂骨折兩處，符旗生比較嚴重一些，不過昨天也搶救回來了，他求生欲很強，家裡人都陪著，一定會沒事的。」大概是為了安撫米陽吧，難得多說了一些，「我讓爺爺給趙阿姨多放了幾天假，讓她照顧符旗生，你放心吧。」

米陽想了片刻才明白過來，白洛川說的是上次自己在白家老宅遇到的那個打掃庭院的阿姨，也就是符旗生的媽媽，當時那個阿姨還請他幫忙帶大白兔奶糖去鎮上。

米陽點點頭道：「好。」

白洛川摟著他，手輕輕在他後背拍撫著，跟他說話：「市裡這次特別重視這件事，特意安排了人來看你們，要給你和趙海生、符旗生他們頒錦旗。應該還有獎金什麼的吧，反正到時候給你就拿著就行了。市裡要建旅遊風景區的事兒已經定了，如果這次真出事了，什麼影都沒了，說起來你們還真是幫了大忙。」

米陽愣了一下，「旅遊風景區……嗎？」

白洛川知道的消息多，道：「對，聽說鎮上那一片也要重新規劃建設，可能都要拆遷吧，過幾天就有人來量房子面積了。」

米陽抓著他衣服的手緊了緊，他又想起夢裡那一場事故，想起了滾落的巨石……那樣的力道，白家老宅離著山腳近，首當其衝被覆蓋其下的話，整個山海鎮多半也都毀了。

他清醒過來之後，還未從驚嚇中恢復，一時很多事情都想不周全，但是驚恐猶在。

白洛川的一句「拆遷」的話，讓他在這份恐懼裡生出一線希望，並一點點擴大，猶如破開烏雲的光，一絲一縷很快就照亮了地面，驅散了陰霾。

米陽愣愣地道：「整個鎮都要拆遷嗎？搬到別的地方去？」

白洛川道：「我聽爺爺說市裡是這麼打算的，因為我家老宅占地太大，加上後面還有兩小座山，那邊先來跟爺爺談了談。」

米陽坐起身，認真問道：「白爺爺想搬嗎？」

白洛川道：「爺爺倒是覺得沒什麼，他年紀雖然大了，卻也不在意這些。不過也不知道鎮上有沒有人反對，畢竟每次拆遷的事都挺難辦的。」

米陽鬆了一口氣，白家帶頭的話，事情就不難辦了。

如果建了風景區，那麼就有專人維護，可以預防一切悲劇源頭，而鎮子拆遷，又可以避開一切不幸……想到這裡，米陽心裡一塊重石放下，眼睛又恢復了光彩，這會兒也覺得肚子餓起來，摸了一下，道：「白洛川，我餓了。」

白少爺伸手摸了摸，「是該餓了，從昨天中午到現在只吃半個蘋果，想吃什麼？」

米陽道：「想吃雞腿！」

白洛川點點頭出去，然後拿了一份粥和一碟糕餅回來，這會兒還是要吃清淡的病號飯，沒有給他雞腿，但是這樣米陽也吃得很香。

白洛川看著他大口吃飯的樣子，不滿道：「吃東西的樣子倒是看著挺正常的，怎麼這麼沒心沒肺，剛才還嚇成那樣，現在又好了？」

米陽嚥下嘴裡的糕點，笑道：「我就是覺得做好事還是有好報的吧，挺高興的。」

白洛川冷笑道：「什麼好報，一個破錦旗嗎？」

米陽抿嘴直樂，彎著眼睛笑道：「你信不信因果？」

白洛川看他一會兒，嘆了口氣道：「信，你信我能不信嗎？以後陪你做善人，行善事，可以了吧？你有本事就管著我一輩子，別生病，也別再出事。」

米陽點點頭，不知道想起什麼又笑了。

有人在外面敲門，白洛川起身去開了門，瞧見外面站著的兩個半大男孩，一個扶著另一個，受傷的腿腳打了繃帶，捲起病號服的褲腿來，拄著拐杖撐著人肩膀頑強地蹦過來，看見白洛川和米陽的時候眼睛亮了一下，咧嘴笑道：「我、我來看看，你們，醒了就好！」

米陽認出他，招手讓他們進來坐，「王兵，你怎麼把趙海生扶過來了？快過來坐。」

白洛川把椅子給他們坐，自己挨著米陽坐在床邊，還在輕聲哄他吃完剩下的半塊糕。

米陽就著他的手咬了一口嚼著吃，看見對面椅子坐著悶不吭聲的兩個人，奇怪道：「怎麼了？你們過來什麼事嗎？」

趙海生是嘴不利索，但一張臉上滿是感激，不用說話都能看得出真誠。王兵是見著白洛川有些不好意思，他之前對白家這位少爺有點偏見，但是人家不計前嫌，用一切方法幫了他們，還救了符旗生一命，他心裡特別不是滋味，先開口道：「我們來說聲謝謝，真的，米陽，這次多虧你和白洛川了，要是沒你們，別說旗生，就是海生也不一定保得住，我們真的特別特別謝謝你們！」

趙海生比他直接多了，坐在那道：「我和我弟的命就、就是你們撿回來的，有事說一聲，我倆絕對沒二話。」

米陽笑了一聲，沒往心裡去，倒是旁邊的白洛川抬頭看了他一眼，重新審視了一遍這個

人，若有所思地沉默了一會兒。

米陽又問道：「旗生呢？我聽說他脫離危險了，現在醒了嗎？」

王兵道：「醒了，比你醒得還早一點呢，今天早上六點多就睜眼了，先喊餓。你不知道旗生這小身板吧，看著弱不禁風似的，乾瘦乾瘦的，但是力氣大著呢，也能吃，只要睜眼能吃東西就沒事了，他平時頂我三個吃的多，呵呵！」

趙海生笑道：「我弟命、命硬。」又道：「之前打架的事，是我們不、不對。我問過旗生了，等兩天好了，讓他親口跟你說。」

米陽聽見他說這個，糕餅都不吃了，就要追問，還是白洛川掰了一小塊塞他嘴裡去，「我也有不對的地方，回頭大家坐下聊一聊就過去了，跟昨天比，什麼都是小事。」

趙海生咧嘴憨厚道：「聽你的。」

等他們走了，米陽看向白洛川，問道：「你一直沒跟我說到底怎麼回事。」

白洛川把手裡那半塊糕餅都餵完了，見米陽聽話地吃光，這才道：「也沒什麼，就是有一次你去姥姥家住了，我聽到外面有動靜，過去看了一下就瞧見一樓房間的玻璃破了，符旗生站在外面看著慌慌張張的……我當時以為他偷了東西，就跟他起爭執。後來有一次在外面遇到他，王兵他們人來的多，反正沒說兩句就打起來了。」

米陽有點驚訝，「他偷什麼了？」

白洛川皺了眉頭，道：「怪就怪在這，家裡什麼東西都沒丟，就玻璃破了。」

米陽道：「難怪我怎麼問你都不肯說了。」

白洛川點頭道：「對，我之前罵他是小賊，但是沒丟什麼，事後再遇到也沒說過他了。這人骨頭很硬，嘴也嚴實，梗著脖子一句話也不多解釋，現在想想應該是我誤會他了吧。」想了一會兒，自己又笑了道：「這兩兄弟倒是都挺有意思的，趙海生看著憨厚但帶著一點精明，符旗生看著文文弱弱但一根筋的厲害，力氣大又強，不過都挺有血性的。」

米陽對趙海生的印象也很好，點頭道：「他們是挺好的，等符旗生身體好了，我陪你過去找他把話問清楚，誤會解開就沒事了。」

白洛川道：「好，聽你的。」

他學著趙海生說了一句話，但是語氣卻沒有趙海生那樣沉穩，帶著笑意說出來跟哄小孩一樣，寵得沒邊了。

程老太太一天跑了兩趟醫院，送了不少吃的來，米陽吃不下那麼多，白洛川替他吃了大半，但也還是剩下好些。米陽心疼她，不肯她再折騰了，程老太太就一直陪著他等到晚上，親口聽著醫生說「可以出院」之後才鬆了口氣。

白洛川跟老人家商量了一下，因為白家有家庭醫生，程老太太也信任他們，這麼多年的感情了，聽見白洛川說帶米陽過去住幾天，立刻就答應了，她對白洛川道：「你能幫我照顧小乖，我就太感激你們家啦，等我做了吃的就讓人送去，你和小乖一起吃，別嫌我煩啊！」

白洛川笑道：「怎麼會，我也想吃您做的菜了。」

程老太太笑呵呵道：「那沒問題，我給小乖做的時候，多做一份給你。」

真送了米陽去白家的車上，程老太太又不捨得了，還是白洛川一再保證每天打電話給她

報平安，老太太這才讓他們一起走了。

米陽只是輕微嗆水，出院很快，但是符旗生身上多處受傷，外傷就有不少，肋骨那更是斷了三根骨頭，這會兒只能躺在醫院靜養。

符旗生的媽媽抹著眼淚照顧他，看到自己的孩子渾身綁著繃帶的樣子就心疼，尤其是昨天醫生還差點讓他們緊急轉院，後來白家的醫生來了跟著一起會診，才確定了搶救方案，身體好轉起來。

聽醫生說一根肋骨差點插到肺裡去，離著死也就一步遠了，真是生生拽回來的一條命。

符旗生強打起精神來去安慰他媽：「我沒事，躺躺就好了，媽……」

符媽媽走過去，靠近了他讓他減少說話的力氣，剛靠近了就聽到符旗生小聲說：「媽，您帶我回家吧，我不想在醫院，要花很多錢。」

符媽媽眼淚都下來了，對他道：「什麼錢不錢的，我兒子命都快沒了，我要它們幹什麼？你聽媽媽的話，在醫院好好養著，等你病好了咱們再走。」

符旗生看著她，過了一會兒才道：「您要上班……」

符媽媽道：「沒事，白家特意給放了一段時間的假，說讓我多照顧你幾天，等你好了再回去不遲。」她幫符旗生掖了掖被角，絮絮念叨：「他們家的人挺好的，還提前給了我半年的薪資，媽現在有錢，你就放心養病，只要人在，就什麼都有。」

符旗生緩聲道：「他們家對您好嗎？」

符媽媽笑了，「好啊，這是我遇到最好的主顧了。」

她餵符旗生喝了一點水，潤了潤嘴巴，就坐在旁邊陪著他。

符旗生一直很沉默，偶爾疼的時候也只是額頭上冒出細密的汗水，不輕易開口喊一聲。符媽媽心疼他，但是她每次問，都是兒子反過來寬慰她，幾句話說得她眼淚直掉。她的命不好，丈夫長年臥床不起病得厲害，兒子剛開始懂事的時候就知道幫她做事，娘倆一直都是這樣扶持著熬過來的。別人家的小孩小時候過生日都有好吃的，她家裡窮，就算有一口好的，旗生也會掰開硬餵到她口中，她吃了，他才肯去吃……

她已經沒了丈夫，旗生就是她最後的盼頭，如果兒子沒了，她真不知道如何活下去。

符旗生醒來的當天下午，就有人送了一束花和果籃過來，來的人是一個女孩，她身邊還跟著自己的父母，手臂也打了石膏固定起來，臉上有擦傷，抹了藥水開始結痂了。

符旗生沒有認出她來，躺在床上只看了她一眼，沒有出聲。

女孩站在那動了動唇，然後向他鞠了一躬，顫聲道：「謝謝……謝謝你，我叫許苒，是你救了的那個人，我真的、真的不知道該說什麼好，都是我的錯，是我連累了你……」女孩說著就哭了起來，又怕打擾到病人休息，咬著唇情緒激動到肩膀發抖，含糊不清地在那跟他道謝，又說對不起。

她的母親在旁邊扶住了她，她和丈夫都是知識份子的模樣，扶了扶鼻樑上的眼鏡，瞧得出眼圈也是紅著的，她開口緩聲道：「我和我丈夫都非常感謝符旗生同學，沒有他，我女兒恐怕就回不來了，我們願意承擔符同學所有的醫療費用，請您務必答應，讓我們盡一份心。」

符旗生母子兩個顯然沒有想到她們會說這樣的話，愣了一下之後，符媽媽站起來磕磕巴巴地也不知道說什麼才好。她和兒子一輩子老實本分，即便是這樣拚命去救人了，也從未想過要對方什麼回報。

許家一再堅持，正好趙家人也來了，就帶著符媽媽和許家的人一起出去商量，只留了趙海生在病房陪著醒來的表弟。

符旗生還在看著門口，好半天沒有移開視線。

趙海生也抬頭看了一眼，對他道：「別看，這是他們應、應該的。」他伸手幫符旗生蓋了蓋被子，冷著臉道：「我弟一條命，他們拿錢來賠，便宜他們了。」

他低頭看符旗生被繃帶包紮起來的手指，那天旗生和那個女孩根本就不是被那棵枯樹勾住的，是旗生用手指死死抓住了那一線生機。符旗生水性不算多好，好在他有一身蠻力，手指都摳進枯木裡去，他被救起來時十根手指的指甲都裂了，鮮紅的肉在水裡泡得不像樣子。

趙海生臉色難看，符旗生卻咧嘴笑了一下。

趙海生道：「笑、笑個屁！」

符旗生還在咧嘴笑著，甕聲道：「哥，我就知道你肯定會來救我。」

趙海生想罵他，但是嘴不夠利索，越生氣越說不出話來，表弟傷成這個鬼樣子打不得，只能黑了臉道：「混蛋！這次要不是米陽在，你就等死去！誰也撈不上來，差一點就死了，還笑，笑個屁！」

符旗生挨了一頓罵，沒有懊惱，陽光落在他身上只覺得渾身發暖，重回人間。

符旗生道：「哥，不會了，我一定愛惜這條命。」

趙海生這才停了罵聲，喘著粗氣看他，紅了眼道：「你要死了，我怎麼跟姨交代？她非、非跟你一起去不可。」

符旗生沉默一下，道：「我保證，一定好好活著。」

趙海生道：「下次，想想你媽。」

符旗生道：「好。」

那些一起被送來的學生們此刻也在醫院，他們有人在等著家長來接，身上有傷的也被安排去做了檢查，除了符旗生和那個叫許苒的女孩，其餘人只是些皮外傷，精神上受了驚嚇，並沒有什麼事。

許苒父母擔心女兒，讓她留在醫院多住了一天觀察，另外幾個人雖在山裡嚷著要回家，但是見許苒留在醫院，都紛紛住院觀察，還有一個男生說自己頭暈，打了一點葡萄糖。

等到下午的時候，確定沒什麼事了，他們就要出院。

救援隊和醫院的人都攔住了他們，原因只有一個，讓他們把錢交了再走。

那些家長以為只要送一個錦旗過去就可以了，萬萬沒有想到還要給錢，一時都傻眼了。只有許苒和另外兩家在認真詢問該交多少。旁邊一個男生的家長聽到救援隊報出的數千元數目，頓時睜大了眼睛道：「怎麼可能？怎麼這麼多？」

另外一個家長猶豫一下，也道：「是啊，公民遇險獲救是一項基本人權，你們這樣賺錢，是不是有些不負責任啊？」

「搜救費用是可以隨便開的嗎？為什麼要這麼多？不過是從山上迷路走不下來……」

救援隊的王隊長是一個膚色黝黑的男子，他擰眉看了周圍的幾個家長，一半人要交錢，另一半則還在嘰嘰歪歪說個不停，他冷笑一聲道：「迷路？你自己看看他們身上，昨天是在哪兒救上來的，讓他們自己說情況危險不危險！前面就是斷崖，要不是有個當地的孩子去阻止他們，恐怕都摔下去死了！」

這個「死」字太重，周圍那些家長都噤聲了。

王隊長道：「我們義務救援，沒有任何費用，讓你們交的這筆錢是當時怕有意外調動車輛進山的時候砍了一些樹，清理道路障礙，給林業交的罰款。」

問清這筆錢之後，家長們無法可說，只能認了。

這個時候醫院的人也站出來，道：「那麻煩你們把醫院的費用也結清。」

有一個男生是打了葡萄糖的，他父親拿了幾十塊錢出來，準備去交，但是被那個醫院的人叫住了，道：「不夠。」

那個家長愣了一下，道：「還有什麼其他費用嗎？」

醫院的人道：「有，我從頭跟您算啊，你們的孩子昨天晚上是坐救護車來的，救護車按往返全程公里數來計算收費，每公里兩元，外加隨車出診費十元，醫院去山裡往返費用為一人兩百元……哦，對了，還有幾個同學用了擔架，這個也是需要額外收費的。」

家長臉色很不好看，道：「我也坐過救護車，從來沒遇到過這麼貴的。我要找你們醫院的負責人，問問是什麼車。」

對方道：「不用了，我就是負責人。他們坐的是心肺復甦的搶救車，當時情況危急，我們都是按第一時間搶救生命來安排的，就這還是專門為你們調動來的。」他當著孩子的面原本不想說重話，但還是忍不住道：「你們生下他們，就要教育要負責，不然別怪社會教你們如何做一個公民！」

許苒的父親跟醫生和救援隊的人道歉，率先表示要去交錢，又低聲問道：「昨天孩子還做了檢查，我想補交這部分的錢，請問也是一起嗎？」

醫院的人臉色緩和了些，道：「對，是一起的，我開單子給你。」

許苒是除了符旗生之外，傷得最重的一個，費用也是最多的。旁邊有家長覺得和自己沒什麼關係了，還在算這兩筆錢，醫生轉身對他們道：「你們也一起來，昨天下午到的時候，你們也堅持給孩子們做了檢查吧？」

那些家長啞口無言，有些看著醫生的臉色已經有些訕訕的不好意思起來，另外一兩個還在不滿。只不過這次的不滿衝著許家去了，許苒一直保持沉默，跟這些同學和家長也沒有一點眼神的交集。她永遠記得自己掉下去的那一瞬間，其他人都縮回去避如蛇蠍的態度。

因為符旗生和趙海生也是私自上山被救援的其中之一，需要承擔這部分費用，許苒的家長主動替他們兩個交了，他還問了昨天那個趕來救了許苒的男孩，問能不能也替人家把救護車的錢一起出了，他們家重新撿回女兒的命，對此非常珍惜。

對方道：「米陽是吧？不用了，他的錢已經交過了，人也出院了。」

許苒的父親又問道：「那他家在哪裡？我們想親自登門道謝。」

對方道：「這我也不太清楚，不過送他來的是白家人，你去山海鎮上打聽就知道了。」

許苒父母在帶著女兒出院之後還真的去打聽了一下，白家老宅非常好找，整個鎮上說起白家，也只有那一戶，許苒一家找過去的時候，卻沒有見到人，只有平時照顧白老爺子的一個家庭醫生出面冷淡道：「米陽那孩子還在養病，需要安靜，就不用特意過來了，心領了。」

許家父母這才作罷。

米陽對此一無所知，他在白家現在特別忙。

白老爺子看著他們兩個小孩一起長大，好不容易瞧著快出落成少年模樣，突然差點丟了一個，老爺子心驚肉跳的，恨不得把所有補品都拿出來讓廚房給做了餵到米陽嘴裡去。

另外一邊的程老太太也是一樣的心情，三天兩頭讓程如開車給送燉的湯湯水水，還每天都做米陽愛吃的小菜和點心，一天三頓都不帶重樣的。米鴻雖然沒有這麼做，但隔了幾日之後，也送了一個錦緞包裹的小盒子去了白家，裡面裝著的是一株老山參，也不知道他從哪裡淘換來的，連照顧白老爺子的那個醫生都嘖嘖稱奇，說是好些年沒見這麼好的參了。

白老爺子想了想，道：「把這參切片讓陽陽吃了吧？」

醫生笑道：「那可不成，他們年紀小，火氣旺著呢，不能這麼補，我跟廚房說說燉雞湯的時候加一點就成了。」

白老爺子道：「好，你看著辦吧。」

然後米陽每天吃的飯裡又多了一道雞湯。

撇去浮油，燉到肉爛骨酥的雞肉全都不要，只這麼一碗清澈的雞湯，架在火上數個小時

地熬了，一大鍋濃縮成這麼兩三小碗的量，只供著他一個人喝。廚師水準特別高，加了藥材也聞不出什麼來，高湯鮮美，喝下去從胃裡開始暖起來，片刻功夫整個人都暖洋洋的了。

米陽喝了爺爺送來的雞肉參湯，吃了姥姥送來的點心，又在白家一眾人關切的目光下一日三餐地吃著飯，多吃一口周圍的人都恨不得給他鼓掌一樣。

米陽扶著餐桌站起來，眼神有點發直了，道：「不行了，真吃不下了……」

白洛川也放下筷子，道：「那就不吃了。」

米陽扶著桌子走了兩步，還沒離開餐廳，就聽見白洛川對廚房那邊道：「把那碗雞湯端出來。」白少爺轉頭看著米陽一張吃到生無可戀的臉，忽然笑了，安撫道：「就一小碗，喝了就讓你回房間去，看書或者做什麼都行，好不好？」

米陽：「……」

米陽覺得這萬千寵愛太沉重了，他肚子不爭氣，可怎麼辦啊！

一連餵了幾天，米陽氣色紅潤，比以前好上許多。

白洛川一直小心照顧著，看他完全沒事了，這才帶著他在老宅裡走動。老宅占地大，三進三出的宅子光後院就修了一座戲臺，不過荒廢久了，變成納涼的地方，也沒什麼人搭理。戲臺旁邊不遠處就是馬廄，小黑馬烏樂一個人住了好大一處地方，白老爺子特別偏愛它，吃住都是最好的。尤其是這次小黑馬還立了功，幫著一同救了人。當時符旗生情況危急，烏樂被卸了馬鞍，背上放了簡易的救生架，等下山之後才發現背上蹭破了一小塊皮，牠路上也只甩甩尾巴，溫順服從，並沒發一點脾氣。

現在這處的傷已經被擦了藥治好了，但是白洛川心疼小馬，依舊不讓牠背上落鞍。

白洛川牽了烏樂出來，烏樂開心地打了個響鼻，馬蹄清脆地跟了出來，連放在那裡掰碎的大塊燕麥餅都不要了，黑而亮的大眼睛裡滿是喜悅，還以為白洛川要帶牠出去玩呢！

白洛川摸摸牠的鼻樑，讓米陽也過來跟牠親近一下。米陽兜裡揣著糖塊，剝了糖紙放在掌心餵給烏樂吃。

三歲大的黑馬小胸脯就挺得直直的，肌腱結實漂亮，雖然小，但已經有了驕傲的姿態。牠低頭吃了米陽掌心的那顆糖之後，歪頭蹭了米陽一下，漂亮的大眼睛還在看著外面，瞧著還是想出去。

米陽被牠逗得笑出來，摸牠一下道：「只能在家裡走走，傷還沒好呢。」

白洛川道：「你再跟自己說一遍。」

米陽：「……」

白洛川道：「你倆情況差不多，都得老實關幾天。」

略微被餵胖的小馬和小孩一齊抬頭看他，兩雙無辜的圓眼睛眨了兩下，烏樂是委屈，米陽是滿含歉意。白洛川瞧著他們真是可憐又可恨，依舊沒鬆口放開禁令。

烏樂比米陽乖，但是米陽嘴巴甜，他們一起陪著白少爺在院子裡走兩圈，再回到馬廄的時候，少爺心裡的火氣就降下來許多了，只剩下一點點隱隱約約還未完全熄滅的小火苗，口氣也比剛才好上許多：「等明天醫生給你檢查，要是全好了我就帶你回姥姥那邊。」

米陽手被他牽著，聽了高興地晃了兩下，「你也住下吧，好不好？」

白洛川唇角那點笑意差點沒藏住，故意慢吞吞問他：「你是怎麼回事，這幾天太黏我了，我離開一步都不行嗎？」

米陽有點不好意思，想要抽回手，卻被白洛川握得更緊了，大少爺大聲地嘆了一口氣，道：「好吧，我再陪你兩天。除了我，誰會對你這麼好？」

米陽見他看著自己，立刻道：「你最好了。」

白少爺就更滿意了，手指跟他十指交叉握在一處，告訴他道：「對，我對你最好。」

這個最好，很快就受到了長輩們的愛心衝擊，米陽一直聽話懂事，這麼多年來恨不得就是「別人家孩子」的典範，冷不防出了這麼大的事，打電話來問候的人就沒停過。

除了他爸媽和程老太太，米陽家裡的三個姨更是每天都要準時打來問問他。

「不是，您著急也沒用，我現在回不去，要再觀察一段時間。放心吧，真沒事，姥姥不是都跟您說了？」米陽耐心地跟程青說話，他媽人在滬市，越是見不到他越是著急。

程青道：「那你再等幾天吧，你爸馬上就要到了，要不是他攔著，我昨天就到了。」

米陽道：「真沒什麼事，我姥姥說的您都不信？我就嗆了口水，沒事了。」

程青又叮囑了他幾句，米陽笑道：「好，您忙您的，過陣子我們就回家了。」

剛掛了程青的電話，幾個姨又打了過來，跟約好了時間排號撥過來似的。

米陽去了陽臺那接起來，又是原樣的話再說了一遍。

二姨程春嫁了當年追她的那個工程師，現在一家人在省城生活得不錯，姨夫那邊升職之後還分了兩間房子。小姨程歌現在在市裡當老師，嫁的也是油田系統的，不過和程春家的不

同，他們一個是工程師，一個是一線作業員，從事的工作倒是都和鑽井平臺研發有關。

她們兩個人來不了，但是沒少給米陽郵寄東西過來，全都放在留在山海鎮做生意的老三程如家中，讓程如再給米陽捎帶過去。程如這兩年和丈夫做生意，置辦起了一家實木家具工廠，因為之前「非典」的關係，生意也淡了許多，正好空出大把時間來回跑，探望的事就全落在她身上了。米陽聽見她說起生意冷清，就問道：「是沒有客戶來嗎？」

程如道：「可不是？以前往南方運好些呢，生意好的時候半年都歇不了一兩天，現在都不敢跑了，會展也都不敢辦了，沒人哪兒做得成生意。」

米陽試著道：「那從網路上找找呢？」

程如道：「什麼網路上？網路還能做生意嗎？」

米陽笑道：「能呀，三姨，我推薦一家給您吧。我瞧著您都買了電腦給表弟，光他一個小孩用多浪費，應該大家一起用。」他走回去打開白洛川那個筆記型電腦，上網看了一下，「找到了，您回去搜一下『阿里巴巴』，這個網站裡面有一個『誠信通』業務，剛開辦的，交一點錢就可以讓他們幫忙找新商家了。」

程如做生意多年，膽子大，接受新鮮事物的能力高，聽見了點頭道：「好，我一會兒就去找找。陽陽，你今天想吃什麼？」

米陽現在聽見吃就不行了，立刻道：「不了不了，我剛吃飽，您也幫我跟姥姥說一聲，我明後天就回去看她，不用送吃的來了，我真的吃不下了。對了，我爸也要回來了。」

他把話題努力轉到米澤海身上，岔開說了好一會兒，程如那邊才噗嗤笑了，「知道了，小機靈鬼，今天三姨不過去了，你好好養著吧。」

米陽這邊鬆了口氣，就瞧見白洛川走了進來，他下意識先看他手裡有沒有端著碗。

白洛川道：「想喝湯了？我去拿給你……」

米陽過去拽住他衣角，求他道：「不不，一點都不想喝。」

白洛川作勢還在走，問他道：「那一定就是想吃點心，今天有荷花酥，你等著。」

米陽伸手抱著他手臂往回拖，「不要，你別走，坐這裡陪陪我唄。」

白少爺心裡高興但是面上不顯，裝作是被硬拽回去的樣子，看夠了米陽不肯讓自己離開一步的樣子，這才道：「沒有雞湯，我剛才躲在樓下偷偷替你喝了。」

米陽面上鬆了口氣，白洛川就湊過來，掀起他的衣襬摸了一下肚子那，捏在手裡都比平時軟了，滿意道：「胖了點，很好。」他見米陽拿著手機的樣子，笑道：「三姨又要來了？」

米陽道：「今天勸住了，不過來了。」

白洛川點頭道：「家裡什麼都有，你想吃什麼跟我說，讓廚房去做就是了。」

電話鈴聲又響了兩聲，米陽嚇了一跳，低頭去看，自己手機卻沒有亮，旁邊的白洛川拿出一支跟他手裡用著的一樣的手機接起來，道：「喂？媽，是我。」

這次出事不算小，除了米陽家裡人，滬市那邊也打了電話來，駱江璟都被驚動了，抽了時間特意詢問他們的情況。

知道米陽現在養好了身體，徹底都平安無事之後，駱江璟道：「洛川，把電話給他。」

白洛川看了米陽一眼，道：「好。」

手機是交過去了，但是人也湊了過來，一起聽著。

駱江璟在那邊嘆了一口氣道：「小乖，你膽子也太大了，人沒事就好，下次不可以做這樣的事了，你自己還是個孩子呢，要是出點岔子可怎麼辦呀？我看，就該讓洛川看著你，在那邊待的性子都野啦，也該管管你，在家裡關上幾天才好呢。」

駱江璟是看著這兩個孩子一起長大的，她對白洛川付出了很多心血，甚至犧牲了自己最好的幾年時間來專心撫養兒子，兒子身邊永遠都有這麼一個乖巧的小朋友，愛屋及烏，她心裡也一直牽掛著。

米陽住院的時候她沒敢多說什麼，但是現在身體好了，駱江璟就小小「教訓」了幾句，依舊是心疼居多。等駱江璟那邊掛斷之後，白洛川就道：「瞧，我也是這麼想的。」

米陽坐在那好一會兒，愣愣的也不知道在想什麼。

白洛川手放在他眼前晃了晃，道：「生氣了？我以後陪你出去玩，別擔心。」

米陽笑了一下，道：「不是這個。」

白洛川道：「那是什麼？」

米陽看了電話一眼，搖搖頭道：「沒，我覺得駱阿姨說的對，我在家裡反省幾天吧。」

駱江璟上一世的時候對他就很好，這一世就更不用說，她一直以為他可以幫著勸住白洛川「胡鬧」，但是現在，他要變成和白洛川一起的同謀了。

米陽心裡有點愧疚，但也只想了一下，又開始去思考以後如何解決了。他們錯過太多，這一次，他不會再做那個放開手的人。

白洛川湊過來捏了他的臉一下，「沒事，你就只聽我的，別怕我媽。」

米陽被他捏著，說話都含糊不清，小聲道：「好。」

他們兩個的手機並排放在一起，兩支新手機，一樣的款式，連掛著的吊飾都一樣。

米陽的手機在山裡泡了水，不能用了，來了之後就被白洛川取了卡換上新的用著。這次米陽沒有推辭，白洛川給，他就收著，他心裡的那份隔閡已經淡化不見，只剩下親暱。

白洛川擺弄了一下手機，瞧著用一樣的東西，心裡挺高興的，不過大概還是想著之前米陽反抗的樣子，跟他解釋道：「我沒有看不起的意思，你之前那支手機是程阿姨用舊了的，開學就得用新的啊。看，咱倆還是一樣的。」

米陽順著他手指看過去，彎著眼睛道：「好。」

他這麼乖，白少爺反而有點不好意思，帶著點不滿小聲道：「程阿姨老給你用舊的東西，我就不信，等米雪以後買手機也給她舊的。你們家怎麼回事，重女輕男啊？」

米陽笑道：「你別這樣說啊，真沒有，家裡也要給我買來著，我自己沒要。我就是覺得這些我也不常用，隨便有個就行了。」

白洛川手臂搭在他肩上，把人抱住了，皺眉道：「我就是心裡不痛快。」

米陽道：「怎麼了？」

白洛川道：「我不喜歡你妹妹。」

米陽道：「嗯。」

白洛川道：「程阿姨對你都沒有以前好了，以前她什麼好東西都給你留著，現在對半分不算，還老要你讓著小的，憑什麼……」

米陽都聽樂了，安撫道：「我比我妹大啊！」

白洛川沒理，抱著他緊了緊，道：「我對你好。」

米陽「嗯」了一聲，抱著他的少爺又小聲道：「我把程阿姨那份也給你補上，比誰都對你好，比誰都寵著你，別人有的你有，別人沒有的你也有，全都給你。」

好聽的話跟不要錢似的，一口氣說了許多，米陽都覺得自己要被他蠱惑了，原本沒覺得怎樣的小事，連最後一點輕微的縫隙全都被白洛川填滿，像是被琥珀包裹在最中央一般，一層層，黏而濃稠的蜜糖色包裹著，心甘情願沉在其中。

白洛川摸他臉上一下，道：「你酒窩出來了。」

米陽道：「咦？」

白洛川在他臉上輕輕點了一下，「你笑的特別開心的時候才出來一點。」

他也跟著滿足了似的，揚起唇角笑了。

白家老宅住的人少，但是房間太多，大大小小幾十間根本打掃不過來，白洛川也不放心米陽現在一個人，就讓他跟自己睡在一處。

早上起來的時候，白少爺經常先提前出去跑步了，有兩次還去沖了澡。

米陽上一世就知道白洛川有點潔癖，可是他一直跟白少爺住在一起，倒是沒感覺出來。

他拿舊書放在小工作室時，白少爺沒少去，好像這個毛病在他這都失效了，頂多皺眉頭。

市裡的人又來了一趟白家，這次不是和白老商議老宅的事，而是特意來給米陽頒發錦旗和獎金的。米陽和王兵救了人，給了他們一份獎金，除此之外，符旗生也有一份。

王兵的錢一分沒要，要全都給符旗生，他家裡人也支持，覺得符家母子可憐，都想幫襯一把，但是趙家出面否了，沒有要。兩家人都很豁達，現在走得近，感情也好，他們覺得人還活著，錢什麼的都是其次了。

米陽的獎金有兩萬塊，拿了錢之後，白洛川就道：「你存著也沒什麼用，先給我吧，我有個遠房堂哥在京城讀書，門路還挺多的，我讓他幫著一起投資，多少能賺一點回來。」

米陽當然信他，錢給了之後又問道：「咱們用的新手機也是你之前這樣賺回來的？」

白洛川點頭道：「對。」

米陽道：「你堂哥還挺厲害的，他叫什麼啊，我見過沒有？」

白洛川道：「叫白斌，上回來他來看爺爺，不過走得匆忙，你去學修書了沒見著。等下次去了京城我帶你一起去見他，他人不錯，也很有本事。」

米陽還是頭一次見他這樣誇人，他上一世和白家接觸的並不多，頂多就去見見駱江璟，最多的時候還是被白少爺抓著參加宴會，但是宴會上人多，他也記不清誰是誰，不過聽著白少爺的語氣，應該是個厲害的人物。

米陽準備回程家的時候，趙海生兄弟兩個來拜訪了。

符旗生一身硬骨頭，看著傷得重，好起來也快，彷彿是田間最常見的野草，即便被踩碎了，給點雨水，立刻又能活過來。

他被趙海生推著過來，見到白洛川和米陽的時候，就想從輪椅上站起來。

米陽連忙道：「別，你坐著吧，身體好點了沒有？」

符旗生點頭道：「好多了。」

米陽就笑了一下，「那就好，多養著吧，你不該來的。」

符旗生道：「我想來說清楚，也來道歉。」

白洛川道：「不急在一時，都是小事。」生死之間，過去那點小誤會都不重要了。

符旗生搖搖頭，他還記得米陽站在水中扔過來的那截救命的繩子，眼裡帶感激，道：「我應該來說清楚。」他咳了一聲，道：「是我砸了玻璃，但是我沒偷東西。」

白洛川抬頭看著他，等他說下去。

符旗生道：「我是故意砸的。」

符媽媽在白家老宅做事，這裡地方大，每天光是打掃就要耗費很多功夫，符旗生是一個孝順的兒子，儘管他媽讓他安心讀書，但是一有空他就會偷偷過來幫忙幹一些活，想讓符媽媽輕鬆一些。

事情的起因說起來也簡單，不過就是一句話的事。

符旗生那天又來白家老宅做事，他盡量躲著幹活，但也在那一天，白洛川路過花叢時抱怨一句「房間裡不乾淨，像是沒打掃過一樣怎麼能住人」，一時讓他心裡擰了起來。

符旗生戾氣有些重，尤其是白少這一句話，讓他下意識看了一眼那個神氣的小少爺。那樣的語氣聽在一個半大少年的耳中，只覺得雇主家的少爺是嫌棄他媽沒做好事。

他年紀小，覺得媽媽被欺負了，羞辱了，一氣之下就拿石塊打碎了白家的玻璃。

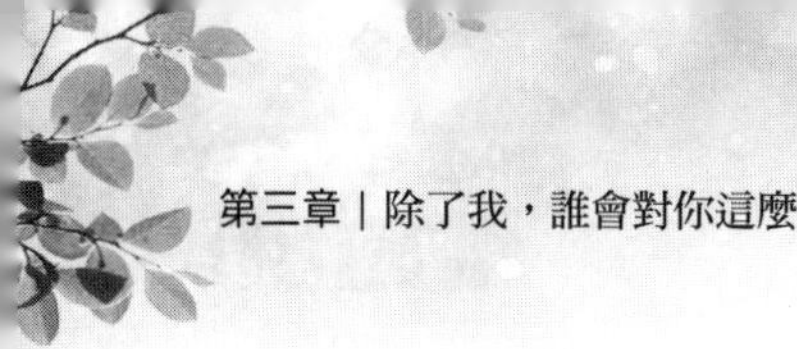

白洛川追出來瞧見的時候，窗戶玻璃破了。符旗生一臉的驚慌站在那傻愣愣的也不知道跑，顯然是第一次做這樣的事。白洛川還以為是小偷，符旗生跑得快，他沒追上，下一次見到的時候，白洛川自然和符旗生身邊的人起了爭執，還打了一架。

符旗生怕影響母親的工作，不肯說出事情的原因，咬緊了牙撐著。

白洛川沒發現家裡少了任何一樣東西，帶著少爺的傲氣，自然不肯再說對方是「小賊」，但依舊對他帶著偏見，連帶著也不讓米陽和這些人多接觸。他自幼都是以保護者自居，米陽就是在他羽翼下長大的，他知道這些人有問題，哪裡肯讓米陽再多跟他們講一句話。

符旗生帶傷來道歉，更是來道謝，把一切都說開了，咬牙道：「是我的錯，我賠你家的玻璃，如果你要開除我媽，我也沒話說……」

白洛川道：「怎麼會？趙阿姨人很好，工作也認真，我那天也不是在說她，她平時是負責庭院的。」白洛川想了一下道：「我應該說的是家裡的臥室。我記得那天米陽要過來，不怕你們笑話，老宅子人太少了，好多地方沒都打掃乾淨，米陽現在都只能睡在我臥室裡，湊合跟我擠著睡一起。」

趙海生是個實在人，立刻道：「我、我們的錯，還打了你，對不住。這樣，我來給你打掃房子，保管把臥室都、都弄乾淨！」

白洛川道：「不用，現在都習慣了。」

趙海生笑呵呵道：「別客氣，我幹活快！」

白洛川道：「我知道你們的意思，不過打掃就不用了，不如去幫我照顧烏樂幾天……哦，就是那匹黑馬。當時牠背符旗生下山的時候，背上都磨破了。這段時間一直養著，也沒給牠洗一下，等你空了來給我刷馬就行了。」

趙海生痛快道：「好！」

和趙海生兄弟冰釋前嫌，送走了他們之後，白洛川就回去繼續幫米陽收拾東西。米陽來的時候一個人，走的時候東西零零碎碎地裝了一個行李箱。

白洛川不讓他動手，讓他坐著看哪些要帶走——白少爺覺得必須帶上的已經裝好了，米陽能選的是那些他找來哄小孩開心的小玩意兒。

米陽隨便挑了兩個，白洛川就俐落地打包裝好了。

米陽坐在床邊問他：「之前我問你和符旗生的事，你怎麼不告訴我呢？」

白洛川道：「擔心了？」

米陽想了一會兒，點頭道：「有點，也覺得特別奇怪。其實多花點時間互相了解一下，可能就沒有這些誤會了。」

白洛川奇怪道：「天底下人那麼多，我還要一個個去認識嗎？我沒有那麼多時間，也不想去了解那麼多人。」他把行李箱裝好放在一旁，走過去彈了米陽額頭一下，恨恨道：「也就是你，別人說句什麼你都能站在那聽著，當好人習慣了是不是？」

米陽抬頭看他，伸手去拽他衣角。

白洛川耳尖發紅，做出惱羞成怒的樣子道：「我養一個就夠累的了，一點都不聽話！」

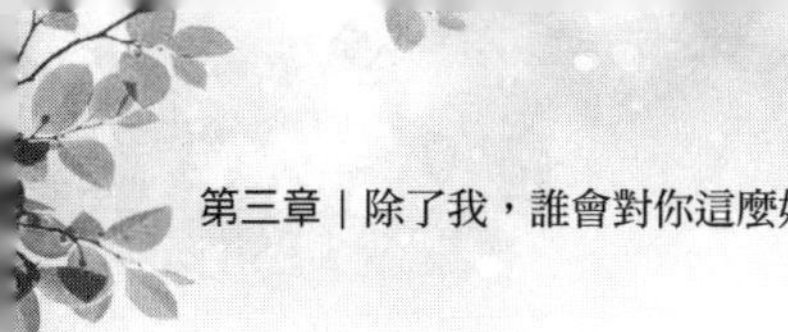

米陽沒鬆開，又去勾勾他的手指，笑出一邊的小酒窩道：「我以後聽話。」

白洛川能在他的瞳仁裡看到自己，但還是硬著聲音道：「聽誰的？」

「你的。」

米陽軟下聲，笑咪咪地一句話徹底把少爺說得啞火了。

程如親自來接的他，她沒想到白家的小少爺也一起跟過去，笑道：「那正好，我給陽陽送了一個新床過去，比之前那個大，你們一起睡也不擠。」

米陽在車上問起她生意的事，小聲在那跟她說話：「三姨，您回去之後用網路找了沒有？那個誠信通好用嗎？」

程如道：「找啦，還真有人打電話來問，訂了一單呢！就是你姨夫和工人做得戰戰兢兢，總怕人家是騙子，今天收到人家的預付款，這才一顆心放回肚子裡去。」

米陽在那跟她小聲交談，試著提了一些網店的意見，讓程如把店鋪搬到網上去一起開。現在剛開始有這個，程如正好也做了這麼一單，很有些興趣。米陽想了一下，道：「可以申請看看有沒有企業店鋪，再請攝影師拍一些專業的照片，盡量看起來好一些。」

程如點點頭道：「對，我回去問問，讓廠裡抽一個人出來辦這個。」

白洛川在用手機跟人傳簡訊，一路上都沒怎麼停下過，米陽注意到，問他是不是忙，他又立刻搖頭道：「不忙，就是跟我堂哥隨便聊幾句。」

到了程家之後，程老太太一早就在門口等著他們回來了，這會兒瞧見他們進來，先摸了摸米陽的小臉，覺得胖了，就笑著道：「不錯，看著是好了。」

米雪和家裡的幾個小孩也都湊過來，米陽這個大表哥平時做得還是很合格的，這幫小孩都挺喜歡他，瞧見他回來都嘰嘰喳喳湊過來問好。米雪攔著其他人，努力牽著哥哥的手帶他去客廳，端了一盤洗好的紅棗給他，「姥姥說吃紅棗補血。」

米陽吃了一顆，摸摸她的頭，「嗯，妳也吃。」

米雪這段時間沒見到他，見了米陽就特別黏人，跟塊小糖糕似的走哪兒跟哪，什麼遊戲也不玩了，其他表姊妹喊也不去，只要哥哥。

等吃過晚飯之後，米雪還想跟米陽一起睡。

程老太太道：「妳現在是個大姑娘啦，男女六歲不同席，不用妳哥哥陪著睡。姥姥昨天不是都跟妳說好了嗎？而且這還有白哥哥呢……」

米雪誤會了，反問道：「那白哥哥也超過六歲了啊，他為什麼能讓我哥陪著睡？」

程老太太被她問樂了：「他們呀，他們不一樣。」

米雪哼唧著不肯走，還要問，白洛川走過來道：「您去忙吧，我陪她玩。」

程老太太笑道：「好，我去看看幾個孩子，他們也淘氣著呢。」

白洛川拿了一些零碎的小玩意兒給米雪玩，好些都是上次趕會的時候買的，零零總總的一大袋子，想用玩具把她打發走。

米雪站在門口，眼巴巴地看著裡面鋪床的人，小聲道：「哥哥……」

「妳哥在忙。」白洛川站在一邊居高臨下看著她，揮揮手讓她走。

米雪小聲抗議：「為什麼你可以和我哥哥睡覺？」

白洛川笑了一聲，「為什麼？因為我能幫忙啊，而且我是男的，懂嗎？」

米雪抬頭看他，努力提高一點聲音道：「我姥姥說，男女平等。」

白洛川摸了下巴，想了一會兒，告訴她：「大了才平等，妳現在六歲，上回去坐雲霄飛車是不是也沒讓妳上去？真的，外面的世界就是這麼殘酷，快走吧，拿著東西給妳那些小夥伴分著玩，我要和妳哥一起幹活了，妳在這裡礙事。」

米雪越過他去看自己哥哥，仰頭問道：「哥哥，我礙事嗎？」

「不礙事啊！」米陽轉過身拿了一個花瓶給她，彎下腰跟她說話。「小雪，能不能幫哥哥一個忙，我剛才看到院子裡開了不少花，妳去幫我摘一些放進去好不好？」

米雪眼睛亮了一下，「再接小半瓶水養花，對吧？」

米陽笑著點頭，「對。」

小丫頭就抱著花瓶高高興興地出去了。

米陽看了白洛川一眼，眼裡還帶著未散的笑意，「你來幫我鋪床單？」

白洛川到了嘴邊的那點抱怨的話也沒影了，捲起袖子過去了，認認真真幹活。

米陽覺得這兩人特別像，米雪年紀小，要是想讓她出去，吩咐個事她去做就行了。白少爺心理年齡也高不到哪兒去，尤其是見了米雪之後，耷拉著眼睛一臉的不高興，也給他吩咐一些事忙起來就忘了。

程如送來的那張床比之前那張矮一些，但是雕工不錯，四個床柱鑲嵌得結實，看起來就很舒服。重新鋪好了床鋪，被子也是今年新下的棉花彈好了做成的，躺在上面跟睡在雲彩裡

一樣。米陽摸著之後還在感慨：「要是冬天睡肯定更舒服，現在隔著涼蓆就覺得軟了。」

白洛川道：「你喜歡這個？那等冬天我們就蓋這樣的，弄兩條棉被又不難。」

米陽道：「冬天啊……冬天就去高中了，也不知道新學校都有什麼，我聽說是軍事化管理的，挺嚴格的。」

白洛川知道一些，小聲跟他說著，聽起來嚴格的是教學制度，吃住倒是也沒虧待到哪裡去。他想了一下，道：「我們成績差不多，應該都會分在實驗班，到時候跟學校申請一下兩人間就行了，跟之前一樣，別擔心。」

米陽有點驚訝，「住宿條件這麼好？」

白洛川道：「我媽說可以申請，讓她去弄唄。」

兩個人一邊說著話，一邊收拾妥當，米陽隔著窗戶就看到米雪抱著花瓶又回堂屋去了。小丫頭從小就有點強迫症，晚上花都閉合了，找半天也都是半開的，她肯定不滿意，多半要等明天挑最漂亮的插在花瓶裡才送過來給他。

白洛川洗漱好了之後打了個哈欠，已經提前躺下。他空了裡面的位置給米陽，催著他進來好落下蚊帳，「快點，一會兒有蚊子進來了。」

米陽道：「是不是被咬了？幫你抹點藥？」

白洛川皺眉道：「我不要，太難聞了。」

米陽上來之後把蚊帳落下，塞了一圈還想再檢查一下有沒有蚊子的時候，白少爺不耐煩地直接關了燈，翻身拽著他躺下，道：「快，睡覺，不然一會兒你妹又要來了。」

米陽眨了眨眼：「哪能說睡就睡著啊……」

白洛川按著他不鬆開，「那就說故事給我聽。」

米陽道：「你多大了，還不如小雪，她現在都不聽人說故事了。」

白少爺覺得照顧了幾天有功勞，來程家感覺像是渡假，堅持讓米陽說故事。

米陽想不出什麼故事來，說了一個童話故事還磕磕巴巴地給說串了，被白洛川笑了，他就乾脆把以前在報紙上看到的電話詐騙案子翻出來湊了個故事跟他講。

這麼說了兩個，米陽自己先睡著了。

窗外月光清亮，房間裡並沒有多暗，白洛川翻身枕在自己的手臂上，就側躺在那認真看旁邊小孩的臉。從小看到大，以前覺得這是他養大的，比其他小朋友都好，現在覺得他以後要接著養，養得比所有人都好才成。

米陽手放在竹蓆枕頭那，閉著眼睛沉沉睡著，纖長的睫毛濃而密，落在一小片陰影，不知道是月光在晃動，還是他輕微起伏的呼吸聲，看了一會兒，白洛川覺得自己的一顆心都跟著輕輕搖擺起來。

白少爺伸手輕輕碰了碰，人沒醒，乖乖睡著，他笑了一聲，把人摟在懷裡也閉眼睡了。

米陽是覺得自己身體真的好了，之前就沒什麼大礙，這一陣子又吃得比較補，被狠狠補了之後的結果是，他在這天晚上做了一個夢。

米陽一直都是規規矩矩的，就算在夢裡也是按部就班地來，但是他老實，不代表另一個人就很老實。

他在夢裡也分不清是哪一個白少爺，先是被兩個輪流戲弄了一陣，手足無措的時候，又被那兩個人一前一後堵在角落裡，逼著他非選一個不可。

米陽一陣迷茫，看看這個，又看看另一個，怎麼也挑不出來，這分明就是同一個人啊！

白少爺見他沉默，壞脾氣又上來了，從前面靠近了他，一邊凝視一邊冷笑道：「就這麼貪心？就這麼兩個都想要嗎？」

身後的白少爺也沒走開，圈在他腰上的手臂更緊了，聲音沙啞道：「我一個不行是不是？就我一個，不行嗎？」

米陽：「……」

他就沒見過在夢裡自己跟自己吃醋，還吃得這麼認真的人。

夢裡的白少爺也是一貫的不講理，二話不說就開始收拾他，這次不再一個人一個人地逼問了，兩個都沒走，前後夾擊，跟較勁兒似的做了特別過分的事，一個晚上都沒消停，簡直像是在米陽身上進行一場跟自己的耐力比賽。

米陽睜開眼的時候，只覺得腰酸背痛，像是半夜被人拖出去打了一頓。

他略微喘了口氣，先把圈在自己腰上的手和壓在身上那條腿給掀開了。白洛川最近睡眠習慣不好，特別霸道地攤開手腳去睡，有些時候還會壓得他喘不過氣。

但是今天不止是這點重量壓過來的關係，米陽躺在那出神，很快就明白過來。

他歪頭看了白洛川一眼，對方還在沉沉睡著，沒有清醒的跡象，米陽偷偷摸摸爬起來想要去把內褲洗了，剛起來一點，就被白洛川在身後摟住，帶著鼻音含糊道：「去哪兒？」

米陽抓著他的手不讓他靠近，臉上發燙，「去洗漱。你怎麼醒了，不跑步了？」

白洛川笑了一聲，呼吸噴在他脖子那裡，懶洋洋道：「今天不想跑。」

米陽還在想怎麼起身，就聽到白洛川湊近他耳邊小聲問道：「你夢到什麼了？」

米陽：「……」

白洛川道：「害羞了？沒事，正常現象，上次你不是還跟我解釋來著？要不要我也跟你說說？我這段時間查了資料。我跟你說啊，心態特別重要，你要是不好意思，我幫你……」

米陽耳尖都紅了，連聲道：「不用，真不用……我自己能洗。」

白洛川沉默了一會兒，笑出聲來。

米陽咳了一聲，掰開他的手道：「你鬆開，我去洗一下。」

白洛川鬆開手，讓他下床，瞧著米陽匆匆忙忙穿上拖鞋，拿了換洗衣服出去的樣子，忍不住又眯起眼睛想了一會兒。

米陽起了一個大早，洗完內褲晾上之後，又老是想起昨天晚上那個荒唐的夢，乾脆去前面小菜園裡幫程老太太澆水去了。他幹了一半活，程老太太才過來，嚇了一跳，道：「陽陽，今天起這麼早呀？」

米陽道：「嗯，想看看有什麼菜。姥姥，玉米什麼時候能吃？」

程老太太道：「現在剛包漿，倒是也能吃，我看看啊……」她帶著米陽過去，在菜園裡查看了那一排玉米，還真找到兩三根嫩玉米，摘下來拿進小廚房去煮給他吃。

米陽呼吸了新鮮空氣，原本已經放下了，但是拿著玉米到了小廚房抬頭瞧見白洛川站在

門口等他的時候，一看到這人，忍不住又臉紅了。

白洛川看了看他手裡，問道：「早上吃這個？」

米陽點點頭，白少爺就去餐廳那等著了，瞧著很期待。米雪起得早，帶著一個跟她年紀差不多的小丫頭正在那翻花繩，白洛川單手托著下巴，有一搭沒一搭地在旁邊指點她們。模糊聽到米雪嘀咕了一句「你說的也不對」，白少爺立刻豎起眉毛，讓小丫頭把花繩給他，親手給翻了幾個高難度的。

米陽端了早飯過去的時候，正好看到白洛川手指靈活地翻出一個複雜的繩結，大少爺帶著得意道：「瞧見沒有，讓妳聽我的，這麼簡單的東西還能出錯？」

小丫頭特別不服氣，又不知道該怎麼反駁他，瞧見米陽來了，立刻丟下花繩過去找他，抱著他哼唧道：「哥哥……」

米陽放下手裡的東西，道：「小心點，別燙著妳。」

米雪站起來，跟著他走，「哥哥，我去幫你。」

米陽讓她跟著，隨手給了一小碟鹹菜絲，米雪大概覺得自己又有用了，高高興興地跟在後面一邊當小尾巴一邊跟她哥念叨：「我今天早上去摘花啦，摘了一把放在瓶子裡，已經送到你房間去了！就是早上過去，你怎麼不在呀，哥，你去哪兒啦？」

米陽道：「我去前面菜園和姥姥一起澆水了，還摘了幾根玉米，一會兒咱們分著吃。」

小丫頭很高興，把鹹菜絲端過來放在桌上之後，看著白洛川，提出了新的疑問：「哥，他怎麼不幹活啊？」

白洛川道：「剛才姥姥給我的任務就是看著妳們幾個，妳當我閒著沒事乾坐在這啊？」他也不樂意看孩子，但是這是米陽家，又是長輩特意交代過的，自然不會推脫。

早上吃飯的時候，白洛川多夾了一塊玉米給米陽，小聲道：「我聽見你喊我名字了。」

米陽沒聽明白，白洛川碰了碰他的腿，「昨天晚上……」米陽一下就反應過來，憋紅臉，玉米都差點嗆著，連咳了好幾聲。

白洛川幫他拍了拍，道：「別急呀，慢慢吃，還有好多呢。」

米陽按著他的手，「沒、沒有吧？」

白洛川看了他一會兒，笑得眼睛彎彎的也不說句準話，只是又拿了一塊嫩玉米讓他吃，岔開話題道：「怎麼沒有啊？玉米有好多。喏，多吃點，受累了多補補。」

米雪離他們近，只聽到這一句，轉頭好奇道：「我哥為什麼會累呀？」

米陽回答不上來，白洛川手背放在他椅背那，笑著回了一句：「誰知道，大概夢裡跑了一場馬拉松吧？」

米陽紅著耳尖悶頭吃玉米，一句話也不說。

程家的條件比之前好了許多，但是也比不上白家老宅寬敞，白洛川留在這裡脾氣也比之前收斂了些，在長輩面前看起來更謙恭謹慎，看不出什麼少爺脾氣。

米陽多留他住了一天，白洛川本來沒覺出什麼，只當他是在山裡出事之後就變得黏人，等第二天早上米陽做了一碗麵端上來的時候，他還沒察覺，但是米雪隨後捧著一個小蛋糕過來，他才愣了一下，抬頭看看米陽，又看看那碗麵道：「這是……長壽麵？」

米陽把筷子遞給他，笑著坐在一邊道：「對，我那天跟白爺爺說，想給你過個生日，他說那些禮物先幫你收著，等你回去看。這邊條件可能不是特別好，但是我想給你過個生日，感謝你一下……」

白洛川有些手足無措起來，他先是站起來很快又坐下去，認真道：「不用，這樣就很好，我自己都沒記住，今年事情太多了。」

米陽道：「嗯，我讓你費心很多。」

白洛川道：「我願意的。」

他端著那碗麵吃了一口，含糊道：「是我自己願意的。」

他大口大口把那碗麵吃了，湯都喝得一乾二淨，旁邊的小蛋糕不過是巴掌大小，瞧著烤得也不是特別好，更像是蒸的，抹了一層奶油，還寫了他的名字。白洛川吃了一口，有蜂蜜和奶油的香味，很甜。這麼大一點，不過三兩口就吃下去了，到最後一口的分量才想起來，餵到米陽嘴邊，問他道：「很好吃，也是你做的？」

米陽吃了，道：「嗯，試著做了一個，上回看吳阿姨做的時候學了一點。」

白洛川有點意猶未盡，「可惜太小了，不能點蠟燭。」

米陽笑了，「晚上回去唄，白爺爺那還等著你了，肯定有大蛋糕。」

白洛川想了想，道：「我讓人送到這邊來吧，你……」他看了旁邊的米雪一眼，「你們陪著我一起過生日？」

壽星最大，米陽自然是聽他的，白洛川等不到晚上，中午就讓人把東西都搬了過來，除了蛋糕之外，白家還送了一個廚師過來，做了一桌好菜，吃得大家讚不絕口。

白洛川的那個生日蛋糕有三層，非常大，帶著鮮奶和草莓的香甜氣息。他點上了蠟燭，跟往年一樣認真許願，只是今年要比往年的願望還要多那麼一點。

家裡熱熱鬧鬧吃著飯，外面忽然傳來了敲門聲，小院外面也來了人。

程如去開門，瞧見對方笑了道：「喲，陽陽快來，看看誰來了？」

米陽過去兩步，從樹影下就看到了米澤海，驚喜道：「爸，您來啦？」

米澤海手臂上搭著一件西裝外套，後背上的襯衫被汗濕透了一些，他的車在路口壞了，實在等不及乾脆徒步走了回來，想先看看兒子。瞧見米陽之後先是上下打量了一遍，看著他好端端的，這才放心了，「你媽在家嚇得好幾天沒睡好，這下好了，一會兒我給她報個平安，讓她也放心。你呀，這次多虧了洛川……」米澤海說著在兒子腦袋上敲了一下，米陽還沒什麼反應，後面跟過來的白洛川先伸手捂著他的腦袋，小聲問他疼不疼。

米陽道：「不疼，我爸嚇唬我的。」

米澤海哭笑不得，道：「我沒使勁兒，要我說這小子也該受點教訓。」

白洛川道：「您別打他，我教訓過了。」

米澤海道：「行吧，以後你也多替我管著點。」

白洛川認真道：「好。」

米澤海原本以為就是普通吃飯，進去之後才發現是白家小少爺的生日宴。他這段時間工作太忙，一時也忘了，給白洛川補了一個紅包當作生日禮物。白洛川也沒推辭，收了裝在口袋裡。白洛川他們從小逢年過節，兩家大人都互相給紅包，他和米陽還不會走路的時候都穿戴好新衣新帽，抱著出去收一圈，他拿米澤海當自己長輩，收長輩的贈禮，收得理所當然。

吃過了飯，白洛川也拿到了米陽親手做的禮物，是他去年收到的那個燕子風箏加強版。那個風箏白洛川很喜歡，放了兩次之後，瞧著上面的紙破了一個小洞立刻就收起來不肯拿出去了。他跟米陽念叨過幾次，說還想要一個，米陽記在心裡，今年就又做了一個。

這個燕子風箏略小一點，但是竹骨架紮得更結實，糊了一層漂亮的外衣，仔細描繪了圖案在上面，飛起來的高度也比之前那個更高。

白洛川生日的那天是天氣最好的時候，有點微風就能讓風箏順利起飛。山海鎮上這會兒正是漂亮的時候，外面的小山坡上綠草盈盈，踩上去又軟又舒服，跑起來讓風箏飛上天，就可以躺在草地上舒舒服服看上好一會兒。手裡牽著那根細細的線，晃動的時候風箏和風的分量一起落在手中一樣，沉甸甸，但又可以掌控，讓人的心情也跟著飛揚起來。

白洛川果然很喜歡這個禮物，收到之後，下午就和米陽去找了個山坡放風箏去了。

米雪想跟著，被壽星本人拒絕了，他想獨享自己的生日禮物。

米陽提前做了一個巴掌大的袖珍風箏給妹妹，米雪就站在門口送了他們走，米澤海過去把女兒抱起來，哄她道：「小雪，爸爸陪妳玩好不好啊？」

米雪還在看著門口，小聲道：「爸爸沒有哥哥厲害。」

米澤海道：「瞎說，爸爸比妳哥哥厲害多了！」

米雪不服氣，「爸爸都不會紮風箏！」

米澤海道：「爸爸現在就去跟爺爺學，小雪也一起去，咱們一塊做風箏好不好？」

小丫頭點頭答應了，又開心起來，「我要做一個給哥哥！」

米澤海道：「那爸爸呢？」

小丫頭斬釘截鐵道：「爸爸自己做呀！」

山海鎮被市裡規劃建造旅遊風景區，需要全部整頓，房屋搬遷是遲早的事。

市裡給的政策待遇好，除了補償房子和拆遷賠償款之外，還提供了一部分鎮上的工作名額，旅遊風景區建立之後需要一些負責日常管理的工作人員，就近招聘是最好的，這讓最後還有些異議的人也都平復下來，心平氣和地準備搬家了。

市裡派了專門的人員來考察勘測，開始準備鎮上的遷居工程。

但凡從事拆遷工作，都擔心遇到釘子戶，山海鎮上人員不多，民風淳樸，只要賠償款處理得當，一般都沒什麼大礙，市裡最擔心的就是白家。

白家老宅裡那些當初都是京城專門批了條子來讓保護的，雖然六幾年那會兒被貼封條，但是沒有讓人進去，裡面那些木樓雖然看著破舊，卻都是一百多年前的老物件了，說大了就是古董，哪兒能搬得動，簡直想想就頭疼。

市裡的官員怕白老爺子不肯，親自跑了一趟，但是白老爺子大手一揮，對他們道：「你們現在這些年輕人想的太多了，老頭子做了一輩子的國家工作，肯定第一個支持的嘛！按正常操作來就好，我這裡你們就甭擔心了，全力配合！」

有了他的這一句話，市裡官員都放下心來，再談到賠償款的時候，因為金額太大，想商量著賠償一塊住房用地，白老爺子對此點頭同意了，他手頭不缺錢，多一塊地也不錯。

市裡官員很高興，白老爺子也覺得滿意，後面兩座山沒動，白家光住宅面積就翻了一小倍，雖然沒有之前那麼靜了，但是在鎮裡住著也方便。老宅擴建之後面積大，周圍種上了林木，還有一條護城河繞過去，完全鬧中取靜，不比之前的差。

白老爺子雖然同意，晚輩們卻不敢這樣讓他放棄老房子。

駱江璟是知道白老爺子對這所老房子的重視，她每年都和丈夫一同回來住上幾天。白老爺子給故去的老伴掃墓，再吃上幾天齋飯，這麼多年都成了習慣。她從事地產行業，對這些拆建的事做起來方便，公司裡有專業的團隊，可以更好的拆了木樓運送過去，順便重建。

她不放心其他人，專門讓米澤海帶著工程師過來測繪了，打算原封不動地搬過去。

白家老宅大部分是木製結構，並沒有用鐵釘，只要小心一些，技術上完全可以達到復刻要求，另外一些石獅、石屏風和其他院中大樹也都能挪過去，盡一切可能保持原貌不變。

米澤海親自帶了人來跟白老爺子商議，對這部分的規劃做得細緻，白老爺子聽見能把東西挪過去就高興，問道：「都能挪嗎？後院那幾棵樹一起帶過去吧，有兩棵柿子樹，還有一棵無花果，是我家老婆子以前親手種的，每年秋天不吃上兩個果子就覺得缺了點什麼。」

米澤海道：「當然，樹沒什麼問題，保管給您種好。這是宅子初步規劃的圖紙，您看看還想怎麼弄就跟我們說，等全都規劃好了咱們再開工，完全按您的心意來。」

白老爺子拿著圖紙看了一眼，就招手讓白洛川過來，和他一起看，小聲商議。白老爺子向來做事雷厲風行，但對這個唯一的孫子也是寵愛有加，即便是遷宅這樣重要的事情，完全沒有因為白洛川的年紀小而輕視的意思，甚至在白洛川點出什麼主意的時候，他都會用紅筆圈上，要什麼，老爺子就點頭給什麼。

白洛川點了馬廄、花園之後，白老問他：「好，還有什麼想要的沒有？」

白洛川想了一會兒，道：「我想把圖紙拿回去，晚上再想想。」

白老點頭應允，給了他圖紙，並對他道：「帶回去多看兩天，不著急，爺爺等著你。」

等白洛川走了，米澤海身邊帶來的工程師沒有多言語，但另一位建築師還在忍不住看著門口的方向。他剛從國外回來，並沒有和米澤海他們一樣在公司做事多年，對這位白少爺也不了解，只是一時看到一位老人對孫兒這麼寵愛，有些吃驚。這其中還帶著一些羨慕，在他看來的這麼大一筆財富，簡直就像是給小少爺隨意擺弄的。

等到出了白家老宅，建築師還是忍不住回頭看了一眼這座大寨子，小聲感慨了一句：「我頭一回見到這麼大的一座宅子，拿出去在滬市黃金地段也能換不錯的幾套頂層泳池豪宅了。老先生真是捨得，跟送給小少爺一樣。」

米澤海道：「不止。」

那個年輕人愣了一下，道：「不會還有吧？」

米澤海笑道：「從這裡往後看，後面兩座山都是，除了山海鎮上的這些，滬市駱總打拚下來的……將來也都要小少爺接手。」

年輕人咋舌，「這得是多大一筆鉅款啊？」再回想一下剛才那位白少爺的樣子，這會兒恨不得渾身鑲嵌了鑽石，行走間自動發光了。

白洛川拿了圖紙回到樓上，米陽正在他臥室裡睡午覺，小臉睡得紅撲撲的，氣色很好。他坐在床邊小聲把人叫醒了，讓他起來跟自己一起看圖紙，「我打算在這弄個馬廄，然後花園再擴大一些，但是覺得還缺點什麼，你幫我看看。」

米陽揉著眼睛看了一會兒，聽著白洛川跟他講，這才明白過來是白家老宅搬遷重建的新圖紙，這在上一世是沒有過的事。老宅一直沒換地方，白洛川倒是在這裡重新改造了許多，當時還帶米陽專門參觀了一下。米陽把記得的幾個地方點出來，順便提了一點防震建議。

這些設計畢竟是成年之後的白洛川的想法，比現在少年時期的白少爺高明了許多，而且他們是同一個人，想法和審美極為相似，說了一些之後，現在這個少年白洛川就不斷點頭，表示認可了。

白少爺滿意道：「你和我想的一樣，就加這些，剩下的讓爺爺和他們商量著去弄吧。」

米陽坐在床上，手邊還放著一個等人高的玩偶熊，是前兩天白洛川生日的時候別人送來的，米陽覺得它抱起來舒服拿著當枕頭睡，這會兒聽見他滿意，也坐在那彎著眼睛笑。

白洛川看得心癢，摸了摸他的臉頰，順手捏了耳垂一下，「小乖？」

米陽抬頭看他，全然的信賴。

白洛川又捏了他耳垂一下，笑道：「等下回咱們再回來，一起在池塘養魚好不好？我買好多錦鯉，再種一點荷花，肯定漂亮。」

米陽想到以前的那個池塘，他第一次被白洛川帶著去參觀的時候，對方同他一起站在涼亭裡，也是帶著點得意地問他：「怎麼樣，我修的這個池塘還可以吧？現在只有荷葉，先委屈你賞魚，等六月了約你來看荷花，吃全魚宴……」

白洛川手掌在他眼前晃了兩下，奇怪道：「小乖，想什麼了？」

米陽眨眨眼，看著眼前還帶著幾分青澀氣息的少年，笑了一下，「再養一點其他的魚好不好？等夏天可以在涼亭那看荷花，吃全魚宴。」

白洛川捏他鼻尖一下，道：「貪吃鬼。」

這麼說著，他還是低頭用紅筆塗上，認真做了標註。

白家這邊搬遷順利，市裡也派了專人去鎮上其他人家中積極地遊說著。

米澤海回家的時候，正好看見有人從米鴻那個小院出來。米鴻比較平靜，沒送客，但是也並不歡迎。出來的人和米澤海認識，之前在白家見過面，這會兒略微有些尷尬，但是見面相互無奈一笑也都把這份疏遠隱去了，對方小聲道：「我們也是工作，實在沒辦法……」

米澤海點點頭，但是又說不出什麼來，心裡不是滋味。

他送走了這些人，跟平時一樣去廚房做了飯菜，還開了一瓶酒，放在小桌上喊米鴻一起吃飯，爺倆坐在那喝了一杯。

米鴻喝了一小杯白酒，對他道：「這道釀肉做的火候還不對，起鍋晚了，燜得太久。」

米澤海應了一聲，「下回我注意。」

米鴻又吃了一筷，緩聲道：「做菜和做人一樣，心裡有事，總拖著也不行。」他看著米澤海給自己那個小酒盅裡倒酒，忽然道：「我讓你為難了吧？」

米澤海酒倒的有點多，灑出來一些，連忙擦乾淨，搖頭道：「沒有。」

米鴻看著他，沒說話。

米澤海眼睛發澀，輕聲道：「爸，您要是不願意搬，我就去再跟那邊申請一下……」

米鴻打斷他：「申請晚搬走幾天？算了，沒什麼意義。」

父子二人沉默地吃完了一頓飯，米澤海要收拾，米鴻攔住他道：「你陪我出去走走。」

老人家有很久沒有邁出小院了，米澤海聽到自然是連忙跟上。

米鴻走了很遠，路上也沒有跟兒子多說什麼，父子二人隔著半步的距離，一個是已經彎下腰走路的年紀，另一個是人在壯年，即便在辦公室坐得久了，也還是保持了部隊裡的走路姿態，剛正筆直。

米鴻帶著他去了山腳下的一片樹林，那裡種著一片香樟樹，鬱鬱蔥蔥，枝葉繁茂，走在樹下能聞到淡淡的香氣。

米鴻在這片樹林裡，一邊走一邊同兒子說話：「他們今天來的人，你瞧見了應該跟他們道個謝，後面跟著的那個是搜救隊的王隊長，是當初上山救過陽陽的那個……找了這個人來當說客，也算是費了心思了。」他語氣很淡，看透了也並不惱，像是在陳述一件實事。

米澤海喉頭滾動兩下，喊了一聲「爸」。

米鴻慢慢走著，對他道：「我年輕時就在這裡做過護林員，那會兒帶你媽剛來山海鎮上，就守著這片香樟林。你小的時候我還帶你來過，不過你應該沒什麼印象了。其實我不是當地人，我當年陪著你媽找了很久才找過來，在這裡安家，幾年後又收養了你。」他拍了拍身邊一棵粗壯的樟樹，仰頭看著它的樹冠道：「你不知道吧？這片林子其實是你媽小時候起

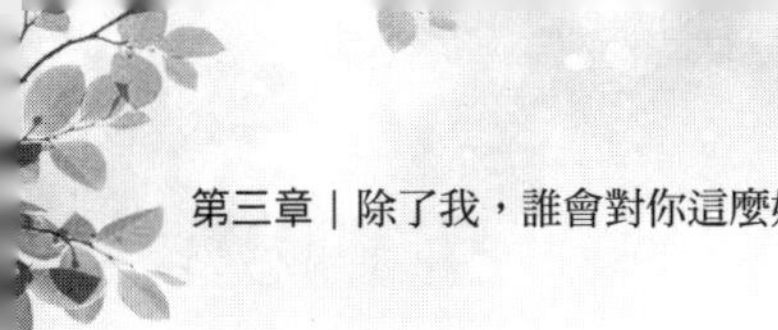

攢著的嫁妝，咱們這過去有個風俗，打從姑娘出生就種下一片樹，留著她出嫁的時候好打嫁妝，不過現在已經是公家的了。」

他沉默了好一會兒，才嘆了一口氣道：「你媽以前身體好的時候，我經常帶著她一起來這裡轉轉，四處看看。」

米澤海不敢說話，一顆心被攪得生疼。

米鴻看著四周的樹眼神裡透著不捨，問他：「山腳下這片林子還留不留？」

米澤海道：「留。」

米鴻又問：「能不能申請一下，讓我留在這當護林員？」

米澤海哽咽道：「嗯，我去幫您申請。」

米鴻就點點頭道：「那份搬遷的協議我已經簽字了，就放在桌上，你回頭拿給他們。」

米澤海跟在他身邊答應了一聲，米鴻卻不讓他再跟著了，揮手道：「你走吧，我想一個人在這待一會兒。」

米澤海紅著眼睛停住腳步，聲音沙啞道：「好。」

米鴻漸漸走得遠了，邁步比年輕時候慢了很多，但是也依舊沉穩有力，他時不時撫摸著樹幹，對這裡每一棵樹都熟悉得很。他一路走，一路看著，拍了拍樹，乾笑了一聲，道：「桂枝啊，我替妳守著呢，哪兒也不去。」

他說：「我就在這陪妳。」

米澤海接連數月往返滬市和山海鎮，等到暑假結束，順便把這幾個孩子一起帶回去。

程青在家裡已經幫他們準備好了上學需要的東西，兄妹兩個一人一個新書包，米陽那個是現在學生們喜歡的一個運動品牌，平時還可以背著出去打籃球什麼的，給米雪的則是一個粉紅色的卡通書包，雙肩背的那種，印著一隻雪白的小貓咪。

程青一邊幫米雪背上，一邊道：「妳哥哥讀小學那會兒可沒妳這麼好的條件，咱們家那會兒家裡也困難，妳哥哥背著一個軍用黃挎包當書包用，還被老師念了呢。」

米雪道：「老師說什麼啦？」

程青道：「說妳哥哥書包太舊了，不好唄。」

小丫頭不滿道：「這個老師不好，怎麼可以這麼說呀？我們小周老師就特別好，她從來不這樣！她昨天還教我們站隊來著，我們是一班喔！媽媽，站在最前面呢！」

小孩話題蹦得快，一會兒就嘰嘰喳喳說起昨天第一天去報到的事情了。第一天主要是領書，認認班級，米雪就讀的小學就在家附近，雖然沒有米陽以前讀的那個好，但是米雪的小夥伴們都在那邊，小丫頭自己也想和她們一起讀書，家裡讓她選的時候，她毫不猶豫地跟小朋友們選在了一處。

程青聽著她在那不停說著，心裡也在感慨，畢竟是時代不同了，當初米陽讀書的時候，那幫小孩可沒有這樣敢質疑老師的，現在學校管理公開透明了許多，老師們也都比在邊城的時候好多了，小女兒去學校她挺放心的。

米陽收拾的東西少，他只帶了一身日常替換的衣服和一些洗漱用品。

程青問他：「要不要再帶點錢？生活費夠用嗎？」

米陽把背包放在一旁，點頭道：「夠了。」

程青不放心，又塞了點錢給他，道：「你們學校也真是的，這不讓帶那不讓帶的，管理得太嚴格了，那就多點錢去，到時候看看需要什麼自己買。」

米陽攔著她，笑道：「媽，您怎麼跟我爸一樣，他昨晚也給我錢了，真夠用了。」

程青不聽，硬塞到他包裡：「拿著吧，你也長大了，多帶著點錢我也放心。」她給了錢又看了一圈，憂心忡忡道：「怎麼就一個小包啊？你這次去了就要軍訓吧？我看報名表上說要半個月之後才放假，再帶點吃的吧？軍訓那麼累，晚上肯定餓，我烤了好些牛肉乾，比外面的好吃也乾淨，我記得洛川也愛吃這個，我再去裝一袋給你拿上。」

米陽忙道：「一袋就夠了，這次好像去軍營裡面訓練，多半帶不進去。」

米雪已經跑去當程青的小幫手了，幫著媽媽一起用密封袋裝好了滿滿一袋牛肉乾，抱著放進米陽的背包裡，還用衣服遮蓋了一下，認真道：「哥哥，你偷偷帶進去呀。」小丫頭臉上也滿是擔憂，現在就開始怕自己哥哥在外面挨餓了。

米陽被她逗笑，摸摸她的頭，道：「好。」

去學校那天，白洛川過來接米陽一起過去。

白洛川帶的包和米陽的差不多，也是運動系列，不過白少爺包裡帶的東西更少，隨手擱在一邊。他瞧見米陽上車之後，視線落在那個裝得鼓起來的背包那，問他道：「怎麼帶了這麼多？去了要換軍訓的衣服，還要發兩身校服，估計穿不上便服了。」

米陽道：「嗯，就帶了一身替換的，還帶了點吃的。」

白洛川挺感興趣地問道：「什麼吃的？」

米陽就拿了一袋牛肉乾給他，白洛川早上沒好好吃飯，拿過來拆開吃了幾塊。他牙口好吃得很香，米陽好幾次都忍不住看他。這人一口白牙也太鋒利了，吃這個吃的特別輕鬆，就跟磨牙的餅乾似的。米陽很羨慕，單從身體這方面看，他從小到大就沒比過白少爺的一天。

白洛川舔了舔手指，奇怪道：「怎麼了，一直這麼看著我？」

米陽搖搖頭道：「沒，就覺得你好像又長高了一點。」

白洛川來了興致，「你也瞧出來了？之前的上衣還能穿，褲子短了點，兩三釐米吧。」

米陽聽得羨慕極了。

他記得上輩子白洛川就像模特兒似的天生的衣服架子，又高又帥，現在更是眼瞧著一點一點開始拔高，慢慢開始有一點少年的輪廓了，但是他呢，跟著喝了那麼多牛奶，喝完了就想睡覺，也沒見長高多少。認真吃飯、鍛煉的話，可能也會高一點，至少比上一世高些。米陽在心裡這麼寬慰自己，只跟自己比較，還是可以的。

第四章

白少爺吃醋了

白洛川和米陽就讀的高中是寄宿式軍事管理學校，比先前的嚴格許多，剛開始新生進去之後宿舍都是六人間，人員名單也是打亂的，白洛川把自己的名字和米陽寫在一處也沒能分在同一班裡，別說宿舍，連班級都不是同一個。

白洛川臉色不好，但是也沒有辦法，只能暫時先這麼住著。

白洛川被分到了高一一班，而米陽在二班，上午學校開新生大會的時候，兩個班級隔著一道白線，白洛川個子高些，雖然比班級裡的人小一歲，但看不太出來，還是站在比較靠後的位置，他略微歪頭看了隔壁班，找了一會兒才從一群一模一樣校服的學生裡認出米陽，他家小乖站在二班右側中間一排的位置，正在認真聽主席臺上的那些學校長官講話。

白洛川還在看著，他們班的導師就走了過來，低聲對他道：「白洛川，你一會兒上去代表新生講話，準備一下，稿子寫了吧？」

白洛川收回視線，點點頭。

一班的導師還有些不太放心，讓他拿出來自己也看了一遍，覺得沒問題了才拍拍他的肩膀，笑著鼓勵道：「寫得不錯，一會兒上去盡量不看稿，緊張的話對著念也可以。」

白洛川道：「好。」

學校長官那邊很快就致詞完畢，白洛川被導師帶到主席臺邊，讓他自己上去。

白洛川稿子都沒拿出來，平視前方演講，說得非常流利，視線在找到高一二班站著的那個人之後，更是沒挪開過，穩穩站在那講了下去。一班的導師倒是比他還緊張一些，站在一旁聽著，不住跟著點頭。他剛才看過一遍演講稿，大概知道內容，瞧著自己班的學生站在那一氣呵成地講完，馬上就剩下收尾了，臉上忍不住帶上微笑。正準備鼓掌的時候，就聽到白洛川又開了一段繼續講下去，臉上的笑容凝固住了。

這段稿子上沒有啊？

導師傻眼了，聽著他自己現場臨時加了一段，一顆心都提起來，額頭上冒了汗，一邊聽一邊小心觀察，白洛川擴充得還挺像那麼回事，多說了那麼幾分鐘，然後才走了下來。

導師這才徹底鬆了口氣。

他帶了白洛川走回班級隊伍，小聲道：「怎麼臨時又加了一段？剛才嚇我一跳。」

白洛川道：「上去有點緊張。」

導師：「……」

他帶了這麼多屆學生，頭一回瞧見這種緊張了能發揮更好的。

學校每年軍訓的時候都送學生去軍營參加訓練，這批高一新生也按照往年慣例送過去，按照班級分了列隊，每個班級一個教官管理，全都是鐵面無私的樣子，完全沒半點通融。

白洛川到了之後先去二班，找米陽簡單說了兩句話，看他那邊有什麼要幫忙的沒有。

米陽跟他一樣，都是從小在軍營裡長大，倒是對綠色的軍營更有熟悉感，動作也俐落，已經把內務收拾得差不多了。白洛川湊過去幫了他一把，小聲跟他說話：「要是有什麼事就去一班找我，撐不住就請假，你身體剛好……」

米陽點點頭道：「我沒事，你快回去吧。」

白洛川略微有點遲疑，「我幫你收拾好了再走。」

他在新生大會上出了一把風頭，這會兒誰都認識他，瞧見他來，帶了點好奇地看過去。

白洛川一點都不在意，確認米陽這邊沒什麼事了，這才離開。

在軍營裡學生們也是住宿舍，比學校的條件還艱苦一點，八人一間，人多聊天也熱鬧，有人瞧見米陽這邊還有人特意來照顧，都挺羨慕的，問他道：「剛才那人是白洛川吧，新生演講的那一個？你認識他？」

另一個也湊過來道：「哪是認識，我看他特別照顧米陽。米陽，他是你哥吧？」

米陽想了一下，笑著點點頭道：「對。」

旁邊的人就更羨慕了，「你哥對你真好。」

米陽笑笑沒說話，默認了這一點。

另一邊，白洛川回去之後就撞上了負責自己班的黑臉教官。

教官嚴肅道：「你是這個宿舍的人嗎？」

白洛川道：「是！」

教官道：「那你怎麼不在自己的位置上？」

白洛川：「……」

教官冷臉道：「出去，外面操場，跑步走……」

這個對米陽特別好的「白哥哥」，當天晚上就因為沒有遵守紀律，擅自離開自己宿舍被教官罰去操場跑了五圈。

白洛川跑得很快，回來的時候額頭上都是汗水，後背的衣服也濕了，胸口劇烈起伏，只一雙眼睛黑亮得跟剛才一樣。他站在宿舍門口重新喊了一遍歸隊：「報告！跑步完畢！」

教官道：「進來，整理內務，休息！」

白洛川：「是！」

九月的天氣炎熱，軍訓開始之後太陽還是曬得厲害，一群學生穿著統一的軍訓服在操場上筆直地站軍姿。

高一的新生分成二十餘個方陣分開訓練，每個班自成一個小方陣，各自占據了一處，由專門負責訓練的教官嚴格管理。

因為是在軍營裡，即便是對十來歲的學生，教官們也是一視同仁地高要求，繃著臉神情嚴肅地來回檢查學生們的軍姿，有誰站得不好就被立刻指出來，不斷糾正著。

天氣太熱，額頭上的汗水就像是小蟲在爬一樣，慢慢滑落下來，米陽覺得自己眨眨眼，就能感覺到汗水滴落。

其實除了熱，其餘的還好，米陽從小在部隊長大，白洛川覺得他身體不好，但是那也是跟白少爺自己對比，米陽覺得自己還可以，站在二班的隊伍裡他的姿勢是最標準的，也相對來說比較輕鬆——他們小時候還被米澤海帶著去山上一起拉練，五公里沒有負重，自己走回來都沒跟大人求助過。

米陽隊伍裡已經有學生撐不住了，他們男生站在後排，有幾個身體虛胖的汗水濕透襯衫了，前排幾個女孩眼瞧著就被曬得有些站不住。

米陽他們教官很年輕，臉在其他教官裡看起來也白些，笑嘻嘻的瞧著脾氣很好，也挺照

顧他們。小教官瞧見他們站不住，就對他們道：「全體都有，向前……齊步走！」

米陽他們班就整體向前挪了一個位置，等女生部分走到了樹蔭下的時候小教官就立刻喊停：「立定！向後轉！」

這次轉了之後是女生在後方樹蔭下，男生直面了烈日驕陽。

有男生小聲嘀咕了一句，小教官耳朵尖，笑嘻嘻走過來道：「說什麼，大聲點！」

那個男生紅著臉大聲道：「報告！我說、說教官這樣不男女平等！」

全班都笑起來，小教官點點頭道：「對，男子漢嘛，就要吃點苦，咱們班女生到目前為止一個都沒舉手請假，已經很棒啦！」

他偏袒得理直氣壯，這次女生裡原本有幾個比較瘦弱的也都咬牙堅持下去，眼睛亮晶晶的，團體榮譽感特別強。

那些男生也只是鬧上幾句，並沒有真的攀比，在那繼續繃直了身體站軍姿。米陽站在倒數第二排，正好是一半身體在樹蔭下一半在陽光裡暴曬，即便有帽檐的遮擋，看向前面也需要瞇起眼睛來，他聽到同學和教官的對話也笑了，臉頰一邊露出一個淺淺的酒窩。

小教官讓他們站了一會兒軍姿，又開始讓他們一排排開始練習齊步走、正步走。大家很努力，每次過半個小時都能有幾分鐘的自由時間活動手腳，相對來說是比較幸福的了。

隔壁一班的教官天生皮膚就黑，估計也是在部隊裡曬過之後顯得更黑了許多，板著一張臉十分嚴肅，對待同學們也當成手下的新兵，沒有一點情面可講。做得好了黑臉教官就叫出來大聲稱讚並讓做示範，做得不好他就繃著臉懲罰多做幾遍直到會為止，可以說非常嚴格。

一班的學生裡白洛川是最顯眼的一個，他姿勢規範，是做得最好的一個，站軍姿的時候黑臉教官讓他一個人站在全班的正對面，以他為範例來教導大家。

白洛川站在那裡，雙腿筆直，手臂自然下垂貼近褲線，身姿挺拔如同一株白楊樹。

他們班上最前排站著的也是女生，原本在新生大會的時候就做致辭的同學很感興趣，這會兒難得有光明正大看他的機會，都帶了點害羞睜大了眼睛看著，只是不止是女生，班上後排的男生也在看著，帶著幾分好奇。

白洛川對他們的視線並沒有特別在意，眼睛直視前方，帽檐下遮蓋了出了些許陰影，露出來的鼻樑英挺，唇薄而俊美，連下巴繃緊的線條看起來都讓人覺得帥氣。

隔壁二班的方陣和他們緊挨著，也提前占領了唯一的樹蔭，現在正在一排排從他們身旁走過練習踢正步。

二班的小教官笑咪咪地吹著哨子，讓同學們跟上節奏，自己在旁邊盯著糾正。這幫學生都很服從管理，小教官覺得他們差不多了，就讓他們一排排不間斷練習。

走了沒兩遍，就聽見隔壁的的教官喊道：「白洛川出列，向前三步走！」

站在最前面的高個帥氣的男孩大聲道：「是！」

黑臉教官走過來，站在他面前沉聲問道：「好看嗎？」

白洛川大聲道：「報告教官，好看！」

黑臉教官又問：「是嗎？那你告訴我，隔壁班哪個走得最好看！」

白洛川站在那沒有猶豫：「報告教官，還需要仔細觀察！」

這句話一說完，全班都哄笑起來。

黑臉教官道：「既然那麼好看，給你機會換個角度看個夠，伏地挺身五十個準備！」

白洛川姿勢標準，體能充足，完全沒有在怕，教官說完就原地趴下做起了伏地挺身，一邊做還一邊報數，聲音清亮，姿勢乾脆俐落，比入伍幾年的老兵做得都好。

二班的小教官瞧見了，也不讓他們班練習正步了，讓大家整體向前齊步走，走到樹蔭下之後停下來，前排蹲下，後排站立，笑咪咪道：「來來，大家都看仔細了。據我觀察，這個同學是全操場上姿勢做得最標準的！你們認真看看，這才叫標準的伏地挺身，都學著點，一會兒我們也做幾個！」

樹蔭不大，二班的同學蹲坐在那，多了幾十雙眼睛一起打量一班最耀眼的新生。

白洛川撐著身體僵硬了一瞬，「……」

黑臉教官道：「繼續！」

白洛川咬牙道：「……二十七……二十八……」

五十個伏地挺身做好了，白洛川被教官放回隊伍裡。白洛川臉上雖然和平時一樣表情淡漠，但是也能看出耳尖略微紅了些。

新生隊伍裡就白洛川做得最好，但也是個刺頭，每次動作最標準的是他，不守紀律視線移動的也是他，黑臉教官對他格外關愛，幾次出列受罰之後又放他回去，總體來說還是讚揚的多，喝斥的少，算是最喜歡的一個學員了。

一班和二班離著近，米陽他們班也受到了波及，白洛川的這張臉長得俊美帥氣，又是天生皮膚白不容易曬黑的那種，在一眾新生裡拔尖一般的存在，每回他出列受罰做伏地挺身或者其他動作的時候，米陽他們班裡就有不少女生也偷偷抬起眼睛去看。

二班的小教官比較好一點，笑嘻嘻的挺平易近人，瞧見了也不生氣，對他們道：「不行，咱們班的乖孩子可不能學啊！來，全體都有，向後轉！」

二班的乖寶寶們全部轉向了後方，面對樹蔭繼續站軍姿。

他們剛轉過去，就聽到一班的黑臉教官道：「白洛川，還看？再加二十個伏地挺身！」

後面那個少年清亮的聲音大聲應道：「是！」

訓練了一天，晚上吃飯的時候，米陽都比平時多吃了半碗飯。

他旁邊的同學一天下來就曬黑了一層，坐在那跟米陽對比強烈，但是男生也不在乎膚色的問題，能吃飽了才不管這些。那個男生一口氣吃完一碗飯，這才感慨道：「米陽，你哥可真厲害，這一天的運動量趕我們三天了！你哥家裡是不是部隊的啊，姿勢怎麼這麼標準？」

米陽點點頭道：「對，我爸以前也當過兵。」

那個同學羨慕道：「難怪你被子疊得跟四四方方的豆腐塊一樣，可真漂亮！」

米陽笑道：「明天我幫你。」

男生眼睛立刻亮了，道：「那可太好了！」說完又有點不好意思，撓了撓頭道：「其實也不用幫太多，你就幫我把那四個角捏出來就行，我每次都弄不好那個。」

米陽點頭答應了。

大概是瞧著米陽態度溫和，那個男生又笑呵呵地開了玩笑：「你哥今天運動量這麼大，

得吃三碗飯吧？」

米陽想了一下，認真道：「不止。」

隔著兩三桌的位置，白洛川正在自己班裡吃飯，他旁邊就坐著黑臉教官，兩人悶不吭聲地吃飯。白洛川大口吃飯，旁邊放著的三個空碗看起來和他那張俊美的臉不太相符。軍營裡白飯都是提前盛好放在那裡的，他為了省事多拿了兩碗飯，直接沒去回盛，現在再去估計也不剩什麼了。

白洛川運動多，吃的也多，長身體的時候沒有一點顧忌，吃完一抹嘴就往宿舍跑。

他剛一進宿舍，就看到自己那個暖瓶裡已經被接滿了熱水，旁邊寫著他名字和編號的臉盆裡也放好了半盆涼水，還搭著他的毛巾。白洛川愣了一下，道：「這是誰打的熱水？」

旁邊和他一個寢室的男生道：「哦，你弟弟。他說是你弟來著，二班的一個男生，個子不高，皮膚挺白的一個，笑起來有酒窩。」

白洛川唇角揚了一下，「我知道了。」

他用熱水洗漱好，站在那用毛巾擦臉的時候，旁邊的同學好奇道：「白哥，你還有個弟弟啊？我瞧著你們長得不太像。」

白洛川道：「胡說，我們長得特別像！」

那同學站在那認真想了好一會兒，滿臉的困惑。白洛川這周身氣勢鋒利得簡直像是一把匕首了，可是今天來的那個男孩沒有，尤其是笑起來時簡直微風拂面，特別好相處呀！

好相處的米陽同學正在自己宿舍裡搞小活動。

他背包裡藏了一袋牛肉乾帶進來，趁著教官還沒來查寢室，迅速果斷地分給了同宿舍的幾個人一起解決了。這個年紀的男生胃像是無底洞，吃多少都不飽，晚上剛吃了飯又湊在一起解決那袋牛肉乾。每個人吃了幾大塊，滿口都是肉在嚼著的感覺讓他們眼睛都亮了。

米陽細嚼慢嚥著，忽然想起白洛川那邊也有大半袋，來學校報到的時候路上吃了一些，現在應該還有一些可以解饞。

隔了幾個房間的男生宿舍裡，白洛川正穿著背心短褲被搜查。

他看著黑臉教官在他床鋪翻了兩下，眼睛也跟著看過去，道：「教官，真沒什麼……」話音還未落，教官手裡就拿了小半袋牛肉乾出來，拎在手裡問他道：「這是什麼？」

宿舍裡燈光很亮，袋子上畫了一個粉紅色的愛心，歪歪扭扭地寫著「給哥哥」三個字，簡直就像是剛剛幼稚園畢業的小孩一樣，但是即便字不好看，那一抹粉紅色還是讓全宿舍的男生眼睛都亮了——他們裡面還沒有談戀愛的呢！

白洛川思考了一會兒，道：「這個是一個小妹妹給……」

教官大手一揮，嚴肅道：「什麼哥哥妹妹的，我不管你早戀，但是在這吃零食不行！」

白洛川視線落在那個袋子上，還在看著。

同寢室的幾個兄弟們簡直都要感動了，有一個人還認真舉手打了一個報告：「教官，能不能還給他啊，罰點別的好不好？」

也有人道：「教官也別老罰我們白哥了，他也聽不容易的，今天做多少伏地挺身了，您別難為他啦！」

「就是，您老針對他幹啥啊，就為這麼一口吃的？您要是罰他，我們也跟著跑圈去！」

「抗議暴力執法！」

教官看了宿舍一圈，視線落在白洛川身上，舉著那袋子嚴肅地問他：「如果再給你一個機會，你會把牛肉乾分給同寢室的戰友嗎？」

白洛川喉結動了兩下，道：「報告，我要想想！」

黑臉教官抬頭問那些男生：「你們還陪他跑步嗎？」

全寢室男生憤憤道：「報告教官，不去了！」

白洛川那包牛肉乾被沒收的事很快就傳遍了，具體人名沒說，但都知道高一有個小帥哥大半夜不肯上交一袋牛肉乾，寧可去操場跑十圈。

剛開始大家還饒有興趣地討論是誰給的，後來話題就偏了，這得是多好吃的牛肉乾才能甘願跑十圈啊？

米陽他們宿舍的男生們也聽到了一些，在討論著，還有人回憶著昨天晚上米陽分給他們的那個牛肉乾咂巴嘴，道：「米陽，你說那袋傳說中的牛肉乾，和你上次給我們分的那個比起來，哪個更好吃啊？我覺得你家做的那個就特別好吃了，真想嘗嘗傳說中的美食。」

米陽正準備睡覺，光聽就知道是怎麼回事，憋著笑道：「大概一樣好吃吧。」

寢室的同學還在咂巴嘴，感慨道：「不，我覺得肯定不一樣，我聽說還是什麼小女朋友送的。嘖，肯定是瞎說，愛情哪兒值得了十圈啊，那可是貨真價實的操場十圈跑步。你們說，那人體能得有多強，跟隔壁一班的白洛川有得拚吧？」

大家紛紛應和，米陽躺在上鋪，手臂枕在腦後偷著樂。

晚上十一點熄燈，宿舍裡準時都關燈黑成一片，軍營裡安靜得只有蟲鳴聲，這裡不遠處有一片小樹林，還有靶場，即便只豎立幾塊殘缺的警告立牌，也能在上面聞到硝煙的氣味，只遠遠看著就覺得莊嚴肅穆。

米陽躺在窄小的單人床上，忽然有些懷念起小時候，他那會兒和白洛川跟在大人身邊也去過靶場，他們戴著耳塞，只能觸摸一下那些冰冷的槍械。白洛川比他膽子大，還試著組裝過幾個零件，大概是天生就有這方面的天賦，還真的組出來大半，不過他們能觸碰到的都是那幾樣，旁邊大人看著，也只是讓他們摸摸而已。

想著那個時候兩眼亮晶晶的小白洛川，米陽忍不住彎起嘴角笑了。他們這次來訓練營，他從路過的時候就看見那片靶場了，不知道白洛川有沒有心癢。

米陽手習慣性地捏了一下枕頭，觸感有點不太對，揉了兩下又放棄了，閉上眼睛慢慢睡了。他睡著之前還在想著，這邊的床鋪太硬了也太小，不知道白洛川能不能伸開腿睡得舒服點，他大少爺平時都恨不得橫在床上把他當人形玩偶抱著睡的啊……

凌晨一點，宿舍樓下忽然響起緊急集合的哨聲，吹得用力又急促。

各班教官的聲音也響起，每個都是大嗓門，催著他們下樓：「全體都有，集合！」

學生們之前就被提醒過，五分鐘之內必須穿戴整齊跑去樓下站在自己班的方陣。一陣兵荒馬亂之後，呼啦啦衝下來一群，先是男生宿舍樓，緊跟著女生那邊也跑來，就是相比來說女生這邊要狼狽多了，有些女孩頭髮都沒紮好，長髮胡亂塞在帽子裡，還有人攥著肩章沒來

得及帶上，急得眼眶都紅了。

這次教官們對他們沒有白天那麼嚴苛了，也只是看看他們的速度，米陽他們班的小教官尤其和藹，還對班裡的女生道：「大家別急，來，再給我們班女同學一分鐘紮頭髮的時間……一分鐘夠嗎？我也沒留過長髮，咱們男生都體諒一下啊！」

二班和氣地笑成一團，女生們也鬆了口氣，立刻手腳俐落地紮好了頭髮，也不管好不好看，整齊是第一位。

一班的黑臉教官用眼睛巡視了一遍，繃著臉道：「白洛川，出列！」

白洛川向前兩步，站了出來。

教官道：「向後轉！」他瞧著這個學生兵俐落的姿勢，點點頭，又對一班的學生道：「大家都看看，這才叫穿戴整齊！現在給你們一分鐘，對比白洛川開始進行整頓，一分鐘之後不許再給我看到這副『緊急集合』的邋遢樣子！」

大晚上的緊急集合了一陣，也沒有什麼特別重要的事，就是看一下學生兵的反應速度，很快又解散讓他們回宿舍休息，畢竟第二天還有更嚴格的訓練，保持體能才是最重要的。

大群人拖著又睏又累的步子走回宿舍，說話的聲音也大了起來，米陽晃了晃手腕也在慢慢往回走著，旁邊一個人忽然攬住了他的肩膀，米陽回頭的時候，就瞧見半遮擋在黑暗裡的一張帥氣的臉，白洛川對他笑了一下，挑眉道：「怎麼，兩天沒跟我睡，不認識我了？」

他聲音小，跟開玩笑似的，但是米陽心裡有鬼，耳尖都發燙起來。

白洛川看他「嗯」了一聲做回應，有些不滿，湊過去一點道：「怎麼這麼冷淡啊，不會真被我說中了吧？米陽，我跟你說，等軍訓結束我就立刻讓我媽給我換班，然後宿舍也換了。我不管，幾天沒見你就對我這樣，要是真的高中三年都不在一塊，你還不得把我忘了？」

他在那故意說著任性的話，哼著像是撒嬌，米陽笑了一下，道：「不會忘。」

白洛川抬頭看他，等他說下去。

米陽還在笑，「為了一袋牛肉乾跑十圈，哪兒忘得了？」

白洛川磨牙，憤憤道：「我那是沒捨得一口氣吃完，我們班教官太過分了，你不知道，我就多往你們那看一眼，頂多就是帽檐動一下，他都能立刻看出來，可真煩人！」

米陽道：「我看還行，你這個標兵應該做得更好點。」

白洛川聽見他說，又高興起來，「你也瞧見了？我姿勢怎麼樣，是不是特別帥？」

米陽點點頭，哄他道：「帥！」

白洛川跟他說著話到宿舍，想跟他一起進去，還是放棄了，「算了，等回學校吧。」

米陽要進去，白洛川又喊住他：「米陽。」

米陽回頭看他，「怎麼了？」

白洛川看著他，伸手碰了碰他眼睛下面略微透出的青黑色，小聲問他：「睡得好嗎？」

米陽把他帽檐拉低些，笑道：「管好你自己吧，每天運動量那麼大，別又腿抽筋了。」

白洛川笑了一聲，站在那跟他說了兩句，看著差不多就走了。

兩個人宿舍離著不遠，但是要每天想見上一面，除了在食堂吃飯的時候，還有就是晚上解散後那麼一點時間。

白洛川班上雖然還沒選班長，但是軍訓的這段時間也就他最引人注目，無論是憑外形還是憑本事，全班同學都對他沒話可說，隱隱形成以他為中心的小團體。有的時候教官臨時有事，讓白洛川監督一下，他做得也非常好，班裡同學也都聽他的。

二班的小教官瞧見也打趣兩句，問道：「又上崗啦？怎麼樣，白教官，還適應嗎？」

白洛川舉手敬禮道：「報告教官，適應！」

小教官就點點頭道：「那行，我正好要去買點東西，你幫我也看一會兒。」

白洛川還真應下來了，沒有一點局促的樣子，先喊口號讓二班的人也正步走過來，兩班並列排在一起，在那站軍姿，他邁著步子來回看著。

白洛川在看著二班的人，二班的那些同學們也好奇地看著他，對面站著的雖然和他們一樣都是新生，但是適應得也太好了，簡直在軍營裡如魚得水。

白洛川走到米陽這邊的時候腳步略微停頓一下，多看了一會兒，米陽旁邊那個男生嚇得挺胸收腹，生怕自己哪兒做得不正規。這個一班的白洛川雖然不是正規教官，但是氣勢也沒差到哪兒去，那男生被盯著簡直要小腿肚抽筋了。

白洛川站在他們那看了半天，視線也只停留一下，又慢慢邁步走開了。

那個男生剛放鬆一點，就聽到白洛川的聲音從他們後面傳過來：「腿站直了。」

男生嚇了一跳，但是並沒有感覺到自己被拍肩膀或者怎樣，用眼角餘光去看，反而瞧見他身邊的米陽晃了一下，又站穩了。

米陽額上有汗，這會兒臉曬得更紅了，抿了抿唇角。

白洛川的聲音還在：「肩膀向後張開一點，背……也繃直了，挺胸、抬頭、收腹！」

聽著旁邊啪啪幾聲輕微的拍打聲，那個男生覺得也被敲打了一樣，連忙站直了些。

白洛川道：「不錯。」然後腳步聲又輕輕響起，繼續向後面走了。

那個男生鬆懈下來，看向米陽，小聲動了動嘴唇道：「米陽，我覺得你挺標準的啊，你都是咱們班做得最好的一個了，那人是不是故意挑刺呀……」

米陽皮膚白，這會兒顯得臉上都帶了薄紅似的，依舊直視前面，兩片唇略微張開一點，道：「別說話，站好。」

白洛川在後面又「突襲」了幾個人，都是冷不防在腿彎那踹一下，不疼，但是力道也是有的，就是看人站得穩不穩。

幾個同學都沒準備好，一班二班的都有人被他冷聲說了兩句，大概是氣場在那，瞧著冷漠又不怎麼言語的，比教官在的時候秩序維持得還好，兩個班上的同學們光聽著他的腳步聲靠近就有點怕他。

二班的小教官很快就回來了，他手裡提了兩大袋冰鎮飲料，回來後先問了代理教官：「怎麼樣，白教官，我們班同學做得優秀嗎？」

白洛川點頭道：「非常好。」

小教官就滿意地把自己班的同學帶回原來的位置上，給他們幾分鐘原地休息時間，然後一人分了一瓶飲料讓大家喝。

二班的人歡呼起來，開飲料瓶蓋的聲音刺激得隔壁幾個班眼睛都紅了。

等到一班的黑臉教官回來的時候，一班的同學們都期待地看向他，但是教官手裡只拿了一份卷宗，並沒有飲料。

黑臉教官道：「因靶場場地的關係，參與人員有限，下面我點到名字的人準備一下，過幾天回去靶場進行射擊訓練。」

「白洛川、王頎、毛岳……」

參與打靶的人員名字一個個從教官嘴裡念出來，一班第一個被點名的，毫無意外是白洛川，剩下的幾個人也都是在軍訓這段時間裡表現比較好的幾個同學。

二班的小教官從兜裡拿出一張摺起來的白紙，上面也有名字，不過他比一班那個教官隨意的多，人員名單也都是班上表現最好的幾個人，除了米陽，還有六個男生五個女生，其中周通也在裡面。

小教官點完名字之後還笑著鼓勵了幾句：「大家加油啊，到時候上午訓練，下午還有一場小比賽，拿出我們二班的風采，勇奪第一！大家告訴我，有沒有信心？」

二班的同學們歡呼聲很高：「有——」

解散之後回宿舍的時候，那幾個被點了名字去打靶的同學都很興奮，主動留下把明天去靶場時排的小隊形練習了一下。

米陽形象好，小教官讓他站在排頭的位置，周通快走兩步跟上了米陽，步子練習得也很好，齊步走的時候跟得很快。略微練習了兩遍，小教官就告訴他們明天上午出發的時間，讓他們解散回去休息了。

幾個男生一起往宿舍走，一想到明天就能摸槍，一個個都雀躍極了。

周通跟在米陽身邊一起走著，他和米陽、白洛川他們是初中同學，他們幾個人關係一直挺好。周通長了一副眉開眼笑的模樣，特別容易讓人有好感，說話做人也很有一手，短短一個軍訓的時間就跟班上的人關係都處得不錯，知道的消息也多，有一個外號叫萬事通。

他這次湊巧跟米陽分到了一個班上，自然也是跟在米陽身邊。米陽人溫和謙讓，周通又是一個凝聚力挺強的人，二班這邊慢慢也開始圍著米陽形成一個小團體了，不過比起一班那種白洛川式的獨裁，二班這邊明顯要和氣多了，做事都是商量著來的。

周通有些虛胖，被軍訓這幾天折騰得一下瘦了不少，人也黑了，倒是瞧著更精神了些。他是個樂天派，覺得是免費減肥來了，瞧著軍訓服都比剛發的時候大了一號，成果還是不錯的。想著明天的打靶，周通美滋滋道：「真沒想到我還能跟你們一起去呢！」

米陽看了他一眼，道：「你也很厲害了，這段時間訓練得很刻苦，人都瘦了很多，咱們明天一起加油。」

周通笑呵呵道：「還成，過幾天又胖回去了。」他手裡拿著帽子一邊走一邊道：「聽說明天打靶去的人挺多的，各個班都有，到時候比賽肯定也挺激烈。」

旁邊的人道：「周通你這跟吹氣球似的，胖瘦全在一念之間，女生們得多羨慕你。」

有人問他：「打聽出來一班都有誰去了嗎？」

周通道：「一班去哪些人具體名字我還沒問到，但是不用想，肯定有白哥呀！」

那人問：「誰？」

周通得意道：「白洛川呀！我們以前初中的風雲人物，對吧，米陽？」

米陽笑著點點頭。

周圍那幾個男生興致勃勃道：「哦哦，我知道，就是前幾天代替教官的那個，咱們小教官不是也誇他伏地挺身做得標準嗎？」

周通簡直跟聽到在誇獎自己似的，抬高了下巴，「那是，我們白哥什麼做不好，別說這些體能訓練了，考試也厲害，全校第一呢……」

後邊有人拍了拍周通的肩膀，周通回頭去看，就瞧見了全校第一的白洛川。

白洛川挑眉道：「換個位置？」

周通立刻把米陽身邊的位置讓出來，笑呵呵道：「白哥，我先去吃飯了，你們聊啊！」

周通和幾個同學先走了，白洛川慢慢和米陽走在後面，他手裡抓著軍帽，額頭上的汗水把頭髮微微打濕些，隨意往後捋了，露出光潔的額頭和鋒利的眉眼，不知道是不是這身軍裝的關係，瞧著整個人都比平時挺拔了許多，神氣活現的。

白洛川靠近他一點，道：「明天咱們兩個班挨在一起，我問過了，一班一排，你站第二排一號靶位，和我挨著。」

米陽有點驚訝，很快笑了，活動了幾下手腕道：「你來和我比嗎？那我可得拚命了。」

白洛川得意道：「咱們到時候比比看。」

米陽問他：「贏了有什麼彩頭沒有？」

白洛川想了一下，大方對他許諾：「有，要什麼給什麼！」

米陽還在看他，白洛川瞥他一眼，手指照著他腦門不輕不重彈了一下，自己先笑了，「看不起誰呢？別這麼看我，我說到做到。」

隔天上午，班上其他同學留下繼續日常訓練，每個班裡挑出來的那一小隊人去了靶場，去進行射擊訓練。

靶場已經收拾妥當，周圍非常空曠，趴伏在地上的時候耳邊都是接連響起的槍響聲，槍托震動在肩上也是讓有些同學吃不消，但機會難得，大家都咬牙堅持下來，有些男生甚至還覺得不太過癮，摸到槍就不想走了。

上午是教官帶著做訓練，說好了下午比賽。

各個班在聽到比賽之後都在拚命練習。因為靶場離著宿舍比較遠，大家中午就沒回去，由炊事班給送了飯菜過來，兩菜一湯，花樣少但是數量多管飽。

吃飯的時候各個班級是解散的，因為在野外，也比較放鬆一些，三三兩兩找了認識的朋友圍坐在一起聊天吃飯，比在軍營裡放鬆許多。

米陽和白洛川一起吃，然後找了個樹蔭一塊睡了一會兒。

米陽手指習慣性抬起來，指尖剛搓動一下，就被白洛川給握住了，白洛川都沒睜開眼睛就笑了一下，輕聲道：「別找了，捏我手指吧。」

米陽：「……」

米陽努力辯解：「我只是撓癢癢。」

白洛川閉著眼睛還在睡，聽見道：「嗯，我手指癢，你幫我撓撓。」

被握在手心裡的手指頭動了動，很乖，撓得也輕，劃過手心的時候酥麻麻的癢，動作幾下就慢慢平靜下來，連身邊的呼吸聲都緩慢而平穩，像是就這麼睡了。

白洛川用帽子遮著臉也睡了。

軍訓這麼多天以來，竟然是他們睡得最好的一次。

下午哨聲響起的時候，白洛川收拾俐落，神清氣爽地歸隊去了。米陽活動了一下也覺得睡醒精神了許多，回到自己班級隊伍裡去。

下午的訓練繼續，一班卻出了一點狀況，一個叫毛岳的男生的肩章找不到了。

教官問道：「怎麼會沒有？上午的時候不是還戴著嗎？」

毛岳急得不行，翻來覆去地在身上找，頭上都冒汗了，「就、就是啊！我中午就在那睡了一會兒，起來就沒有了。」

教官道：「你先出列，沒有肩章不能在隊伍裡，去外面看一會兒吧。」

毛岳瞪大了眼睛道：「啊？不能打槍了嗎？」

教官搖搖頭，「衣冠不整，不可以歸隊。」

毛岳眼眶都紅了，「教官，如果我肩章找到了……」

教官道：「向後轉！」

毛岳轉過去，倔強道：「我肩章要是拿到，我就回來啊！」

「跑步走！」

毛岳心裡不服，但身體還是服從命令，跑步走了。

教官去領取今天下午訓練的物資了，隊伍原地站了一會兒軍姿。

白洛川站在第一排，視線沒有絲毫移動。

後排幾個男生小聲說話的聲音斷斷續續傳過來，還有嗤笑的聲音：「不是說毛岳這個人家裡有點本事嗎？怎麼一副肩章丟了都不能繼續打靶了？」

「對啊，我看他傻乎乎的，怎麼考進來的？」

「咱們班還有人花錢買進來，進來又跟不上，還不如去三十班，來一班是拉低誰呢？」

「就是啊，給這傻子一個教訓，哈哈哈！」

……

毛岳家裡情況特殊，據說分數低了一百多分都能進來，而且還插進了一班這樣的尖子生裡。能進一班的都是有能耐的，比較傲氣的人，尤其是班裡的男生們，只服氣有本事的，毛岳一來就被排擠了，那幫男生還給毛岳起外號叫關係戶。尤其是軍訓的時候，他們覺得這個傻子都得了誇獎，所以故意使壞拿走了他的肩章捉弄他，想讓教官懲罰他。

沒一會兒毛岳就回來了，教官不在，大家還在站軍姿，往常這會兒都是白洛川在管的，毛岳一根筋，心眼也直，過去跟白洛川喊了一聲「報告」，就興高采烈的要歸隊，掏出兜裡的東西給他看：「你瞧，我有肩章了！」

白洛川看了一眼，把他手裡的東西搶過來揣進自己兜裡，拎他出去單獨「談話」了。

原因無他，毛岳新拿來的那個肩章是兩杠三星，貨真價實的上校肩章。

白洛川抿了抿唇，問他：「哪兒來的？」

毛岳還沒弄清楚狀況，傻傻道：「家裡送來的啊！這個不行嗎？這是最小的一個了。」

白洛川冷淡道：「這個不能戴，而且你還違反紀律，帶手機來了吧？」

毛岳震驚地看著他，「你怎麼發現的？」

白洛川道：「你不打電話，上哪兒弄這個去？」

毛岳想了一下還真是，他固執地站那一臉糾結，人看著傻了點，但是一根筋得得厲害，堅持要參加軍訓。他磕磕巴巴道：「我、我準備了很多！我可以做好，我不是傻子！」

白洛川把他那副肩章放在自己的口袋裡，看了他那張憋得通紅的臉，伸手取下自己肩上的給他，讓他歸隊。

毛岳拿在手裡還有點不太真實，他上午打槍是不錯，但是沒有白洛川打得好，「你怎麼辦啊？要是你不參加，咱們班肯定贏不了……」

白洛川冷聲道：「沒什麼可是的，馬上就要開始打靶比賽了，我命令你現在歸隊！向右轉，跑步前進！」

教官不在，白洛川就是教官，毛岳敬了個禮，戴上肩章立刻就跑回去了。

毛岳那副肩章白洛川不敢戴，放口袋裡，也站回隊伍。

教官回來的時候，給班上的同學們分了子彈，就看到了隊伍裡多出來的毛岳，視線落在他的肩章上，同時也瞧見了白洛川光禿禿的肩膀，問道：「怎麼回事？」

毛岳道：「報告，是我……」

白洛川打斷他道：「報告！毛岳同學的肩章找到了，我已經讓他歸隊！」

教官視線落在白洛川身上，很快就看到他口袋裡鼓鼓囊囊的，問他：「這是什麼？」

白洛川道：「報告，什麼都沒有！」

教官繃著臉道：「我現在命令你，拿出來！」

白洛川手指動了一下，只露出一個金黃色的邊角，就不肯再往外拿了。

教官離著他近，自然也看得清楚，抬頭等他解釋。

白洛川含糊道：「班裡有人丟了學員肩章，家裡……家裡給拿了一副來，也不是故意的，這是最小的……」

教官的臉也抽了一下，抿唇不知道該說什麼好。戴上這個，別說他一個小小的教官了，就是他們長官來了也只有立正敬禮的分啊。

白洛川沒有拿出來炫耀的意思，教官也知道這位不是故意找事，如果白洛川或者後面站著的毛岳是故意找麻煩，或者是帶著其他心思，那大可以從一開始就使用特權，但是這兩個恰恰是班裡最認真的兩個同學，能吃苦能受累，而且受罰了從不多說什麼，二話不說趴下就是伏地挺身，但是事情變成這樣，一時有些尷尬。

後面幾個同學們沒有瞧見，可有幾個也動了動嘴角，很小聲說了兩句，議論起來。

教官黑著臉道：「安靜！」

這個時候站在白洛川後面的那個叫毛岳的男同學又大聲喊了一句：「報告！」

教官道：「說！」

毛岳大概也知道自己做錯了，喘著氣道：「剛才就是我出錯，我、我願意去跑步！」他還要把肩章還給白洛川，卻被白洛川阻止了。

白洛川沉聲道：「我也有責任，我負責班級秩序，一中午就有同學丟了肩章，是我失職。報告教官，請允許我和毛岳在射擊比賽結束後一起跑步五圈！」

教官想了想，道：「十圈，現在歸隊，準備進行比賽！」

兩人應聲道：「是！」

一班這邊應付完突發情況，略微耽誤了點時間，但很快也列隊開始參加射擊比賽。十人一組，槍聲轟鳴之後就有人揮旗示意，並大聲報出環數。總體來說，五槍之內打出三十五環左右，就已經是中上了，部分班級有的同學打出了四十環，每次都會引起一陣熱烈的討論聲，這樣的十個裡面有一兩個就很厲害了。

四輪之後，一班和二班的打靶分數最好，已經甩開其他班級一大截，最後的比拚也主要看這兩個班互相比賽。

最關鍵的第五輪，由一班先上。

白洛川趴在地上，胸口貼地，雙腿收緊並直，三點一線瞄準靶中心，俐落地扣響扳機。

「一號靶位，十環！」

毫無懸念地報數聲響起，五發子彈打出了五十環，高一一班的這個新生又一次讓後面等待的同學們譁然，緊跟著就是激動地鼓掌，尤其是一班的同學們，臉上都興奮得紅了。不管怎麼說，就算團體沒能拿到第一，他們班單人第一名的成績沒跑了。

白洛川放鬆了肩膀，準備起身時，就聽到報數聲又再次響起：「三號靶位，十環！」

三號那邊的毛岳站起身來，他甩了甩手臂，臉上帶了興奮的神色。

毛岳最後一槍神準，加起來打出了五槍四十八環的好成績，除了白洛川以外，是班級裡最好的成績了。

一班的同學們都對他刮目相看，那幾個刺頭這會兒也拍手叫好，有激動點的更是衝過去一下抱住了毛岳，但是緊跟著自己也有點不好意思起來，在團體榮譽感面前，毛岳做得比他們強的多。毛岳沒他們那麼多心思，滿心的高興，咧嘴笑道：「看，我就說我不是傻子！」

那幾個人更不好意思了。

毛岳沒覺出什麼，覺得自己表現挺好就想走。白洛川起身離開位置，跟在他們身後，把那幾個人叫住了，道：「你們就沒有其他話要跟毛岳說嗎？」

那幾個人愣了一下，立刻道：「毛岳，對不起啊，我們以前不該那麼說你。」

「對，在宿舍也對不住了。兄弟，以前真不知道你這麼厲害，我就聽人說你成績低一百多分都能進來，所以才……」領頭那個撓了撓臉，從口袋裡拿出毛岳的肩章還給他，「是我的錯，回頭請你吃飯。你大人不記小人過，原諒我們一回吧！」

毛岳瞧見自己肩章，連忙拿過來把肩上那個還給了白洛川，一邊自己戴肩章一邊道：「也沒說錯啊，我進來的時候確實加了一百分，偏遠地區部隊子女加分政策規定的，跟少數民族加分差不多，但是頂多就加個中考成績，其餘就沒有了。」毛岳倒是挺看得開，笑道：「我成績是不太好，不過體能訓練不錯，各有所長唄！」

他說得坦蕩，反而是那幾個人撓了撓頭，也跟著笑了一下。有幾個還在小心看著旁邊的

白洛川，毛岳好說話，但是白洛川顯然並不是那麼好說話的。

果然，白洛川冷漠道：「光道歉就完了？」

那幾個人有點傻眼，互相看看，小心問道：「那還怎麼呀？」

白洛川想了一下，道：「等一會兒看看成績，看毛岳怎麼說。」

毛岳顯然已經不記仇了，但是他直覺知道白洛川是為他好，白洛川走了，他立刻拔腿跟上，也不跟這幾個人繼續說下去了。

二班的人開始了，米陽在一號靶位，因為排列問題，雖然數字和白洛川挨著，但其實他旁邊的人是三班的一個同學，那個男生緊張得厲害，手一直哆嗦。

米陽瞄準打完最後一發子彈，還沒等耳邊的子彈聲散去，就聽見旁邊那男生「砰」一聲也打出去一發。

那個男生捂著嘴哼了一聲，眼淚都快下來了，道：「教官，我牙好像磕著了……」

他們教官過來看了一下，正在查看傷勢，就聽見對面報了環數。

「二班一號靶位，十一環！」

米陽愣了一下，他旁邊的同學也都愣了，聽過十環的，沒聽過還能多一環的啊？

那邊槍托磕著牙的同學也抬頭去看，還沒等偷樂一聲，就聽見他的聲音也被喊了出來：

「三班一號，零環，脫靶！！」

三班一號同學傻眼了。

高一軍訓新生裡的三個一號都讓人記憶深刻，一班、二班的一號靶同學都拿了十環的滿分，三班這個一號就特別倒楣，他不是打靶裡唯一脫靶的人，卻是唯一脫靶到人家靶上的。這人一發子彈打到了米陽的靶心上，給打了一個一環出來，加起來愣是讓米陽五發子彈打出了一個五十一環。

周通他們在一旁一直留神聽著呢，猛地聽明白了也來不及笑，先湊過去一臉期待地詢問教官：「這算是我們班的吧？教官，您說這可不關我們米陽的事，他自己硬給湊的一環，我覺得怎麼也得算我們班的成績吧？」

教官：「……」

周通發動身邊的同學們進行輿論攻勢：「來來，我們先謝謝三班同學們的熱情幫助！」

二班的同學嗷嗷喊起來：「謝謝三班的同學，你們永遠是二班的好朋友！」

「三班的朋友們，哥哥們拿了第一，永遠記得你們的幫助！」

「軍功章有我們的一半，也有你們的一半，三班的朋友們一起來慶祝！！」

旁邊已經開始起鬨了，不止是二班，其他看熱鬧的也拍手叫好，他們也都是頭一次見這麼逗樂的事。不過鬧歸鬧，最後還是沒能算上，只取了兩個彈著點最好成績的十環給米陽記在分數上。

白洛川拿了五十環單人成績第一，米陽這次超常發揮，跟他一樣，也是打了五十環的總成績，兩人名字挨在一起並列念出來。

毛岳拿了第二，也挺高興的。因為毛岳這最後關鍵的一槍，在團體成績上，一班最後拿的分數略高些，這樣他們班算下總成績成為團隊第一。

一班比二班多拿了一個團隊的獎狀，班裡的氣氛更熱烈。

兩個班的同學都跑去拿獎狀了，白洛川沒急著去，瞧見米陽在前面站著，就走過去，對他道：「我輸了。」

米陽道：「沒有啊，咱倆之前不是說了個人比賽？那看單人成績你也……」

「就是單人成績我輸了啊！」白洛川笑了一聲，靠近他一點道：「畢竟你單次最好的成績十一環，我可太羨慕了，回去要跟程阿姨她們說說。」

米陽撞了他肩膀一下，也笑了。

白洛川小聲問他：「想要什麼？」

米陽一邊走一邊道：「要什麼啊？你隨便在這找個漂亮點的小東西給我就行了。」米陽隨口這麼說著，視線落在不遠處的草叢上，那邊野花挺多的，都很漂亮。

白洛川在旁邊點頭答應下來。

毛岳跑過來一臉興奮地喊了白洛川的名字，對他道：「白哥，我想好了！」

白洛川也不知道這人怎麼突然跟他們宿舍裡的人一樣這麼喊他了，但是也沒有拒絕，對他道：「想好什麼了？」

毛岳道：「想好要什麼了！」

米陽抬頭看向白洛川，白洛川咳了一聲，道：「不是你想的那樣，這有特殊原因……」

他低聲在米陽耳邊跟他把肩章的事說了一下，「我就是看那些人不順眼，欺負人沒完了。」

毛岳還站在那邊等著，見白洛川看向自己，立刻上前一步。

白洛川從口袋拿出肩章，遞還給他，對著毛岳也沒怎麼太客氣：「你記住了，我今天不是幫你，是看在這肩章的分上。你把這肩章拿回去，告訴你們家大人，肩章不是這麼用的。」

毛岳「哦」了一聲，拿過來揣在口袋裡，站在那有些無措。

白洛川抬了抬下巴，問他：「你想怎麼辦？」

毛岳見他還跟自己說話，這才又露出一個笑來，興奮道：「我想踹他們屁股！一人一下，輕點那種，就教訓一下……我爸以前老踹我，我也想試試！」

白洛川點點頭，跟米陽說了兩句，帶著他回自己班上了。

二班捧著獎狀集體歡呼的時候，一班的同學裡有幾個男生被毛岳喊著口令「向後轉」，然後踹了他們一人一腳屁股，這是對他們差點讓班裡丟了團隊第一的小懲罰。毛岳踹得不疼，就是報復回去，反而感覺跟扯平了一樣，大家心裡都鬆一口氣。還有一個同學沒踹上就怪叫了一聲，氣氛一下就緩和了，一群人哄笑起來，大家都成了好兄弟似的。

別的班有好奇看過來的，白洛川對外的解釋一致是「慶祝」兩個字。

每個班習慣不同，其他人也就笑笑就過去了。

他們坐車回營地的時候，米陽也收到了禮物。

白洛川和周通換了座位，和米陽坐在一起，遞給了他一個火柴盒，「打開瞧瞧。」

米陽慢慢打開，抽出一半來就瞧見了裡面關著的一隻火焰般跳動的紅色小蝴蝶，牠身上還有金色和黑色的脈絡，看起來精緻美麗。

白洛川問他：「夠漂亮嗎？」

米陽看了一會兒，點點頭。

他們在靶場的時候休息了一陣，估計就是那個時候白洛川去抓來的。火柴盒裡裝著的這隻小蝴蝶，像是穿過硝煙帶來的一抹柔弱而絢麗的美，米陽摩挲了一下火柴盒，看了一下，然後把牠放走了。

白洛川道：「不喜歡？」

米陽笑道：「喜歡。」

白洛川不解，「那怎麼放走了？」

「嗯，記住就夠了。」米陽指了指自己的腦袋，閉著眼睛笑了道：「記在這了。」

白洛川也笑了，一邊歪頭看著窗外的風景，一邊伸了一隻手過去和米陽握在一起。

下午回去的時候，已經是吃飯的時候，但是白洛川還有跑圈的任務，他之前被教官處罰和毛岳一人十圈，這會兒回來之後就直接去了操場。

剛在操場做完準備運動，沒跑兩步，就看到他們班一個同學滿頭熱汗地跑來道：「白哥，我問教官了，他說咱們一人一圈的話，二十圈分攤，一圈就完事，咱們陪你一起跑唄！」

後面陸續跟來的都是一班的男生們，他們跟白洛川關係不錯，加上這次班級的榮譽也是白洛川他們贏回來的，聽了肩章這事的經過之後都坐不住了，紛紛過來一起跑圈。

最後的結果就是，白洛川他們班男生集體都去操場跑了一圈。

這一圈下來之後，一個男生扶著膝蓋直喘氣，他對白洛川豎起大拇指道：「白哥你牛，怎麼，怎麼辦到的……那十圈跑下來不得廢了啊……」

白洛川呼吸還算平穩，只額頭上帶了汗水，回他道：「平時多練習。」剛跑完要再走上幾分鐘，讓身體緩一下，那幾個男生正走著，就看到迎面來了一個人。米陽提了一個水壺過來，遞給白洛川道：「跑完了？飯我給你打好了，趁熱去吃吧。」

白洛川接過水喝了，道：「好。」

剩下那些人，你看看我，我看看你，也一起往前衝起來。

白洛川聽著聲音不對，拽著米陽手臂就跑，問他：「你把飯放哪兒了？食堂？」

米陽愣了一下，跑了兩步才道：「對啊，就在你平時吃飯的桌上……」

白洛川道：「快跑！」

後面的人嗷嗷喊：「大家聽見沒有？白哥吃飯那桌上有熱飯熱菜，衝啊……」

「先到先得，衝啊！」

白洛川跑得快，如願以償保住了自己的飯。

食堂裡還有不少飯菜都是熱的，男生們跑去自己打了飯，湊過來一起吃。訓練了一天外加多跑一圈之後，吃得格外香。

白洛川餐盤裡比其他人多了一份鳳梨咕咾肉，有人試著想夾一點，被他一筷子敲開，三兩口就吃光了。

毛岳坐在他旁邊，看著也眼饞，他每次打飯都搶不到幾塊肉，瞧著白洛川盤子裡被人給打好的菜，羨慕道：「白哥，你弟對你可真好。」

白洛川埋頭吃飯，只隨意「嗯」了一聲。

二班那邊的餐桌也有吃得慢的幾個人，周通就在其中，這會兒剛準備走，瞧見白洛川他們這邊熱鬧也過來了，還順便拿了不少飲料給大家，笑呵呵道：「這我們教官準備的，我們班好些女生怕胖，不喝這個，咱們一起喝吧。」

兩個班是場上最能競爭的，關係也最容易好起來，加上周通嘴皮子靈活，一瓶飲料喝完大家就有說有笑的了。

飯後白洛川跟著也去了二班那邊，有周通在，他和那邊的人很快也熟悉起來，大概還有一點名人效應，大家對這個傳說中的新生代表都很好奇。比起一班被黑臉教官訓練出來的一群小狼崽子似的狠勁兒，二班的同學們順從的多，也和負責他們的小教官一樣，逢人先露三分笑，特別有親和感。

白洛川感受了一下二班的氛圍，確認米陽在這個班級裡過得還不錯，這才略微放心，但他心裡還是在意，等晚上自由活動的時候又去了米陽宿舍轉了一圈，還伸手摸了摸米陽睡的那個上鋪，踩在梯子上小聲跟他說了幾句話，這才離開。

和米陽住同一個宿舍的同學都帶了點好奇，但是白洛川瞧著不怎麼好說話的樣子，他們不敢冒然開口，等他走了，大家就跟米陽詢問起來：「你哥跟你感情真好啊，又來看你了？」

另外一個跟著插話：「米陽對白哥也不錯啊，前幾天一直幫著打水，我都瞧見了。」

米陽對他們這個稱呼挺好奇的，問道：「你們怎麼都喊他『哥』？」

宿舍裡的同學說得理所當然：「我聽一班的人都這麼喊的啊，而且白洛川瞧著長得也高，對了，聽說他生日還是七月，比咱們幾個生日都大吧？」

另外幾個也跟著點頭表示贊同，其中一個男生已經按月份給宿舍裡排上順序了，笑呵呵的道：「米陽，你是九月吧，排第三！」

米陽微笑認領，也沒說自己和白洛川一樣，比他們小一年。

年齡這件事一直等到白洛川提前參加高考才曝光，不過那都是很久之後的事了。

軍訓最後幾天，教官對他們放鬆了一些，一班的黑臉教官瞧見白洛川帽檐動三次才罰一次，但就算這樣，白洛川一天之內也多做了許多伏地挺身。

等到方陣休息的時候，二班的小教官都起了惻隱之心，主動過來跟一班結對子，一起坐在那拉歌，好好熱鬧了一把。大家還玩了一把擊鼓傳花，兩個班人多，玩起來之後為了活躍氣氛，還讓輸了的同學上來表演節目。

白洛川一個走神的功夫就被抓到了，他站起身走到前面想了一會兒道：「報告，我不會表演，我做幾個伏地挺身吧，這個我拿手！」

所有人都哄笑起來，他們這段時間可沒少看白洛川做的標準伏地挺身。

二班的小教官應允了：「那也行！」

其他跟白洛川熟悉了的男人跟著起鬨：「做跨障礙伏地挺身！」

「就是！只做伏地挺身太便宜一班的人了，得撐高一點，躺著一個人的高度最好了！」

白洛川道：「報告教官，我覺得這樣對男生和女生都是不禮貌的行為！」

有男生起鬨似的喊：「白哥，我不怕，我願意你對我不禮貌！」

周圍又笑起來，黑臉教官也笑了一下，不過很快收攏了笑容，咳了一聲：「女生就算了，這樣，你自己選個男生出來吧。」

白洛川飛快道：「報告教官，我請求二班的米陽和我配合！」

教官點頭同意了。

米陽走過來，先是平躺在那當了一回人形障礙物，白洛川覆在他身上做幾個伏地挺身，力道很穩，和平時一樣規範，手臂彎曲向下兩人靠攏的時候，周遭的女生尖叫聲比男生還要大，還有好幾個女孩握著手兩眼放光地看著他們。

米陽仰頭看他，不過沒有太緊張，還有閒功夫對著白洛川笑。

白洛川繃緊了腰腿，慢慢俯身下來，感覺鼻尖都要貼到對方的一樣，呼吸之間都是彼此的氣味。從小到大，熟悉到不能再熟悉，但是也能讓他此刻心如鼓擂，他一眨不眨地看著米陽，手臂繃直又彎曲下來，和他靠近成最近的距離。

白洛川小聲道：「你幫我數著。」

米陽就用他們兩個人能聽到的聲音慢慢數下去：「一、二……」

白洛川只這樣做了幾個伏地挺身，他知道米陽臉皮薄，不經鬧，又讓他坐在自己背上，馱著他做了幾個伏地挺身。白洛川的腰很好，撐起、放下的動作相當穩。

白洛川表演完了，那幾個起鬨最厲害的男生也被黑臉教官叫出來，讓他們跟著表演了一下「障礙」伏地挺身。

毛岳剛才手都拍紅了，笑聲也大，被教官拎出來之後也和一個男生配合著做伏地挺身。

毛岳在上面，但是趴上去之後，仰頭紅著臉大聲喊道：「報告教官，他、他雙腿分太大了，我就這麼趴啊？」

二班的小教官道：「周通，把腿併起來！」

周通喊了一聲是，「啪」一下就把毛岳的腿給夾住了。

大家又笑起來，一群學生都笑得東倒西歪。

訓練一天之後，晚上是自由活動。白洛川去了米陽他們宿舍，正巧宿舍裡其他幾個人都出去了，就剩下米陽一個人在整理內務。

白洛川進去看到他手邊的被子，忍不住問他：「怎麼現在疊起來了？」

米陽一邊疊一邊道：「哦，這我們宿舍一個人的，他晚上都不蓋被子，怕明天早上突襲檢查內務來不及，讓我提前幫他把四個角整理出來，這就好了。」他說著已經弄好了，動作俐落地把被子放回下鋪，回頭看他道：「你怎麼來了？」

白洛川道：「拿點藥給你。」

米陽：「什麼藥？」

白洛川從兜裡拿出一個小盒子，把米陽按在座椅上解開他領口的扣子，對他道：「擦肩膀的，打靶時候槍托後座力那麼強，撞疼了吧？」

「還好。」米陽這麼說著，也沒動彈，配合著把襯衫脫了大半，露出肩膀坐在那，「你讓家裡送來的？」

「沒，毛岳家裡送來的，有多的一份，我瞧見就跟他要過來了。」白洛川幫他擦藥膏，又揉了一會兒，見他肩膀上放鬆了不少之後，把藥膏給了米陽，讓他幫自己也塗一下。

白洛川反身跨坐在椅子上，雙手抱著椅背，頭也歪著枕在上面催他：「快點。」

米陽照著剛才那樣幫他抹了藥，手指又捏著他後脖頸那笑了一聲，「這裡曬紅了。」

白洛川懶洋洋道：「那也塗一點藥吧，這兩天曬得有點脫皮。」

米陽幫他塗抹了一些，逗他道：「還真是細皮嫩肉的大少爺，不經曬。」

白洛川等他塗好了，就先轉身過來捏了他臉一下，手順著下去又拍了拍米陽腰那兒，嗤笑道：「你自己才是細皮嫩肉……白天那幾個伏地挺身咱們換過來試試？你背得動我？」

米陽想了一下，「不然你讓我試試？我覺得我也行。」

白洛川兩隻手捏了捏他的腰，試了一下力道，搖頭道：「省省吧，我怕一會兒去醫院還得跟上面申請車，這裡可離市區遠著了。」

米陽沒躲開他的手，任由他捏來捏去地玩腰上那點軟肉。他腰不怕癢，也不在意。

白洛川捏夠了，把襯衫穿上，問他：「你和你們班同學都熟了嗎？他們對你好不好？」

米陽看著他單手跟一顆扣子奮戰，實在看不下去，伸了手過去幫忙，「挺好的啊，大家都互相幫助，挺團結的。」

白洛川皺了皺眉頭，小聲道：「不然我調到你們班來吧？」

米陽看他一眼，「你真要來？」

白洛川奇怪道：「怎麼了，你不想我跟你一個班嗎？」

米陽道：「回去跟駱阿姨商量一下吧，別讓她為難，這些都是小事了。」

白洛川點了點頭，還要說什麼，就見到耳朵動了一下，「我們教官好像上來了，我聽見他皮鞋的聲音，先回去了。」

白洛川走得迅速，比起剛才不耐煩整理衣服的樣子，這會兒外套、帽子整理得特別快，一分鐘不到就穿戴整齊出去了。

緊跟著，就聽到一班那個黑臉教官在走廊上吹哨的聲音，大聲喊道：「一班，全體都有，緊急集合！」

米陽：「……」得，白少爺這反偵察也練出來了。

軍營裡的訓練時間度過得很快，軍訓結束之後，聯合其他幾所高中一起在市體育館辦了一次彙報演出，類似閱兵。學生們穿著學員的綠色軍裝列成方陣，踢著正步走過主席臺，抬手敬禮，喊出口號。

米陽也在其中，化身成綠色海洋裡的一點，身邊都是年輕富有朝氣的笑臉，耳邊也是十幾歲少年們的呼喊聲，覺得自己也融入其中，有一種回到青春期裡最好的、最奮進的感覺。

軍訓結束，學校給放了兩天假期，讓學生們回家休息。

米陽回到家就聞到廚房傳來的濃郁香氣，燉好的玉米排骨湯熱氣騰騰地端上來，客廳的桌上還有幾道他平時最喜歡吃的菜，清水白灼蝦、肉釀豆腐、醋溜豆芽，還有一道紅燒肉。新蒸的白飯顆粒飽滿，配上紅燒肉和一些湯汁，拌飯一起吃最好不過，米陽兄妹兩個最喜歡吃這個了，連胃口小的米雪都回了一次碗，多吃了小半碗的飯。

程青心疼兒子軍訓受苦，就想好好給他補一下，「多吃點，都瘦了。」

米雪學著媽媽那樣，夾了一塊肉給哥哥，「哥哥多吃，曬黑了。」

米澤海把自己的碗往女兒那邊推了推，米雪沒弄明白，米澤海厚著臉皮道：「爸爸每天往外跑，也曬黑了。」

米雪皺眉，「爸爸吃三塊了，我數著，不能多吃，媽媽說你吃多了不舒服。」

米陽道：「怎麼了？」

程青笑道：「沒什麼大事，就是最近讓他減肥呢。老在外面吃，今年體檢查出來輕度脂肪肝，忌口幾天正好。小雪替我管著呢，特別嚴格，你吃你的，甭理他們爺倆。」

米澤海每天吃的口糧都是由女兒管理，米雪嚴格按照程青的要求，恨不得數好了米粒給爸爸吃飯，對他的健康特別負責。米澤海痛並快樂著，和女兒鬥智鬥勇，只為多吃一塊肉。

米陽被他們逗笑，趁米雪不注意的時候，偷偷給了他爸一塊肉，瞧見米澤海迅速吃進嘴裡，米陽低頭繼續笑著吃飯了。

休息了一天，米陽在家裡好好睡了一個懶覺，覺得自己差不多放鬆休整過來之後，隔天跟程青說了一聲，去書店買了一些參考書。

高中了，是時候緊張起來了，提前多準備一些準沒錯。

米陽站在那選參考書的時候，瞧見有高考模擬卷和試題卷，就拿起來一本試題看。他當年高中的時候也是題海戰術過來的，翻看的時候還有幾分熟悉感，這時忽然想起一個問題。

上一世他高考是在二〇〇七年，現在他跳級之後，即便回到滬市重新讀了一年小學穩定成績，也比之前提前了一年高考。

如果說二〇〇七年當年的高考試卷他只有幾道題目印象深刻的話，那二〇〇六年的高考試題是他們反覆練習過很多遍，老師也講透了的，其中還拿著跟前幾年的試題對比分析，找了很多同類型的題目來講。

米陽拿著那一本高考試題愣在那裡，好半天才哭笑不得地看著手裡那一本試題。他上一世是在魯市參加的高考，現在換到了滬市，兩邊都是自主命題的地區，高考試卷題目並不一樣，這份「透題」對現在的他來說用處並不大。

以前的他拚命考上了一個重點大學，現在成績比以前好了太多，家裡也沒有再搬回魯市的打算，就算沒有「透題」，也能穩上自己喜歡的那所學校了。

米陽心態還挺好的，雖然有點遺憾，但還是把試卷放了回去，挑了幾本高一用的參考書各拿了兩本去櫃檯付錢，習慣性地幫白洛川也買上了。

書店老闆看他年紀挺小，給他裝袋的時候還好奇地問了一句：「高一剛開學吧，現在就要開始用功啦？」

米陽付了錢，道：「提前準備。」

書店老闆笑呵呵道：「還買兩份，幫同學買的喔？」

米陽點點頭，笑著應了一聲，拿了他找回的零錢走了。

他中午也沒什麼事，就溜達著去了白洛川那邊，把參考書送過去給他。

白洛川正在家裡收拾東西，有一雙挺喜歡的球鞋怎麼也找不到了，把挨著他臥室的那個小客廳的東西都翻出來散在地上，這會兒他人也躺在木地板上，瞧見米陽來都沒能爬起來，不知道折騰了多久。米陽被他這陣仗嚇了一跳，看了一圈道：「這是怎麼了？」

白洛川有氣無力道：「找鞋呢，有雙球鞋找不到了，想帶去學校打球穿。」

米陽看他旁邊散落了一地的鞋盒，問他：「那幾雙不行嗎？我看著都挺好的，這個標籤都沒取下來吧？」

白洛川不樂意，固執地要自己喜歡的那雙，對其他放著的上萬塊的球鞋無動於衷。

米陽幫他找了一會兒也找不到，他這裡東西太多了，光球鞋就幾十雙，而且偏好明顯，米陽看著它們都差不多，實在不明白白洛川為什麼非要那一雙不可。他看了眼手錶，道：「我回家吃飯要來不及了，你把你的自行車借我唄？」

白洛川懶洋洋道：「不借。」

米陽道：「那我走回去了？」

白洛川就抱著他的腰，跟大型犬似的挨著他蹭了蹭，跟他撒嬌：「別走了，留下陪陪我。你不知道，我為了找這雙破鞋翻了好多東西出來，都堆地上沒收拾，太亂了，我受不了。」

米陽揉他腦袋一把，笑道：「你這什麼習慣，別人弄又嫌亂，不收拾又嫌髒……行吧，我去給家裡打個電話，留下來幫你。」

白洛川得寸進尺，又提了新要求：「晚上也住這陪我，咱們明天正好一起去學校。」

米陽拖著他去找自己的包，翻出手機來打電話給家裡，聽見他說搖頭道：「那不行，晚上得回去，答應了給小雪輔導功課。」

白洛川不太樂意，剛想抗議就聽見米陽又補充了一句：「不過可以留下陪你吃晚飯。」

白洛川想了一下，勉強道：「那行吧。」

米陽打了電話給家裡，程青那邊挺忙的，聽見他說立刻就答應了。白家經常沒人，只有白洛川一個小少爺住在那棟空蕩蕩的豪華房子裡，房子的裝修內飾、廚師和司機等等一切都是最好的配置，唯獨缺了一點人氣，米陽經常留宿在那邊，家裡都是支持的。

程青有些時候還會主動讓米陽去陪著白洛川，她也是看著這個男孩在自己跟前一天天長大，即便現在是少年模樣，在她心裡也永遠都是需要照顧的孩子。

白洛川沒能找到那雙球鞋，下午的時候和米陽一起去買了一雙新的，他挑中了兩雙一樣的，興致勃勃地讓米陽和他一起穿上看了看，「我覺得這個不錯，等週六的時候出來打籃球，咱們就穿這個。」

米陽道：「我不用啊，開學的時候買過了……」

白洛川道：「我覺得你穿這雙好看。」他蹲下身給米陽繫上鞋帶。米陽下意識躲了一下，但也躲不開，只能讓他給自己換了那雙新鞋。

米陽無奈道：「駱阿姨買了很多東西給我了，這個太貴，你以後不要買給我了。」

白洛川道：「沒事，你先拿著，等以後我賺了錢一次還給她。」

米陽想反駁，不過想想白少爺以後賺錢的速度，默默閉嘴了。

大概是瞧著米陽穿上效果不錯，白洛川也有點喜歡這雙新鞋了，直接換了和他一起穿著走了出去。外面也沒什麼好買的，米陽上午也去過了書店，白洛川想了一下，和他一起去了新開的商場。

米陽對服裝要求並不高，平時除了校服之外隨便兩身衣服就能湊合，白洛川不同，他在

這個年紀已經學會臭美。駱江璟對他十分寵愛，要什麼給什麼，別說幾身衣服，幾套房子也是捨得的。

白洛川比米陽高半個頭，衣服也比他大一碼，他覺得不錯的就要買兩身，米陽只挑了一套比較寬鬆的拿了，其餘的搖頭說不喜歡。

售貨員長了一張巧嘴，笑道：「這身就挺好，平時外出或者在家裡穿都可以，布料特別舒服，而且你弟弟皮膚白，顯得氣色特別好……」

米陽坐在那沒有反駁的意思，他聽多了別人說他是白洛川的弟弟，已經習慣了。

白洛川倒是挺高興的，米陽不要其他的衣服，只看中那一身，他乾脆就多買了兩套不同顏色的給他，「就這個吧，白色、米色、卡其色……都拿一套，米色的再多拿套大一碼的。」

米陽：「……」

售貨員高高興興去拿衣服了。

白洛川拿了外套過來，哄他伸開手把衣服穿上試試。

米陽抬手穿了一個袖子，看了他道：「你怎麼買這麼多啊？」

白洛川幫著他穿好，「難得從你嘴裡聽見一句喜歡，多買兩身替換吧。」

米陽想了一會兒，忍不住小聲道：「那我也會長高啊，很快就穿不下了，多可惜。」

白洛川湊近了一點才聽清他說什麼，笑得不行。

米陽不服，「真的啊，我今天早上量，還高了一釐米呢。」

白洛川哄他：「那明天早上咱們再量量，可能又長高了。」

兩個人正在店裡試著衣服，就聽到旁邊有路過的人試著喊了一聲：「米陽？」

米陽正抬起手臂讓白洛川幫自己弄扣子，抬頭看了一眼，「啊？」

對面站著的是一個穿連身裙的女孩，頭髮散下來披在肩上，齊瀏海看起來乖巧可愛，正眨著眼睛看他，聽見米陽應聲，小臉上露出一個笑容走過來道：「我剛才就看著眼熟，一直沒敢認呢，真是你！」

她走近了，米陽也認出來這是他們班上的一個女同學，恍然道：「甯寧？」

女孩笑道：「是我！你還記得我名字呀？」

白洛川坐在一旁也在看她，只是沒米陽那麼面善，雙手插在口袋裡瞇著眼睛打量她。

女孩瞧見他和白洛川在一起，有點驚訝，很快又笑著道：「你們也在逛街嗎？我請你們一起喝奶茶吧？前面有家店，特別好喝！」

米陽連忙道：「不用，不用！」

女孩堅持道：「讓我請你吧，就喝一杯奶茶，軍訓的時候我還沒謝謝你呢！」

米陽道：「真不用，都是一個班的同學，不用這麼客氣。」

女孩不肯走，還在那小聲求米陽，聲音軟軟的，看起來挺溫和的一個妹子，長相甜美，很容易讓人有好感，除了旁邊臭著一張臉的白洛川以外。

白少爺好心情都被攪和沒了，站起身來也看著米陽，冷聲道：「你走不走？」

女孩道：「你們要去哪裡呀？」

白洛川懶洋洋道：「洗手間，妳去不去？」

女孩被他的話弄了個大紅臉，支支吾吾不敢接話，米陽站起來當了和事佬，對她道：「真不用了，我們一會兒就回家了，謝謝妳啊！」

售貨員拿了衣服回來，已經裝好袋子，米陽接過來提上跟著白洛川一起走了。白洛川走了幾步，忍不住一臉不痛快道：「那誰啊？還甯寧？喊得很親切呀！」

米陽道：「她名字就叫這個，真不是故意這麼喊的，她爸媽都姓甯，取了這麼一個名字，我也覺得挺特別的，所以記住了。」

白洛川又問：「你軍訓時候怎麼她了？」

米陽道：「沒什麼啊，就是她軍訓時候輕微中暑，我正好帶了藥，分給她了。」

白洛川道：「我看你真是，從小就喜歡人家漂亮小ㄚ頭，班花、校花的就沒斷過。小時候那個王依依，就那小班長，你跟她前後桌還老一起做題，暑假那會兒在山海鎮上，人家一哄就跟著出去玩了，那人叫楊什麼的，紮一個馬尾辮的那個你也跟人家說話……哦，我知道，你是不是就喜歡長頭髮的小ㄚ頭？」說道最後，已經帶上懷疑的語調了。

米陽道：「真沒有，你這是冤枉人。」

白洛川眯起眼睛看他，冷哼道：「是你劣跡斑斑。你才多大，就想著早戀？我告訴你，沒門兒，好好學習，天天向上，知道嗎？」他說到這，忍不住又威脅道：「你要是敢早戀，我就告訴程阿姨去，讓她收拾你！」

米陽試著反抗：「怎麼光說我，那你要是早戀呢？」

白洛川道：「我跟誰早戀去？跟你啊？」

米陽面上發燙，移開眼神沒吭聲了。

他剛才在心裡說了一聲「是」。

就像是在冬天咬了一口凍得冰涼的夾心糖葫蘆，去了籽可以放心大口咬下去，入口先是山楂綿軟的酸，緊跟著才能品出那一點糖衣的甜，黏口到說不出心裡的話來。

白洛川也沒有說話，過了一會兒，乾巴巴道：「把袋子給我，回去你還要做手工，到時又該喊著手腕疼了。」

米陽把東西給了他，白洛川拎起來走得很快。臨回家的時候，白少爺繞路去一家挺有名氣的奶茶店專門買了一杯珍珠奶茶給他，雖然沒說，但還記得這事。

高一開學之後，先要選班幹部，一班的幹部特別好選，白洛川占了全班絕大多數的票當選班長，團支書是一個女孩，學習成績非常好。二班選幹部的時候，大家都是簡單發言，只有一位戴眼鏡的男生認真地拿著稿子念了自己提前寫好的計畫，對班級的事務也十分盡職負責，米陽和班上其他人都覺得這人好，同時也帶著偷懶的心思，投票選了這人做班長。

米陽沒想到自己得票也高，莫名中了一個團支書的職務，和班長一起負責班級紀律。

不過很快兩個班的同學就發覺哪裡有些不太對勁了。

白洛川跟駱江璟提過換班級的事，這次卻沒能成功，當時分班的時候是按照中考成績來分的，報考這所高中的學生裡，白洛川的成績最好，米陽其次，所以他們兩個被分到了一班和二班，為了保持平衡，是不可能讓他們在一個班的。

也就是說米陽現在是二班成績最好的學生，是他們老師的心肝，調換班級是想都不要

想的事。至於白少爺，他這第一名要想換班，估計他們班導師也要捶胸頓足地跟著他一起過去。這何止是挖心，簡直是要他的命啊！

白洛川雖然人在一班，但是一顆紅心向著隔壁班，恨不得以編外人員的身分加入進去，什麼事都會跟二班的團支書米陽一起商量著來，領東西更不必說，但凡一班有的，也都給二班送過去一份；有需要團支書領取的材料，早早地就給二班送來擺在講臺上了，事無巨細，一概辦的妥帖周到。

兩個班級關係水深火熱，各自腦補了一場大戲。

一班同學們心想，我們班長看上了隔壁班的團支書啊，求而不得，簡直虐戀情深！

二班的同學們倒是樂觀，他們覺得團支書米陽當初軍訓時候打了五十一環就很牛了，沒想到現在愣是把他們五十人的班級擴成了五十一人，編外人員也是成員嘛！

看著白洛川又站在門口喊了米陽去教務處領資料的兩班幹部，也陷入了深思。

一班團支書：我每次都感覺要被隔壁班的團支書換掉，這已經不止是自己班的競爭了，實在太殘酷了！

二班班長：我感覺我不是我們班的班長，大家明顯更聽白洛川的啊！我是誰，我在哪，我可能是個假班長！

月底的時候有一場辯論賽，兩個班的同學都參加了，白洛川懶得多說話沒上場，二班的團支書倒是親自去了，白洛川拿著自己班的選題認真跟米陽分析哪裡更容易攻克，米陽被他這副認真的語氣逗得笑個不停。

米陽拿筆敲了敲他手上的紙，問他：「班長，你良心不痛嗎？」

白洛川握著的圓珠筆在手指上俐落地轉了兩圈，挑眉道：「不痛，不幫你才會痛。」

米陽被他理直氣壯的說辭折服了，認真一起研究了辯題。

等到辯論賽那天，白洛川坐在自己班的位置上認真觀賽，只是鼓掌的節點明顯和自己班裡不太一樣。他旁邊的同學小聲道：「班長，你鼓掌時間錯了，剛才咱們班沒加分，是隔壁班的米陽拿分了……」

白班長認真看了一會兒，道：「你不覺得他說得很對嗎？」

同學：「……」不覺得啊！我們是反方好嗎？

辯論賽二班取勝，拿了冠軍。

一班的同學們回來之後開了一次班會，表示今後要再接再厲，班長上臺講話的時候說的都是安慰的話：「大家今天的表現已經很不錯了，放輕鬆心情，輸贏其次，友誼第一。」他想了想又補充了一句：「二班發揮不錯，也值得我們學習。」

全班同學：「……」

他們班長從辯論賽一開始就目不轉睛盯著人家二班，又是誇獎又是鼓掌，原來是抱著學習的心態嗎？

不管怎麼說，一次小比賽還是增進了一下兩個班級的交情，二班的同學們喜出望外地拿了冠軍，把獎狀貼在後面班級榮譽牆上時特別開心，不過團支書表示這次是超常發揮，大家開心一下就好，除了課外活動，還是要把學習放在第一位。一班的白班長也說了同樣的話，

但是完全沒啥效果，一班同學表示我才不聽啊，我們就是愛拚才會贏！

班長沒有什麼進取心，全靠同學們自己拚。

總體來說，兩個班級開始了良性競爭。

只要隔壁班沒有人去食堂吃飯，另一個班也不肯先離開教室，每次都是白班長第一個出去喊了隔壁班的團支書出去吃飯，大家這才迅速收拾了書本跟上，兩個班課間時間也都在拚命刷題，生怕比隔壁班少做一套。

這倒是讓任課老師非常高興，這麼好帶的學生，已經好多年沒見過了。

白天考了數學摸底卷子，米陽覺得自己做得還可以，晚上回到宿舍洗漱一下準備睡了，正在刷牙，就聽到宿舍裡的同學們在對今天的數學答案，大家也有點緊張，畢竟都是從各個不同的學校裡考到這裡來的，之前的教學品質也不同，成績出來的排名讓不少人壓力很大。

有人問了米陽最後幾道大題的答案，米陽想了一下，跟他們說了，頓時宿舍裡有幾個鬆了口氣，也有人在困惑之後哀嚎一聲：「完蛋了，我跟你們都不一樣，我肯定做錯了，怎麼辦啊，十五分的題呀！我要給我們全班扯後腿了，要是這次考得比一班成績低……」

敲門的聲音響起，門外站著的男生像回自己寢室一樣自然，視線落在米陽身上。

米陽看他一眼，連忙漱口：「等一下，馬上好。」

上鋪的同學躺在那還在懺悔：「我錯了，我真的錯了，早知道我就不該這樣解題，丟了這十五分我就是班上的千古罪人，我們要是輸給一班也是因為……怎麼？幹啥敲我的腿？」

旁邊的同學咳了一聲。

那個上鋪的男生坐起來看了一眼，就瞧見了一班的白洛川正站在他們宿舍的陽臺上等著米陽洗漱好，也不知道聽到了多少，不過看著神態全然沒有在意。

男生揮手道：「沒事，白洛川是咱們班自己人，對吧，白班長？」

白洛川笑道：「是。」

米陽聽了也笑，不過沒搭話，很快洗漱好，把牙刷水杯都放回去就要跟白洛川出去。

白洛川在一旁等著，也沒那麼急，反而用大拇指給他擦了一下嘴角，笑道：「怎麼弄的，跟小孩兒一樣毛毛躁躁的。」

米陽自己又擦了兩下，白洛川點頭說行了，他才跟著一起出去。

宿舍有同學問他：「米陽，你去哪兒？小賣部嗎？」

米陽道：「去操場，應該會路過那裡。」

同學想了想，道：「能不能幫我買包泡麵啊？」

米陽還沒說話，白洛川就道：「你們去隔壁宿舍，這是我櫃子的鑰匙，裡面有十幾袋泡麵自己去挑吧。」他將小鑰匙扔過去，對面同學千恩萬謝地接過來，刷刷地抖了抖衣袖起手對他打千兒，笑嘻嘻道：「恭送陛下！」

白洛川帶著米陽去了操場，十點多了，學校晚上的操場上這個點已經沒什麼人跑步了，只有偶爾一兩個人路過背著單字，估計是怕在宿舍影響到其他同學，來這發奮用功來了。

操場上鋪了橘紅色的橡膠跑道，踩上去很軟，路燈隔著十來米才有一盞，樹影重的地方黑乎乎地看不到什麼，只能聽到晚上風吹動樹葉嘩啦啦的聲響。

白洛川帶他走了小半圈，問的都是一些無關緊要的事，等走到一盞路燈下面的時候，他站住腳步道：「小乖，我有東西要給你。」他拿了一個小盒子遞給米陽，等著他打開，略有些緊張道：「準備的時間不長，不過想了下，也就這個好一些，不知道你喜不喜歡。」

小盒子在手裡沉甸甸的很有分量，米陽打開之後，瞧見一隻紅玉髓寶石蝴蝶。很小的一隻蝴蝶，做工精緻華美，鑲嵌了黑色和金色的紋路，舒展開的雙翅也栩栩如生，紅得似火，濃豔如血，在燈光閃動著的光芒像是在流淌的一抹紅。

白洛川小聲說著：「本來那天去商場是想看看你有喜歡的東西沒有，但是看著你對那些也沒什麼興趣，就乾脆沒買，準備了這個。我跟他們說做成書籤，那些人笨死了，重複幾遍才聽懂，差點做成首飾。」

單純這麼看，純淨度這麼高的一塊深紅色玉髓，倒是更適合做成首飾。

米陽拿在手裡把玩了一下，手心涼涼的觸感很舒服，「有點像軍訓時那隻小蝴蝶。」

白洛川高興起來，「對，就是那隻，你還記得？這次你可以收起來了，不用只記得。」

米陽有些遲疑道：「這是……辯論賽贏了的獎勵嗎？」

白洛川笑了一聲，湊近他一點，親暱道：「才不是，是生日禮物，你自己生日都忘了？小乖，生日快樂！」

米陽抬頭看他：「明天才是吧？」

白洛川哼道：「我要趕在十二點第一個跟你說。」

米陽笑了笑，低頭看著禮物道：「可惜不能請你吃蛋糕。」

白洛川道：「明天，明天中午就……」

米陽打斷他：「你不會讓人送蛋糕過來吧？我猜猜，還是好幾層的那種，特別大。」

白洛川道：「就、就跟大家分著吃啊，反正那麼多同學。」

米陽撓撓下巴道：「不用了吧，到時候還要點蠟燭，當眾許願挺不好意思的。」

白洛川固執道：「那總要許願吧？你就沒什麼想要的嗎？」

米陽想了想，道：「還真有一個。你別讓人送蛋糕來了，我今天就提前許願吧。」

白洛川不滿道：「沒有蠟燭，早知道我就讓人今天把蛋糕送來，趕在十二點正好。」

米陽笑道：「不用啊，我有這個。」他晃了晃手裡的小盒子，拿出那隻紅玉髓蝴蝶握在手心裡，雙手合攏抵在下巴開始許願。閉眼好一會兒才又睜開，唇角還是帶著笑意的。

白洛川好奇道：「許了什麼願望？」

米陽道：「大家都身體健康，我們學習進步唄！」

白洛川道：「還有呢？有沒有關於你自己的？」

米陽視線落在他那雙倔強的眼睛上又移開，低頭笑道：「有一個，不過得過很長時間才能實現，就算這一次……不是那麼順利了，我也想主動出擊，拼全力拿下。」

白洛川沒聽懂，追問道：「拿下什麼？我能幫忙嗎？你跟我說說。」

米陽搖搖頭，把那個小盒子揣進口袋裡，收下了這份漂亮的小禮物，眉眼彎彎地道：「等兩年吧，要是我辦不到，再求你幫忙。」

過生日壽星公最大，白洛川聽見他這麼說，點頭應了一聲：「好。」

收禮物的人滿意，送禮物的人就也跟著心滿意足起來，白洛川陪著他把剩下的半圈走完，兩個人一起回了宿舍。白洛川送完他，這才回了隔壁自己的寢室。

高一都是六人間，白洛川跟其他同學調換了之後也只能和米陽挨著住在隔壁宿舍，兩個人隔著一層牆，都躺在同一個位置的下鋪那裡。

晚上宿舍熄燈之後，米陽有些睡不著，他翻身對著那面牆，伸出手去摸摸冰冷的牆面。

白洛川睡在對面，嚴格來說，這是他們第一次分開睡。

軍訓的時候累得倒頭就睡，忙起來也沒多少時間想這些，但他還是帶了黑眼圈，原本以為已經戒了小枕頭，等到那個時候才發現，他之前能夠丟開那個小枕頭也睡著，是因為白洛川。因為這個人一直在自己身邊，他已經熟悉到可以替代那個小枕頭了，只要他在，米陽總能踏實地很快入睡。

白洛川在軍訓的時候問他睡得好不好，他現在可以回答了，一點都不好。

十多年的習慣，變成理所當然的事，沒有對方陪在身邊，就像是缺了什麼重要的東西，總有些不自在。米陽無意識地伸出手指捏著枕邊一角，覺得觸感不對，鬆開手翻了個身。

他想知道現在對面的白少爺在做什麼，是不是也面對著牆壁，側躺在那覺得不舒服？往常這個時候，白少爺都會故意拽著他手腕，懶洋洋地非要他講一個故事聽才肯睡。

光是這想著，米陽眼神就緩和下來，唇角也微微揚起。

白洛川躺在隔壁的宿舍床上，手臂枕在頭下，閉著眼睛一言不發。

宿舍裡小聲談論得很熱鬧，剛開學一段時間，就有人給各個班級的女生打分排了名號，選了一位校花出來。有人興致勃勃道：「我就說吧，二班的甯寧肯定能選中，聽說她會彈琴，當特長生招進來的，拿過好些獎了，特別多才多藝！」

另一個不太服氣，「也不一定吧，我看著十班的班花也挺好啊！」

上鋪的人哼道：「她哪兒比甯寧好了？」

有人小聲道：「身材好。」

整個宿舍小聲哄笑起來。

上鋪那個男生雖然力挺甯寧，但是也感慨道：「可惜甯寧有喜歡的人了。」

好打聽八卦的立刻問道：「真的假的？才剛開學吧，校花看上誰？你從哪聽來的啊？」

那人哼道：「二班的團支書米陽唄，好像聽說從軍訓的時候就好上了。」

白洛川黑臉道：「胡扯！」

那人道：「真的啊，我一個好朋友就在二班，他跟我說的。那回甯寧還寫了一封信要給米陽，她不好意思自己給，但是放班裡也不合適，就讓我朋友轉交的。哎喲，你們不知道，我那哥們兒當時臉都紅了，還以為是給自己情書呢！」

白洛川臉色更差了，「什麼時候的事？」

「就前兩天啊，白哥，你不會要管吧？」

白洛川冷聲道：「我是他哥，我管他不應該？」

那個同學笑呵呵道：「白哥，你這嚴防死守的，要是米陽是個大姑娘，我還以為你倆談戀愛呢，這也守得太嚴了！」

白洛川一臉不爽道：「他才多大，談什麼戀愛？早戀沒什麼好下場。」

同學道：「是是，班長說的對！」

宿舍裡的人覺得白洛川不愧是班長，這人覺悟真高啊。男生們湊在一起總要議論哪個女生身材好，哪個臉蛋漂亮的，白洛川完全沒這個意識，非但如此，還對自己弟弟嚴格管理，連帶著也不讓弟弟去接觸，可以說是一個特別盡職盡責的哥哥了。

有人還在感慨：「我看米陽對女生都很客氣，女生那邊都說他好，有紳士風度……」

白洛川不耐煩打斷道：「那是因為他家裡有妹妹，所以習慣照顧人。」

「難怪呢。班長，你和米陽家裡也很熟吧？你們是親戚？」

白洛川悶聲道：「不是，好朋友。」

大家打聽到一點八卦，聊得更開心了，但是對男生的興趣畢竟沒有多大，很快又轉移到女孩們那邊去了，說起誰誰初中談過戀愛，送了什麼禮物，又多費盡心力拿了什麼東西才能討好追上小女朋友。說起這個，自然又提到了白洛川，有人好奇道：「白哥，你那個小女朋友呢？就送你牛肉乾那個，你當初怎麼追她的呀？」

白洛川沉默了一會兒，緩聲道：「他啊，是我小時候的好朋友。」

有人抗議：「怎麼又是好朋友？班長糊弄我們呢！」

「就是，就是！強烈要求說細節！」

白洛川卻不肯開口了，閉著眼睛裝睡，但想入睡也不是那麼容易的，聽著耳邊的談話，想的卻是自己心裡的那個人。

白洛川想著米陽以前過生日的時候，會送自己喜歡的籃球、衣服，還有遊戲機，不管米陽喜不喜歡，都把自己最好的給他一份，但是現在他開始注意米陽的視線，看他多留意了什麼東西，忍不住地去觀察他，揣摩他想要什麼。

白洛川從來沒有這麼努力挖空心思地想去討好一個人，還做得心甘情願。

這已經不是對弟弟的那種喜歡了。

白洛川沒有對別人有過這樣的付出，他從小到大的視線裡都有跟隨在自己身邊的這個身影，從邁著小短腿學走路開始，就沒有過別人，他一直護著米陽，以哥哥自居，比任何人都對米陽好，但是他從未想過有一天，像是突然睜開眼睛，在熙熙攘攘走動著的人群裡一眼望過去，只能看到他一人。

那種怦然心動的感覺，叫做喜歡。

白洛川躺在那過了很長時間，才想明白一件事。

他好像早戀了！

他喜歡的人不一樣，不是女孩，而是和自己一樣的人。他眉頭皺起來一瞬，很快又放鬆舒展開，內心的糾結很快變成了慶幸。他暑假之後就查過書，也翻閱了一些資料，自己這種情況並不少見。他喜歡的人太小，還要等上好幾年，也因為這樣，他有好幾年的時間去徹底弄清楚，弄清楚自己的想法，也弄清楚米陽的想法，然後去為將來做準備。

就像是巨龍盤旋身體護衛自己的寶藏，而他可以守著對方長大。長到足夠羽翼豐滿，鱗牙鋒利。

米陽第二天還是收到了一個蛋糕，不過是米澤海特意給送來的，他這個做父親的平時工作很忙，加上還有一個小女兒，難免要讓懂事的兒子遷就些。平時沒照顧上，到了逢年過節或者特定的時候，米澤海就會對兒子加倍補償，這次米陽在學校過生日，晚上也不能回家，他就乾脆送了一個蛋糕過來，另外給了米陽一些零用錢，他也不知道這個年紀的男生喜歡什麼，乾脆讓兒子自己去買了。

米陽那個蛋糕和班上同學分著吃了，自己切了兩塊，拿回宿舍和白洛川一起吃。

白少爺那邊特意切了帶字的一塊，寫著一個「樂」字。

白洛川喜歡吃甜，米陽把自己那份上的奶油也給了他，他更喜歡吃綿軟的蛋糕底。米陽吃了一會兒，忽然笑了，「小雪今年肯定很失望，她每年都等著吃三回蛋糕，尤其是夏天，咱倆生日近，她到了七月就掰著手指頭算時間。」

白洛川道：「這個簡單，我回頭買個蛋糕送去給她就行了。」

米陽搖頭笑道：「生日當天吃的蛋糕不一樣。」

白洛川伸出拇指擦了最後一塊奶油，反手塗到米陽臉上，「那怎麼吃？這麼吃嗎？」

米陽冷不防被他這麼弄了一下，仰頭往後的時候差點倒在床上，手裡還拖著小餐盤不住求饒：「行了行了，別鬧，一會兒沾到床上可怎麼辦……」

白洛川道：「那就去睡我的床。」

「我不去，擠不開。」

宿舍裡只有一個人在陽臺洗衣服，水聲嘩嘩作響，另外幾個人還沒回來，半開著的門外面還有同學說笑走過的聲音。米陽坐在旁邊，瞇著眼睛小口吃蛋糕，吃得一臉幸福，好像這麼一點甜品就讓他心滿意足了，一個蛋糕就算是過完了生日。

白洛川看著他，忽然笑了一下，點了點他鼻尖道：「我還有一份禮物。」

米陽看他，「什麼？」

白洛川從口袋裡拿出一個東西，握在手裡道：「不是給你一個人的，我也有份。」

米陽伸手要去接，叮噹一聲清脆響聲，掉在手心裡的是一對鑰匙，和他們宿舍裡用的一樣，上面寫著編號，挺靠前的。

白洛川伸了個攔腰，道：「換班是沒指望了，不過可以換一下宿舍，我跟我媽說了一下，讓她幫我們換了一個二人間，條件比這裡稍微好一點。」

米陽挺意外的，不過握著鑰匙也笑了，分了一把給他道：「喏，給新室友。」

白洛川接過來，敲了他腦門一下，「錯了，是老室友，你什麼時候跟我分開過？」

米陽想了一下，還真是，好像從小到大他們都沒分開過，這次高一軍訓到現在，一個多月一直分開睡，算是破紀錄了。

中午時間緊張，米陽沒立刻就搬走，等到晚上才搬過去。

白洛川過來和他一起搬的，白少爺中午的時候就迫不及待地搬了過去。集體宿舍在新樓那邊，兩人間的宿舍在隔壁院區的老樓，離著這裡有個幾分鐘的路程。老樓外面牆壁上都爬滿了綠藤，夏天的時候格外涼爽，單從外面看有些舊，但是內裡的裝修還是挺不錯的，這邊住著的多是高三的一些人，大部分準備出國留學，也有少部分的留學生會在這裡。

留學熱還在，不少家長在這方面費勁，白洛川的那個表弟季柏安初中起就給送到國外去了，他們這圈子裡的小少爺們，還有小學送出去的，配了司機和保姆全程在國外照顧著，除了爸媽見不著，簡直要什麼給什麼。

米陽和白洛川住在三樓，房間和之前的集體宿舍差不多大小，但是只住他們兩個人，就放了兩張一米五的單人床，另外還有各自的衣櫃和書桌，配置比之前要好些。

房間已經被人精心打掃過了，非常乾淨，米陽把自己帶來的參考書和衣物放好。白洛川就站在一旁依著衣櫃環視四周，瞧著周圍那些礙眼的鐵架子高低床全都不見了，房間裡也只剩他和米陽兩個人時，心情頓時好了許多，挑眉笑道：「怎麼樣，這份禮物不錯吧？好歹都是住幾年的地方，我可撐不住一直跟你分開。」

米陽道：「你們班導師又要提高戒心了，他上回還來問我們文老師，說她是不是想把你弄到我們班來呢。」

白洛川好奇道：「可以弄過去嗎？」

米陽道：「你讓你們班導省省心吧，他一天天防你和防著偷渡的人一樣，生怕一撒手你就跑沒影兒了。」

白洛川笑了一聲，左右也沒其他人，他湊近了一點跟米陽咬耳朵：「我上回還瞧見我們老班寫詩了，不知道寫給誰的，用詞特別酸。」

米陽想了想，道：「不一定吧，他不是教語文的嗎？或許在備課？」

白洛川肯定道：「我瞧著像情書。」他又問：「你收到過沒有？」

米陽道：「沒有啊，剛開學，摸底考之後馬上又要準備月考，大家都特別緊張，哪兒有心情弄這些。」

白洛川不肯走，敲了敲他桌面又問道：「我怎麼聽說你收到過一封？還是校花送的，好多人都在說這件事。」

米陽有些茫然，「校花？咱們校花是誰啊？」

白洛川道：「你們班的那個甯寧。」

米陽被他一提醒，這才想起來了，「她沒寫情書給我，就送了兩張奶茶店的抵用券，買一送一的那種，說是上回沒請我喝奶茶，想補償一下。」他哭笑不得，「這也太離譜了，當時連信封都沒有，就讓人幫忙轉交了兩張券，怎麼還給傳成情書了？」

白洛川道：「你要了？」

「沒有啊，我跟她說我哥帶我去喝過了。」

對面收拾衣櫃的男孩笑咪咪地一句話就把白少爺心裡的小火苗給澆滅了，白洛川瞧著這人真是一顆心都軟下來。

他從後面抱著米陽，腦袋抵在他肩上蹭了兩下，小聲跟他說話道：「你要是想喝奶茶，我還帶你去，你要什麼跟我說，別理那些人。」

米陽點頭道：「好。」

白洛川又道：「還有，別老看漂亮小丫頭，現在要學業為主知道嗎？我從現在開始週末都要出去了，有些事要做……」他說得含糊，但是語氣很肯定，「我會賺很多錢，你要什麼我都買給你，但是你也要乖一點，不許早戀，知道嗎？」

米陽問他：「你要去駱阿姨那邊幫忙了？」

白洛川道：「也不一定，再看吧，想自己做點事。」

他等著米陽整理得差不多了，又催著他去洗漱和自己一起睡，不過這次沒有讓米陽回旁邊的床鋪上，拖著他去了自己那邊，熄燈之後也比平時話多許多，但沒讓米陽給他講故事，而是小聲跟米陽在那聊天。

床很小，白洛川讓米陽睡在靠牆的那邊，自己翻身枕著手臂，小聲問他：「小乖，你大學打算去那兒讀？」

米陽心裡已經有想要念的科系，但是學校還沒想過，猶豫一下道：「可能去京城吧，還沒想好，你呢？」

白洛川道：「去你要去的地方唄。」

米陽被他哄得笑起來，白少爺心情好的時候，一張嘴能甜死人。

米陽小聲道：「我跟你一樣。」

白洛川沒聽清楚，「嗯？」

米陽閉著眼睛笑道：「我也去你要去的地方。」

床並不寬敞，兩個人摟著睡也略顯擁擠，米陽原本以為晚上會睡不好，但是閉上眼睛之後，手指習慣性地向上摸到枕邊那裡觸碰到了白少爺的睡衣，搓著的雖然布料不同，但是白少爺身上暖烘烘的，手指間微微動上幾下，就很快睡著了。

這一覺睡到天亮，一夜無夢。

白洛川第二天醒來時還有點賴床，蹭著米陽的肩膀誣賴他：「你昨天晚上睡覺不老實，要不是我抱得緊，都要被你踹下去了……」

米陽不聽他的，推他道：「起床，一會兒還要做早操。」像是想到什麼有趣的，忍不住又說他：「你不是最喜歡晨跑嗎？起來鍛煉了，白班長。」

白班長不太樂意，還是被拖起來了，只能一臉不高興地回自己班上去了。

學校早上六點半晨跑，也就是在操場跑上兩圈，呼吸一下新鮮空氣。跑步完畢之後就是早自習，比起其他學校，這裡要嚴格些，每個班還分配區域，早晚各自打掃一遍。

白洛川他們班導師姓戴，名叫戴書桐，光聽名字就像是一個搞文學創作的，微胖的中年男子，未婚，心態極好，整天笑呵呵的很樂意和同學們打成一片，現在最大的心事就是怕自己家班長投敵，跑到二班去。

老戴同志打從早操開始就一直跟著學生們，自己也運動一下，打掃的時候也會經常去班上的區域看看。這天早上老戴去的時候，瞧著學生們打掃認真，自己也踱步過去瞧了瞧，問他們道：「怎麼沒拿大掃把，這榕樹就容易落葉，這樣打掃不乾淨，要是沒工具就讓班長去我辦公室拿……班長呢？」

那幾個同學道：「班長剛才也這麼說的，他去拿工具了！」

老戴很欣慰，但是等了一會兒也沒見班長回來，他又點了一個同學去叫班長，自己擼起袖子開始一邊和同學們談心一邊幹活。老戴熱愛勞動，但是工具不趁手也覺得彆扭，等了半天沒見剛才那學生叫回白洛川，忍不住又讓兩個學生跑了一趟，叮囑道：「一定把班長給帶回來，還有，把工具也帶回來啊！」

那兩個同學答應了一聲，跑遠了。

老戴自己忙活著，掃落葉，擦銅像，把這一小片區域打掃得乾乾淨淨，非常勤勞。他剛開始還能哼歌，沒一會兒就哼不下去了，班長沒回來就算了，怎麼派去找班長的幾個全都石沉大海，一個也回不來了啊？

老戴心裡直犯嘀咕，過去一看，氣了個倒仰，他們班的同學正在班長的帶領下幫人家二班打掃呢！他走近的時候，還聽到白洛川在跟二班文老師認真回話：「您不用客氣，這都是我們兄弟班應該做的，戴老師也一直教育我們要助人為樂。」

老戴：「……」

文老師連聲感謝，但老戴內心還是不快樂，他把自家小班長叫到辦公室，找了個沒人的時候問他：「洛川啊，你認真跟老師說，你是不是談戀愛了？」

白洛川道：「沒有啊！」

老戴嚴肅道：「那你怎麼老去幫二班？真沒看上人家班上的小丫頭？」

白洛川笑了一聲，「沒，您是說今天早上打掃的事吧？他們負責的區域比咱們大，又難打掃，去的女生也多。」

老戴道：「不是還有一個米陽嗎？」

白洛川理直氣壯道：「他一個人也忙不過來啊！您沒瞧見，人家文老師都親自來幫忙了，真的特別難掃，幫一下也不耽誤事。」

老戴憤憤道：「我也去幫你們了啊！我每天都去，你怎麼不心疼我？」

白洛川道：「心疼，您下回別來了。」

老戴：「……」他要再不去盯著，班長都要帶人直接夥竄去二班了！

從辦公室出來，毛岳跟幾個男生正好過來，看見他道：「白哥，老戴找你說什麼了？」

白洛川道：「沒說什麼，就是說早上打掃的事，怕我跟二班的小丫頭早戀。」

毛岳笑呵呵道：「不光老戴，我都要這麼覺得了，你去得也太勤快了。」

白洛川嗤道：「怎麼就光說我？我每回去，前腳剛到，後腳老戴就跟過來了，怎麼不說他盯著二班啊！」

揣著一顆隱晦早戀心的白班長非但自己不承認，還試圖反手甩鍋，說完就走。

後面跟著的毛岳那幾個男生面面相覷，老戴是大齡未婚男青年，人又特別正的那種，絕對不可能看上人家未成年小丫頭，唯一的可能就是二班新來的女導師文老師。

幾個男生你看看我，我看看你，有一個忽然帶了點激動道：「我覺得，有點靠譜啊！上回白哥沒去二班，我也瞧見老戴去了！」

「對啊，老戴還特別積極地去二班聽課，文老師教的英語，他也去聽了！」

「老戴上回還寫詩了，我在他辦公桌上看到過，哎呀，文老師好像也沒有男朋友？」

等到當天下午，一班班會的時候，老戴站在講臺上試圖融入大家，說完了自己高中時期的青澀感情之後，又叮囑道：「老師是過來人，知道你們現在的感受，你們現在年紀還小，

很容易對女生有好感，但是咱們還是不支持早戀，課業為主知道嗎？你們去了大學之後，一定要嘗試一次戀愛，別等到像老師這個年紀，一個人也孤零零的只能每天改卷子，有些同學的卷子錯誤還多，害我半夜都無心睡覺，只想幫你們改題！」

一班的同學們目光炯炯，閃爍著八卦並鼓勵的光芒，等到老戴說完，有男生起了頭，小聲喊道：「戴老師，我們支持您！」

「戴老師不要怕，我們全班都是您的後盾！」

「戴老師加油！」

底下學生們起鬨支持他找尋真愛，老戴懵了一下，但是很快痛心疾首道：「給老師加什麼油，給你們自己加油啊！你們還沒考上大學，我哪有心情談戀愛？」

但是不管他怎麼說，這次班會之後，一班的同學往二班跑的更勤了，甚至有的時候都不用班長帶頭，瞧見二班文老師有什麼要幫忙的，立刻就衝過去幹活，臨走還附帶笑容：「文老師不用客氣，我們戴老師讓我們來的，這是兄弟班應該盡的義務！」

高一摸底考試之後，一班和二班成績相差很少，但仍然是一班同學平均分數略高些。

白洛川組織兩個班的同學之間結對子，互相幫助學習，對老戴的說辭也是名正言順：「咱們班男生多，二班女生多，咱們班女生和二班女生一起學習，男生和二班男生互相幫助，我帶個頭，和二班的米陽結對子。」

老戴一陣頭疼，「你倆這成績，還想湊一起怎麼學啊？」

全級第一的白班長表示這都不是問題：「我就是起個帶頭作用唄，您不是說了嗎？早期的朦朧感情只有朦朧著才最美，我這是聽您的話，預防早戀。」

老戴覺得這話聽起來挺對的，但是還是哪裡有點不對勁，他想不出，班長又特別優秀，憋了半天只能抬抬手放他回去了。

兩個班級結對子的模式得到了一致好評，尤其是第二次小考的時候，二班的總成績明顯提高了，但還差著那麼一點超過一班的朋友們。

那次小考之後，有個考試成績不太理想的二班同學獨自坐在操場邊上一邊背英語單詞一邊難過得要哭，她身邊的一個朋友正在安慰她，朋友是八班的同學，在班上成績也不錯，只是分班的時候兩人沒有湊到一起去。

朋友道：「別傷心啦，沒事的，只是一次小考。」

二班女生道：「但是我沒考好，我拉低了我們班的平均分數，嗚嗚！」

朋友竊喜道：「其實我也沒考好，妳考了多少分？」

二班女生泫然欲泣，「語文一二六，數學一四五，英語……」

朋友道：「行了，別說了，妳不說完，我們還能做朋友。」

第五章

我最喜歡你了，特別特別喜歡

白洛川和米陽的成績保持穩定，白洛川發揮正常拿了第一，米陽這個第二名做得還美滋滋的，畢竟以前他都是前五名左右，當第二名也很開心。

十月底學校開運動會，給拚命學了一段時間的同學們喘口氣，也活躍一下氛圍。各個班級都在積極準備，老戴也回班裡熱情動員了一下。白洛川在初中的時候就處理這些事，老戴這邊剛動員，他那邊人員名單和專案流程就已經確定下來了。老戴深感欣慰，他覺得自己真是有一個特備省心的班長。

老戴笑呵呵道：「大家都比我想的要準備充分，聽班長的吧，咱們爭取拿個好成績！」

等到運動會那天，老戴特意換了一身青春洋溢的運動服，和班上啦啦隊的同學們坐在一起搖旗吶喊，為自己班加油。比賽的場地很大，他們班的位置是在觀眾台靠近跑道的地方，正好能看到五千米長跑的同學路過，老戴坐在那雙目炯炯地看著，冷不防瞧見一個熟悉的身影跑過去，一下激動得站起來大喊：「加油！高一一班加油！」

一班同學：「……」

老戴自己吶喊還不過癮，回頭熱情道：「喊啊，大家怎麼這麼安靜，剛才跑過去的是咱們班白洛川吧？」

旁邊的同學道：「是白班長。」

老戴特別高興，「班長真是不錯，身先士卒，最難的長跑自己上了！等會他路過的時候，大家都拿出幹勁兒，大聲為班長加油！」

一班同學張嘴想說什麼，就被隔壁班一陣歡呼聲壓過去了，他們班同學在參加其他項目

拿了第一名，廣播裡正放呢！

老戴問道：「你們剛才說什麼？」

一班同學看他這麼高興，有些於心不忍，搖頭笑道：「沒沒，戴老師我們聽您的，一會兒站起來給班長加油！」

老戴點點頭，繼續盯著場上的比賽，豎著耳朵聽廣播裡的獎項通報，另外也熱情動員自己班上的同學們多寫通訊稿，「來來，都寫起來，給班長寫幾個！他們五千米跑好一會兒了，找個跑得快的同學送去主席臺，等班長拿下第一名咱們的稿子正好念出來，呵呵！」

老戴自己詩興大發，還寫了一首現代小詩送去了廣播站。

白洛川不負眾望，拿了第一名，老戴高興得手都拍紅了，坐在那別提多自豪了。

他旁邊的幾個同學正拿著稿紙奮筆疾書，寫著給班長的通訊稿，筆尖下一行行寫出來的都是類似「賽出友誼，賽出風格」、「團結就是力量、就是榜樣」、「你站在領獎臺上的那刻，我們大家都為你驕傲」、「成績是我們兩個班共同付出辛勤的結果」一類的話。

只有老戴一個人美滋滋寫：「秋日微風徐徐好，高一健兒志願高，旌旗飄揚期可待，綠蔭紅場比天驕！」寫完意猶未盡，又道：「我再單獨給白班長寫首詩！」

一班同學連忙攔住了，勸他道：「不用了，不用了，戴老師，您看下一場馬上就開始了，是毛岳比賽，比標槍，您給毛岳寫吧？」

老戴想了想，也對，不能只偏心一個學生，又坐下興致勃勃地看了起來。

那邊五千米長跑終點那裡，米陽正扶著白洛川走著，長跑完了都要慢慢走上一會兒緩一

下，白洛川看起來並不是很疲憊，但是米陽來扶著的時候，他還是把手搭在米陽肩上，他喘得不激烈，但是胸口跳動著的聲音特別響，身上皮膚也是熱的。

米陽扶著他走了半天，又帶他去休息，拿了毛巾給他擦汗。

白洛川懶洋洋地抬頭，瞧著沒有自己動手的打算，「我累了，剛才後面那個人跑得也太快了，一個破運動會這麼拚命。」

米陽幫他擦了額頭，笑了道：「人家是體育生啊，你最後超過去三四個人，還壓著他跑了小半圈，他能不拚命嗎？」擦完了，又問道：「要不要喝點水？」

白洛川道：「要。」

這麼說著，卻沒有自己動手的意思，眼瞧著也是要人喂了，而且還是專人餵水。

米陽伺候白少爺喝水，白洛川喝了幾口，聲音才緩過來，問他道：「怎麼樣，我說一定能給你拿個第一，沒說錯吧？」

米陽道：「其實我自己也可以……」

白洛川打斷他道：「拉倒吧，你這小身板，平時慢慢跑還可以，這種跟人拚的事情還是我來。你們班也真是的，十幾個男生抽籤也能抽到你。」

米陽道：「運氣唄。」

白洛川看他一眼，米陽眼睛笑得彎起來道：「我運氣好，有你幫忙拿第一，謝啦。」

白洛川也笑了。

高一二班的同學們刷題還可以，但是體能一直不占優勢，像是一班還有白洛川和毛岳

他們，要麼爆發力強要麼耐力好，他們班上也就米陽還不錯，身為團支書更是身先士卒地一個人報了四五項最累的項目。他帶頭，班上其他男生也都紛紛報名，周通都報了兩個。等到五千米長跑這個大項的時候，班上抽籤，沒想到也落到了團支書米陽身上。

米陽當天回來，白洛川就知道了，要替米陽去跑。

米陽問他：「你怎麼知道的？」

白少爺對此只有一句話回答：「我啊，有線人。」

這個線人這會兒正屁顛屁顛地捧著兩瓶冰鎮可樂過來，興奮喊道：「白哥，牛逼啊！白哥第一，真牛！」他把可樂給了他們，臉上還帶著興奮，「我們班都炸了，那幫小丫頭都在寫通訊稿呢，激動壞了，大家都沒想到還能拿個第一。你不知道，我們班其他項目，就米陽的一個跳遠拿了第二，其餘都沒排上名次，這可是我們班頭一個第一名啊！」

萬年第二的米團支書揉了揉鼻尖，略微有那麼一點不好意思。

白洛川道：「這個就當是米陽拿的。」

周通搓著手，笑嘻嘻道：「對對對，都是咱們班的！白哥，你看一會兒方便嗎？我幫你去拿獎盃啊！」

白洛川沒動飲料，把米陽給他準備的礦泉水喝光了，站起身道：「好了，走吧。」

另外一邊，老戴也在興奮地等著。

聽說今年五千米長跑給的是一座挺大的獎盃呢，啊，正好可以放在他們班講臺旁邊，還有一盆綠蘿陪伴，那是他精心養大抱到班上來的，到時候綠蘿和獎盃金綠交輝多好看！

老戴等了好一會兒，已經把領了獎的同學都恭喜一遍，也沒等來他家班長和獎盃。老戴隱約覺得有些不太妙，追問道：「班長呢？」

一班同學道：「在隔壁班啊！」

老戴臉都綠了，「怎麼又去隔壁班了？不是，他休息好了，那也應該回來了啊？」

旁邊同學道：「他去二班跑五千米去了呀！」

老戴：「……」

老戴心心念念的獎盃也沒能拿回來，端正地擺放在了二班的講臺旁邊，那邊有一小盆綠蘿，還是他們班那盆大綠蘿掐枝分過去的。老戴每次去二班上課，看到之後都會痛心疾首，但是每次他試圖繞彎子想跟二班的文老師聊上幾句，把獎盃要回來的時候，每次文老師都以感謝開口，憋得老戴一句話都說不出來。

文老師感激道：「戴老師，你可真是個好人！」

老戴道：「……還行吧。」

運動會之後，天氣很快就涼下來，學校沒有發厚外套，只一身的單薄校服，很快大家就慢慢開始穿上了風衣、大衣，再冷些的時候，還有女孩穿上帽兜滾一圈白毛絨的羽絨外套。

米陽和白洛川的大衣是一樣的，沒過幾天，連裡面的毛衣也都是一樣的了。

程青在藥房抽了閒置時間，給他倆一人織了一件毛衣，略大點的給了白洛川，小些的給了米陽，就這樣還怕他們兩個穿混了，特意在衣領後面繡了他們名字的縮寫字母。

天氣冷了之後，米陽都有點起不來，揉著眼睛穿上毛衣才發覺衣服有些大，白洛川就走

過來翻開他後領子那看了一眼，「是我的，穿著吧，把袖子挽起來一點就行。」

米陽也懶得換，宿舍裡沒暖氣，和他以前在北方時候不一樣陰冷的感覺，他倒了溫水去刷牙含糊道：「你穿什麼？」

白洛川已經換上一套寬鬆的毛衣和牛仔褲，走過來伸出牙刷去讓米陽幫他擠了一點牙膏，道：「穿這個就行。」

米陽看他一眼道：「不穿校服了？」

白洛川道：「不了，今天有點事跟老師請假，要出去一趟，昨天晚上不是跟你說了？」

米陽這才恍惚想起來，白洛川說是要去駱江璟的公司一趟，有什麼測繪要忙。現在白洛川週末也開始陸續出去做事了，大部分時間是被駱江璟叫到公司，已經開始讓人帶著他從最基礎開始做事，小部分時間被他拿出來跑一些自己的事情，米陽問他時，他也會說一點，但不想說的就伸手捏捏米陽的臉，笑著插科打諢過去。

白洛川洗漱得比米陽快，收拾俐落自己，又抬手揉了揉他腦袋笑了道：「我走了啊，晚上就回來，帶好吃的給你。」

米陽剛想說不用，那人就做了個飛吻的手勢，轉身走了。

上課還是要繼續的，米陽在課堂上認真讀書的時候，偶爾也會看一眼窗外。深秋初冬交替的季節，學校裡種了成排的梧桐，大片的梧桐葉落了滿地，和他在北方時候真的不太一樣了，山海鎮這個季節，樹葉已經都掉光了，光禿禿的枝丫等著迎接落雪，有時候老師還會動員他們去幫樹幹刷上一層白石灰保暖，不知道現在白洛川穿那麼少出去會不會冷……

「米陽，你來回答這個問題！」

米陽回神，抬頭看向講臺。

講臺上捧著語文書的老戴看著光明正大發呆的二班團支書，和氣道：「來，你跟我講講，這首詞主要運用了什麼樣的手法，表達了作者怎樣的思想感情。」

米陽站起來瞟了一眼同桌的課本，他剛才竟然走神到好幾頁都沒翻。

同桌努力把自己的課本往他那邊湊了湊，壓低了聲音把自己答案說給他：「望江南，用白描手法，講倚樓等待心上人歸來的女子孤單寂寞，又殷切盼望……」

老戴道：「旁邊的那位同學，不要急，一會兒就輪到你回答。」

同桌：「……」

語文課後，米陽這個優秀學生被老戴發抄溫庭筠的《望江南》二十遍，同桌做為從犯，在米陽抄寫的過程中要大聲朗讀二十遍，非常羞恥了。

這首詞很短，米陽寫得快，一個課間就寫完了。

同桌忍不住問他：「你這兩天老走神，是家裡有什麼事嗎？要緊嗎？」

米陽眨眨眼，笑道：「沒有，你想多了。」

同桌湊近一點，帶了點好奇道：「米陽，你真沒談戀愛啊？」

米陽道：「沒有啊！」

同桌搓手道：「那什麼，我有個同學跟我以前一個初中的，她在六班，上回你帶隊跑操的時候她看見你了，就想讓我問問……」

米陽沒聽完就搖頭道：「不了，學習為主。」

同桌道：「不耽誤啊，你們倆可以一起做試卷，男女搭配幹活不累，多帶勁。」

米陽還是笑咪咪地拒絕：「真不用，我高中沒打算談戀愛。」

他現在和白洛川一起在宿舍刷題，也挺帶勁兒的。

晚上白洛川回了宿舍，又換了一身衣服，比早上出去那身要厚些，也加了一件風衣，但就這樣從外面進來兩手還是冰涼的，他在米陽臉上揉了兩下權當暖手了，湊過去看他寫的東西，好奇道：「怎麼又寫語文試卷？你們班今天發的？」

米陽道：「沒，今天上課走神，被你們老戴抓住了，把我叫辦公室去念了半天。這幾套卷子是他送的，說讓我端正態度，不能欺負他一個老實人，只在老實人的課堂上走神。」

白洛川樂得不行，拿過來看了一眼，都是古詩詞分析和閱讀理解的題。老戴也不知道是不是故意的，挑的這幾份還都特別肉麻，全都是思念為主的一些。

白洛川隨手拿了兩張過來道：「我幫你一起寫。」

米陽忙攔著他，「別，老戴認得你的字。」

白洛川道：「不怕，我模仿你的。」

他們兩個從小一起長大，米陽可以左右手同時寫字，大部分時間用的是左手，右手也練習著沒扔下。白洛川沒他這麼閒情逸致地寫字玩，但是也一起練過幾年字，模仿別人的可能不行，但是米陽的字他太熟悉了，仿寫沒什麼問題。

白洛川一邊寫，一邊催米陽：「我帶來的那個包裡有一些點心，熱著的，你先吃。」

米陽把自己這張最後兩道題寫完，過去打開一看，是他最喜歡吃的蟹黃湯包，用保溫盒帶著過來的，三層足有十幾個，咬一口還燙得吸氣的那種，最好吃不過了。

白洛川那兩份試卷很快寫完了，他們班前兩天還做過其中一些題，回答起來很簡單。

他寫完也過去和米陽一起吃，還跟他說自己今天在外面的見聞。

「……別提了，今天和米叔一起跑了一天，東區那個二期剛收尾，要請房地局測繪隊來面積實測，我就知道我媽讓我去，肯定不是什麼好活兒，她一開口說要『磨練一下性子』我就懂了，肯定這一天得折騰個沒完。」白洛川比劃了一下道：「一棟塔樓實測面積比圖紙面積多出兩千平方米，米叔都急了，帶著我專門跑了一趟房地局。」

米陽也覺得奇怪，他這幾年聽米澤海說的多了，也知道一些，「一般施工過程四點定位準確，不會出現大的誤差吧？這也太多了。」

白洛川道：「是啊，那邊態度挺好的，緊趕著又做了一遍，把之前結果都推翻了，這次說比圖紙上少了兩千平方米。米叔坐不住了，我們去了測繪隊想要一份測繪記錄資料，那邊也是絕了，外包給人幹活就算了，還是手算，一台電腦都沒見著。這都什麼年代了，竟然辦公都不用電腦，嘖！」

米陽聽著他的話，回憶了一下，這個年代還真是一個交接點。

電腦辦公會在接下來非常短的時間內開始普及，好像一夜之間大家都擁有了電腦，再然後房價也開始由兩三千，搖晃幾下之後，一路瘋狂翻倍，哪怕廣播裡專家一直分析了好幾年馬上就要房產泡沫了，也沒有阻礙樓市的飆漲，房產最紅火的十年，馬上就要開始了。

駱江璟有意要把自己的公司交給兒子，從一開始就是這麼打算的。她疼兒子，也不願意跟其他人一樣白讓兒子浪費上幾年時間從底層做起，選擇讓米澤海帶著他慢慢接觸，算是半保護半扶持。

白洛川道：「我聽米叔說，程阿姨那個商鋪定下來了？」

米陽道：「嗯，徐匯區那邊的一個商鋪，正趕上降價，說是買一送一，還送了一百多平方米的地下室，我媽說把商鋪和二樓的公寓一起買下來。」

白洛川道：「挺好的，米叔也跟我說了，今年房價降了，有餘錢可以再買一個住宅。」

白少爺大概是白天的時候跟著出去看了不少關於樓盤的事情，挺有興致地拿出市區的地圖來給他標記，分析哪裡好，跟自己要買房一樣，還挺興奮。

米陽瞧著他標出來的一個地方，聽著他嘴裡的「一平米兩千三百六」，再一次感受到了重生的真實感。兩千多一平方米，還是在滬市，以後可真是想都不敢想。商鋪比住宅要貴上一些，但是滬市中心很多地方商業氛圍還未成熟，這個時候投資一個商鋪還是不錯的。

白洛川畫完之後，伸了個懶腰道：「京城房價漲得也很多，我聽我堂哥說，他在東三環那買了套別墅漲了小一千，不過也就四千多一平方米吧。那會兒我媽還嫌那邊偏，買了那處一個地方的公寓……你還記得嗎，就暑假那會兒，你病得那麼厲害，把她嚇壞了，差點把我們送過去住呢！」

米陽笑道：「記得，駱阿姨動作太快了，一上午就買了個房子。」

白洛川道：「哪是一個，她嫌小，把那一層的三間都買了，打通了湊一間住。」

米陽道：「……也挺好，你要是在京城念大學，就可以住那邊了。」

大少爺住著小樓長大，還真沒睡過小公寓，三間湊一起都算委屈他了。

白洛川彎起手指刮了一下他的鼻尖，忽然笑道：「小乖，你信不信我大學的時候可以買個房子咱們一起住，不住我媽那裡。」他小聲道：「我養你。」

米陽張了張嘴，把到了嘴邊的話換了一句：「好，那我負責買菜做飯，也養著你。」

高中生活過得簡單又忙碌，有的時候覺得每一節課時間都很漫長，但是三點一線的生活習慣之後，又覺得像是跑步前進一樣，時間眨眼就過去了。

白洛川高中開始就沒閒下來過，一直到高二都在家裡公司做事，有些時候還會專門跑一趟京城。米陽跟他去過兩次，米鴻這兩年身體慢慢有些不太好了，沒有以前硬朗，給他郵寄了一封信過來，寫了一個京城的位址，讓米陽去找他以前的師兄弟，跟著對方多學些本事，他能教的這幾年已經教得差不多了。

米鴻本事學的雜，更多是為了混口飯吃，各個行當都學過一些，但是他信裡提起的師弟不太一樣，米鴻最後離開京城時，對方手裡已握著兩三家書肆，算是在京城站穩了腳跟。

米陽跟著白洛川一起去了京城，找了兩次都沒能找到。

米陽按照信裡寫的老地址找了幾處，都是胡同裡的老四合院，有些改建做了別的，另外一處則是大門緊閉，敲了幾次也不見有人出來，似乎沒有人住在這裡了。

他沒有辦法，只能就近四處打聽，但是住著的老人不太多，並不能問出什麼。

白洛川幫著想辦法打聽了一下，也沒問到什麼，京城裡的人口流動太大，這樣一個手藝

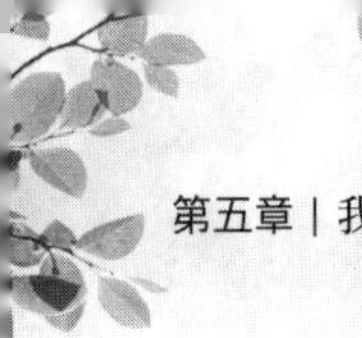

人轉去其他地方再正常不過，能記得他的也都是一些老書友，並不好找。米陽去了兩次雖然沒有找到人，但是買到了一些自己以前喜歡的書，略帶了一點小遺憾地回去了。

高二寒假時間短，只給了兩個多禮拜的時間，就這樣也沒少指派作業。

各科老師都拚命想讓學生多提高一下自己這門功課的分數，比賽似的發題，分了文理班之後一班和二班依舊是挨著的，老戴這邊是理科一班，班長依舊是白洛川，二班也是湊巧，是文老師那邊，帶的也大部分都是原班人馬，她們班女生居多，選文科的也多一些，米陽還是二班的團支書。

兩個兄弟班依舊感情好得不得了，老戴這一年多的時間深刻反省了一下自己，他覺得自己太自私了，竟然只想要回長跑比賽的獎盃、分出去的綠蘿、元旦晚會的獎品、聯合競賽的第一等等，真是太貪婪了！

文老師每次都是真心實意地感謝，而他就想要這些物質上的獎勵。

老戴看著自己班上的同學每次都積極熱情、不圖回報幫助人家二班，夜深人靜的時候，就會反省一下人心的自私，決定洗心革面，和自己班同學們一起努力做個好人。有些時候文老師有事，他也會去幫著管上兩節自習課，跟帶自己班一樣的認真。不知道是不是錯覺，他這麼做的時候，不止是二班那幫學生，他們班的小兔崽子們明顯更興奮啊！

白班長身體力行，對二班的關愛無微不至，兩班的同學們也互相有愛，甚至還上了幾次學校的光榮榜，被學校廣播站一再表揚做榜樣。

白洛川對此並沒有太大的反應，他還是從米陽那邊聽說的，剛聽到的時候有些震驚，但是很快就淡定下來，「老戴暗戀你們班的文老師？我就說嘛，他老那麼盯著我，肯定不對勁。這哪是怕我看上你們班的小ㄚ頭，是他自己看上你們老師了。」

米陽道：「聽說還寫了好多詩，從高一剛開學就開始寫了。」

白洛川嘖了一聲，「果然，我那次就說他寫詩像情書。這麼早就開始了，老戴行呀。」

兩個人坐在寢室感慨了一番，誰都沒想到自己才是那個罪魁禍首。

白洛川對米陽的感情看得還是挺嚴的，他問道：「還有小ㄚ頭送折價券給你嗎？」

米陽正在喝水，差點被嗆到，「沒有了，就那一回。」

白洛川不滿道：「你也注意點，這都幾個校花了，王依依、楊柳青、甯寧……」

他數得比米陽還清楚，米陽在一旁聽著忍不住笑，用腳輕輕踢了踢他的腿，「你怎麼記得這麼清楚啊？你不會看上她們誰了吧？」

天氣冷了，米陽赤著腳沒穿襪子，白洛川也沒嫌棄他直接摸了腳背一下，覺得他腳面冰涼就給塞到被子裡去了，嗤一聲道：「我看上她們？看上她們什麼？長得都沒我好看。」

米陽還在笑，覺得自戀的少爺特別可愛。

白洛川在被子裡還在握著他的腳，等暖一點之後幫他穿了襪子，叮囑道：「小心著涼，一到冬天就感冒。你今年乖一點，如果不感冒的話，我就給你獎勵。」

米陽被他摸得有點癢，縮回來一點，笑道：「獎勵什麼？」

白洛川想了一下，道：「獎勵你一千塊錢。」

米陽配合著「哇」了一聲，點頭道：「好。」

白少爺就滿意起來，手指勾勾他腳心，看著人在床上笑得直躲開始求饒，也跟著笑了。

白洛川寒假沒能閒著，去了家裡的公司。

駱江璟有心要讓他提前參與公司的事，瞧著並沒有讓他出國鍍金的打算，所有休息的時間都把人叫到公司，讓米澤海等人親手去帶。這份家業是她自己一手創下，想要給兒子再正常不過，有幾次還笑著跟白洛川打趣：「你要是早點念大學，畢業之後也能幫我分擔一些了，我也偷偷懶，去環遊世界。」

白洛川只有外貌遺傳了駱江璟的美麗，上挑著眼睛跟人說話的時候也不讓人生厭，反而帶著少年的傲氣和驕縱，笑道：「您跟誰去？我爸可不成，他這輩子出國都不能指望了，除非特殊軍務遞交申請。」

駱江璟啞聲，戳了他額頭道：「真討厭，和你爸一樣，整天就知道打擊別人。」

白洛川道：「那是幫您認清現實，您呀，和我爸去趟草原就得了，內科爾沁啊，那拉提什麼的，全都隨您挑。」

駱江璟道：「誰要去那裡？不過你提起這個來，那邊倒是有工程，你再惹我生氣，寒假就讓你去新疆。」

白洛川：「……」

駱江璟這些年保養得不錯，坐在那瞧著還像是一個三十左右的漂亮女人，成熟優雅，歲月對她非常眷顧，幾乎沒有留下什麼痕跡，她這些年在商場上奮戰累也只累腦子，白家的男人們把她保護得很好，即便是有些非去不可的酒宴，她也從未被人灌酒過——不是沒有人起這個心思，但凡有一點這樣舉動的人，都被隨行的警衛員冷著臉架出去了。

白家男人一貫的寵愛妻子，即便是白洛川，也不敢輕易惹他媽生氣，這說發配可就真發配了，隔著大半個中國他想偷溜回來也不容易。

駱江璟又問他：「快放寒假了，有什麼打算沒有？」

白洛川道：「能有什麼打算，任憑您差遣唄。」

駱江璟就笑起來，瞧著高了些許的兒子，讚許道：「大了，可以做點體力活了。」

白洛川補充道：「做什麼都行，我不離開滬市。」

駱江璟道：「你這孩子是念舊怎麼的，當初我要帶你離開邊城的時候，費了多大的勁兒，把柏安都弄來了，你也不肯鬆口。現在好了，來滬市之後又不肯離開這了，我可是聽其他人說起家裡的小孩都是恨不得插上翅膀就往外飛呢！」

白洛川道：「我就是念舊。」

駱江璟打趣道：「不會是有喜歡的小女朋友了吧？怎麼樣，是你們學校的嗎？」

白洛川道：「您有空在這問我，怎麼不去問問季柏安？小姨可是把他扔到國外去了，那麼遠，小心給你們找一堆小女朋友。」

門外有人敲門，駱江媛走了進來，瞧見他們都在，笑道：「說什麼呢，這麼熱鬧？」

駱江璟招手讓妹妹過來坐，「我就問問他有沒有認識什麼女同學，他倒好，一竿子打到柏安那裡去了，真是半點也不吃虧。今天怎麼有空來了？」

駱江媛也笑了，「柏安才沒找呢，他最近被考試弄得焦頭爛額，剛才還跟我打電話撒嬌，說想提前回來幾天喘口氣放鬆一下。」她轉頭看了白洛川，柔聲道：「洛川呀，等表弟回來，你帶米陽一起來家裡玩好不好？」

白洛川道：「帶他幹什麼？」

駱江媛有點不好意思，還是開口道：「柏安說好長時間沒見他了，也想以前的小朋友。你知道的，他一個人在國外沒什麼朋友，難免就想起以前的小夥伴。對了，他還想讓你幫著問一下，為什麼打電話給米陽總是打不通呀？」

白洛川原本想拒絕，話到了嘴邊，聽見她說這個，又轉了眼珠道：「哦，米陽不怎麼用手機，我們高中管得嚴。」

駱江媛道：「那郵寄的東西和信也一直沒有回應……」

白洛川道：「國際郵件，那麼遠肯定有紕漏吧。」

駱江媛還要再問，白洛川站起來伸了個懶腰道：「小姨，沒什麼事我先走了。您跟我媽聊正事兒吧，我不打擾妳們了。」

駱江媛連忙道：「洛川等等，這是我剛才來的時候瞧見有家蛋糕店挺不錯的，買了兩盒，你拿去和米陽一起吃。柏安也一直說呢，說米陽以前最喜歡吃小蛋糕了，越甜越喜歡。」

這種親手送來的禮物，白洛川總不好再推掉，他接過來，禮貌道：「謝謝小姨。」

駱江媛笑道：「一家人客氣什麼，柏安今年回來過年，到時候一定要來玩呀，他念叨你們好多次呢。」又叮囑道：「帶上米陽，記得呀！」

白洛川唇角挑了挑，「我會幫您問問他，不過他挺忙的，還要幫家裡做事。」

有這麼一個回覆，駱江媛就挺知足了，點頭讓他走了，自己留下和姊姊談起家中新開百貨大樓的樓盤。季家這幾年也過得不錯，生意做得風生水起，規模比之前擴大許多。

每年冬天期末考試前後，正好是米雪的生日。小丫頭過農曆臘月的生日，運氣好的時候正碰上學校剛放寒假，那個時候米陽會陪著她玩好幾天，去動物園、博物館，還會帶她去遊樂園買張通票一整天都待在裡面，玩到過癮為止。

今年也不例外，米陽提前就準備好了，帶著她去遊樂園。去年這個時候米雪身高不夠還不能坐「叢林飛鼠」，現在已經超過一米二了，一大早就讓程青幫她量好了確認了身高，自信地背著小背包跟著米陽出去了。

米陽和她穿了一樣的衣服，兄妹裝，只是剛到了遊樂園米雪就多了一頂粉紅色的卡通帽子，米陽蹲下身幫她正了正，「送給小壽星的禮物。」

米雪道：「哥哥昨天晚上已經給過啦！」

米陽笑道：「這是額外的小禮物。」

小丫頭站在那任由哥哥給她戴好，小臉紅彤彤的特別高興。

米陽帶著她玩了大半天，白洛川的電話就打來了，遊樂園裡聲音嘈雜，米陽一邊盯著自己妹妹，一邊回話，好半天才把自己的位置說清楚，掛了電話沒多久，白少爺就找來了。

天氣有些冷，白洛川穿了一件短款翻領夾克棉衣，頭髮理得短了些，看起來帶著青春張揚的帥氣，他在人群裡張望了幾眼，很快就瞧見了跟他揮手的米陽，大步向他走過來。

白洛川問他：「還要玩多久？」

米陽露出手腕上那一條卡通手環，笑道：「通票，還要很久，不然你先去忙其他的事，傍晚總可以回去的。」

白洛川「嘖」了一聲，倚著欄杆看了周圍花花綠綠閃著燈光的遊樂設施道：「真麻煩，算了，我陪你吧。」

米陽今年也長了個子，有一米七的身高了，白洛川還是保持比他高大半頭的模樣，兩個人等在旋轉木馬那邊小聲說話的樣子，從遠處看起來還是十分賞心悅目。都是小帥哥，一個挺拔俊美，一個溫潤帥氣。

白洛川低頭跟米陽抱怨了一句什麼，米陽就笑起來，他手裡還拿著一個大風車，嘩嘩轉動著，人也是眉眼彎彎地特別容易讓人有好感。

米雪從旋轉木馬上下來的時候，就看到白洛川正在伸手幫她哥弄頭髮，特別自然地給整理了一下，看見她也是抬了抬下巴道：「走吧，接著去下一個。」

那架勢活像他才是生日的主角，她哥是來遊樂園陪他的。

小丫頭起了點爭寵的心思，對米陽道：「哥，我還想坐旋轉木馬。」

米陽自然是寵著她的，點頭道：「去吧，我在這等著妳。」

白洛川手臂搭在米陽肩上，湊過去跟他開玩笑：「不然你也去，我看那匹黑色的挺像烏樂的，你提前適應一下，省得每次放假回去騎馬都緊張得不敢動。」

旋轉木馬那邊都是小丫頭，米陽才不肯去，「下回去了，你多教教我就行了。」

這話白少爺愛聽，當下就點頭答應了。

米雪選了粉紅色的小木馬騎著轉圈，但還在尋找自己哥哥，遊樂場音樂聲太大，她離著又遠，並不能聽到哥哥在那邊說什麼，卻能看到哥哥跟人交談和笑起來的樣子。小丫頭咬咬嘴巴，心裡有點挫敗，她覺得自己好像不是和哥哥天下第一好了，不得不承認她哥和白洛川才是最要好的。

帶著幼稚想法的不止小丫頭一個，另外一邊的大齡幼稚兒童也在跟米陽討價還價。

白洛川斜眼看著木馬，哼道：「你今天陪米雪玩這麼久，過年的時候得陪我一整天。」

米陽道：「你怎麼老跟小孩比啊？」

白少爺不覺得哪裡有錯，理直氣壯道：「我過生日你也只陪我半個下午啊！我不管，我問過程阿姨了，她說今年你們不回老家，初五才回，你過年得陪著我！」

米陽想了想，道：「好吧。」

白洛川就高興起來，跟他商量著過年去哪兒玩。米陽脾氣好，他說什麼都順著，偶爾白洛川問他一句，他也要想上半天才笑笑道：「我也不知道啊，以前都是跟爸媽一起回老家，一定要選的話……唔，去南京路跨年倒數計時？」

白洛川冷笑道：「你們班女同學說的吧？」

米陽撓撓鼻尖道：「大家都這麼說，每年都有很多人去那邊，聽說特別熱鬧。」

白洛川恨不得一放假就把他藏起來，一個女同學都不讓他見，哪還有心去湊什麼熱鬧，三言兩語地把這個提議岔過去了。正好米雪的木馬也停了，小丫頭排隊出來之後過來跟哥哥要她的大風車，嘰嘰喳喳地像隻百靈鳥似的跟她哥哥說話。

「哥，我跟你講講星座吧。」米雪牽著哥哥的手晃著走路，又高興起來。她們學校的小女孩都喜歡買那種卡通雜誌，最後兩頁一定講一點星座相關的，她們就買來分析，女孩們很熱衷這個，「我那天算過啦，哥哥是天秤座！」

米陽配合道：「哦，天秤座怎麼樣，好嗎？」

米雪道：「特別好！」

白洛川也跟著問了句：「我的星座怎麼樣？跟天秤合嗎？」

米雪跟著吃了這麼多年的蛋糕，自然也記得白洛川的生日，但是平時她就只看自己哥哥單人的，沒怎麼看過其他星座，努力想了一會兒道：「應該也可以吧。」

白少爺自然是不滿意這個結果，正好遊樂園還有一個占星屋，他們路過那裡，乾脆就進去測了一下。米雪被帶著進去摸水晶球，小ㄚ頭看到什麼都興奮，白少爺卻沒那麼多心思，坐下來直接讓人給分析他和米陽的星座到底合不合拍。

「……天秤往往會喜歡獅子的直率和勇敢，而獅子也會欣賞天秤的溫文爾雅，但假如做了情侶整天在一塊，久而久之就沒有當初的感覺了，生活會改變很多。」工作人員乾巴巴地念著手冊，她也是剛上班不久，瞧著眼前這人臉色越來越差，都不敢說下去了，努力憋出一句手冊上沒有的話：「那什麼，其實沒有合不來的星座，只有合不來的人，您說對吧？」

白洛川臉色還是不好，繃著臉坐在那不吭聲。

工作人員放棄手冊開始現編，努力讓這倆星座特別搭，特別合拍。

白少爺臉色才慢慢開始緩和了一些。

「……總之，這倆星座挺搭的，如果有喜歡的人可以放心大膽追求，一定能成功！」

米陽走過來時，正好聽到工作人員在說這句，他看向白洛川，笑道：「你信星座呢？」

白洛川站起身跟他一起走出去，懶洋洋道：「閒著無聊，隨便問問。」

米陽看著前面活蹦亂跳走路的妹妹，想著剛才聽到的那一句，帶了點私心，咳了一聲問道：「你剛才問什麼了？」

白少爺笑了一聲，「沒什麼。」

米陽又裝作不在意地問：「是喜歡上哪個女生了嗎？剛才好像說追求的話挺順的。」

白洛川握著他的手，學著米雪那樣晃了兩下，果然跟著心情也好起來，笑道：「還行，等我追上了再告訴你，現在保密。」

米陽心裡有些堵，又泛出一絲酸，鼻子都悶悶的像感冒了一樣，好半天在恍惚。

他覺得自己特沒出息，光聽見白洛川這麼說就心裡開始難受起來了，但是這人在身邊，隨便說上幾句話，又能讓他心情跟著起起落落，握著的手很暖，像是酸澀裡帶了那麼一點點的甜，含在嘴裡好半天才能嘗出來一點。

三個人裡只有米雪放開了好好玩了一天，另外兩個都在想著自己的心事。

一直玩到傍晚，白家的司機來接了他們回家，一路送到了米陽家中。

白洛川原本要走，但是眼角餘光掃到附近停著的一輛車之後，立刻跟著下來了，道：「我也上去看看。」

米陽不知道他要看什麼，白少爺來他家的次數不比他去白家的少，自然是答應的，還跟他開玩笑道：「不然你打個電話給駱阿姨，留在我家吃飯吧？今天我媽肯定做很多好菜，還有紅燒肉，做甜一點……」

門打開了，米家客廳裡坐著一個十四五歲的男孩，他大概來了很久，風衣外套和格子圍巾都已經脫下來搭在一旁的衣架上，這會兒手裡正捧著本小孩看的雜誌看得津津有味，聽見門鈴響，抬頭瞧過來，立刻笑道：「喲，都回來了？我還想要不等一會兒打電話催一下，程阿姨飯菜都要做好了，來晚了可是沒有口福嘍！」

米陽愣了一下，看著他覺得有些眼熟，白洛川黑著臉叫了一聲：「季柏安！」

他這才想起來這是當初那位季少爺，白洛川的表弟，當年也是一位問題少年，他看到就會下意識躲著的那種，可能是小時候對他印象好了一點，又或者是這幾年被白少爺保護得特別好，現在看到倒是沒有再怕他了。

白洛川比米陽還防備，「你來這裡幹什麼？」

季柏安放下雜誌，依舊是笑咪咪的，「來吃飯，聽說小雪過生日，順便送禮物給她。」

白洛川道：「你見過她幾次，還喊上名字了？」

季柏安想了一下，道：「也對，我該跟著米陽一起喊她『妹妹』，對吧？」

米陽硬著頭皮道：「都行吧。」

白洛川在旁邊重重地哼了一聲，特別不滿。

表兄弟兩個人明裡暗裡不合，但是程青出來的時候，兩個人又變得溫和有禮，嘴巴一個

比一個甜了，白洛川捲起袖子去幫忙端菜，季柏安被他擠開沒能拿到什麼，但是也不妨礙他站在一旁讚美，什麼話都能厚著臉皮誇出來。

米雪只在很小的時候見過季柏安幾次，從他出國之後就完全沒有再見到過了，對他還是很拘謹的，也正是因為有季柏安在，才有了對比，明顯看得出小丫頭和白洛川更熟悉。

季柏安並不在意，大方送了米雪禮物，不但留下吃飯，還等到了飯後的蛋糕。

小丫頭戴著生日帽認真閉上眼睛許願，房間裡的燈關了，只剩下蠟燭點燃發出的跳躍的微弱光芒，照在周圍人的臉上也跟鍍了一層溫暖的金色似的，都是帶著和善笑意的。

季柏安看著斜對面陪伴小丫頭的米陽，看了一會兒，也跟著笑。

白洛川瞧在眼裡，礙於人多也只擰了下眉頭。

蠟燭吹滅，大家分了蛋糕吃，季柏安也得了一塊，瞇著眼睛吃得津津有味。

程青去廚房給小客人們切水果，米澤海正好有些公司的事要跟白洛川說，兩個人坐在沙發那小聲討論，反而剩下米陽和季柏安陪著小丫頭。

米雪一直偷看新來的客人，米陽讓她跟這個好看的小哥哥問好，她也只說了聲「你好」，像小兔子似的躲在米陽身後，打量新來的客人。

季柏安倒是對她很有好感，大概是瞧著她一直躲著自己的樣子，想起小時候和米陽相處來了，笑道：「小雪是吧，哥哥看了妳這本書，妳喜歡上面的星座是嗎？」

米雪點點頭。

季柏安隨手翻了一下，認真跟小丫頭討論起星座來，他知道的不比小孩少，說什麼都一

副挺感興趣的樣子，聽見米雪說起天秤座，立刻贊同道：「對，我也喜歡這個。」

米雪高興道：「哥哥是什麼星座的？」

季柏安笑咪咪道：「雙子啊，和天秤最合得來了。」

坐在沙發上跟米澤海談事的白洛川抬頭看了一眼，眉心微皺，視線落在季柏安身上。

季柏安跟小丫頭聊了一會兒星座，又去跟米陽說話，還想要幫米陽看手相，興致勃勃地道：「你伸手出來，我幫你瞧瞧。」

米陽沒伸手，「你在國外還研究這個呢？」

季柏安道：「宿命論的一種，還是挺有研究意義的，不是嗎？反正也是閒著無聊唄，能幹的事兒也就那麼幾件，就什麼都琢磨著玩一下。」

他還要去抓米陽的手，可是剛碰著就被人捏住了，白洛川走過來對他道：「我看時間差不多了，一會兒小姨該到處打電話找你了，我送你回家。」

季柏安道：「不用，我……」

白洛川拽著他起來道：「我送你。」

季柏安就從善如流地站起身，笑道：「行吧，也該走了。」他被表哥掐著手腕也彬彬有禮地跟主人家道別，熱情道：「謝謝程阿姨和米叔叔的招待，我吃得很飽，蛋糕也很好吃，改天一定要讓米陽和小雪也來我家裡玩啊！」

白洛川站在門口道：「程阿姨，我先回去了。」

程青送他們到門口，白洛川走在前面，季柏安拿了風衣和圍巾跟在他後面一起出去。

白洛川沒讓他自己回，當真讓他上了自己的車要送他回去。

剛坐上車，白洛川就皺眉道：「你在車上等我一會兒，我馬上過來。」

季柏安不知道他要去做什麼，看著他下車之後回了樓道那裡，也就剛到，就和追著下來的一個人碰上了。米陽下來得急，還穿著拖鞋，手裡拿了一條針織的厚圍巾給他道：「剛才還念叨著，臨走又忘了。喏，我媽織的愛心牌圍巾，我都戴了兩天了，你也戴上吧。」

白洛川站在那讓他給自己圍上，他略微有點高，站在那米陽得踮腳才能給他弄好，踮腳的時候兩個人離得特別近，白洛川還能看到他略微垂下眼睛時長長的睫毛，抖一下就在自己心裡也顫一下似的，癢癢的，圍巾的暖意也融入了心裡一般。

白洛川道：「那雜誌上寫的都是哄小孩的，不一定準。」

米陽愣了一下才反應過來他在說什麼，「你還信星座呢？我不信那個。」

白洛川還是有一點不樂意，問他道：「那你信什麼？」

米陽笑了一下，「我信你啊，你說什麼我就信什麼唄。」

一句話就把少爺哄得多雲轉晴，又高興了。

季柏安坐在車裡往外看，他表哥擋得挺有技巧的，他看了半天才瞧出追下來的那個人是米陽，剛想下車去再說兩句話，就看到他那個黑臉表哥又回了車上，人家米陽也走了。

季柏安瞧著他新添的那個圍巾，眼珠轉了兩圈，還沒等開口說話，就被白洛川拒絕：

「想都別想，不可能！」

季柏安失笑，「我都還沒說要什麼呢！」

白洛川打了個哈欠，只他們兩個人在的時候也不裝了，挑眉道：「要什麼都不成，趕緊回你家去，亂跑什麼呀？」

季柏安不服，「我是來找米陽的！米陽也不能只有你一個朋友吧？」

白洛川道：「他朋友挺多的。」

「那就是了，也不多一個我，你怕什麼呢，我還能吃了他不成。」季柏安伸了個懶腰，笑道：「我呀，就是覺得他挺有意思的，尤其是跟你在一起的時候。你沒覺出來嗎？小乖年紀比你小，還老讓著你，我有的時候覺得他跟長輩似的……」

白洛川冷臉道：「你好好叫他名字。」

季柏安斜眼看他，「我喊一聲都不行啊？」

白洛川道：「不行。」

季柏安嘀咕了一聲小氣，還是從善如流道：「那我就喊米陽了。」

白洛川擰了一下眉頭，忍下來了。

季柏安坐在那還在跟他聊天，多半是在國外憋久了，什麼話題都能聊上幾句，白洛川閉著眼睛半搭理不搭理陪著說了兩句。他們從小相處就是這樣，季柏安也習慣了，這次能提前回國，還能碰上他們幾個他就挺知足了，換了往年，這會兒他表哥和米陽他們都回山海鎮上去了，那邊還有一位白老爺子在，每年都要回老宅去過節。

季柏安問道：「哥，你們今年什麼時候回去？不回老家過年了？」

白洛川道：「過完年之後吧，初五左右。」

季柏安又問：「米陽也跟著去？」

白洛川道：「對，一起。」

季柏安不好追到山海鎮去，他家裡也有不少事，頂多就在滬市抽點時間出來玩一下，聽見就道：「那我明天再來找他……」

白洛川道：「明天他沒空，要陪我去看圖紙。」

季柏安道：「那就後天。」

白洛川道：「後天也不行，要去挑樹苗，找了幾棵四季桂還不錯，準備帶到山海鎮去種，那邊老宅重建，事情挺多的。」

季柏安氣笑了，「那我等他一個禮拜，總不能這段時間都安排滿了吧？」

白洛川坐在那想了一下，慢悠悠道：「你說的還真沒錯，再過一個禮拜他們班上有個同學過生日，提前兩個月就約好了。」

季柏安：「……」

季柏安不信，但是來了幾次都沒能抓到人，有的時候在藥房碰見米陽也被好言好語地推辭了：「我媽病了，我得替她值班了。」

程青感冒了，這幾天米陽作業都帶到藥房來寫，是沒有時間出去了。

這種事沒有騙人的，季柏安坐在那跟他搭話道：「你一直都這麼忙？」

米陽笑著點點頭，「差不多吧。」

季柏安又問：「你好像不常帶著手機，我每次打電話給你你都掛斷，發簡訊也不回。」

米陽莫名其妙，眨眨眼看了他一會兒，恍然道：「啊，對！」

季柏安還是不太信，拿出手機來親自跟米陽核對了一下電話號碼，問他：「這是你的吧？我哥說這是你的。」

米陽低頭看了一眼，那一串號碼熟悉得不能再熟，除了尾號不一樣，其餘的都跟他的一樣，不是白少爺的是誰的？

他只能掩飾到底，認真點頭道：「對，是我的。」

季柏安笑了一聲，道：「那就好，我之前還以為我哥又騙我呢！」

季少爺是坐不住的性子，他想帶米陽一起出去玩，但是長時間在一個地方耐不住，等了一會兒，就帶了點遺憾起身走了。他坐在車上的時候想，沒準兒他表哥說的是真的，米陽這一個寒假還真挺忙的。

忙的不止米陽一個，白洛川也忙得團團轉。

山海鎮上的白家老宅到了最後裝飾的階段，花了一兩年的時間慢慢打磨，原樣搬過去遠比重新再建難得多，大概有一小半的老房子被捨棄了，房子當初選了好木料的那幾棟小樓還保留著，重新打磨保養之後搬了過去，恢復了光彩之後別具古韻。白老爺子看著心喜，又特意請了一個人來養花種草，連院子裡的池塘都打理好埋了蓮子進去。

白洛川說帶米陽去看四季桂，也不是瞎編出來的，白老爺子確實想要這麼幾棵樹，他帶著米陽去找了想帶回去討老人家歡心。

白天忙著跟米澤海去公司，有些時候還跑場地，半下午的時候才能抽出時間帶著米陽去

花市，有時晚了還去逛一下夜市，雖然累，但是白少爺覺得很充實。

他年紀小，不覺得累，睡一覺就好了，米澤海這個中年人卻是有些疲憊了。

程青感冒幾天，兒子去了藥房幫忙，米澤海就在公司和醫院兩頭跑著去照顧老婆。春節感冒的人多，有些時候程青都只有一個輸液椅。米澤海幾天沒休息好，公司的事又要趕上進度，就只能晚上再抽時間看圖紙，熬得有些久了白天就難免要睏，恍惚一下就不小心從還未完全裝修好的一個商場那摔了一跤，要不是旁邊的白洛川眼疾手快地護著他，怕是要滾下兩層樓梯，摔破腦袋。

米澤海毫髮無損，白洛川卻受了些輕傷。

人沒什麼事，就是腿磕傷了，需要靜養。

米澤海對此自責得厲害，白洛川倒是覺得應該的，他護著米陽的家人再正常不過，尤其還是十幾年看著他長大的長輩。

米陽停下藥房的事，去照顧白少爺，煲湯熬粥，做一些清淡爽口的小菜給他吃，白洛川在醫院養的氣色更好了些，之前空下來的作業也都一口氣寫完了，閒著無聊轉著筆還和米陽互相出題目，測試對方。白少爺出的那幾道題裡，還真押中了一道高考大題，米陽看著他自己出題自己解答，覺得這人自傲也是有本錢的。

不過做題只是藉口，每天米陽能來陪著他，白洛川就覺得挺不錯的。

他腿上的傷不重，但是段時間不能下地走路，就只能在醫院裡做一個閒人。米澤海心裡有愧，白洛川提了一句想米陽來看看他，他就立刻答應了，每天都煲了骨頭湯讓米陽送來。

米陽搬了一把椅子坐在他的病床旁邊，摺了許多千紙鶴放在一旁的瓶子裡。

白洛川不樂意道：「你又幫米雪做她們學校裡的小手工了？」

米陽笑道：「沒有，小雪都上小學了，不做這些手工了，這是給你的。」

白少爺看著那些千紙鶴都覺得漂亮了許多，心情愉悅道：「我要一個粉色的，就你手邊那個，帶櫻花圖案的……不是那個白的，要那個帶金邊的，好看。」

米陽按他選的拿了紙，摺了很多都放在玻璃瓶裡。

白少爺也不覺得煩了，美滋滋地還在那數著，大概是私有物品更能帶來滿足感，他把每一隻千紙鶴都數得清清楚楚。他還留意到米陽摺之前都會提筆很快寫一點字，好奇道：「你在那寫什麼呢？」

米陽道：「祝福的話唄，希望你快點好起來。」

白洛川就挺高興的，對他道：「都是外傷，很快就能好了。」

米陽道：「嗯，好之前我都照顧你。」

白洛川糾正他：「好了之後也要照顧我。」

米陽被他逗得笑起來，他低頭寫完又把紙摺成紙鶴，手指靈活，引得白洛川一直看他。摺好了之後，白洛川就把那個紙鶴拿過來，捏在手裡把玩，他自己也試著摺了一下但是摺得並不好，這種小東西太精巧又考驗耐性，他做不來，就乾脆握著米陽的手，去玩他手指，又撓撓他手心道：「你怎麼能做得這麼好，練了很久嗎？」

米陽道：「沒啊，今天剛跟小雪學的。」

白洛川彈了彈那個小紙鶴，「她們小學生又流行玩這個了？課餘活動還真是豐富。」

米陽看著他笑，彎著眼睛沒回他。

白洛川還在握著他的手玩，捏了他手指道：「可惜沒能帶你去跨年。」

米陽道：「下次吧，以後時間還多了。」

白洛川坐在病床上想了一會兒，皺著眉頭道：「我再想想辦法。」他忽然拽著米陽靠近自己，道：「你這裡有點東西……」

米陽被他拽過去，鼻尖差點撞在他肩上，悶聲道：「什麼？」

白洛川的呼吸在他髮頂吹過，很輕，「一個線團吧，我幫你吹開就好了。」

米陽這樣像被他抱在懷裡似的，額頭抵著他肩膀，只感覺到頭頂窸窸窣窣的聲響，不像是吹開，反而像是被大型犬按著聞氣味，過了半天，白少爺才懶洋洋鬆開他道：「好了。」

米陽臉紅了，手裡的紙鶴都捏得皺巴巴的，低著頭展開片刻才重新摺起來。

他覺得這段時間的白少爺好像更黏人了，又或者是他自己對少爺動了小心思，對方隨便做什麼動作，他都要心跳加快。

米陽沒抬頭，也沒有看到對面坐著耳尖發紅的白少爺。對方眼神大膽明亮，但握緊的手指瞧著還是帶了幾分小緊張。

白洛川看了好一會兒，心裡湧出一股得意，覺得世界上沒有比自家小乖更好的了。好到他想捧在手心裡，然後緊緊合攏手掌把人藏起來。

甯寧的生日是在臨近過年的時候，她家就在滬市，在學校人緣也很好，叫了很多同學一

起來聚會，給自己熱熱鬧鬧過了一次十七歲的生日。

花季雨季的少女像是含苞待放的花骨朵，嬌嫩可愛，偶爾任性撒嬌，也是嬌憨可愛。

甯寧在學校裡算是出名的小美女，之前還有男生暗地裡排行，說她是校花，追求她的男生很多，這次生日聚會的時候，就有一個特別亮眼的男生。是個學音樂的藝術生，自己會彈鋼琴，穿著打扮也出眾，尤其是私下聚會的時候，明顯和其他男生不太一樣，家境優越。

甯寧請大家吃日式料理，這個男生就提前去買單，一千多塊眼睛都不眨一下，這還不算完，緊跟著又訂好了飯後娛樂，笑道：「我在好樂迪定了一個大包廂，咱們一起去玩吧？難得出來一趟，給甯寧好好過個生日。」

這個年代的娛樂也就是那幾樣，不是溜冰場就是一起去唱歌，甯寧歌唱得也不錯，對此很動心，但還是小臉紅撲撲看了其他人道：「聽大家的吧，大家不忙就一起去呀？」

來聚會的人剛吃了人家一頓昂貴的餐點，自然都是捧場的，紛紛應和要去。

米陽低頭看手錶，還在猶豫，甯寧看過來，帶著點期盼道：「米陽，你要不要去呀？」

那個男生視線也落在米陽身上，笑「去吧，總要給我們小壽星一點面子對不對？」

話都說到這裡，米陽也只好跟著一起過去。

好樂迪裡聲音嘈雜，一群少年人進來之後更是活潑，有人去點歌，也有人拿著麥克風開始搞怪，米陽推脫了讓他點歌的那幾個同學，自己坐在角落裡發簡訊給白洛川。

駱江璟公司開年會，包了一家飯店，因為知道米陽一家不急著回去，帶著犒勞老員工的心思多安排了幾天飯店，讓他們也留下一起過節。米陽今天原本打算簡單聚餐完之後就趕過去，現在看來要去得晚些了。

他簡訊剛發過去，白洛川電話就打來了，包廂裡太吵，米陽就出去接了電話。

白洛川不滿道：「怎麼這麼久，還在吃飯？」

米陽站在走廊外面道：「沒有，他們又來唱歌，實在走不開。」

白洛川那邊沉默一會兒，不耐煩道：「地址給我。」

米陽道：「很快就結束了，我也打算提前走，你別來了，腿傷都還沒養好……」

白洛川堅持要地址，米陽就報了，那邊說了一聲「知道了」，就掛斷了電話。

回到包廂裡，正好趕上班裡的一個男生在上面搞怪唱歌，起鬨道：「團支書剛才偷跑，罰你也來唱一首吧！」

米陽笑著擺擺手道：「我唱得不好，你們玩吧。」

甯寧也幫著他說話：「我來，我替團支書唱！」

不少同學跟著起鬨，還有人吹口哨，甯寧臉都紅了，還是固執地握著麥克風道：「我唱得好聽，大家聽我唱就行啦！」

女孩的聲音清甜，唱得確實很好，她坐在那唱著的時候眼睛視線也在偷偷看著米陽，但是瞧見米陽一直低頭發簡訊的樣子，略微有點失落。

米陽被簡訊裡的白少爺鬧得頭疼，住的飯店裡有溫泉，他之前答應了白洛川早點回去一起泡溫泉，現在說了沒做到，被白少爺抓著話柄不斷割地賠款地討饒，但是就這樣大少爺也不怎麼樂意。

旁邊的同學道：「團支書，你是不是談戀愛啦？怎麼一直在發簡訊？哦，我知道了，要跟對象彙報是不是？」

周圍的人也跟著道：「這麼怕女朋友怎麼行？團支書一起玩，玩骰子喝酒敢不敢？」說是酒，也就是幾瓶啤酒而已，還有人覺得澀口難喝兌著飲料喝。

米陽被拽著一起玩了兩局，輸了之後就喝了兩杯，入口只覺得紅茶味道很重，還以為是飲料，但是沒一會兒就覺得略微有點頭暈，品了一下味道，才喝出這是一杯混合酒。

米陽單喝一種酒不覺得醉，最怕這種混合的，覺得有些頭暈就放下杯子自己找了角落坐下。他喝的少，卻架不住十幾年來第一次再嘗到酒精的滋味，身上有點軟，飄飄的，不是很難受，知道確實有點醉了。

白洛川推開門進來的時候，周圍的同學愣了一下，緊跟著歡呼起來，白洛川是學校裡的名人，尤其和他們二班感情交好，不少人直接喊他：「班長，你來啦？」完全不管自家班長正在那賣力唱歌，苦著一張臉想討回自己在二班的名分。

米陽看著白洛川，他覺得很高興，一瞧見這個人進來就忍不住想笑。

白洛川跟大家打了招呼，隨手送了一個花花綠綠的紙盒給甯寧，簡單送過祝福之後就來了米陽身邊坐下，房間裡燈光很暗，白洛川低頭看著他，都被氣樂了，「傻笑什麼呢？出來玩就這麼高興啊？」

米陽坐在那摸自己的臉，「我笑了嗎？」

白洛川捏了他臉一下，哼道：「傻死了，不許笑！」

　　米陽順著他的手，跟著捏了自己臉一下，認真地重複了一遍：「不許笑。」但是眼睛還是彎彎地向下垂著，抬頭瞧著人時像一隻搖著尾巴見到主人的小狗一樣，滿心的歡喜都掩蓋不住，又乖巧又討喜。

　　白洛川看他一會兒，忽然湊近了聞了聞他，小聲道：「小乖，你是不是喝酒了？」

　　米陽點點頭，他和白洛川離著近，微醺狀態下也控制不住自己的動作，嘴唇輕輕擦過白洛川湊過來的臉頰，「喝了一點。」他眯著眼睛還在那伸出手指比劃，「一杯，再多這麼點，我嘗到酒味就沒有喝了。」

　　白洛川還想說什麼，聽到有人拿著麥克風清了清喉嚨道：「喂？聽得到嗎？」

　　包廂裡的人都停下來，抬頭看著前面，是那個請客的音樂特長班男生，他穿了一件薄毛衫和長褲，衣服單薄，但是額頭上已經有些冒汗了，雙手握著麥克風看得出有些緊張，但還是笑了道：「今天是甯寧的生日，我還準備了一份特別驚喜送給她。」

　　包廂門從外面打開了，兩個穿著人偶裝的工作人員走進來，推著一個放了三層蛋糕的餐車進來，上面還纏了粉色絲帶和一些祈求，看起來很可愛。

　　那個男生走過去，拿了個小盒子出來，打開是一條項鍊：「甯寧，祝妳生日快樂。」

　　甯寧瞧著有點想往後躲，但是包廂就這麼大，人又多，也沒有辦法避開，紅著臉道：「那個，謝謝你，蛋糕我收下了，項鍊就算啦！」

　　男生怔愣了一下，周圍有他的朋友還在幫他起鬨加油，儼然已經成了大型告白現場。

　　白洛川沒管那些，看著米陽只會傻乎乎看自己，對外面那些聲音一點都顧不上的模樣，

心裡那股小火被撩撥得厲害，扶著他起來道：「咱們回家？」

米陽歪頭看了那邊一眼，道：「他們在告白。」

白洛川起了戒心，對他道：「早戀不好，你不許早戀，知不知道？」

米陽想了好一會兒，才嘆了口氣道：「哦。」

白洛川被他氣樂了，揉他腦袋一把道：「你還挺失望的啊？喜歡上誰了？」

米陽笑著看他，在嘈雜的房間裡小聲道：「喜歡。」

白洛川聽不清這個小醉鬼在說什麼，先扶著哄他出去。米陽拽著他衣袖不許他走太快，白洛川就耐著性子慢慢走，小聲責備道：「頭暈了是不是？還喝不喝酒了？」

米陽一字一句道：「要慢點，白洛川腿受傷了。」

白少爺到了嘴邊的話都硬生生被他磨軟了，什麼脾氣都發不出來，嘴角揚起來一點，很快又收斂下去。到了好樂迪門口，就打電話喊司機把車開過來，這麼一會兒等著的功夫，就聽見後面有人在喊他們。

甯甯和那些同學都出來了，她和身邊的幾個女生低聲說了一句什麼，就跟她們擺擺手自己跑了過來。她穿著毛絨邊的短款羽絨外套，背著紅色小背包，跑來時活潑地跳了兩下，門口招牌的燈光打在她年輕美麗的臉上，能看到她畫了精緻的淡妝，嘴唇也是粉粉的。

甯寧站在那看看白洛川，又歪頭看看旁邊的米陽，忽然噗嗤一聲笑了，「白班長，能不能把米陽借我一會兒呀？就一小會兒，我想單獨跟他說句話。」

白洛川沒讓開，「妳想說什麼，在這裡說就行了。」

甯寧搖頭道：「那可不行，我要和我們團支書說一點小祕密。」她看著米陽，雙手合十，眨著眼睛道：「拜託啦，米陽，跟我來一下，就說一句話。」

米陽也轉頭看向白洛川，像是等家長點頭同意。

白洛川擰了一下眉心，雖然不樂意，還是點頭答應了。

甯寧先往一旁的樹下走去，那邊有一小片陰影。米陽抬步要跟上，白洛川伸手搭在他肩上捏住他的脖頸，用拇指摩挲著那一小片皮膚，警告道：「跟她說話離遠點，聽見沒有？」

米陽點點頭，就走過去了。

白洛川看著他們，眼睛一眨不眨地盯著那棵樹下，神情陰鬱。

樹下那一小片黑暗給了女孩一些勇氣。

甯寧抬頭看著米陽，跟他說話：「我沒答應宋學長，那條項鍊我也沒收，一看到它就想起我媽媽戴的，我不喜歡。」她吐了一下舌頭，又笑著看向米陽，「今天收到了特別多的驚喜，你和大家一起送我的那支手機我也很喜歡，你有沒有額外的驚喜給我呀？」

女孩小心翼翼地暗示，但是米陽站在那裡脊背挺直，神情也是認真的，如果白洛川在就能一眼看出米陽眼神有點飄，努力思索的樣子恰好是因為沒聽懂，想要去理解對方說的話。

米陽站在那沒動，也不吭聲。

甯寧等了一會兒，假裝嘆了口氣道：「算啦，你不單獨給我禮物，那我送一份給你。」她從背包裡拿了一個巴掌大的粉色信封出來，紅著臉交到米陽手上，低頭沒敢看他：「那個，我第一次寫，可能不大好，希望團支書給我一個機會，以後也能繼續給你寫……」

女孩太害羞了，低聲說完就跑走了。

米陽低頭看了一眼那封信，上面寫了他的名字，還加了一個親啟。

白洛川也一直注意著樹影那邊，天色很暗看不清那邊的動作，也聽不到他們小聲說了什麼，他心裡煩躁，等著甯寧跑走了，這才大步走過去。

米陽好端端地站在那，雙手插在外套口袋裡，看著他來又笑了一下。

白洛川把他拽到自己身邊，皺眉道：「笑什麼？」

米陽道：「看到你，高興。」

白洛川嗤道：「看到我有什麼高興的？我看你是跟校花說話才高興的吧？」

米陽搖搖頭道：「沒有，看到少爺高興。」說著又伸手過來去勾著他的手指。

白洛川被他哄得臉色好了一些，扶著他去了車上。

家裡的司機一直負責接送他們，這次也一路送他們去了飯店。

米陽在車上很安靜，端坐在那和平時沒什麼區別，但是特別乖順，白洛川讓他靠著自己肩膀休息，他就當真歪頭靠過來，還閉上了眼睛，二十多分鐘的路程當真都在休息。

車內後排座椅光線很暗，只有經過的路燈會不時閃過他們臉上，白洛川低頭看著米陽，覺得他的皮膚很白，睫毛又太長了，很好欺負一樣，手指撥弄幾下就感覺到睫毛刷過手指的觸感，癢癢的。

白洛川湊近了聞了聞，微微皺起眉頭。

司機停下車道：「白少爺，飯店到了。」

白洛川點頭說好，扶著米陽下了車，往飯店裡面走去。

他們回來得晚，直接坐電梯去了樓上的房間，沒有再去跟家裡大人打招呼。米陽自己站了一會兒，偷懶把力氣卸到白洛川那邊，倚靠著他。

白洛川眉頭還沒鬆開，等刷開房門帶著人進去，才埋在他領口那聞了好幾下，又湊到他臉上聞了聞，疑惑道：「我從剛才就覺得奇怪，你身上也太香了點。」

米陽眨眨眼，「啊？」

白洛川伸出拇指在他唇邊用力擦了兩下，並沒有粉色唇膏，確認後心裡才放鬆一點。

就算是這樣，白洛川也覺得不對勁，他鼻子靈，很快就找到了香味的來源，伸手在米陽身上摸索了一陣，就在外套口袋裡找到了那封粉色的情書，帶著淡淡的香水甜味，一看就是女孩用的那種。

白洛川捏著那封信，問他：「這封情書怎麼回事？」

米陽伸手要去拿，「啊，那是給我的。」

白洛川舉高了不給他，繃著臉不說話。

米陽攀著他肩膀搆不到，又怕他不管不顧地打開看，乾脆豁出去抱著他，腦袋抵在他胸口道：「我沒打算要，也沒想看，還要還回去的，你別動。」

白洛川道：「沒看過？」

米陽抱著他搖頭道：「真沒看，碰都沒碰。打開之後再還回去，多傷人家的心啊……我媽說，不能讓女孩子傷心。」

「我呢？你就忍心讓我傷心？」白洛川惱怒道：「你明明答應我不收情書也不早戀！」

「可是我控制不住了。」米陽抵著他胸口磨蹭了一下，小聲道。

白洛川臉色還是不好，「你再說一遍！」

米陽抱著他，臉上發燙，「我有東西給你，在我口袋裡，你摸。」

白洛川在他大衣裡找了一下，沒有找到，米陽小聲哼道：「在褲子口袋裡。」

白洛川伸手下去，貼著他腿那裡摸了一下，在褲子口袋裡把東西拿出來的時候還帶著他的體溫，是一隻小千紙鶴。他見過太多了，他在醫院養傷的那幾天米陽坐在房間裡摺了很多給他，快要攢滿那一個玻璃瓶了，全都是給他一個人的。

米陽耳尖都紅了，抱著他不撒手，小聲說：「你拆開看看。」

白洛川慢慢拆開，千紙鶴摺得很小，他被米陽抱著，只能抬起手來慢慢地拆。懷裡的人也不知道是醉了還是害羞，埋頭在他胸口不肯起來，又像是怕他跑了一樣，抱得結結實實，等著他拆那隻小紙鶴。

千紙鶴打開，裡面白色的紙上畫著的是一顆紅色的愛心。

白洛川喉結滾動幾下，用那個擁抱著的姿勢低頭去看對方，喊他：「小乖？」

米陽沒鬆開他，還是抱著，埋頭在他胸口小聲道：「我喜歡你。」

「我最喜歡白洛川了。」

「就喜歡你一個。」

「特別特別喜歡……」

好聽的話不斷說出來，聲音軟軟的，那人還在胸前蹭著。

白洛川抱緊他，兩人只開了門廳的小燈，套間裡還暗著燈，但是白洛川一點都不急著去讓燈亮起來，他覺得再也沒有比這一盞小燈更溫暖的了。

他抱了米陽一會兒，如飢似渴地聽著對方小聲說出的話，他不敢動一下，怕驚醒了懷裡的人，但一顆心跳動得太快聲音太大，簡直耳朵也要充血一般發燙。他下巴低下來一點，抱緊他貼在耳邊道：「我不信，你得親我一下，我才信你說的。」

懷裡的人反應慢半拍似的緩緩探出頭來，揚起頭來親了他一下，擦過唇邊像是渾身過了細小的電流，心跳都暫停了一拍，緊跟著是巨大的狂喜。

不過一個怔愣，懷裡的傢伙又埋頭回去了，挨著胸口那蹭了兩下特別安穩。

白洛川想再抓他出來親一下，又捨不得現在他這麼抱著自己依賴的樣子，心裡糾結得厲害，又覺得怎樣都甜，使勁用手臂抱緊了些，笑出聲。

「小乖，你再親我一下。」

懷裡的人慢慢抬頭，這次白少爺沒有放過機會，低頭跟他認真親了好一會兒，唇瓣貼在一處慢慢蹭著，帶著彼此的溫度，融合在一起。

那是一個青澀又很淺的吻。

兩個少年磕磕絆絆地親了親，再睜開眼睛互相看著對方，一個眼神明亮帶著驚喜，另一個有些懵懂但卻認真。

白洛川喉結滾動一下，緊張道：「過完年，你就十六歲了。」

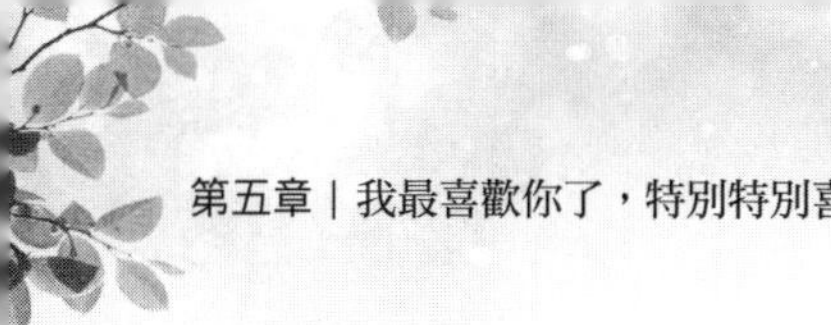

米陽道：「嗯？」

白洛川道：「我覺得可以早戀一下。」

米陽趴回他懷裡悶聲笑起來。

白洛川緊緊抱著他，過了一會兒也笑了。

米陽喝醉了酒，白洛川就扶著他去躺下休息。房間原本是一個套間，兩個人各自都有自己的臥室，但是白少爺從小都不肯跟米陽分開，這會兒更是不捨得分開睡了，拿熱毛巾給米陽擦過之後，自己跑去沖了個澡回來抱著他睡覺。

米陽睡得很快，倒是旁邊的白洛川拿手臂撐著腦袋看了他很久，直到米陽側過身躲了下燈光這才連忙把燈關了，但是沒等他伸手去找米陽，睡在旁邊的人就伸出手來摸索著找小枕頭，大概觸感不對，又一路尋找到他這邊，找到他的手指之後攥著慢慢睡了。

白洛川湊過去親了他額頭一下，小聲跟他說晚安。

原本以為緊張刺激的感情會讓自己睡不著，但是把人抱在懷裡的溫度很暖，白洛川過了一會兒也跟著沉沉入睡，從未有比這次睡得更好的了。

米陽第二天醒來的時候，眨眨眼就看到旁邊的白洛川。

白少爺緊張地看他，擰著眉頭欲言又止，看了他好一會兒才道：「你還記得吧？」

米陽點點頭，「去同學生日聚會，最後還去唱歌了。」

白洛川乾巴巴道：「之後的事呢？還記得多少？」

米陽道：「我跟你說話了。」

白洛川道：「說什麼了？」

米陽笑了一下，「說我特別喜歡你。」他湊過去親了少爺一下。

白洛川一下子從床上光腳跳下去，紅著臉跑出去了。

米陽：「……」

很快人就竄回來，帶著一嘴的薄荷牙膏味，哄他道：「你再親一下，剛才的不算！」

米陽笑得不行，「你怎麼不去拍戲，偶像包袱這麼重啊！」

白洛川皮膚白皙，這會兒帶著薄怒更是眼角和唇都殷紅起來，俯身下去閉著眼睛沒頭沒腦地親了一氣，簡直像是隻小狗一樣。米陽笑了一陣子，抬手勾著他脖子拉他靠近自己，半閉著眼睛用鼻尖輕輕蹭著他的，唇瓣也貼在一處，輕輕親了一下，又親一下。

白洛川喉結滾動，跟他廝磨在一處，呼吸都熱了。

米陽被他按在床上親了一會兒，小聲道：「我想起床。」

白洛川哄他：「再親一會兒，就一會兒。」

米陽歪頭道：「你剛才就是這麼說的。」

白少爺厚臉皮道：「以這次為準。」

米陽笑他，過了一會兒肚子先叫起來，白洛川就伸手探到他的睡衣裡摸了一下他的小肚子，鼻尖蹭了蹭他，「把我家小乖餓壞了，不親了，我們去吃飯好不好？」

這麼說著，到底還是多黏了十分鐘才肯起床。

米陽洗漱好了換了一身衣服出去，他的行李箱在爸媽那邊，不過白少爺帶的衣服多，連他的也準備了兩身，兩人穿著一樣的出門去吃早餐。

白洛川平時最不耐煩在飯店吃早餐，挑剔得很，但今天心情好，唇角都是帶著笑。

米陽捧著一杯熱牛奶小口喝著，白洛川坐在對面看得心癢，伸手要幫他擦嘴角的奶漬，但還沒碰到人，就被米陽塞了一張紙巾到手裡，米陽也站起身來笑咪咪道：「駱阿姨早！」

駱江璟只拿了一片吐司和一杯黑咖啡，坐過來跟他們一起吃了早餐，笑道：「你們也起這麼早呀？昨天洛川說你和朋友出去玩了，我還以為要很晚才回來呢。」

米陽抬頭看了白少爺一眼，有點不敢相信他昨天晚上去接人時還專門去告了一狀。

白少爺對於這事倒是理直氣壯，「多虧我去接回來，他還喝了一點酒。」

駱江璟擔心錯焦點，「小乖沒喝過吧？我記得你對很多東西過敏，對酒精過敏嗎？」

米陽搖搖頭道：「沒事，就一點啤酒，下次不喝了。」

駱江璟笑道：「男孩子喝一點沒事的，你還記不記得洛川小時候吃東西燙到了，急急忙忙抓了一杯白酒喝下去，他還以為是水呢，喝完哭得那個慘啊！」

白洛川道：「媽媽！」

駱江璟道：「怎麼了，小乖又不是外人，你什麼事他不知道？」

白洛川：「……」

駱江璟好奇地問兒子：「小乖昨天喝醉酒什麼樣子的？好玩嗎？」

白洛川又得意起來，挑眉道：「不告訴妳。」

駱江璟這個問題，兩個人都不肯回答，白洛川是帶了得意不肯跟任何人分享，米陽是略微臉上發燙錯開視線也怎麼問都不說。

駱江璟跟他們開了兩句玩笑，又叮囑道：「小乖下次早點回來，不行就讓洛川陪你去，兩個人也好有個照應。」

米陽點頭答應了。

她說完桌邊的手機就響了，即便是過節也有不少事需要她親自處理，很快就離開了。

白洛川換了位置和米陽挨著坐下，肩膀輕輕撞了他一下，「聽見沒有，我媽說的，以後不讓你出去那麼久才回家。」

米陽撞回去，笑道：「瞎說，駱阿姨明明說的是晚上不要太晚出門，要注意安全。」

白洛川伸了手下去跟他手握在一起，「晚上其實也可以，我陪著你去。」

米陽道：「去哪兒？」

白少爺比他記得清楚，握著他的手還在笑，「去把那封信還給你們班的女同學啊！」

米陽：「……」要不是白少爺提，他都把這事忘了。

還信總要再等上幾天，大過年的貿然找過去也不太好，米陽把那封信夾在書裡放在飯店房間的桌子上，白少爺一直盯著，他收在哪裡都不合適，乾脆攤開放在那。

白洛川這幾天做什麼事都要跟他一起，米陽比他考慮的多，有些時候想要提醒一下，但是看到對方明亮的眼神和落在自己身上那種期待的時候，就又把到了嘴邊的話收了回去。反正他會多注意一些，讓少爺多開心一點，也沒什麼不可以。

米陽考慮的有些多了，他也是帶著心虛，其實十幾年的相處下來，白洛川和他在一起再

正常不過，兩家的大人都覺得特別適應，反倒是兩個人分開才覺得奇怪。

程青和駱江璟聊天時還道：「我覺得他們倆好得跟親兄弟似的，打小就沒分開過。」駱江璟含笑稱是，她至今還記得小時候的白洛川有多難纏，哭著要去當米家的孩子。兩個從小沒有分開過的兄弟，這會兒正在房間裡偷偷摸摸背著長輩們做一點壞事。

白洛川把米陽按在牆上親吻，跟幾天前那個輕輕的吻已經有所不同了，落下來會再吸一下，像貪戀著那點甜味似的癡纏著不肯鬆開。米陽扭頭躲他，白洛川就順勢親他的臉頰，米陽被他親得發癢，推他一下笑道：「別鬧了，一會兒真要遲到了，說好了去打球的。」

白洛川還要伸手去摸他的肚子，被米陽隔著衣服在肩上咬了一口，才嘶了一聲，道：「好好好，知道了。」

飯店附近有個網球場，白洛川之前和周通他們約好了一起過去打球。米陽初中時起就和白洛川一起選了網球課，幾年下來打得也不錯，正好米雪念小學也在選一門運動課，小丫頭什麼都要比著哥哥的來，首選就是網球，這次跟著一起去了網球場，打算提前練習一下。

米陽去要了一個小孩用的球拍和網球過來，自己也換了小球拍跟小丫頭一起練習，非常有耐心。白洛川腿還沒好，但是堅持要來，就坐在一邊負責口頭指導：「手臂再抬起來一點，用手肘和手腕發力，早上不是吃了很多嗎，怎麼跟沒勁兒一樣？」

小丫頭特別不服氣，氣鼓鼓道：「我要我哥哥教，不要你教！」

白洛川得意道：「妳哥都是我教出來的，不信妳問他。」

小丫頭就抬頭看著自己哥哥，小臉都鼓起來。米陽被她逗得不行，戳她的小包子臉一

下，道：「白哥哥打得也好，他姿勢比我標準，咱們都聽他的。」

小丫頭這才悻悻道：「好吧。」

白洛川負責指點，米陽就手把手教她怎麼揮拍，下場之前還特意帶著小丫頭做了熱身運動，特別細心。白洛川在旁邊看著，不怪米雪會喜歡她哥，他自己看著都喜歡得不得了，又漂亮又乖順，做事也處處妥貼，穿一身運動服站在那都覺得是全場最亮眼的了。

白洛川的視線黏在米陽身上，光是看見這個人就能微笑起來。

米雪打中了一個球，歡呼一聲，對白教練道：「白哥哥，你看到沒有，我打中啦！」

白洛川看著那邊的人，笑道：「看到了，很漂亮。」

周通他們幾個還帶了女生過來，要打男女混合比賽，米陽沒去，搖搖頭指著身邊的小丫頭笑道：「你們去玩吧，我帶帶我妹妹。」

周通他們就去了，打了兩局，他自己先下來擦著汗連連擺手，「我不行了，太累了，你們接著來。」說完就跑去和白洛川說話去了。白洛川有一搭沒一搭地跟他閒聊，視線還落在米陽那邊，看得目不轉睛。

周通也看過去，笑道：「我們團支書打得不錯呀，初中那會我記得還是你一直教他呢，現在他都能給小孩當教練了。」

白洛川道：「還行，他學得快。」

周通又問他：「白哥，你過段時間還去京城嗎？」

白洛川看他一眼，「怎麼了？」

「沒什麼事，就是我哥在亞運村車市那裡新弄了個門店，湊了一個越野車隊，他最近閒著呢。」周家主要做進口車生意，自己多有錢未必，但是接觸的都是有錢人，周通他哥也是玩車的行家，之前在保稅區倒車聽說狠賺了一筆之後拿了錢去了京城自立門戶了，也是一位左右逢源的人物。周通和他親兄弟關係好，說起來的時候眉飛色舞：「我上回求他好久，他終於鬆口了，說這次帶咱們打野兔去，京郊附近有個草場挺不錯的……」

白洛川打斷他道：「再說吧，我這半年都沒什麼空，不出去了。」

周通愣了一下，「怎麼了？」

白洛川說得認真：「我得念書，很忙。」

周通眨巴著眼睛道：「不是吧，白哥，你這都全校第一了，還想怎麼學啊？你真要當學霸啊？你這成績，滬市學校隨便選了，就算是明年考京城大學也沒什麼問題。」

白洛川想了一下，道：「不是明年，我想今年考試。」

周通明白過來，「提前高考？」

白洛川道：「對，懶得再等一年了，想提前試試。」

這次周通就沒有吭聲了，春季場的提前高考是高二下學期，課程雖然都學完了，但也比其他人都少了一年的複習和模擬時間，尤其是這位一看就志向高遠，學校也就挑著拔尖的那一兩所來了，這麼分析下來，還真要抓緊這半年時間努力念書了。

周通嘆了口氣，不再提出去玩了。他過了一會兒，忍不住笑問：「那你跟我們團支書商量了嗎？你走了他怎麼辦啊？你倆感情這麼好，像冷不防突然扔下人家似的，不太合適。」

白洛川笑了一聲，道：「我回頭跟他商量。」

周通問：「一起提前考試？」

白洛川道：「我聽聽他的意思吧，不為難他。」

兩個人正聊著，那邊的米陽也跟人攀談起來。

米陽帶著妹妹打球，教得認真姿勢也漂亮，就有一旁來打球的人看上他了，湊過來遞了名片詢問他授課時薪多少錢。米陽愣了一下才反應過來，連忙擺手笑道：「不不，我不是這裡的教練，我也是來打球的。」

那個男人低頭看看他身邊特別依賴他的小ㄚ頭，錯愕道：「那這是？」

米陽道：「這是我妹妹。」

這次輪到對方不好意思了，不過還是問了一句：「真不帶其他學生嗎？我家裡的小ㄚ頭也這麼大，就週末兩天教幾個小時就夠了，費用好說。」

米陽搖頭推拒了，對方大概是看著米陽脾氣溫和，站在那跟他又說了兩句話。

米陽身後有人過來，手臂搭在他肩上，笑嘻嘻道：「米陽，這叔叔是誰呀？」

聲音太熟，不是季柏安是誰？米陽回頭一看，那邊的白少爺也坐不住了，正被周通扶著往這邊走，臉也夠黑的。他用手臂把季柏安撐開一點，笑道：「也是這打球的，剛才誤會了，以為我是教練，想找我給他家女兒上課。」

那個男人看到他朋友來了，就大方笑笑，給了米陽一張名片就走了。

季柏安拿過名片看了一眼，道：「喲，還是個搞房地產的！」他要把名片還給米陽，被

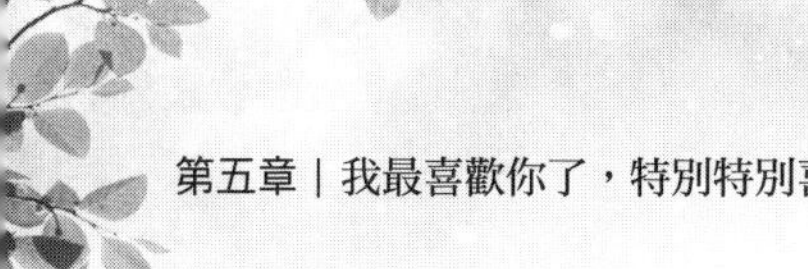

後面走過來的白洛川抽走了握在手裡看了一眼，問了一樣的話：「那人是誰？」

米陽又跟白洛川說了一遍，白洛川直接道：「別理他，誰知道幹什麼的。」

季柏安也敲邊鼓：「就是，你要帶人也先帶帶我唄，我排隊報名，費用肯定比他高！」

白洛川不爽道：「他不缺錢。」

季柏安球拍在手上翻了個花，挑眉笑道：「那我就請吃飯，看在這麼多年感情的分上帶我兩天。對了，晚上一起去吃日式料理怎麼樣？有一家的海膽味道不錯，特別新鮮。」

他臉皮厚，幾句話就說到了吃飯上去，跟米陽說了不算，還低頭去問人家小丫頭要吃什麼飯後甜點，簡直跟約好了一起吃一樣。

米雪抬頭看著哥哥，牽著她哥哥的手等他說話。

米陽搖搖頭，客氣道：「不用了，這幾天我們跟爸媽一起，要跟長輩一塊吃飯。」

季柏安嘴角耷拉下來，問他：「過幾天我就要走了，你抽一天時間，當給我送行唄。」

白洛川道：「等幾天我們請你吃日式料理，店你選。」

季柏安這才高興起來，拽著米陽要跟他打一場，一邊活動手腳一邊道：「我在國外都是自己玩，學的野路子，一會兒你可別笑話我啊！」

米陽接過球笑道：「不會。」

白洛川坐回去看他們打球，剛才那個名片已經順手團起來揣進自己口袋裡，打算一會兒就扔了。他以前沒有防著男人的意識，今天出來忽然警惕起來，眯著眼睛，覺得全場都是敵人，簡直要不分年齡性別了。

周通看他神情嚴肅，有些緊張起來，「這人打球很厲害嗎？我們團支書不會輸吧？」

白洛川皺眉道：「應該吧。」

打球也能看出一個人的性格，季柏安出球刁鑽，力道也重，出手乾脆俐落；米陽接得很穩，扣球的時候出人意料地非常重，一擊即中，絲毫不拖泥帶水。從一開始就你來我往的，打得非常激烈，米雪坐在一邊給哥哥加油，手都拍紅了。

兩個人打了個平局，到了賽點這才收手。

季柏安打得非常痛快，跟米陽一起過來，周通遞了水過去，他接過來一口氣喝了半瓶，甩甩汗濕的頭髮笑道：「真帶勁兒！哥，要不是你腿傷了，我都想跟你比一場！」

米陽喝了白洛川遞過來的礦泉水，接過毛巾擦了汗，就聽到白洛川笑了一聲道：「回頭我跟你打一場，保管你輸得心服口服。」

米陽聽了忍不住笑，真是從一張嘴說話就占人便宜，半點都不吃虧。

季柏安從小聽習慣了根本就沒在意，恍然道：「也對，你打球是我哥教的吧？上回好像簡訊上好像這麼說的，那我肯定輸，沒勁兒，不打了。」

白洛川忽然咳了一聲，像突然嗆著了一樣。

米陽看他一眼，白少爺眼神沒敢跟他對上，躲開了些。

季柏安沒瞧出來，還在那跟米陽說話：「你電話老沒訊號，我也懶得打了，我聽他們說現在都用企鵝號聯絡了，昨兒也申請了一個，你加我一個好友唄，以後可以上網聊天。」

他說著就掏出手機來要加好友，也是說風就是雨的急性子。米陽沉吟了一下，說記不清號碼了，旁邊的周通聽見這是白洛川的表弟，上趕著掏出自己手機道：「我這有加米陽好友，寫著號碼呢，來來來，就是這個加上吧！」

米陽：「……」

季柏安加好了之後，還特意備註了自己名字，米陽在一邊看著也不好再拒絕了。

季柏安笑道：「那回頭我網上跟你聯絡啊，以後跟你做網友。」

米陽心想，我可一點都不想跟你上網衝浪，旁邊的白少爺醋浪翻湧，在這就恨不得要被醋味兒熏一個跟頭了。

打了一下午的球，四點多的時候米陽他們提前回去了，周通那些人問他們要不要一起出去聯誼，米陽就笑著看白洛川，白少爺立刻嚴詞拒絕：「我們要回去念書。你們也別老玩，回頭開學考試成績不好小心老戴又開始一邊背出師表一邊哭。」

周通腦補了一下老戴捶胸痛哭的樣子，嘴角抽搐了一下，道：「放心吧，頭可斷血可流，模擬考成績絕對不敢丟。」

從體育館回來的路上，小丫頭打球累了跟哥哥撒嬌，米陽笑笑，蹲下去把她背起來。

白洛川習慣性道：「我來。」

米陽看了他的腿一眼，笑著搖頭，「算了吧，你把腿快點養好就是幫了我大忙，那天我媽還問起，我照顧了你這麼久，也該出點成績了。」

白洛川笑了一聲，跟著他一起走。這邊回飯店距離很近，走兩步就到了，他們走得慢一些，邊說話邊走。白洛川轉頭看了一眼趴在米陽肩上的小丫頭，抬手給她扣上帽子，他離著米陽近，湊在耳邊小聲道：「睡著了。」

米陽放低了聲音：「一會兒送去我媽那邊，醒來見不到大人會哭。」

白洛川笑道：「我還以為是個小辣椒，沒想到也是一個小哭包。」

米陽就抬眼看他，白少爺笑著在他鼻樑上刮了一下，趁著他雙手都扶著小孩，趁機還捏了一下，親暱道：「我的。」

米陽躲開一點，帶了點笑意看他。

雖然和平時一樣，但是白少爺剛在網球館被拆穿以前的錯事，莫名就有點心虛。

回到飯店，先把小丫頭送過去，米陽回了房間又要出去，「我去一下我媽那裡……」

白洛川立刻抓著他的手，「對不起！」

米陽剛從那邊回來又要再過去，怎麼想都不對勁，白洛川第一反應就是先跟米陽道歉。他心裡發慌，覺得不道歉米陽就要走了。

米陽道：「鬆開。」

白洛川不肯。

米陽嘆了口氣，「你總得讓我坐下來才能跟你慢慢說吧。」

白洛川這才鬆手，還是有點心虛地開口道：「季柏安跟我要你的電話，我沒給。」見米陽還盯著他看，乾脆破罐子破摔道：「其實也給了，就是，給了我的……他不好好念書，整天想著玩，這是給他一個教訓。」

他說到這裡忽然又覺得有理了，坐直了腰背，振振有詞道：「我小姨也說了，要讓我平

時督促他。我是他哥，我管他不應該？」總之就是一副我沒錯的樣子。

米陽被氣樂了，「你可真行，你說的這些也有理，但是唯一錯在沒先問問當事人。」

白洛川道：「你想給嗎？」

米陽想了一會兒，搖頭道：「不是很想，你看著辦吧，都交給你處理，但是以後這種事你得先跟我商量，知道嗎？」

「好。」白洛川也笑了，得了這句話放心不少，湊過去挨著他肩上蹭了兩下哼道：「他老跟我搶，從小就是，太煩人了。」

米陽問他：「搶什麼？」

白洛川道：「你。」

米陽失笑，「我又不是什麼物品，搶不走的，我在這呢。」

白少爺湊過去又親他，從下巴開始親了幾下，又親他唇角，「我下午都沒親你。」

米陽跟他親了一會兒，含糊道：「不鬧了，我真得去我媽那邊，有點東西忘了拿。」

白洛川追著他不放，米陽說話的時候舌尖和他的輕輕碰了一下，白少爺臉上浮起一層薄紅，眼睛亮亮地看著他，簡直跟發現了新大陸似的，纏著要讓他張開嘴，「那再親一下。」

米陽不是很信任他，但是對方纏人得厲害，如果不如他的意，一時也擺脫不了，只能略微鬆開牙齒，垂著眼睛跟他親了一下，「就一下……唔！」

白少爺舌尖和他抵著，像是一尾靈活的小魚，最初的試探之後就開始霸道地舔弄，完全按照自己的意思來了，把剛才說過的話都忘得一乾二淨。米陽跟他討饒，開口只會被欺負得更厲害，配合著想快點結束也不見對方收手，癡纏不休，鼻息都重了。

米陽咬了他舌尖，這才讓那人悶哼清醒過來，不太高興地道：「我還沒親夠。」

米陽道：「你剛才說就一下。」

白洛川笑了一聲，鼻尖蹭著他的賴皮道：「是一下啊，就沒分開過對不對？我親得好不好呀？舒服嗎？」

米陽臉都被他問紅了，最後只能含糊丟下一個「舒服」，才被白少爺滿意地鬆開。

米陽拿東西回來的時候，白洛川坐在小客廳那裡看資料，茶几上攤開著申請表。他瞧見米陽進來，拍拍旁邊的位置對他道：「回來了？來，坐這一起看。」

米陽有些好奇，「現在就看學校志願了？」

白洛川應了一聲，握著他的手讓他挨著自己一起看。他們都參加過許多競賽，尤其是白洛川，競賽金牌更是沒少拿，高二剛開學的時候就被一些名校鎖定了，提前掐尖搶奪優質生源的事也是常有的。米陽一直覺得白洛川對此不是很著急，尤其是抽時間還去家裡公司那邊幫忙，還以為他高三後總要考慮滬市，但是拿在手裡的資料毫無例外，全是京城的學校。

米陽瞧見一個考古修復相關的，拿起來翻看了一下，他對這個專業一直很感興趣。

白洛川笑道：「京師大學的考古文博院很不錯，最有名的是章教授，我找人問過了，他明年起就不帶本科生，今年是最後一年。」

米陽愣了一下，白洛川就把他抱進自己懷裡，親了他一下，得意道：「小乖，我們提前考試吧？一起提前上大學，你喜歡讀書，我們就去最好的學校，找最好的老師。」

米陽看著他，白洛川眼睛亮晶晶的，帶著少年人的熱切，恨不得把一切都給他的那種愛意，握著他的手放在唇邊又親了兩下，笑道：「我可能不跟你讀同一個科系，不過也沒事，我們可以在外面住。對不起啊，小乖，之前吹牛了，可能買不到大房子，我們先買一個小的好不好？就我們兩個人住，空一間給你當工作室，然後我留一間書房，臥室裡就放一張大一些的雙人床……白天在學校讀書，晚上回來我們忙完了就一起睡，好不好？」

米陽還在看他，白洛川被他看得心癢難耐，低頭鼻尖蹭了蹭他，唇瓣也貼上去問他好不好，像是一隻收攏了鋒利爪子和牙齒的大型貓科動物，只會呼嚕賣萌，讓人心都甜起來。

米陽笑了笑，抬頭勾著他脖子，小聲道：「好。」

白少爺滿意地親了他好幾下，跟索要獎賞一樣。

米陽微微仰頭，閉著眼睛親得很認真，他真的太喜歡這個人了。

他只說了一句「喜歡」，對方就恨不得邁開步子大步向前，把他們未來三年五年甚至十年的事都計畫好了，許諾給他一個周全的未來。

親了一會兒，房間裡的燈忽然暗了，米陽嚇了一跳，「怎麼了？停電了嗎？」

白洛川親他額頭一下，笑道：「沒有，我跟飯店裡的人說的。」

米陽沒聽懂，「什麼？」

白洛川就坐在小客廳的沙發把人抱在自己懷裡，下巴抵在他發頂，一雙長腿也圈住了對方，以一個完全保護的姿勢霸占住之後跟他咬耳朵道：「你看窗外呀！」

米陽抬頭看過去，窗外忽然響起幾聲咻咻聲，緊跟著天空上炸開了數朵煙花，不過是眨眼的功夫，剛熄滅下去的煙花又瞬間變成了十幾朵、上百朵，接二連三不斷地盛開在夜幕之上，絢爛到讓人仰頭目不轉睛地看個不住。

「其實之前就一直在準備，想了好久，總覺得還不夠好，想再等等再拿給你，可是我沒想到你會先說，那天實在是太高興了……但還是想給你看看。」白洛川低頭笑了一聲，在他耳邊道：「小乖，我有沒有說過我也喜歡你？」

米陽倚靠在他懷裡，抬頭用一個親吻回答。

他知道，怎麼會不知道呢？你是那個喜歡我到拚了性命的白洛川啊！撐在身上的勇氣，咬開的手腕，還有渡進口中的滾燙血液……他都記得清清楚楚，即便沒說，米陽也知道，他愛他如命。

兩人在窗外煙花下親吻，在黑暗中互相擁抱著溫暖，沒有壓迫在胸口悶到窒息的重量，但米陽依舊還能在甜中嘗到那一絲記憶深處的鐵鏽苦澀血味。

白洛川舔了舔他唇角，帶了點不好意思道：「我好像力氣太大了，咬破了一點。」

米陽用鼻尖蹭了蹭他下巴，輕笑道：「親親就不疼了，不過要輕一點。」

白洛川低頭在他唇邊印下一個吻，收緊手臂抱緊在他耳邊碎碎念著「喜歡」兩個字。

「好喜歡，好喜歡，全世界最喜歡小乖了。」

「喜歡到想跟你私奔。」

「想跟你過一輩子。」

……

飯店房間裡有溫泉，水流直接引到室內的溫泉池裡，用起來非常方便。

白洛川來之前就一直念叨很想去泡一下，但是他腿傷還沒完全好，米陽不讓他碰水，白少爺就催著他去試試，自己也不走，坐在旁邊賴皮似的非要伺候他。

白洛川道：「我幫你按按？我手沒傷著，手法好著呢。」

米陽想了一下，點頭道：「好。」

白洛川有點期待地跟進去，但是米陽泡的時候還穿著泳褲，大大方方伸開手臂搭在池子上，人也趴伏在那歪著頭道：「按吧。」

白洛川側身坐著，幫他按了一會兒，還挺有模有樣的，就是偶爾手指往下順著脊背那按下去，也頂多碰到一點，再深的地方就在水裡了。他碰不到，就努力用指尖去碰一小下，身體歪得厲害了，米陽就悶聲笑他：「別了，一會兒你就要掉下來了。」

白洛川自己臉紅了一下，幫他又按了兩下，「要是我腿沒事就好了。」

米陽閉著眼睛應了一聲，道：「嗯，謝謝你救了我爸。」

他說得認真，白洛川不好一直鬧下去，坐在那跟米陽小聲聊了一會兒。說起正事的時候時間過得比較快，兩個人說了一會兒關於考試和學校的事情，白洛川做的功課多一些，大部分是他說給米陽聽。

兩個人商量好了，米陽就道：「那我明天跟我媽說一下，問題應該不大。」

白洛川道：「是，程阿姨知道你從小就喜歡這個，肯定支持你。」

米陽笑了一下，也沒再說什麼。

晚上睡覺的時候白洛川沒有再親了，但是依舊把人抱在懷裡，人也半壓過去，手臂圈得緊緊的。米陽被他壓得睡不著，覺得簡直像是回到小時候一樣，那會兒白洛川也就比他大一圈，從會爬能自主選擇最喜歡的之後就開始不停地撲過來，帶著口水印子親親貼在他臉上，拚命往後仰頭都躲不開。現在白少爺又重新撿回這個愛好，雖然沒有口水了，可印在臉上和耳垂上的親吻也沒少多少，跟隻大型犬似的噴著熱氣親暱起來沒完，他現在也不往後仰頭，只能低頭埋在他胸口，反手抱著求睡一個安穩覺。

白洛川就用下巴抵在他髮頂，蹭兩下然後輕笑一聲，小聲道：「小乖晚安，睡吧。」

米陽躲在他懷裡含糊應了一聲，已經睏得睜不開眼睛了。

白洛川手臂搭在他肩上，偷偷用手指摸了一下露在外面的皮膚，泡了溫泉滑滑的，觸感特別好，他唇角挑起來一點，也閉上眼睛睡了。

在飯店住了幾天，米陽一家就先回去了，駱江璟多留了兩天，據說白政委要回來一趟，她一年到頭也難得和丈夫團聚上幾次，就多等了兩天。

回家路上米澤海瞧見百貨商場開著，就帶女兒下去買了玩具，這是他和米雪約定好的，小丫頭表現乖巧就可以獎勵一個洋娃娃。米澤海現在賺錢多了，自然捨得給女兒花錢。

程青瞧著他們爺倆下去，搖頭道：「真是，小雪買了好多個了還要，全是你爸寵出來的。陽陽，你有什麼想要的，媽媽買給你。」她這話說得自然，沒覺得自己也是偏愛大兒子。

米陽想了一下，道：「媽，一會兒路過書店嗎？我想去買點參考書。」

程青嗔道：「又看書？買點別的吧，還有一年多才高考呢！我看你老念書都讀傻了，禮

拜六日回家也學到半夜，哪有你這樣的呀？」

米陽道：「我這兩天跟白洛川商量了一下，想提前參加高考，媽，您覺得我行嗎？」

程青剛聽到前半句有點驚訝，但是米陽後半句問得太有技巧了，當媽的哪兒有覺得兒子不好的，立刻點頭道：「當然行！就是，陽陽，你想好了嗎，媽媽不懂這些，不然你再和你們老師商量一下？」

米陽道：「嗯，要跟老師說，我也有自己的打算。」

他把這兩天關於春季考場和選報學校的事情在那輕聲說給程青聽，聲音低緩，說得不疾不徐的，多了這個年紀的沉穩，聽起來讓人忍不住點頭贊同。程青只知道兒子成績好，人也優秀，想了一下就同意了，「行，反正媽媽也只念了高中，你爸還是在部隊裡後來考上軍校的，我們當年都沒高考成功，你現在已經超過媽媽啦，自己看著辦吧，我支持你。」

她抬頭看著米陽，瞧著眼前這個出落成大小夥子模樣的男孩，伸手摸了摸他的臉頰又笑道：「陽陽，你別有壓力，就當提前去參加高考積累一下經驗，不成還有來年呢，不怕啊。」

米陽側過臉在她手心裡蹭了一下，笑道：「好。」

他們兩個正在車裡聊著，米澤海抱著米雪回來了，提了滿滿一袋子，瞧著可不像是只買了一件禮物，程青張口道：「米澤海，你又亂買東西……」話還沒說完，就被小丫頭撲過來抱著脖子軟軟地喊了一聲「媽媽」，再大的怒火也澆滅了。

米澤海坐在前排開車，笑呵呵道：「小雪說不要洋娃娃了，那錢拿出來給咱們一家買零食吃！咱們今年在外面過年，家裡都還沒準備呢！」

米雪剝開一顆軟糖餵到程青嘴裡，撒嬌道：「媽媽吃，我買了媽媽最愛吃的奶糖！」

程青捏捏她的小臉，道：「什麼媽媽最愛吃的，明明是妳最愛吃的奶糖。」

小丫頭吐了吐舌頭，又轉頭餵了米陽一顆，「哥哥也吃，特別甜！」

米陽咬到嘴裡，果然是熟悉的味道，奶香味十足，嚼勁也夠，咬著吃更甜了。

程青跟米澤海說起米陽要提前高考的事，米澤海一邊開車一邊聽著。

家裡孩子的事米澤海說不上什麼話，就跟程青說的一樣，米澤海也是後來自己工作之後奔起來的，軍校和地方院校也不一樣，他原本還抱了一點心思想讓米陽高中之後考軍校，替自己完成那個軍營夢，後來瞧著兒子找到了自己的愛好，也就不說什麼了。

米陽想提前參加高考，米澤海聽完之後也幫不到兒子什麼忙，只能從其他方面關心：「學校的事你和你們老師商量著辦，你也是大孩子了，爸媽就從生活上支持你，這段時間要是學校不方便就先回家住，我接送你。」

米陽道：「不用，學校住的是兩人間，白洛川也提前參加高考，我們正好一起複習。」

米澤海點頭道：「那也行，反正有什麼要求儘管跟家裡說，咱們一家都全力配合。」他說完之後過了一會兒，到底還是嘆了口氣，半開玩笑道：「我之前還想著你能考個軍校，再替老爸穿回那身軍裝呢！」

米陽還沒回話，旁邊的程青不樂意了，「你呀，先過好你自己的吧，兒子是我生的，我都不要求他什麼，你也不許多說話，讓他過自己的去！」

米澤海怕老婆，小聲哼道：「我就是隨口這麼一說……」

程青不滿，「隨口一說也不行，陽陽壓力已經很大了，你還給他製造壓力！」

米澤海連聲投降：「好好好，我的錯，我也不是那個意思，我以後不說啦！」

米陽聽著笑起來，他能聽出父母這種拌嘴式的愛意，不止是對他，也是對彼此。米雪年紀小，還聽不太出來，一邊吃著糖一邊骨碌轉著眼珠看看爸爸又看看媽媽，看到爸爸比較吃虧就湊過去有點安慰道：「爸爸沒事的，等我長大了，我去考軍校！」

米澤海感動極了，眼淚都快下來了，「寶寶真好，爸爸太高興了！」

程青故意道：「小雪，媽媽也有一個沒完成的畫家夢，誰替媽媽去畫畫呀？」

米澤海連聲道：「妳讓陽陽輔修一個就成了，小雪啊，咱們先堅持三年……不，一年的軍校夢，好不好？」

小丫頭笑著點頭，「好呀！」

下午全家一起陪著米陽在書店逛了好久，買了不少的書和模擬卷子回來。

晚上到家，圍坐在一起吃了火鍋，這個過年吃特別合適。

飯後米澤海去洗碗，米陽收拾了一下去扔垃圾，他扔掉之後剛走兩步，就被一顆小石子扔在肩上，輕輕打了一下，回頭就看到了白洛川。

白少爺穿得俊俏單薄，站在那對他笑道：「小乖，想我沒有？」

米陽有點驚訝，過去問他：「你怎麼來了？今天不是白叔叔回來嗎……」牽著他的手握了一下，感受到掌心火熱沒有冷的跡象才放心下來，「又偷跑了？」

白洛川任由他牽著自己，視線落在他身上，「想你了，就來看看你。」

米陽笑道：「也就半天沒見。你來得正好，我下午去書店買了一些參考書還想送去給你，你自己帶回去唄。」

社區樓道裡黑，一樓的燈壞了一直還沒修理，白洛川趁黑抱著他小聲道：「明天再說，我今天不想走，你留我住一晚吧，好不好？」

米陽問他：「你跟駱阿姨說過了嗎？」

白洛川道：「說了。」

米陽想了想就點頭答應了，見他湊過來親了一下，連忙轉頭躲開，低聲警告道：「住下可以，不許亂來啊！」

白少爺眼睛亮晶晶地道：「好。」

第六章 說好不早戀卻還是戀上了

米陽出去一趟，帶了個人回來。

程青瞧見的時候都笑了，「喲，怎麼現在就追來了？」

米陽也歪頭看著他笑，白洛川倒是落落大方，「想起一道題目，來跟小乖討論。」

這個理由挺好用的，程青立刻就讓他們去房間裡看書去了，她去廚房切了水果，又拿了點心送去給他們，兩個人坐在書桌旁邊認真討論題目，白洛川還站起來接過果盤道：「程阿姨不用忙了，我吃飽了來的。」

程青道：「給你們補充點營養，這個年紀哪有飽的時候呀！」她又叮囑了白洛川：「就當自己家一樣，我去拿床被子過來給你，晚上你就和陽陽一起睡。」

白洛川笑道：「好，麻煩程阿姨了。」

程青關門出去了，聽著動靜是去拿新收到的那兩床被子去了，要翻上一會兒。

白洛川坐在米陽旁邊，也不去看題目了，手指戳了戳他臉道：「說好了這三道題目寫完就給我吃的，我的糖呢？」

米陽嘴裡動了一下，臉頰略微鼓起一點很快就挪到了另外一邊去繼續含著，他還在低頭看書，睫毛垂下來顯得很長，「你不好好吃，老想這些花樣，不給你吃了。」

白洛川就換了一邊，繼續用手戳他的臉，小聲道：「我錯了，這次一定好好吃。」

米陽道：「沒了，我吃掉了。」

白洛川笑了一聲，原本在他臉上輕輕撓著的手指也變了方向，捏了他下巴自己湊過去唇對唇地親上去，舌尖比前幾天熟練不少，舔開一點縫隙立刻就鑽了進去，靈活地追了一圈緊

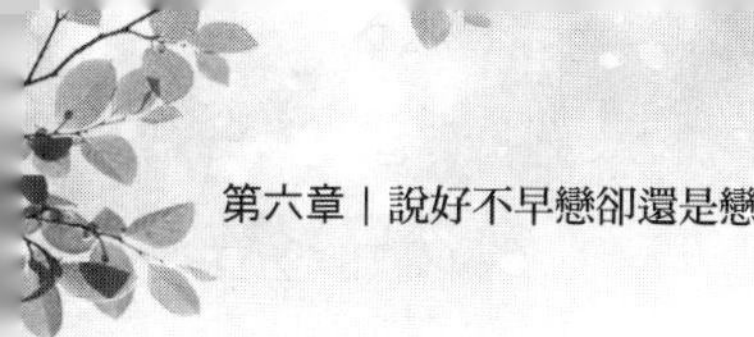

跟著就搶回了自己的糖。

米陽：「……」

白少爺舔了舔唇，把那一點奶糖的味道也都一併吃進口中，笑著道：「好甜。」

大概是和家裡大人就隔著一層薄薄的木板門，甚至還能聽到外面大人走路和說話的隱約聲響，親得比之前時間短，但是也比之前在飯店的時候更讓人容易心跳加快，米陽被他搶走了糖，這麼一下就紅了臉，睜大了眼睛看他：「你答應我不亂來。」

白少爺回得坦蕩：「我已經很克制了，你要不要讓我放開了試試？」

米陽可不敢，推了兩本參考書給他，讓他繼續做題目。

白少爺一顆糖吃得心滿意足，一邊做題一邊偷偷看旁邊陪著自己讀書的人，怎麼瞧怎麼滿意，連這個小房間也只覺得溫馨。放在書桌上疊起來的練習冊擺放整齊，連擱在那的一個陶瓷小兔子都精緻可愛。

程青很快找了被子過來，幫他們鋪好了床，一邊放了枕頭一邊道：「那邊商鋪的房子也在裝修了，再等半年就好啦，下回洛川來家裡可以睡客房，也寬敞呢！」

白洛川道：「我跟米陽睡就挺好的，習慣了。」

程青道：「也是，就是這邊床有點小，你倆擠一擠吧。」

白洛川道：「好。」

程青跟他們略微說了兩句話就去休息了，她白天要去藥房忙，通常九點多就睡了。

白洛川聽著外面安靜下來，把筆擱在桌上，合攏了練習冊道：「我睏了。」

米陽壓根兒不信他，看了一眼旁邊的小鬧鐘，逗他道：「這才九點二十分呢，你平時不是這個時候最精神嗎？放假還沒見你這麼早睡過。」

白洛川挑眉道：「按學校的作息也該下晚自習了，正好洗漱休息。」

他堅持睏了要睡覺，米陽就拿了一套自己的睡衣給他，讓他去洗澡換上，自己又多做了兩道題目這才過去洗漱。

等收拾乾淨回來的時候，白少爺已經躺下了，正拿了一本書在床頭燈光那翻看，大概是挺無聊，瞧見他推門進來的時候眼睛才亮了一下，「我剛剛想了一下，做了五道大題只給一顆糖吃不太公平吧，是不是還得補我一顆？」

米陽失笑，「你剛才想半天，就想這個了？」

白洛川眼睛跟著他轉，喉結滾動一下道：「也想了點別的。」

米陽把燈關了，帶著沐浴露的香氣走過去低頭在黑暗中親了他一下，舌尖挑開他的，主動舔了舔，含糊道：「沒有奶糖了，刷牙之後吃不好，吃一顆沒有甜味的……要不要？」

白洛川當然是要的。

米陽怕冷，上床之後就被白洛川抱進懷裡，手腳蜷縮起來貼著他取暖，腳尖踩著白洛川的腳背暖了好一會兒才慢慢放鬆了身體，略微舒展開一點。

白洛川摟著他道：「這麼怕冷，以後去京城讀書怎麼受得了？」

米陽道：「沒事，有暖氣就好了。」

白洛川抱緊了一點，皺眉道：「那總要出門吧，冬天時間又這麼長。」

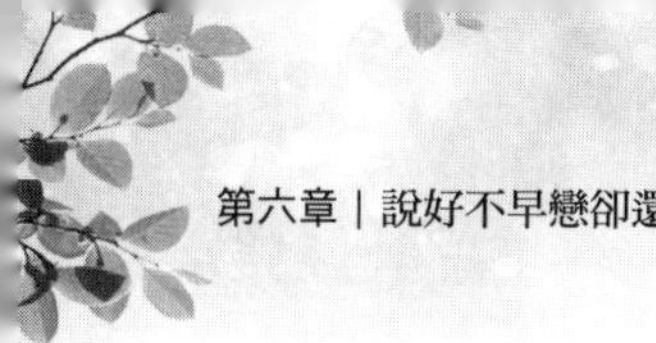

米陽笑笑，「你陪著我唄，冷了手就揣你兜裡去。」

白洛川也笑了，覺得米陽這個回答很幼稚，但是一時又被甜得想不出其他答案，他簡直恨不得把這個人都揣進自己兜裡去帶著了。

白少爺身體好，暖烘烘的像是一個小火爐，米陽挨著他一會兒就熱了，有點不老實地動了動，伸了手去旁邊拿東西。

白洛川幫他找，摸索了一下問道：「要什麼？」

米陽含糊道：「沒什麼。」

床上的位置就這麼大，白洛川已經順著他的手摸到了，米陽那個小枕頭的觸感簡直不要太熟悉，這麼多年來除了他就是這個陪伴米陽的時間最長了，堪稱是最愛。

白洛川瞧著他把小枕頭抱在懷裡，翻身準備安穩睡覺的樣子，心理不平衡，「有我在，你還要這破枕頭幹麼？」

米陽脾氣好，「雙重保險唄，睡得香。你也快睡吧，明天一早還要送小雪去少年宮。」

白洛川還跟小枕頭吃醋，要伸手把它拽出來拿來，米陽不捨得鬆手，低聲道：「別拽呀，小心弄壞了。」

他說得心疼，白洛川也就鬆手了，但還是翻身抱著米陽，鼻子抵在米陽脖子那來回蹭著哼道：「你把它扔了。」

米陽道：「什麼？」

「那破枕頭，扔了。」

米陽氣地拿腦袋向後撞他一下，氣樂了，「你今天晚上怎麼了，跟它較什麼勁？」

白少爺眯起眼睛，認真問了一個問題：「它和我哪個好？」

米陽想了一會兒，沒等回答身後那個人就惱了，「這個問題還要想這麼久嗎？」

米陽低聲笑道：「有點難選，總要讓我想想……別咬別咬，你重要，我選你。」

白少爺叼著那一塊後頸上的嫩肉磨牙，不輕不重地哼了一聲，「三顆糖。」

米陽道：「你簡直坐地起價，哪有那麼多，明明只欠你一顆不到，剛才還補給你了。」

「五顆。」

「白洛川，你是不是有點不太講理？」

「六、七、八……」

米陽回頭用手捂著他的嘴，那人這才住口了，眯著眼睛舔他手心，還是氣呼呼的，明明占了便宜也跟自己勉強妥協一樣。

「六顆，多一顆也不給了。你老讓我那樣餵你吃，也太為難人了。」米陽臉都熱起來。

白少爺勉為其難點頭應允，米陽終於可以抱著小枕頭睡覺了。

被子裡熱呼呼的，懷裡的小枕頭也是熟悉的感覺，手指捏著搓上兩下睡意就上來了，閉著眼睛很快就睡著了。

白洛川臨睡前伸出手指重重彈了一下那個小枕頭，但也沒再堅持讓米陽扔出去，自己在後邊抱著他，下巴搭在肩膀那閉眼睡了。

六顆奶糖分期支付，白少爺第二天一早先拿了兩顆，一顆甜在心裡，一顆甜在嘴裡。

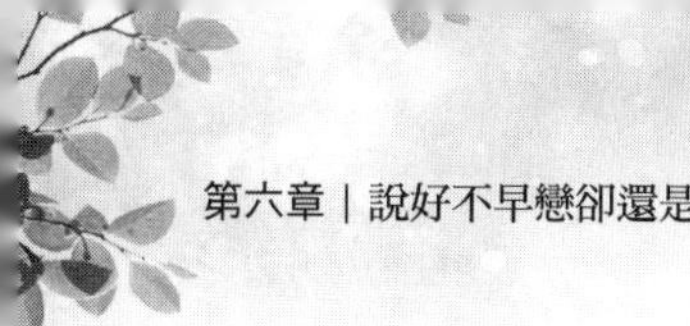

他穿戴整齊，吃著奶糖從米陽家出門的時候天色還早，但是司機已經在樓下等著了。

車上還放著一身熨燙好的衣服，瞧著是要去什麼重要場合穿的，米陽疑心他又逃了什麼要緊的活動出來找自己，剛問了兩句就被白少爺滴水不漏地躲過去了，「沒什麼要緊的，就是我爸回來了，正好也要去拜訪幾個長輩。」

白洛川坐在車上放下車窗，指指自己臉上，臨走還想要一點點福利，「小乖……」

米陽彎腰輕輕彈了一下他額頭，「你表現好一點，別再跑出來，駱阿姨又要擔心了。」

白洛川笑道：「給糖獎勵嗎？」

米陽道：「表現好再給你。」

白少爺眼睛亮了一下，點頭應了，跟司機走了。

白洛川這兩天一直很忙，大約是記得和米陽的約定，不敢再偷跑了，一心想要多拿到幾顆糖，只空閒了的時候給米陽發簡訊說宴會有多無聊，也說起他爸回來之後管得多嚴。白家父子沒見面的時候關係倒是還不錯，但是這些年一直沒怎麼見過，兩個人反而性格上有了很大差異，白政委也不怎麼會跟這個年紀的少年人溝通，父子兩個偶爾頂上兩句，一個嚴厲，一個不服，說不上兩句話就都擺著張臭臉誰也不肯先低頭了。

米陽回想了一下以前的記憶，他也沒見過白洛川他爸幾次，印象並不深刻，只記得這人剛正不阿，特別嚴厲。白洛川跟駱江璟關係更好，也跟白老爺子感情很深，反而對父親情感並不深厚，大約是白政委並沒有參與到他的成長裡來，缺席太多年，再回來總是生疏些。

白少爺的簡訊又發來了，這次就一行字：「事情太多今天也不能過去了，我先把糖寄存在你那裡，記得給我利息啊！」

緊跟著發來一個計算利率的公式，米陽掃了一眼，這哪兒是利息，簡直就是高利貸。

初五的時候，米陽跟著程青一起回了山海鎮。

這次米澤海沒有跟著，他還要工作，米雪小丫頭也報了才藝班，這段時間要送去少年宮學習，就只有程青和米陽母子兩個回去一趟看望老人家。

程青很久沒回來了，這次剛到就看出山海鎮變了模樣。

鎮上這一兩年已經開始修建旅遊景點，房屋拆遷基本完成，原本的房子都搬到了靠近市區的集體樓房那裡，前面是別墅和洋房，後面是高樓，路面也加寬了，去市裡方便不少。

程青沒想到會修得這麼好，一路上特別驚喜，米陽跟她開玩笑道：「媽，姥姥家搬走了，您猜猜咱家現在住哪兒？」

程青笑道：「這你可難不住我，你姥姥生怕我找不到路，還特意畫了一份路線圖過來呢，而且咱們家院子裡那棵老榆樹還在，那麼高呢，打眼一看就知道在哪啦。」

程老太太搬家的時候特意帶上了那棵老樹，春天結榆錢的時候一嘟嚕一嘟嚕的綠，特別招人喜歡，老人家有時候胃口不好就愛吃個新鮮，摘下來一些摻麵粉蒸上，加點榨菜末、醬油醋和芝麻拌一下，吃著正合口味。程青對那棵老樹也有感情，一邊走一邊跟米陽說：「我出生那年，正好趕上饑荒，聽說別的地方連樹皮都吃了，咱家這還好，尤其是家裡還有棵榆錢樹，多少能有口吃的。這樹特別爭氣，那年春天結了好些榆錢，救活了好幾家人呢！」

米陽問她：「那時候也是摻麵粉蒸著吃嗎？」

程青笑道：「想什麼呢，家裡能摻點玉米粉、地瓜粉就不錯了，而且也不光榆錢，樹葉也得混一點，餓不死就成。你沒發現你爸現在都不肯吃地瓜，他小時候吃怕了，呵呵！」

米陽也笑了，抬眼向前看的時候就瞧見靠前的一棟小別墅院子裡伸展出一棵高大挺拔的樹，冬天葉子都落光了，只剩下光禿禿的枝椏，他還在辨別的時候，程青已經確認：「到了，就是這家！」

米陽有點驚訝，「這樣您都能認出來？」

程青笑道：「自己家有什麼認不出來的呀，那棵樹我從小爬到大，認它比認你還準呢！」

上前走了幾步，果然是程老太太家。

開門的是老三程如，她就嫁在山海鎮上，來看老太太的次數也是最多的，過年的時候更是三天兩頭來送年貨，今天一早就接到程青電話，特意來等著大姊的。兩姊妹挺長時間沒見面了，見了特別親熱，程如接過大姊手裡的包，連平日裡最喜歡的外甥都不要了，一個勁兒地跟姊姊說話，那勁頭像是又回到了小丫頭的時候，跟自己姊姊有說不完的話。

「前兩天就把房間幫你們收拾好了，咱媽偏心得厲害，給你們都留了房間，陽陽也有單獨的一個，唯獨沒給我留，把我氣壞了，就把隔壁那棟買下來了，我就要天天來問老太太，憑什麼這麼偏心呀！都是丫頭，怎麼我在鎮上就沒我的份啦？」程如還在跟姊姊告狀，但是眼角眉梢藏不住笑意，「姊，妳要不要來家裡買一間？這房子可便宜呢，給陽陽留一間也很划算，樓房一間三萬不到，別墅也就十七萬吧。」

程青驚訝道：「這麼便宜呀？」

程如快人快語，邊走邊跟大姊在那說房子的事：「也就妳覺得便宜，在咱們這裡還算貴的呢！有好些人家都不要，市裡年初不是分了房？這不還有人等著單位分房，想去市裡住。」

米陽回想了一下以後的房價，其實市郊價格也不低，他當時的房子就買在了新城區，一平方米也要一萬五六的價格了，現在一間竟然才十來萬，真是十幾年前才有的價格了。

程如說完這個又笑道：「瞧我這記性，差點忘了陽陽他爺爺那邊還買了一個樓房。」

這事兒程青都不知道，聽見了忙問道：「我公公也買了？」

程如道：「可不是，我也是前幾天聽人說起來的，不過說來也奇怪，買了之後也不去住，還是住在護林員那邊的小木屋裡。」

程青嘆了口氣道：「是，他這兩年越發孤僻了，上回中秋的時候米澤海過去陪他過節，就提了一句接他來住，結果被趕出來了。老人家其實也不容易，他心裡苦，隨便他吧，怎麼活著舒坦怎麼來。」

米鴻買了一個房子，自己又不肯住，顯然是要留給兒孫的。

光是這麼想，米陽心裡就有點不是滋味。

他想到了，程青自然也想得到，在家裡略微歇了歇腳，就立刻要去探望。

程老太太打從大女兒進門開始就一直看不夠似的，程青一要走，她下意識也要跟過去，程如在一邊嗔道：「媽，我姊回婆家，您跟著去幹麼呀？」

程老太太鬧了個大紅臉，「忘了，就想順便跟去瞧瞧，也很久沒去探望過親家……」

程如拉著她的手道：「您這麼想走親家呀，那敢情好，回頭去我婆家，我婆婆前幾天還念叨要讓您來住兩天。我幫您打了一套八仙桌和對椅，您瞧瞧用著順手不，合適就帶回來。」

程老太太被她絆住，只能留在家裡。程如對姊姊眨眨眼，程青就笑了。

米鴻住在那片香樟林的小木屋裡，合起來也就兩間半的小房子，那半間是搭起來的一個涼亭，夏天能坐著，冬天就堆了煤炭和木柴，整整齊齊堆放在那裡。

程青帶了不少東西給他，有些是從滬市帶來的，有些是從家裡拿的蔬菜瓜果。她敲門喊了幾遍，米鴻才開了門，但瞧見她們手裡的東西就皺了眉頭，道：「我用不上這些，那籃菜留下，其餘的都帶回去吧。」聲音冷硬，並沒有因為程青是兒媳婦就好說話半分。

程青還要再說什麼，米陽就已經把那籃蔬菜留下，其餘的放在外面沒提進來，然後笑著道：「爺爺，我來跟您拜年，過年好！」

米鴻臉色這才略微緩和點，對他點頭道：「進來吧，外面冷，屋裡暖和點。」

小木屋裡升了爐子，上面放了一個燒水的鐵壺，正在咕嘟咕嘟水泡翻滾。

米鴻拿了杯子給他們，米陽就過去幫著泡了茶。他在米鴻身邊的時間多一些，對他的一些習慣也了解，這些事做得非常順手。程青小心跟米鴻聊天，但是她問的話三句裡米鴻答上一句就不錯了，老人家比以前還冷漠，唯獨米陽小聲詢問他手藝時，能多說上兩句。

程青有心想要也說上兩句，但是她對這些不懂，沒一會兒就坐在那變成聽眾了，偶爾能插上一點話，就趕緊問道：「爸，家裡有需要的嗎？澤海還特意讓我給您帶了些……」

米鴻道：「不要！」

程青把最後那個「錢」字硬生生咬住了，沒敢說出來。

米鴻看她一眼道：「陽陽留下陪我說話，妳先回去吧，去陪陪妳媽。」

程青想了想，點頭笑道：「那讓陽陽留在您這裡吃飯吧，他最近學會做菜了，做得很不錯呢，您嘗嘗他的手藝！」

米鴻點點頭，程青就先回去了，帶來的禮品大部分也只能一併提走。

米陽問完了自己之前積累的那些問題，瞧著時間差不多了，挽起袖子收拾帶來的菜，在小爐子上坐了兩三道拿手菜給老人家吃。

米陽道：「爺爺，您等著啊，我這道菜可是程家祕傳，傳女不傳男的那種，我偷學來的！等一下出鍋了，您多吃一點！」

忙活一陣，做出了兩菜一湯，一道肉末茄子、一道木耳山藥，還有一道冬瓜排骨湯，都是米鴻平日裡喜歡吃的清淡口味。

米鴻嘗了一口，破例誇獎道：「會做菜了，挺好的。」

米陽笑道：「是不是比我爸做的還好吃？」

米鴻嘴角動了一下，點頭道：「做得好，以後討媳婦容易些。」

米陽又笑了。

老人家一頓飯就說了這兩句話，他吃的不多，瞧著比之前更瘦了，但是護林員需要經常外出反而看著硬朗些，像是燃燒到最後一截的蠟燭，安靜沉默，但穩穩當當地立在那裡，履行自己的諾言。

飯後米鴻趕著米陽也回去，他這裡小，沒有留他住的地方。

米陽離開兩步又悄悄繞回去偷偷看了一下，他不放心老人家一個人在這裡，雖然水電齊全，但總覺得米鴻一個人孤零零的心裡不忍。

隔著窗戶，能看到米鴻又佝僂著腰認真擦了一遍桌子，然後擺了一個巴掌大小的相框在桌面上，跟裡面的照片說話。

隔著窗戶米陽聽不見他說了什麼，但是老人家低聲說話的時候，神情是認真的，眼神也柔和了不少。米鴻從不貪圖享樂，唯一的貪戀可能就是相濡以沫的那個人。

那人不在了，他自己也沒有什麼想要的了。

老人家每天都把自己的瑣事處理得乾淨俐落，於他來說，反而在期待去另外一個世界。沒有畏懼害怕，只有滿心的期待，期待在另一個世界，和自己守了多年的人久別重逢。

他一個人對著相框說了一會兒，那張古板的老臉上動了動，露出一個難得的笑容，抬手小心地幫相框擦了擦，手指落在照片上又忍不住摩挲了一聲，輕聲喚了她的名字。

米陽看了一陣子，安心下來，悄悄走了。

相比米陽一家，白家回來的時候陣仗大多了。

駱江璟帶了一個車隊回來，大大小小的東西更是沒少帶，駱江璟疼愛兒子，光是白洛川平日裡用慣了的那些全都備了一份帶來，生怕他在老宅哪裡不適應。儘管帶了不少，這還是多少顧及了丈夫的感受，今年比往年要收斂些。

白敬榮剛從部隊回來，冷不防瞧見她這樣寵溺兒子，眉頭都皺起來。

父子兩人一早就因為這個吵了一場，現在儘管坐在同一輛車裡也彼此不說話。

駱江璟想要緩和一下氣氛，輕聲勸了兩句，白敬榮就冷聲道：「他才多大，妳這樣做也要考慮清楚以後……」

白洛川聽不下去，反問道：「您能不能別什麼都先怪我媽？我哪兒做得不好了您就直說，別拿我媽出氣。」

白敬榮道：「你這是跟長輩說話的語氣嗎？」

白洛川脾氣跟他一樣，吃軟不吃硬，越是這樣越反抗得厲害，抬眼看著他道：「那您又用什麼語氣跟我媽說話？是，您是保家衛國，了不起，但是我媽一個人在家就容易嗎？」

白敬榮臉色難看道：「我們是在討論對你今後的教育問題！」

白洛川笑了一聲，道：「教育？您去參加過我的一場家長會嗎？不說初中了，小學您也沒怎麼管。還有這次回來之後，除了對我挑刺，就沒一句好話。如果這也算教育的話，我覺得您教不好我。」

白敬榮拍了扶手提高了聲音喊他：「白洛川！」

車子正好開到休息區，白洛川直接打開車門下去換到了後面的一輛路虎車上去，插上耳機，把帽兒罩在頭上遮住了大半張臉，倚靠在後排座椅上誰也不理了。

白敬榮閉眼沉默了一會兒，好半天才道：「我帶過那麼多兵，就沒見過這麼難帶的。」

駱江璟嗔道：「廢話，這可是你親兒子，你還真拿他當你手下的兵訓呢？洛川在他們這個年紀算是很懂事聽話的了，你要求太多了，一回來也不誇他，什麼都按你的嚴格要求來，

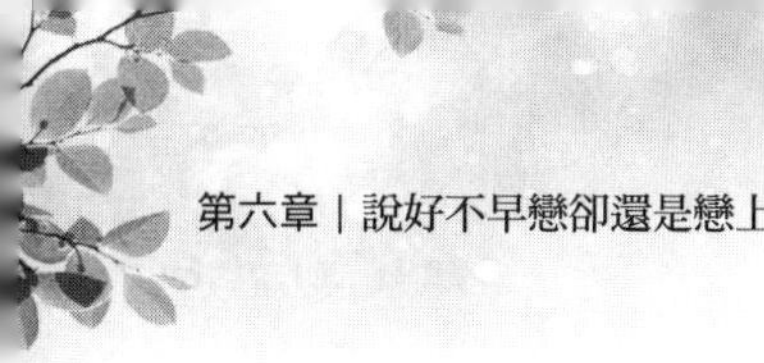

別說他這個年紀的小孩要叛逆了，大學生都不肯聽呀！」

白敬榮揉了眉心一下，有些疲憊道：「是我太著急了，我是怕他習慣了現在，對錢也沒什麼概念，萬一去了大學一時沒人管，跟那些人學一些不好的。」

駱江璟道：「你都聽到什麼了？」

白敬榮道：「我老師前段時間找到我這裡，問我有沒有津市的關係，也是家裡的孩子不爭氣，撞了幾輛車不算，還把老師也搭進去。」

這事駱江璟也有耳聞，還是她妹妹聽來告訴她的，據說是幾家的小子半夜封路飆車，被查了兩次躲過去就得意忘形起來，還開了盤口，最後出了事故鬧出大動靜。畢竟人命關天的大事，那幾個抓進去估計也是難撈出來了。

當時駱江媛說的時候，也擔心了一把自己家季柏安以後會不會學壞，她還笑妹妹想太多了，沒想到今天白敬榮又說了一遍，把這份擔心直接放在了自家兒子身上。

駱江璟搖頭道：「洛川不會，你不了解他，他不是那種亂來的孩子。」

白敬榮道：「我是怕萬一……」

駱江璟自信笑道：「那也萬一不到我兒子頭上，你對他了解還少呢。」

白敬榮是看不慣那些風氣的，他話少，意思或許只是警示，但說出來白洛川這樣的傲氣和駱江璟一模一樣，又隔著一層父子關係，兩人就有些不對盤了。

駱江璟嗔道：「兒子這脾氣也不能怪我，咱爸寵得比我還厲害呢，不過洛川成績好人又懂事，也不怪爸什麼都想著他。咱爸你還信不過嗎？原則問題上他比你抓得還嚴呢！」

駱江璟抬出長輩，白敬榮只能點頭道：「但願是我想多了吧。」

駱江璟道：「你光跟我說可不行，等兒子回來你也跟他說一聲，你們坐下來好好談談，父子倆鬧得像仇人似的，都不能坐下說上幾句話。」她說到這裡，又笑道：「不過，你怎麼確定洛川今年一定能考上大學？他心氣高著呢，就挑最難的那一兩所，我都擔心他考不中。」

白敬榮唇角揚起一點，道：「這小子骨頭硬，說出的話，絕對做得到。」

這一點的自信和自傲，倒是白家男人一貫有的。

一直到了老宅，白家父子也沒見上一面。

白洛川估計是一半心煩一半不願意讓駱江璟難過，故意躲開了他爸；白敬榮那邊一直端坐著，眉頭擰緊，也沒有找到合適的機會跟兒子談話。

白家老宅搬到了新址，前院是寬敞的庭院和新建的房屋，穿過去之後是中院的迴廊和之前的木樓。木樓按照原樣搬過來翻新了一遍，把書房單獨列了出來，那些老舊書籍已經都送去米鴻那裡，現在零零散散只放了兩隻細口長瓶上去。再走到後面才是白老爺子住的地方，立了兩棟略高些的小樓在這裡，前面修了池塘養了魚和荷花，後院留了寬敞的空地，用竹林隔開幾個區間，放了烏樂的馬廄和它跨欄的幾個小玩意兒。

原本還有一個戲臺，白老爺子嫌麻煩不想單放了，就拆了搭在了池塘中央。一圈的水，中間一座紅木戲臺，倒也應景。負責翻新老宅的人心思巧妙，給做了幾個略高於水面的石墩權當臺階，一步步可以邁到水中央的戲臺那裡。

庭院裡栽了不少樹，移了太湖石來，戲臺寬敞足可以做涼亭使用，還能喝茶下棋，坐在

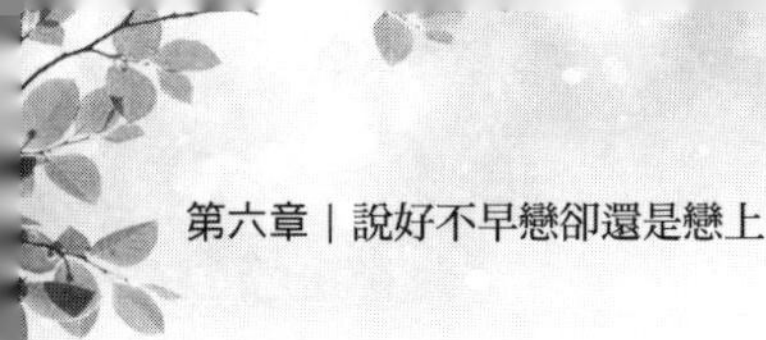

裡面春賞桃花夏賞荷，秋天的落葉冬天的雪，處處都是不錯的景致。

白老爺子坐在大廳裡等著他們進來，瞧見寶貝孫子的時候特別高興，招手讓他過來和自己說話。白敬榮想跟白老談一下自己的工作，白老爺子不樂意聽了，對他道：「你老子我都退休了，還要管你這些事？別跟我說，愛跟誰說跟誰說去，我不聽！」老人家轉頭看向孫子的時候又換了一副慈愛面孔，拍著他手臂道：「洛川啊，來來，上回你說的那個辯論賽怎麼樣啦？你和小乖誰贏了？慢慢說，爺爺給你們準備了獎品，第一名再多加一份。」

白敬榮：「……」

駱江璟摘下手上的小羊皮手套，輕輕用指尖戳了一下丈夫的手臂，低聲笑道：「我就跟你說了，咱爸寵得比我還厲害呢。走吧，這兒沒咱們說話的份，我們出去瞧瞧園子。」

白洛川留下來陪著老人，他和白老爺子感情深厚，更願意陪伴老人家身邊，尤其是路上和白敬榮鬧了不愉快，這會兒並不想再見面。

白老爺子瞧在眼裡也懶得去管，這種小事，如果兒子來告狀他肯定要拉偏架的——哪有爺爺不向著孫子的道理？

白老爺子等了挺長時間，還真有點期待，不過白敬榮比他們爺孫沉得住氣，性格也更沉穩一些，大概忘了之前的不愉快，並沒有再來提起。

白老爺子略感到有些遺憾，他這還摩拳擦掌地想拉偏架呢！

白洛川坐在那陪老人家看電視，放著的是之前錄下來的雅典奧運會重播。老人家愛國，一看奧運會上中國拿金牌就高興，反覆看了好幾遍。

白洛川當時在學校沒有看全，只看了幾場感興趣的，其餘的大概知道比賽結果，現在跟著看的也挺有興致。

白老爺子專門挑了乒乓球隊的比賽，看得津津有味，還不時跟白洛川解說一下，討論哪個隊員更厲害些，「這個馬琳不錯，拿了金牌！」

白洛川笑道：「爺爺，這剛開打呢，您怎麼就把結果說出來了？」

白老爺子笑道：「全國人民都知道了嘛！」

晚上的時候白老爺子還是替孫子出了口氣，家裡別的沒有，就房間多，老人家直接把兒子發配到另一棟小樓上單住去了，兒媳婦無辜受到連坐，也一起收拾東西搬了過去。這棟小樓就他們爺孫兩個，白老爺子直接給白洛川準備了單獨一層，隨他住著，想當寵愛了。

白洛川躺在床上發簡訊給米陽，米陽前幾條還回覆得很快，後面的就隔著快二十分鐘也沒回一句，白少爺眉頭都擰起來。他翻身仰躺在床鋪上，枕著自己手臂盯著天花板思索，第一天就找過去也不太合適，好歹要給小乖一點準備時間……可又準備什麼呢？他們都幾天沒見到了啊！

這麼想著，就更睡不著了，重新拿起手機給米陽發起簡訊，撒嬌、威脅什麼語氣都用一遍，要他快點回話。

正發著資訊，就聽見樓下有響動，住在一樓的保姆阿姨起來給人開了門，緊跟著就聽到低低的交談聲，似乎還很熟悉一樣，引著人進來了。

白洛川覺得奇怪，他爺爺這裡來訪的客人是有一些，但熟悉到晚上來家裡還被迎接進來的實在想不到，除了他就是……白少爺眨眨眼，忽然心跳快了一拍，從床上翻身下來，隨手抓了一件長浴袍裹在身上就往下跑，剛到樓梯那裡，就看見了自己最想見的人。

米陽沒讓阿姨開大燈，只開了一盞木樓梯旁的小燈上去，跟對方笑道：「沒事，我知道這裡的路，跟之前一樣的，您回去休息吧，我自己去樓上找他就行。」

阿姨笑著答應了，自己先回去休息了。

米陽走上去，摸索著向前，上完樓梯剛走兩步到了拐角處，就被人一把在黑暗裡抱住，緊跟著一個吻就落在他耳邊，對方輕笑道：「你自己上樓找誰，嗯？」

米陽聽見聲音，摸索著也抬頭親回去一下，剛說了「你」，就被白洛川低頭含著唇慢慢加深了那個吻。好幾天沒見了，白洛川實在想得厲害，把人抱在懷裡就捨不得鬆開，親完了鼻尖還蹭著對方的，小聲道：「來住幾天？」

這才剛到就惦記之後的了，米陽笑道：「多住幾天陪你，好不好？」

白少爺很高興，又問他：「我的糖呢？帶來了嗎？」

米陽道：「帶了兩塊，吃多了不好。」

白洛川笑道：「嗯，其餘的繼續存在你那裡。」

米陽把手放在他厚實的浴袍裡取暖，帶著涼意的手指立刻就被白洛川按在胸口了，他皺眉道：「怎麼這麼涼？你騎車過來的？應該打電話給我，我去接你。」

米陽道：「很近啊，比以前近多了，我騎車也就五六分鐘，倒是從前院走到這邊花的時間更長，這邊也太大了，我看前頭還有門崗，晚上也有人守著了？」

白洛川帶著他回房間，一邊走一邊道：「沒，在那弄了個鍋爐房。爺爺這邊太大了，供暖得自己來，就找了幾個人白天晚上倒班，等天氣暖和了就好了，北方還是太冷。」

房間是一個套間，走進去先是一個小書房和客廳，之後才是臥室，臥室一側是衣帽間和浴室，風格簡潔，大概是剛弄好，放著的東西也不是很多，大部分是白洛川這次帶來的。米陽沒什麼意外地在那些掛起來的衣服裡找到兩件自己的，連睡衣都有一套。

白洛川得意道：「跟我的一樣，袖口這裡還繡了你的名字。」

衣服上繡名字這件事還是從他們小時候起就有的習慣，白家和米家兩個媽媽是好朋友，兩家的小孩也差不多大，哪個媽媽去買小衣服的時候就情不自禁順便再買一套一樣的，給他們打扮成雙胞胎似的模樣，時間久了，別說小衣服，就是帽子、小襪子一類的都積累了很多一樣的，有一回白小少爺還穿了兩隻左腳的鞋回家──他們的鞋都是一樣的，小孩穿著都沒覺得哪裡錯，把大家逗樂了。

鞋都能錯，別的就更別說了，程青就開始在衣領和袖口繡上名字，這才分開一些。

米陽剛從外面進來，還是有些冷，他怕感冒了就去沖了一個熱水澡，洗完了穿著新睡衣出來的時候，看到白洛川坐在床上正捏著一個小枕頭，他的背包放在一邊已經敞開了，顯然白少爺就是從裡面拿了「人質」。

他瞧見米陽從裡面出來，晃晃手裡的小枕頭問他：「比之前重了點，你換枕頭芯了？」

米陽怕冷，直接鑽到被子裡去，縮在裡面瞇著眼睛道：「嗯，我三姨給我留了一點今年新曬的棉花，彈得可軟了。」他說著伸手要去拿，白洛川捏了兩下還給他，自己上床抱著

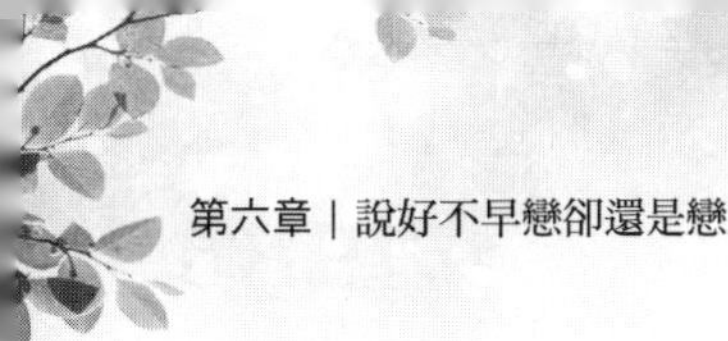

他，湊在他耳邊低聲問道：「這破枕頭就這麼好？你之前抱著我也睡得很香啊！咱們把它扔了，你就只抱著我試試唄！」

小枕頭裡的棉花曬過，又是新的，抱一下就暖呼呼的，米陽捨不得扔開，安撫道：「都抱都抱，兩個一起睡得更好。」

白洛川抱了一會兒，又開始不滿足起來，「小乖，我們做點情侶該做的事吧？」

米陽道：「什麼？」

白洛川瞇起眼睛：「我這幾天上網查了很多資料，我先問你個問題。」

米陽道：「你說吧。」

白洛川沉吟一下，問他：「如果有一天，我和你的小枕頭一起掉進水裡，你救……」

米陽剛聽到這就忍不住笑了，用頭撞了他下巴一下，「我求你住口吧。」

白洛川也笑起來，他這兩天查了不少情侶間怎麼相處，連以後紀念日的禮物都想好了，還瞧見不少情侶必殺問題，忍不住挑了一個來問米陽。他的小乖果然比那些人有意思多了，不過這些都是見不到本人的時候他一個人胡思亂想的，見到米陽之後，白少爺也不想問那些無聊的問題了，手臂略微用了點力氣把人翻過來，額頭抵著額頭、鼻尖蹭著鼻尖親了一口，又覺得不太夠，貼近了再親過去。

唇和對方的貼緊在一處的時候，覺得心裡都滿了。

兩個人躺著說了一會兒話，白洛川幾天沒見他，什麼都想跟他說，在外面瞧著挺高冷的樣子到了米陽面前完全不是那回事了，眼神裡跳動著小火苗似的，恨不得把之前分開的每一秒都再分享給米陽，黏人得厲害。

「明天咱們去騎馬吧？教騎馬的師傅正好過來，也順便給烏樂再換一副馬掌。牠上個月就該換了，老是不聽話，換塊新鐵也不疼，不知道鬧個什麼勁兒。」

米陽應了一聲，笑道：「像主人。」

白洛川捏著他的手玩，聽見道：「嗯？」

米陽道：「你小時候也不愛穿鞋，還在火車站扔過一回呢。」

白洛川道：「爺爺又跟你說了是不是？他怎麼老提這個啊？」

米陽道：「沒，我就在現場，你扔的時候我還看著呢！」

白洛川撓了撓他手心，懶洋洋道：「你那時候才多大，哪記得住呀？」

米陽笑了一聲，「記得，你的事我都記得。」

白洛川只當他又說好聽的話哄自己開心，明明這種話一聽就覺得不靠譜，白少爺心裡還是忍不住開心起來，像是喝了一瓶橘子汽水，喜悅的小氣泡咕嚕嚕不停上湧，爆開的一瞬間發出好聽的聲音和甜甜的橘子香味。

兩個人聊了一陣子就慢慢睡了。

白洛川很久沒有睡得這麼踏實，大概是這段時間被戀愛沖得大腦都過於興奮，一直沒有夢到的那些旖旎，終於在這天晚上又重新浮現出來。

夢裡的小乖和他抱著的這個嘴巴一樣甜，軟乎乎的，怎麼揉捏都可以。

白洛川喉結滾動幾下，手指慢慢挑開他穿著的那件襯衫。

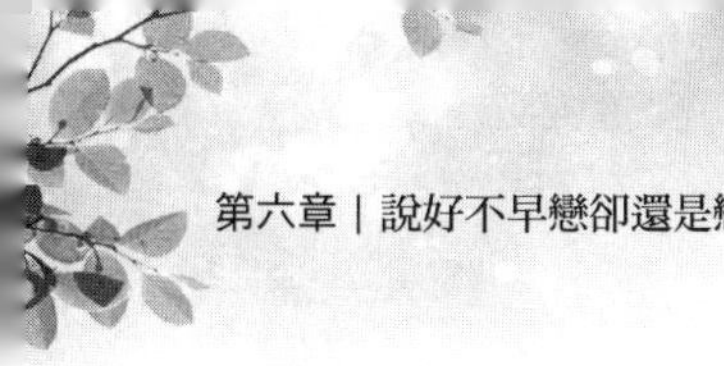

襯衫挺大的，一直遮到了大腿那裡，除此之外也沒有其他的什麼了。最要命的是，這唯一的一件衣服還是他的。

人，也是他的。

……

白洛川醒來的時候，旁邊的床鋪已經空了，小枕頭還規規矩矩地放在那裡，主人已經提前出去了。他看了一眼床頭的小鬧鐘，八點半多了，確實是米陽平時起來的時間。

他收拾俐落自己，這才下樓去。

米陽正在樓下和白老爺子一起看電視，還是昨天的雅典奧運會，這次從男子乒乓賽改成女子隊，戰況激烈，白老爺子正在跟米陽講解：「這個張怡寧特別厲害，拿了兩塊金牌！」

米陽一邊看一邊問道：「是嗎？這次她又把福原愛打哭了沒？」

白老爺子對乒乓球還挺懂的，聽見笑著搖頭道：「那個瓷娃娃？不行，她也就打打澳大利亞和美國，這次只進了十六強，可惜了。」

兩個人這麼說著，就瞧見白洛川走過來，白老爺子抬頭對他道：「醒了？餐廳有早點，自己去吃吧，還熱著。」

白洛川站在沙發後面看了一眼電視，問道：「爺爺，您吃過了？」

白老爺子道：「吃了啊！」

白洛川「哦」了一聲，還是不肯走，偷偷站在那用手指去勾米陽的頭髮，還趁著沒人，拿細細軟軟的髮絲去戳米陽的耳垂，「小乖，你也吃了嗎？」

米陽被他弄得癢得縮了下脖子，只得站起來道：「我陪你再去吃一點吧。」

白老爺子道：「我就說你剛才吃的少，去吧，和洛川一起吃點，想吃什麼再跟廚房說，讓人給你們做。」

白洛川應了一聲：「知道了。」

米陽跟著他過去坐下，白少爺胃口大開，吃什麼都很香。米陽已經吃飽了，就拿了一個橘子慢慢剝開吃，小聲說：「爺爺說今天先不給烏樂換掌了，讓牠先玩兩天，再說也不帶牠去特別硬的地方跑，這個舊的其實還能用，我今天早上和爺爺去看過了，沒磨壞太多。」

白洛川吃了一個湯包，擰眉道：「牠現在不聽話，都是爺爺寵出來的。」

米陽還想著早上見到黑馬神氣活現的樣子，心也開始跟著偏了：「沒有吧，也不是什麼要緊的大事……」

白洛川瞇著眼睛看他：「你也寵牠。」

他們兩個正說著，就聽到外面門響，緊跟著白敬榮和駱江璟就進來了。

他們夫妻兩個昨天被白老爺子趕到旁邊的小樓去住，今天想早點過來陪著老人家說話，剛進來就看到兒子在餐廳吃東西，頭髮都翹起來一點，一瞧就是剛睡醒不久的樣子。

白敬榮在部隊習慣了注重儀表，看到他這樣就忍不住皺起眉頭。

駱江璟倒是瞧習慣了，走過去道：「小乖也來了？剛起來吧，早上有沒有出去逛逛？」

米陽起身問好：「駱阿姨早，和爺爺去看了烏樂，牠比去年長得又大了點。」

駱江璟道：「是，上回老宅搬遷的時候我還特意找了專門的人來安置烏樂，那人也

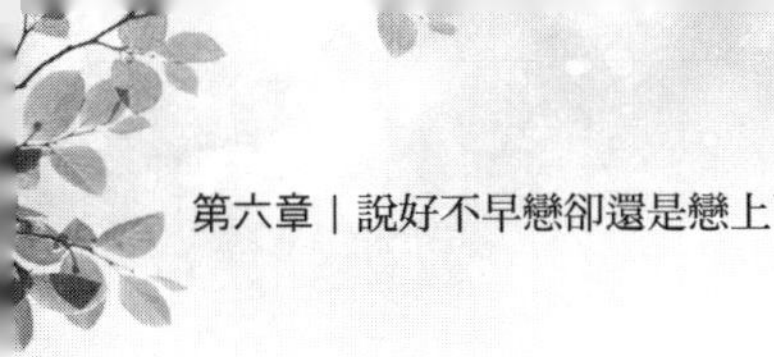

說了，按平時的小馬四五歲就定型了，但是也有成長期慢些的，有些品種要六歲才完全定型。」她說著又露了笑容，「那人說這有部分是血統的關係，也跟平日餵養有關，老爺子照顧得好，烏樂要長大個子呢！」

米陽也有點期待，小黑馬現在已經肌肉結實漂亮了，再大些肯定更威風。

白老爺子坐在那邊也在跟兒子說話，老人家不愛聊公事，白敬榮就問他家裡的事。老宅裡的東西挺多，但是最得老人家喜愛的除了寶貝孫子就是後院那匹小黑馬，說起來的時候也是極為得意：「你不知道，牠還有自己的小脾氣了，那天出去不聽話，我就罵了牠兩句，回來就跟我生氣，屁股對著馬廄門那兒，我一過去牠還繞著圈子跑著躲我，哄了兩天才哄好，小東西心眼多著呢！」

白敬榮道：「您也小心點，年紀大了就不要騎馬了吧，萬一摔著……」

白老爺子指著門口道：「你再多說一句，我就讓你出去，信不信？」

白敬榮：「……」

他沒記錯的話，昨天明明是他父親自己說退休年紀大了不想談工作，一心頤養天年。

白老爺子現在活得舒坦，跟老小孩兒似的，除非必要的一些事都隨著自己心思來。他覺得兒子古板，也沒有那種拚殺的狠勁，反而是有傲骨的孫子更讓他喜歡些，尤其是孫子在外還懂事，形象也好，怎麼瞧都讓他滿意。

去騎馬的時候，白敬榮也跟著去瞧了一眼，他參軍的時候部隊已經全部機械化，除了儀仗隊並沒有軍馬了，因此他並沒有接觸過這樣高大美麗的動物。

黑馬烏樂十分俊美，靈動的瞳仁看向人的時候像是在跟你交談，歪頭晃動兩下，發出輕輕的響鼻，光是站在那就讓人覺得和周圍的景色變成了一幅畫。

白敬榮原本以為小黑馬跟人親近，比較好控制，試了一會兒就發現並不是這麼回事。

這小東西簡直就像是加大號的白洛川，還是幼年版的那種，白敬榮語氣嚴厲管束得很厲害，牠就瞪大了眼睛看人，鼻子裡噴著氣。你說什麼牠其實都聽得懂，但就是扭頭不跟人溝通，簡直讓人又氣又好笑。

最後還是白敬榮服氣了，狼狽道：「我還有點事要處理，你們自己玩吧。」

駱江璟挽著丈夫的手對兒子眨眨眼，叮囑他們道：「帶烏樂出去跑一下吧，但別跑太遠，中午要是不回來吃飯就打個電話回來，別讓爺爺等你們。」

白洛川點頭道：「知道了。」

白敬榮就在一旁站著，見他沒有喊自己的意思，也覺得頭疼，帶著妻子離開了。

米陽看看走遠的白政委，又看看一邊旁若無人繼續輕撫小黑馬的白洛川，覺得真是馬像主人，這漂亮任性的勁兒簡直絕了，一模一樣。

教騎馬的師傅也到了，米陽學得認真，烏樂也認得他，一人一馬挺配合得挺好，慢走沒什麼問題，就是小跑起來的時候米陽還是有些身體僵硬。白洛川瞧出來了，就過去也跨坐在馬背上，從後面抱著他，帶著他跑了兩三圈才慢慢讓米陽放鬆下來。

師傅笑道：「洛川騎得不錯，已經出師了，我瞧著你替我教人都成了。」

白洛川謙虛道：「也就會基本的一些，其餘還要跟您學習。」

米陽轉頭看了他一眼，帶了點好奇，沒忍住小聲問道：「你跟別人都能好好說話，怎麼一碰到白叔叔就……」

白洛川勒了下韁繩，烏樂立刻停了腳步，米陽冷不防被晃了一下撞在他懷裡，聽著白洛川道：「不許提他，我這幾天都不想跟他說話。」

米陽失笑，點點頭，順著他道：「好好好，聽你的。」

白少爺這才舒坦一點，和他一起帶著烏樂出去玩了一圈。烏樂以前撒歡跑步的地方已經成了旅遊風景區的一部分，不過這附近也有一片空地，土質鬆軟一些，也沒有碎石子，挺適合烏樂跑圈。

米陽被他帶著膽子也大了不少，跑了兩圈，覺得自己可以了，就要求單獨試試。

白洛川起身下馬，叮囑了米陽一些基本動作，又揉了揉烏樂的鼻樑那兒，對牠道：「跑慢點，別摔著他，聽見沒有？」

黑馬抖了抖耳朵，睜著漂亮的大眼睛看他，輕輕蹭了小主人一下。

大概是真的通人性，聽懂了白洛川的話，米陽單獨騎著的時候黑馬跑得比剛才慢很多，也穩了些，有時候米陽平衡掌握得不是很好，牠還會主動停下來讓他調整，特別乖順。

米陽心裡感慨，又有些同情起剛才離開的白政委了。

烏樂實在太過乖巧，米陽忍不住從兜裡摸出兩塊糖，剝了一塊自己含在嘴裡，另一塊拿在手裡餵給了烏樂吃。一塊糖吃了之後烏樂更高興了，對米陽也親近起來，跑起來的時候尾巴和脖頸上的長長鬃毛一甩一甩的，柔順又漂亮。

米陽過了一把癮，跑得差不多了，就騎著烏樂往回走。白洛川正在後面跟人說話，走近了之後才發現是也是熟人，是趙海生。

「……放、放心，絕對沒有石子。我弟知道你家過來遛馬了，就怕傷著烏樂，每天都來挑一遍！」趙海生咧嘴笑道，拍著胸脯保證，「他做事細心，我打包票！」

白洛川點頭道：「那謝謝了。」

趙海生比前兩年長得更高壯了，比白少爺還高些，現在十幾歲就有一米八幾了，像座鐵塔一樣站在那帶著沉穩，聽見他說，搖頭道：「跟我們甭、甭客氣！過命的交情，我和我弟欠你們一輩子，做點小事，應該的。」

他說得自然，沒有什麼太大的情緒在裡面，就只是說了這麼一句話。

米陽騎馬過來，白洛川走過去伸了手扶他，「慢點。」

趙海生要上前去幫忙，他個子高，一下子就能把人抱下來，但是白洛川攔住了道：「讓他自己慢慢練習。」

趙海生「哦」了一聲，撓了撓頭站在一旁。

白洛川把烏樂撒開，讓牠自己在附近吃草，他和米陽一邊走一邊同趙海生閒談。山海鎮上的這些小夥伴對外界的消息知道的或許不多，但是對鎮上的事可太清楚了。白洛川聽了一會兒，忍不住對趙海生刮目相看，問道：「你怎麼什麼事都知道？簡直像是裝了電子眼。」

趙海生笑呵呵道：「旗生跟、跟我說的，他耳朵好使，聽的多，又不愛跟別人說話，就、就都跟我一個人說了！」

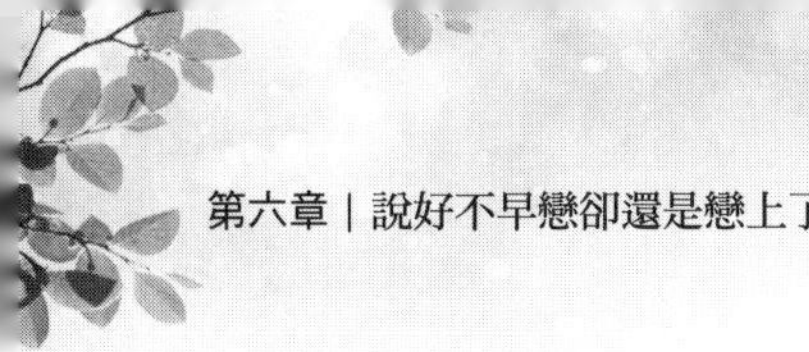

米陽也忍不住問他：「還有人去偷我姥姥家的樹？」

趙海生點頭道：「有，沒、沒偷成！王兵家跟程奶奶家挨著了，他媽瞧見之後，好傢伙，把人揍、揍得差點進醫院！」

米陽道：「報警了嗎？」

趙海生道：「報了啊，小偷自己打的電話，警察來了還哭呢，說、說再晚來一步就被打死了。那孫子孬種，不耐揍。」

白洛川道：「問清楚為什麼來偷樹了嗎？」

趙海生道：「問了，慣犯，那人剛開始是踩點，那段時間不是都、都搬家嗎？他們弄一輛大車，說是幫人搬家，回頭全、全弄走了，找也沒地找去。這次是貪心，看上那棵老樹，好像城建局那收……」他比劃了一下又道：「這麼粗的一棵，兩千多，貴著呢！」

米陽哭笑不得，「那麼大，他們也敢下手？」

趙海生點頭，「敢，那傻缺白天去挖坑，王大娘一、一擀麵杖下去，腿就折了。」

米陽聽著耳熟，他記得以前王兵有陣子不好好上學偷著去網咖，被他媽抓著的時候也是先敲腿，疼得跑不了了，人也廢一半，留著慢慢收拾正好。光想他就能想到當時小賊有多慘了，而且王大娘嗓門還大，一邊打一邊喊人，估計最後出手的群眾不止她一個。

白洛川問他詳細的過程，問留下案底了沒有，瞧著樣子還想再去查一遍。

趙海生還真是什麼都知道，小聲跟他說了幾句，話不多，但都在點子上，倒是也提供了不少有效資訊。趙海生對他道：「我叔就在派出所上班，回頭我帶去你，那地我熟。」

白洛川點頭道：「好。」

他們兩個約定好了時間，米陽也想去，被白洛川阻止了：「你就別去了，你一去，你姥姥肯定就知道，別讓老人家再擔心一回。我就去再確認一下，別以後再有什麼麻煩，家裡就老人在，咱們在外面也不放心。」

白洛川心細，米陽想了一下，就答應了。

其實米陽也在害怕，再想到剛來的時候三姨程如半開玩笑說的那段話，忽然就有些明白過來。程如買下隔壁的房子，人也隔三差五地回家來，估計也是為了守著老太太，生怕家裡老人出什麼事。程家幾個姊妹感情好，並沒有因為距離而生分，離著遠的郵寄錢物，離著近的勤跑動著，都想一齊把家裡的老人照顧好。

程如快人快語，乾脆俐落，從來不跟姊妹們抱怨一句話，悄無聲息地承擔了很多事，姊妹們回來的時候，也永遠是她笑著接待，忙前忙後。

遛馬回來之後，白洛川就要和趙海生出去一趟。

趙海生還是第一次進白家老宅，站在樓下等他，瞧著略微有些拘束。

白洛川上去換了一身衣服，又拿了手機，米陽問他：「真不用我一起過去嗎？」

白洛川搖頭道：「不用，就去問問，很快就回來。」

米陽道：「那我在家，你有什麼事就打電話。」

白洛川都走到門口了，聽見他這麼說又站住了腳步，把門重新關上招手讓他過來，「還真有點事情。」

米陽過去道：「什麼？」

白洛川捏著他下巴抬高一點，問他：「你和烏樂剛才偷吃什麼了？我可是瞧見了啊！」

米陽笑了道：「橘子糖。」

白洛川喉結動了兩下，不知道怎麼忽然想起昨天晚上的那個夢，夢裡也是橘子味的，酸甜可口的那種。他手指摩挲一下米陽的下巴，道：「小乖，我也想吃糖。」

米陽道：「沒有了，路上的時候吃光了。」

白洛川低頭吻他，小聲道：「我不信，我要檢查一下。」

米陽手勾著他脖子湊過去，張開嘴給他檢查。白少爺只嘗到一點橘子糖的甜味，不知足地又追過去。等他下去的時候，多耽誤了五分鐘，他神色如常的對趙海生道：「抱歉，換衣服時間長了點，咱們現在走吧。」

白洛川和趙海生去當地派出所查了一下卷宗，又用自己家裡關係把那幾個小賊之前的案子調出來看了看，確認只是幾個偷東西的慣犯，沒有什麼傷人的前科之後就放下心來。不過翻看的時候，倒是瞧見供述裡他們幾次提到被打傷——偷東西不成還被打好幾次的賊，估計也就他們這一夥了。

趙海生用一個詞總結並嘲諷了對方：「傻、傻賊！」

小賊的事情解決了，米陽也就放心下來。

他這次回山海鎮的時間短，但是也帶了兩本參考書，畢竟要提前參加高考，哪怕已經經歷過一遍現在想來也是黑色六月，總是要深吸一口氣提起精神再努力拚一下，不敢放鬆。

白洛川跟他一起刷題，他沒有米陽那麼緊張，但是很喜歡和米陽一起寫作業的感覺。一張書桌，兩個人面對面坐著，抬頭就能看到對方認真落筆寫字的樣子。

白少爺一顆心都軟下來。

周通跟他們也有聯絡，拍了滑雪的照片發給他們，說滬市開了一家挺大的滑雪場，半室外的那種，他們和一班不少同學約好了一起去滑雪，同學們人基本都到齊了，就是兩個班一個缺了班長，一個少了團支書，二班的人一致認為他們米團支書是跟著白班長跑了。

白洛川回覆道：「告訴他們，說對了。」

周通那邊發了一連串錘子敲頭的震驚表情，接著就是也不知道誰發來的一串哀求：「果然是被扣下了，我就說是！白班長高抬貴手啊，我們團支書還小他還是個孩子！」

白洛川回他：「不小了。」

對方估計看多了警匪片，學著談判的語氣：「您開個價，要怎麼才放了我們米團？」

白洛川道：「明天準備一個億，存我帳戶上再談。」

對方道：「哈哈哈，不用了，您留著我們再選一個吧！」

白洛川拿了手機給米陽看，「瞧瞧，你們班的人都叛變了，是不是只有我對你好？」

米陽點頭：「原來我這麼值錢啊，要一個億呢！」

白洛川撐著桌面站起來，湊過去親了他一下，「我家小乖最好了，給一個億都不換。」

米陽抬頭看他，對方眼睛亮晶晶的，像會說話一樣，而且說的全都是一句話，光是看著就知道他要開口說「喜歡」。米陽捏了捏他鼻尖，笑道：「寫題吧，寫完了給你獎勵。」

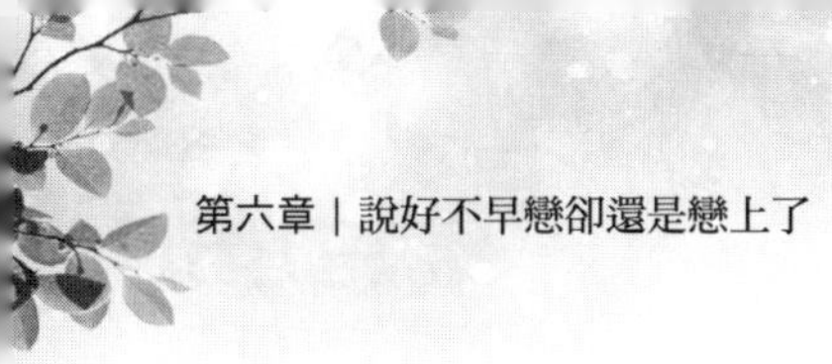

白少爺幹勁十足，為了獎勵多些，從來都破格完成任務。

初七的時候，山海鎮下雪了，下了一整夜，直到第二天早上才停下。

雪很厚，平地踩上去能沒過腳踝，白老爺子這邊一早就起來掃雪，清掃出一條路來供人行走，其餘的雪倒是沒動，尤其是後院的那片池塘和戲臺，水凍住了鋪了厚厚一層雪上去，銀裝素裹的一片天地間就那紅木搭建的戲臺最顯眼，飛簷翹角的精緻可愛。

米陽在樓上看著有趣，拿了本子出來畫了兩個速寫塗鴉。白洛川也跟著畫了一下，他懶得動手翻紙筆出來，就擠在米陽那張白紙的一角，畫得歪歪扭扭的，被米陽笑了。

白洛川從後面抱著他，下巴搭在他肩上也笑了，「這個我真不會，你教我吧。」

米陽就握著他的手，一邊抬眼看了戲臺，一邊帶著他畫，「這樣，先打一個結構，就跟做幾何似的，然後再把房頂翹角勾出來……」

他說得認真，白少爺並沒有什麼學的心思，半點沒看參照物，只低頭看懷裡的人去了。

畫完了一個，白洛川問他：「小乖，你想不想去滑雪？」

米陽愣了一下，道：「這裡？雪不夠吧，也沒有平坦的山坡，應該滑不起來。」

白洛川笑道：「不是這裡，過兩天回去之後。周通不是說他們去了挺好玩的嗎？你很喜歡雪對不對？小時候下雪了都不肯回家，一直要在外面抓雪玩，每次都被程阿姨拎回去。」

米陽揉了鼻尖一下，「是挺喜歡，不過現在不去了吧，回去後想去跟魏爺爺再念幾天書。要提前考試了，就總覺得時間不夠用。」

白洛川握著他的手放在嘴邊親了一下，問他：「我給你壓力了吧？」

米陽搖頭道：「沒，這樣挺好的，而且我也不是很想去玩，在電視上看看滑雪就行。昨天還和爺爺一起看了奧運會，看人家專業的滑雪才精彩。」

白洛川笑了一聲，放開他，伸了個懶腰道：「是啊，下一次咱們就在京城看了，你要想看冬奧我們就飛去國外待幾天，大學時間應該挺自由的。」

大概是想著大學的生活，白少爺唇角又揚起來一點，拿了一件外套給米陽，和他一起下樓跑步去。米陽耐力不錯，慢跑有些時候比白洛川還好，但是像是爆發性的運動他就不如白少爺了。兩個人在一起跑了幾公里，身邊都是雪，還有被雪覆蓋了頂端的山林，倒是有點像是當初的邊城。

米陽跟白洛川提了幾個以前的小夥伴，白少爺都記得，只是聽見米陽說起「王依依」的時候，瞇了眼睛道：「你怎麼就記得女同學的名字？是不是又想起校花漂亮了？」

米陽道：「沒有。」

白洛川道：「說起這個，你打算什麼時候把信還給甯寧？」

米陽想了想，道：「等回去之後吧，趁著開學之前我約她出來，把事情說清楚，然後就好好複習了。」

白洛川立刻道：「我也去。」

米陽猶豫一下道：「你……也行吧，你坐遠一點，別讓她看到，這事我不打算讓其他人知道，你也別提。小丫頭人挺好的，盡量別讓她太難過吧。」

白洛川吃味：「我就不好嗎？」

米陽踮腳親他一下，「你是最好的啊！」說完又繼續向前跑了。

白少爺站在那回味了一下，心裡那點醋意徹底散了，只剩下甜。

在山海鎮上住了幾天，白敬榮先提前回部隊去了，他年假只有短短的幾天，一年到頭也只有這麼一點時間能和家人團聚，臨走的時候駱江璟讓白洛川給他端了一杯熱茶，雖然沒有說，但也是做兒子的先低頭，父子兩人交談的少，也就最後這一天緩和了許多。

米陽在老宅陪了白洛川幾天之後，又回了程老太太那邊，老人家也是想得厲害，一天打三通電話問他玩好了記得回家。

程青在家裡排行老大，米陽就成了家裡的大表哥，幾個被送來過寒假的小孩都跟他挺親的，尤其是三姨程如家的小表弟，以前他放了假都是跟著姊妹們玩，今年十歲了，可能有點小男子漢的意識，開始喜歡跟著大表哥身後當小尾巴。

但也跟不了多大一會兒，米陽實在太忙了，除了在程老太太這裡，還經常跑去香樟林小木屋那邊探望米鴻，留下給他做飯，陪他說說話，一起修書什麼的，有些時候回來得早，但是家裡也一準有一個跟他搶的——白家那位少爺簡直像是卡點來的，把最後剩下的一點時間占得滿滿的，理由倒是挺好，一起讀書。還住在程家一回，就睡在米陽的房間裡。這個房間小，床也沒有白家老宅那邊的大，但在冬天擠在一起睡更暖。

白洛川從背後抱著他，在黑暗裡湊近了，小聲要米陽親自己一下，連著說了好幾遍，米陽才回過頭來親他。米陽發現這人寵不得，稍微放鬆警惕很快就會得寸進尺。

米陽垂著眼睛跟他親著，忽然伸手按在腰那裡，含糊道：「做什麼呢，出去。」

白少爺惡人先告狀：「你不專心！」

米陽沒理他，拽著他的手出來，放在睡衣外面，「別鬧，好好睡覺吧。」

白洛川隔著衣服沒挪開，他親了米陽，小聲求他：「我就摸摸肚子，不做別的。」

米陽躲了躲，「癢，我不要。明天還要去爺爺那邊送書，一大早就得起來……」

白洛川道：「就一下，好不好？」

米陽猶豫一下，略微放鬆了一點手上的力氣，白少爺就挑開他的衣襬鑽了手掌進去貼在軟軟的小肚子上。皮膚觸感很好，滑到一邊腰側的時候就能摟得更親密些。白洛川覺得這個新姿勢很不錯，親親他，滿意道：「睡吧。」

米陽無奈，閉上眼睛睡的時候想，幸好他腰那兒不怕癢。

白少爺這一堆壞習慣都是他寵出來的，也只能受著了。

程老太太有點感冒，程青放心不下，就多留了幾天，讓米陽先跟著白家一起回滬市去。

白洛川挺高興的，駱江璟讓他們倆坐了一輛車，她這邊也有公務要處理，一個電話打一個多小時，也不拘著孩子們在自己跟前，讓他們倆自己去後面玩了。

米陽昨天晚上陪床，程老太太雖然是在自己家輸液，比醫院裡舒服一點，但也需要人守夜照顧，米陽捨不得程青受累，晚上都是自己來。他這會兒眼底下有些微的青色，從上車開始就一直閉眼睡著，白洛川看他晃來晃去的，就讓他躺下枕在自己腿上，把自己外套脫下來蓋在他身上好好睡了一路。

米陽路上接了一個電話，迷迷糊糊接起來應了幾聲，掛斷後揉眼睛道：「到哪兒了？」

白洛川開了一瓶水給他，道：「剛進滬市，米叔的電話？」

米陽喝了一口水道：「嗯，說是怕小雪知道我媽沒回來又要哭，把她送去冬令營了。」

白洛川道：「米叔工作也忙，你這兩天自己怎麼辦，不然去我那裡？」

米陽剛睡醒人也乖順得很，點頭道：「好。」

白洛川在外套下跟他握著手，捏了一下，「那我跟柏安說一聲，他問好幾回了，一直念叨著吃飯的事。」

米陽笑了一下，道：「他這兩天就要走了吧？」

白洛川點頭，「對，提前吃完也好，不然整天煩人。你想吃什麼，日式料理？」

米陽道：「都行吧，你看著定，我不挑食。」

白洛川逗他：「私房菜好了，有炸蠶蛹，你要不要試試？」

米陽：「……」

白少爺就坐在一旁笑起來，揉他腦袋一下道：「逗你玩的，帶他去一家新開的館子吃，保證沒有這些東西。」

最後還是訂了一家日料店。

季柏安估計也是閒得無聊，電話一打過去立刻就顛顛兒趕了過來，比米陽他們還早到一些，坐在那已經點了不少東西，瞧見他們來還挑眉笑道：「哥，我可是聽你的話，沒給你省錢啊，今天管飽吧？」

白洛川坐下道：「管飽。」

季柏安就又喜氣洋洋地繼續挑選起來，手指劃了一下，又點了七八樣，「這家鵝肝看著不錯，來兩份！」

米陽道：「這麼多吃不了吧？」

白洛川道：「他屬豬，吃得下。」

季柏安挑眉道：「瞎說，誰屬豬了？」他對著米陽笑道：「我明明屬於你。」

白洛川拍了筷子在桌上，瞇眼看他，季柏安就揉了鼻尖一下不敢鬧了，小聲嘟囔道：「隨便聊一下都不成啊？」

米陽坐在一邊喝水，半敞開式的包廂，抬眼看過去外面環境布置得挺有風情，看了一會兒，就瞧見一個熟悉的身影經過，穿著一身紅色呢子短裙的甯寧從外面經過，她頭上還戴著一頂漂亮的小帽子，整個人精緻可愛，笑起來跟身邊的另外一個女孩在說話。

米陽放下杯子道：「我有點事，出去一下，一會兒回來。」

季柏安好奇，想跟著起身，被白洛川攔住了道：「你幹麼去？」

季柏安道：「我也瞧瞧……」

白洛川道：「別去，他處理自己的私事。」

「他在你這還有私事？」季柏安挺誇張地拍了拍胸口笑道：「我還當你倆好得從小穿一條褲子，什麼都知道。」

這話某種程度上取悅了白少爺，唇角挑了一下沒跟他說。

季柏安很快明白過來，眼尾挑起來一點，拖長了聲音道：「哦，你早知道了是不是？米

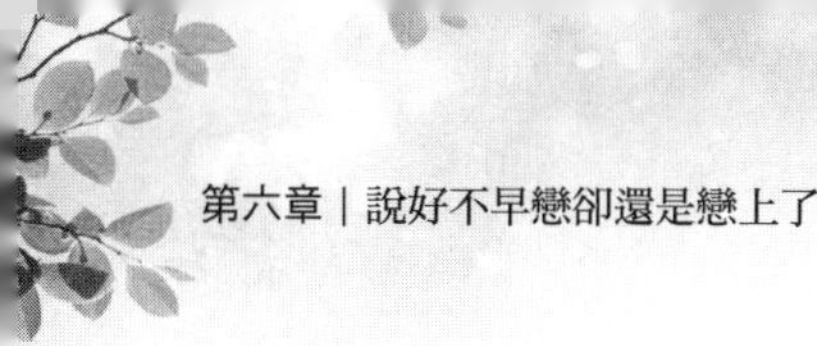

陽交小女朋友了？」

白洛川擦了擦嘴角，把餐巾丟在一旁，挑眉道：「不是。」

季柏安問了半天才問出一點來，他表哥口風緊，只模糊聽出米陽另有喜歡的人，但是死活問不出更多的訊息了。季柏安換了激將法：「米陽是不是也沒跟你說啊？他肯定只告訴你他有喜歡的人，但是沒說喜歡誰，對不對？」

白洛川認真回想了一下，得意道：「他說過。」

季柏安狐疑地看著他，白少爺神情坦蕩，笑道：「說了還不止一次。」

「喜歡你」這句話他聽過好多次，米陽高興起來，還會一口氣在他耳邊說上好一會兒，甜得人心尖都發顫。

另一邊，米陽和甯寧正在說話。

甯甯原本和家裡一個姊姊出來吃飯，被米陽叫住的時候愣了一下，然後緊張得臉紅了。她跟著米陽過來，找了沒人的地方站在那還覺得又興奮又緊張，抬頭看一眼米陽，又眨眨眼睛垂下眼簾，等著他說話。

米陽沉默了一會兒，小心開口道：「很抱歉。」

甯寧一聽這個開口，肩膀就垮下來，她皺著一張小臉道：「團支書，別這樣啦，我光聽著三個字就覺得今天最慘的就是我……」

米陽還是說了下去：「我真的很抱歉，不能回應妳的感情。」

甯甯眼眶已經紅了，小聲道：「我能問問為什麼嗎？」

米陽道：「我有喜歡的人了，我很喜歡他，從以前就喜歡，以後也只對他一個人好。」
甯寧吸了吸鼻子，道：「你怎麼跟其他人不一樣啦，還不如說學習要緊，多少給我一個撐到高三畢業的動力……我真的覺得你好帥，人又暖，不過這話也像是你說的，我們團支書特別正直，從來不騙人。」小丫頭站在那又難過又要說米陽好話，就算被拒絕了也還是站在喜歡的人這邊，說不出他一句不好來。
米陽有些無措，只能跟她一再說抱歉。
甯寧難過了一會兒，又恢復了一點笑容，抬頭看他道：「我能擁抱你一下嗎？」
米陽道：「不了吧，我們握個手？」
甯寧噗哧笑了，失戀的傷感沖淡了許多，「你那麼防備幹什麼？算啦，就握手吧！」
兩個人跟革命戰友似的握了握手，甯寧也不哭了，米陽對她笑了一下，「妳以後一定能遇到一個特別好的人，比我還好。妳的信我回頭郵寄給妳，會封得很嚴實，妳放心。」
甯寧光是聽著就又想起這個人有多好了，又體貼又溫和，她有點捨不得放開手，但是對面的男孩收回去得很快，指尖一觸即分，跟她道別之後就走了。
甯寧看著他的背影，覺得這個人真是特別好，做她們團支書的女朋友一定是最幸福的，也不知道是哪個傢伙得了這份幸運。
米陽回來之後，菜也剛好上齊，季柏安看到他就跟他開玩笑道：「去看小女朋友啦？」
米陽看了白洛川一眼，否認道：「別亂說，沒有的事。」
季柏安湊近了一點，笑道：「採訪一下，那女孩是誰，你們同學？長得挺漂亮的啊，你

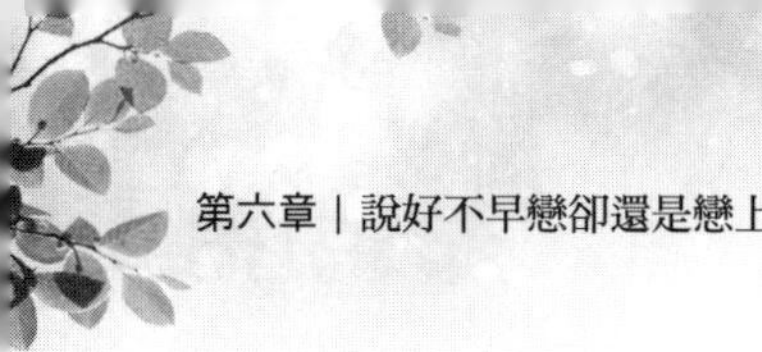

們都出去說什麼了？」

他問的多，米陽只笑著搖頭，一個字都不跟他提。

季柏安問了一陣子就覺得沒勁兒了，看著米陽這態度也不像是追女生的樣子，倒是給他哥夾菜很殷勤，比伺候女朋友還周到。

一頓飯吃完，又陪著季柏安去了電玩城。季少爺在別人面前裝老成，談的都是什麼車之類的，其實這個年紀還是喜歡玩遊戲，他不樂意跟其他人玩，但是米陽和他表哥白洛川就不一樣了，米陽性子好耐心足，白洛川打電動的技術好，可以說打遍整個遊戲廳沒對手了。

季柏安玩了一圈，拿遊戲機券換了一等獎的那個一人多高的玩偶熊，扛著走在路上引得人直側頭瞧他。米陽手裡也多了一個小水晶球，裡面是一座小城堡，晃一下就有亮晶晶的碎片落下來跟下雪似的。他晃著玩了兩下，出門的時候白洛川就順手把水晶球揣進自己口袋，給米陽戴上手套，叮囑道：「外面冷。」

季柏安道：「哥，我也冷。」

白洛川冷臉道：「瞎說，你抱著那麼大一個熊，不冷。」

季柏安把手揣在玩偶熊毛茸茸的肚子那，歪頭去看他們，「一會兒還去哪兒玩？」

白洛川道：「哪都不去，送你回家。」

季柏安原本只是想蹭一頓飯，現在還搭上了電玩城，也心滿意足了，挺好脾氣的就回家去了。季柏安住的地方在一處新建的高級社區，他原本想讓米陽他們也去自己家玩，白洛川替米陽拒絕了：「很晚了，晚上還要回去念書，明天要去找魏老師補習。」

季柏安笑道：「那成，你們回去路上小心點。」說完就扛著玩偶熊下車走了。

米陽從車窗裡看過去，瞧著他的背影看了好一會兒，白洛川輕聲跟司機說了兩句，轉頭回來的時候，米陽還在看窗外。

白洛川跟他握著手，小聲道：「柏安就是小孩子脾氣，任性了點，其實人不錯。」

米陽以前被季柏安捉弄過，雖然沒有受傷，但是對他這話還是無法完全認同，眉頭皺了一下又鬆開，輕笑道：「可能吧，他對朋友挺好的。」

上一世的時候，他和季柏安可真算不上朋友，頂多也只在白少爺面前收斂一些，不欺負得那麼過分罷了。

白洛川又問他：「怎麼了，剛才愣神想什麼呢？」

米陽搖搖頭，「沒，在想明天見魏爺爺的事，那天跟他通電話的時候，他就特別高興，說給我們多出一些題目。」他手指動了動，白洛川沒鬆開，看著他道：「怎麼了？」

米陽把手抽回來，脫了手套放進他的口袋裡，找個了舒服點的位置道：「有點冷。」

白洛川把自己的手也伸進口袋裡，握著他的幫他取暖，嘆了口氣道：「我感覺明天肯定有大驚喜等著，魏爺爺平時安排的就多，多出一些題目估計夠我們做到考試那一天。」

魏賢確實給了他們一份驚喜，不過不是試卷，是之前他一直聯絡的那位當大學教授的老朋友，對方無意中看到魏賢被修好的舊書，瞧著修補痕跡找來問他是找的哪位師傅修的。

魏賢書櫃裡的書多，他就這麼一個愛好，喝茶看書，書櫃裡以前那些書也陸續被米陽拿去都修補好了。米陽手藝在米鴻的教導下，比小時候不知道好了多少倍，技法也熟練，修補

的非常妥貼。老朋友追問不休，魏賢趁機要了兩個陳年上好茶餅，這才得意洋洋地告訴了對方：「之前那個小朋友，我跟你說過多少遍，你不是都拿本書打發人家嗎？人家現在會啦，不用你教嘍！」

對方教授特別著急，他帶著一個團隊要去哈密，之前修補絹書的時候搶救不及時，損壞了些許，一直是老教授心裡的痛，他們也想多挖一些人才，但是從省博物館一直找到各大高校，拔尖的好手一共就那麼幾個，哈密那邊的項目也不是最受重視的，只能給了一筆經費，讓他們自己想辦法。

老教授正在發愁，冷不防瞧見魏賢這裡的一本舊絹書被修理好了，眼睛都亮了，急急忙忙就跟他要人。

魏賢這次等著米陽他們過來，就先開口問道：「陽陽，你要不要跟孫教授去一趟哈密？他人不錯，肯帶學生，去一趟肯定能學到不少東西。」

米陽問道：「要去多久？」

「至少一兩個禮拜吧。」魏賢笑道：「你也別有壓力，只是有這麼一個機會，你看看是要繼續留下複習，還是想提前練練手。我個人是覺得這個機會不錯，你考上了大學，也不見得就有這樣的機會可以出去跟著學一趟，不是我誇，我這個老朋友人還是不錯的，他那邊還帶著兩個博士呢！」

米陽沉吟一下，道：「我回去想想。」

魏賢點頭道：「行，週三前給我回話，我跟他說一聲，那邊還等著出發呢。」

這一天的補習，魏賢教得認真，米陽記錄的也多，筆記寫得跟平時一樣認真，但是白洛川還是能感覺到他有心事。等他們傍晚回去的時候，他問道：「你想去嗎？」

米陽靠在車座那想了一會兒，微微擰眉道：「我也不知道，複習的時間有點緊，現在去我怕會影響考試。」

白洛川道：「你不用在意那個，我覺得魏爺爺說的對，上了大學也是為了做那些事，你要是想去，就去吧。考試的話，實在不行，我們明年再考一次。」

米陽笑道：「你怎麼不說在京城等我一年？」

白洛川握著他的手道：「我等不了。」

米陽猶豫問他：「你覺得我行嗎？」

白洛川看向他，笑道：「行啊，我家小乖最好了，選什麼都能做好。」

米陽回去之後想了一晚，第二天給了魏賢答覆，他還是想去。

魏賢那邊挺高興的，換了其他孩子在考試前他都不會提這個要求，但是米陽是他看著從小長大的，這個孩子從一開始就喜歡接觸這些，十年如一日堅持下來，坐在那就是一天，半句也不喊累。跟其他人不一樣，是從一開始就堅定了要做的事，所以他也願意在有機會的時候推他一把。

魏賢道：「功課的事你別擔心，洛川先補習，回頭你有什麼問題我再單獨給你補。你們倆底子都很好，我覺得完全沒有問題。另外你出去參加這個活動，我也讓老孫去跟你們學校裡申請一下，好歹是省博的聯名活動，爭取評一個市裡的獎，考試的時候多少加點分數。」

米陽挺意外，認真跟魏賢道謝，魏賢擺擺手道：「你去就是給他們幫了大忙了，老孫這次急得上火，能找到你真是賺了，呵呵。」

米陽道：「其實我也覺得我賺了。」

孫教授那邊聽到消息非常高興，一拍即合，立刻就聯絡了米陽他們學校把人借調出來。這還是頭一回有高中生被大學教授點名，學校裡的領導開了個會，簡單商議過後才簽名放行。不過因為是特例，並沒有對外宣傳，只說米陽去交流學習了。

白洛川特意請了一天假回去幫著他收拾行李，米陽的東西不多，但是架不住白少爺買的多，一袋一袋往他家裡提。米陽眼看著自己的行李箱已經塞不下了，連忙勸阻道：「夠了，我這箱子裡放不了這麼多。」

白洛川看著那個旅行箱，點頭道：「是有點小，你等一下，我去拿個大的來……」

米陽拽著他手臂，「別別，這些就足夠了。」

白洛川皺眉，「我查了天氣，那邊天氣冷，風大，防風的衣服總要帶上一套吧？」

米陽翻了一下箱子，「這個就行，冬天的大衣我穿著，再帶防風帽和圍巾足夠了。」

米澤海拿了一件厚毛衣過來，還用肩膀夾著手機在打電話，一邊應著一邊對米陽道：「再把這個帶上，還有小藥箱，你媽打電話來說這倆一定要帶。」

程青的聲音在手機裡傳來：「陽陽聽話啊，常備藥多帶點總沒錯。」

全家人幫米陽一人裝箱子，旅行箱收拾到最後，勉強能合上。

白洛川站在一旁還在和米澤海商量：「米叔，一個箱子會不會太少？小乖要去兩個禮拜，這點東西不夠用吧？」

米澤海也是憂心忡忡，「是啊，他還是頭一回一個人出去這麼久。」這兩個人恨不得把一個房間都給裝進行李箱，米陽聽了失笑，「你們再裝下去，怕是夠我出門兩年用的了。」

白洛川立刻道：「那不帶了，就這些吧。」

米澤海道：「那就多帶點錢，去了自己買。你們老師說去哪兒了嗎？周圍有商店吧？」

米陽點頭道：「問過了，孫教授說要先去吐魯番開會，第二天才去哈密，一路上都有車接送，好多人一起了。」

他又擔憂起來，總覺得兒子要風餐露宿。

米澤海道：「那還好，你記得跟好大家，要是路上遇到意外就打電話給我們。少了什麼東西都不要緊，人沒事就成，知道嗎？」

米陽點頭應了。

米澤海接了一個電話，先出去了，在客廳裡隱約能聽到他在跟人談工作，也是忙得很。

白洛川過去把箱子推到門口，關上門坐在床上伸手把米陽抱住了，腦袋埋在他胸前半天才嘆了口氣，「去這麼久啊……」

米陽摸了摸他的頭髮，白洛川頭髮略微長了一點，蓬鬆柔軟，手指觸摸的時候能從指縫流動一般，他摸了兩下，笑道：「也可能早回來，孫教授那邊的負責人打電話說了最多兩個禮拜。我問過了，他們上回只去了十天。」

白洛川抱著他沉默了一會兒，還是沒吭聲。

米陽小聲跟他說話：「下回咱們一起去好不好？」

白洛川點點頭，「今天晚上我留下吧。」

米陽應了一聲，去給他拿了枕頭被子過來，收拾好了讓他睡下。

白少爺一晚翻來覆去沒怎麼睡好，米陽忙了一天跑了幾趟教務處，又跟那邊的人交接，撐著跟他聊了一會兒就迷迷糊糊睡著了，半夜的時候被抱著貼緊了一點，也只唔了一聲，順從地在他懷裡找了一個舒服點的位置繼續睡了。

第二天早上要出門的時候，白洛川和米陽走在後面，米陽瞧了一眼時間道：「快九點了，你上課遲到了。」

白洛川覺得沒勁兒，皺眉道：「你不在，我都不想去學校了。」

米陽笑道：「那可不行啊，我缺課兩個禮拜，還指望你學好了給我補習呢。」

白洛川嘴角動了動，沒能笑出來。米澤海已經去上班了，米陽鎖了門和他一起出去。外面下了一點小雪，冬末初春的天氣還是冷的，白洛川撐了一把傘給兩人一起遮著，出了巷子口陪他等學校的車過來接。

米陽低頭看了一眼手錶，覺得時間差不多了，正想跟白洛川說話，就看到眼前黑了黑，白少爺舉著的那把傘垂下來把他們兩個遮擋在傘和牆壁之間，對方用力抱了他一下，小聲道：「小乖，你親親我。」

米陽仰頭親了一下，唇瓣微涼，呼吸交纏。

傘外面的小雪還在落著，重新把傘舉起來不多時，學校的車就來了。

米陽對他揮揮手，笑道：「我先走了，你好好上課，回來我要檢查筆記。」

白洛川嘴角揚起來一點：「好。」

白洛川看著米陽慢慢走上車，直到車子開走自己才離開那裡。

第七章 別蹭了，我等你長大啊

孫教授一行人去了十幾個，米陽是年齡最小的，臉也最嫩，車上那些哥哥姊姊們對他都很照顧，聽說他是高中生的時候都笑道：「太小了，老師這是雇傭童工呢！」

另外一個道：「雇傭都不算，不給工錢吧？」

一個讀研的學姊道：「都閃開點，別嚇著我小學弟。」她挺爽朗的，對米陽自我介紹道：「我叫單靜，跟你還是一個高中的呢，你叫我靜姊就可以了，這次來我負責帶隊，老師平時搞研究，忙起來自己吃飯都顧不上，有什麼事你就跟我說。」

米陽連忙點頭：「好，謝謝靜姊。」

剛才跟米陽開玩笑說雇傭童工的那位也湊過來說了一句：「靜姊，你以前最疼我了，先在只疼小的了。」

單靜道：「瞎說，那是你長胖了，我只疼長得好看的，你瘦下來再跟我說話吧。」

車上的人都笑起來，米陽也跟著笑了，跟他們之間的距離也親近了一點。

一行人舟車勞頓，先到了吐魯番，孫教授去跟那邊的幾個教授碰頭開了一個座談會。

單靜有意帶著米陽熟悉一下，做會議記錄的時候帶著他一起進去旁聽，她對米陽道：「我記上半場，你負責記錄下半場，只記咱們教授的就行了。」

米陽點頭應了。會議是對這邊幾個古墓出土的古代紡織品修復相關的事項，還有部分是絹綢制的文書，非常寶貴。

單靜記錄得快，抽空還看了米陽那邊一眼，出乎她意料的是，這個新來的小傢伙記錄得又清晰又好，讓她有些欣喜，她剛才只是說了那麼一句，沒抱太大的希望，但是瞧著米陽這樣，心裡又期待起來，不管在哪兒身邊有個能幫上忙的還是要放鬆許多。

會議開到一半，忽然走進來兩個人，一個年級大一些，瞧著六十多歲，有輕微駝背但是人看著還是硬朗，另外一個年輕些，穿著一件不太合身的羊絨衫和一條牛仔褲，笑起來的時候挺帥氣，痞帥的那種，放在學校裡一瞧就是讓老師頭疼的問題學生。

單靜有點激動地小聲道：「啊，是章教授！」

米陽愣了一下，抬頭看了一眼，小聲問道：「哪一個？」

單靜視線沒有移開還在看著上面，小聲對他道：「當然是坐下的那位老教授呀，你不覺得他氣質很特別嗎，咱們這一行的泰山北斗。」她見米陽愣愣的沒有反應過來，簡直要恨鐵不成鋼了，「你竟然不知道？還能有哪個章教授？京城大學考古文博院的章教授呀！」

米陽恍然明白過來，之前白洛川拿了志願表給他看的時候，就專門提到過這位章教授，他們提前一年高考，其中白洛川有想早點念完書的打算，更多的也是為了讓他早點進大學，跟上章教授最後一批班底。用白少爺的話說，要跟教授，就跟最好的那一位。

米陽看了一眼臺上，章教授人很和氣，笑呵呵地跟大家問好，在座的人都認得他，有些站起身還跟他握了手。原本坐著的孫教授見老人來了，連忙起身，他們看著很熟，只是孫教授年輕一些，跟章教授客氣地說笑幾句，就把主場交給了對方。

孫教授換了位置，挪開還不忘了拿走自己的茶杯——那裡面泡著的可是孫教授自己帶來的好茶葉呢！

章教授瞧見了，就跟後面的年輕人笑著說了一句什麼。

那個年輕人就出去要了一個白瓷水杯，笑嘻嘻地捧著空的過來跟孫教授討茶葉。孫教授想當沒聽見，但是會議室慢慢安靜下來，那麼多雙眼睛的注視下，就聽見那個年輕人彎腰跟他說話：「孫叔，我都瞧見了，您給我們加點茶葉唄，我們等了好幾天了，聽見你要來，杯子都自己帶著了。」

孫教授：「……」

臉皮厚，吃個夠，孫教授顯然是不如這位臉皮厚的，肉疼地給了他一小袋，「快走快走，像個什麼樣子！」雖然是嫌棄的樣子，但是也是和對待家裡小輩一般的態度。

那個年輕人笑著道謝，晃晃悠悠出去打水泡茶去了。

在座的人都笑起來，單靜也笑了。

米陽湊過去一點，小聲問道：「靜姊，那是誰？」

單靜低聲道：「那是陳白微，章教授去年新帶的學生，寶貝著呢，說是從小看著長大的，當親孫子似的那麼疼，做什麼都帶在身邊手把手地教。」

米陽眨眨眼道：「可是我剛才聽見他喊孫教授『叔』？」

單靜咳了一聲，尷尬道：「那個吧，咱們孫教授面相顯老，其實他才五十來歲，章老就不一樣了，他今年都快七十了，是返聘回來當院長的。反正咱們這些人就指望章老給咱們指一條明路了，我要求不高，將來能有章老的十之一二就滿足了。」

陳白微幫章教授把茶泡好了，自己坐在他身後的位置上老實聽著，這麼安靜下來的時候只看側臉實在是夠帥的，高目深邃，翹著一點唇角似笑非笑的，引得旁邊幾個小丫頭都看直了眼。單靜除外，她視線在章老身上，旁邊的帥哥瞧都不瞧一眼，化身文博考古界迷妹。

準備就緒之後，會議繼續下去。

章教授對著前面小架子上的麥克風用手輕輕拍了兩下，道：「咳，那這樣，我就先來跟大家講兩句，關於這邊的工作我們已經進行了一段時間……」

單靜激動道：「快，都記下來！」

米陽道：「啊？不記孫教授說的了嗎？」

單靜斬釘截鐵道：「不記了，記章教授的話，一個字也別漏下！」

單靜說到做到，提筆飛快地記錄下來，比之前記錄的時候要認真許多，眼神裡都帶著全神貫注的傾聽與狂熱。

米陽覺得，他只在看演唱會的小女生眼睛裡看到過這種狂熱的情緒，還是頭一回見做個會議記錄都激動得恨不得原地點讚。不過單靜說了，他也就跟著記錄下來，他可以不用看本子就能寫下流暢的文字。章教授說話帶一點口音，米陽一邊聽一邊看著他口形，寫下來的字就像是從筆尖流淌出來一樣，落在紙上。

一場會議章教授講了大半，老人家看起來精神勁頭很足，說的也都是乾貨，米陽光是聽就覺得受益匪淺。

會議結束之後，章教授和其他教授們都陸續走了出去，章教授身邊的那個叫陳白微的年輕人彎腰扶了老教授一把，低頭聽他吩咐什麼，點點頭笑著應了。陳白微回頭向會議室掃了一圈，那雙跟含著笑似的眼鏡漫不經心掠過，和米陽撞了個對眼，大概是也沒想到還有個這

麼小的，陳白微有點驚訝，對他眨了眨眼睛，像是打了個招呼，也沒多停留就轉身走了。

一旁的單靜把記錄的資料都歸納整理好，甩了甩手腕道：「太累了，我沒想到今天章老會說這麼多，不過也值了，我記下來大半，米陽你記了多少？回頭我們核對整理一下，留一份給其他人看，這都是一手的資料呢。」

米陽道：「我都記下來了。」

他說得肯定，單靜愣了一下道：「全部嗎？」

米陽點點頭又遲疑道：「有些詞沒聽過，有做了標註，靜姊再修改一下吧。」

單靜拿過他手裡的看了一下，她剛才聽得仔細，心裡記了個大概，米陽還真沒吹牛，基本上都記下來了，堪稱人工寫字機。單靜特別滿意，誇了他兩句，拿著回去自己再整理。

第一天就是開會和彼此熟悉，米陽跟著一起去吃了頓飯，提前回了住的地方。

他打電話給爸媽那邊說了一聲，又算著放學的時間，給白洛川也打了一個。

白洛川很快就接起來，問他道：「到了？吃飯沒有？」

米陽道：「吃過了，吃了烤肉，那麼大一整塊搬上來，我感覺自己就吃了半頭羊。」

白洛川笑了一聲，「說謊，平時家裡燉羊肉你都吃不了巴掌大的一塊。」

米陽躺在床鋪上，笑著道：「真的，跟家裡的不太一樣，很好吃。」

白洛川跟他聊了一會兒，覺得自己胃口都好了很多。米陽正說著，忽然聽到外面有敲門聲，就對他道：「明天再打電話給你，來人了。」

打開門就瞧見之前開會時見過的年輕人，生著一雙笑眼，很難對他有排斥感，米陽記得他叫陳白微。陳白微拿來了一袋杏乾，遞給米陽吃：「嘗嘗？這裡的杏乾很好吃。」

米陽跟他道謝，伸手要接，但是陳白微沒撤手，對他道：「抓一把，我也就這一袋啦，跟你們大夥兒分著吃！」

對方窮得坦然，米陽都聽樂了，把他讓進房間來問道：「我也帶了零食，學長吃點？」

米陽是這裡最小的，喊誰都喊學長學姊準沒錯。

陳白微笑著走進去坐在椅子那等，一邊跟米陽閒聊，聽他說是高中生時驚訝道：「難怪，我就看著你年紀小嘛！我覺得我大一被抓壯丁就夠慘了，嘖，這還有個童工！」

米陽笑了一聲，「也是我自己報名的，難得有機會來學點東西。」

陳白微覺得這小孩特別老實，很有意思，問他道：「你大學也想學這個？」

米陽點點頭道：「對。」

陳白微道：「難怪了，你是怎麼被選上的？手上有點本事吧？特長是什麼？」

米陽道：「我跟我爺爺學了十年修書，其他的東西也能修一點，絹綢正在學，金銀和瓷一類的只能修最簡單的。」

陳白微眼睛都亮了，問道：「行家呀！」

米陽連忙道：「沒有沒有，就是學點手藝混口飯吃。」

陳白微笑了一聲，轉頭看到他桌上放著地圖，問道：「喲，你們也有這份地圖呢？」

米陽看了一眼道：「哦，對，靜姊拿來的，好像是這邊的地形圖。」

陳白微單手打開看了一下，點頭道：「對，老師怕大家沒地圖不方便，找了當地文物局給專門弄了一份，上面標註的都是這段時間他要去看的幾個地方。」

他手指點了點地圖上的位置，米陽抬眼瞧見了，就道：「這裡不好進車吧？地勢太矮了，看著標註出來的路也挺窄。」

陳白微問他：「你看得懂？」

米陽點頭，「我爸以前當兵，野戰部隊的，我小時候跟著他看地圖，跟這個差不多。」

陳白微眼睛轉了一眼，再看向米陽的時候笑意更重了。

他瞧著米陽打開行李箱一件件拿的時候，立刻打斷道：「不用翻那麼多，明天還要走呢，東西都擱在箱子裡別拿出來，省得明天忘記。」

米陽答應了一聲，拿出兩袋牛肉乾來給他，「這是超市買的，回頭有機會請師哥嘗嘗我媽做的牛肉乾，特別好吃。」

陳白微拿了一包拆開吃，白牙很鋒利，吃得眼睛都瞇起來，「謝了，回頭請你吃飯。」

陳白微就像是來串門一樣，帶著他那袋杏乾又去了其他幾個人那邊。這次來了十二三個人，陳白微摳門地用那大半袋杏乾硬是跟大家熟絡了一遍。

隔天米陽他們湊在一起吃早餐的時候，大家說起這個來，有兩個撓了撓頭道：「啊？陳白微沒跟你們說回頭他請吃飯嗎？跟我們倆說了呀！」

米陽也抬頭看過去，周圍一圈人都在搖頭，他心裡奇怪，昨天陳白微也跟他這麼說了。

單靜身邊坐著的一個小胖子憤憤道：「你們今年新來，別被那個笑臉狐狸騙了啊！我認識他這麼久，就沒見過他請吃飯！靜姊，妳說對吧？」

單靜有點猶豫，小胖子立刻痛心道：「他不會也跟妳說了吧？靜姊，妳別信他啊，那個小白臉就是嘴上說說，昨天分了什麼，一袋杏乾分給幾個人？我的天，靜姊，妳清醒一點啊，跟他沒有前途的，他那麼摳門！」

單靜啐道：「誰說我要跟他？他長得不錯，但不是我喜歡的型，我喜歡知書達禮的。」

小胖子捶胸道：「米陽也不行啊！」

米陽一口炒飯差點噴出來，咳了好幾聲，單靜在那邊已經拎著小胖的耳朵教訓：「不許你毀我清譽啊！還有，什麼小白臉不小白臉的，論輩分你得喊他師叔呢！那可是章教授收的徒弟，以後不許這麼喊他，還有，他是小白臉，你是啥？大白臉啊？」

小胖子除了略微有些手韻，人還是長得不錯的，白白淨淨，當初瘦的時候也是小帥哥一枚，他還在那跟單靜冒死進諫，被單靜收拾一頓，老實了。

正吃著早飯，陳白微就晃晃悠悠走過來了，穿著的還是昨天那一身衣服，瞧見大家看過來，打了個招呼，露出白牙笑道：「吃著呢，還合胃口嗎？」

聽著活像是他承包了整個食堂，請大家吃早飯一樣。

小胖嘴角抽了一下，看著他敢怒不敢言。

陳白微就站在旁邊看大家吃，幾個人壓力都挺大的，加快了速度，陳白微看大家停下筷子又問：「吃好了嗎？那有點事麻煩幾個新來的朋友幫幫忙，搭把手的事，很快就好。」他笑著點了幾個人的名字，正好是他昨天說要請客吃飯的那兩個男生和米陽，說完了又抬眼去看單靜：「靜姊，走呀？」

單靜道：「你們先去，我一會兒來。」

陳白微就笑咪咪地帶著這三個新人走了，他身邊還有個大個子，挺老實地問他是不是要做體力活，他包裡帶了工具。陳白微摸了下巴，點頭道：「也行，米陽也帶工具了吧？你們先走，我回頭讓人把你們的東西拿過來。」

米陽覺得有點不對勁，這人笑得太賊了，越來越像是一隻大尾巴狐狸。

等一路出了住宿的地方，被陳白微帶到吉普車上顛簸了一個多小時，早飯都快吐出來的時候，那兩位仁兄也察覺出來了，顫抖道：「冒昧問一下，這是要帶我們去哪兒啊？」

陳白微坐在前排，裹著大衣側身笑道：「沒事，就去幫個小忙。」

那個高個子的男生都有些畏懼他了，抖著道：「不了吧，我們要不還是回去，一會兒孫教授該找不到我們了。」

陳白微擺擺手道：「哎喲，都是一家人，真的，孫叔跟我們特別熟，昨天你們沒有去開會吧？可惜了，沒見著，我們章老一來，孫叔立刻就給拿茶葉，特別熱情！」

米陽：「……」

另一個也小聲道：「那我們也跟孫教授說一聲吧，今天好像還要坐車去哈密。」

陳白微露出一口整齊潔白的牙齒，笑道：「是嗎？」後話卻是不再接了。

陳白微拐了三個人回來，到了百公里以外的另一個營地，在門口等了一會兒就瞧見另一輛車送了單靜過來，同時帶來的還有他們幾個人的行李。

米陽看著自己的行李箱和背包，心裡沒有半點意外，他半路就猜著了。

那兩個男生剛反應過來，吃驚地看看行李又看看陳白微，「怎麼回事？不去哈密啦？」

陳白微道：「哈密呀，那是個好地方，不過等幾天再去好了。哎，實話跟你們說了吧，其實我們章老這邊一直都缺人手，最近又出了新物件，一整副的唐卡——你們說說，哈密那些文書和唐卡能比嗎？這對以後研究當地的藝術人文和宗教都太有幫助了，我昨天晚上對大家做了一個初步的了解，你，學過四年油畫，色彩調配就需要你這樣的人才管控，另外那個小兄弟不要怕，你是學理工的，各種器械操作和維護也熟悉，咱們帶來的設備就需要你這樣的人才，還有米陽，哎喲，雜學這麼精通，什麼都能修一點，靜姊則負責後勤統籌，簡直就是我們最需要的。不是我說，這項工作真的太適合你們了！」他誇完了，又拍著胸脯道：「你們放心，回頭章老親自為你們請功，有什麼事章老都扛著，保管不讓孫叔為難你們一點！」

幾個男生站在賊窩前面憋著沒說話，單靜屬於自己叛變，也沒好意思吭聲。

米陽看著他想，合著這位昨天是去踩點的，還是專門偷人。

陳白微帶著他們進去，他們住在一個挺簡陋的臨時住處，頂多就算是遮風擋雨，唯一一處比較好一些的房子還讓給了帶來的機器，那些都是章教授特意申請來的高科技精密儀器，分析取樣用的，捨不得損壞，老爺子自己都跟學生們同甘共苦，唯獨捨不得它們損傷半點。

住處前面已經停了三輛吉普車，臨時收拾出來的房子裡，拼湊起來的幾張木桌上鋪著白布，放著剛搶修出來的一些文物，章教授正在帶著學生說著什麼，瞧見他們進來，停下來，笑道：「回來了啊！」

陳白微把人帶過去，不過昨天晚上才認識的，就已經能非常流利地跟章教授介紹了，而且還能說出各自的特長：「老師，這是孫叔那邊的幾個學生。這位是單靜，研二的，基本功扎實統籌能力也不錯。這是米陽，年紀最小，什麼都能修一點，家裡長輩是手藝人，從小就學的，有十來年的功底。這是孫叔從油畫系的挖來的學生，研一的，色彩控制得好……」

幾個年輕人在陳白微面前還略微有點小不服，但是到了章教授跟前都忍不住激動起來。他們但凡學這個專業，接觸這些事，就都聽過章老的名字，不少教材都是章老負責編寫的，可是說是這一行的前輩先驅了。

四個人站在那屏住呼吸，看著章教授笑著跟他們打招呼，還親切地握了握手，都有點雀躍。尤其是單靜，眼睛亮晶晶的，要不是場合太過科研，簡直像是參加偶像握手會。

章教授對他們非常和氣，握手的時候還一直道謝：「真是太感謝你們了，讓白微這麼把你們請來都嚇了一跳吧？呵呵，不要怕，咱們這次是國家重點搶修專案，時間緊，人手少，我從京城抽調的人也要等半個月才來，實在等不及啦，只能先讓大家這段時間先來幫幫忙。你們放心，我親自幫你們跟導師請假。」他看了陳白微又笑著吩咐道：「白微啊，你帶著他們先去那邊把名字登記上，搶修完畢，到時候給大家論功請賞。」

站著的那四個年輕人聽見章教授這話，心一下就穩下來，都是來幹活的，只要導師那邊有交代就好辦了，而且聽著章教授的意思，這邊的項目更大一些，幫忙半個月還能留下個名字，怎麼聽都是好事。

陳白微答應了一聲，帶著人去登記了，看著他們在那簽名，低聲對他們笑道：「你們運氣不錯，孫叔和咱們章教授都是不錯的老師，兩人都不會占學生便宜。瞧見沒有，你們現

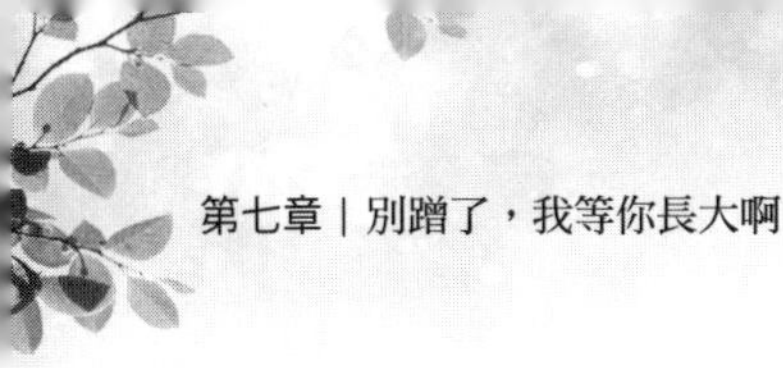

在簽的這個名字，等年底的時候就知道分量了。到時候這份工作完成了，不管是整編成冊出書，還是報到上面算科研成績……」他手指在簽名冊的一串名字上劃過，笑道：「能抵得上你們發表兩三篇論文。」

除了米陽，其餘幾個人眼睛都亮起來。

陳白微帶著他們去分配了工作，幾個人各司其職，都由已經在那邊忙碌著的學長帶著。清一色的男生，女生就單靜一個獨苗，她一進來的時候還有一個蓬頭垢面頭髮微捲的藍眼睛小哥驚訝喊道「哪裡來的丫頭子」。他外貌本來有點混血的感覺，這話一說出口單靜都樂了，一看就是新疆同胞。

那小哥估計也在這處風沙席捲的地方待了很久，有點不好意思地撓撓頭，臉上也有不少塵土，笑起來的時候就那一口牙齒最白。

單靜工作上一貫認真，尤其是有心想在章教授面前好好表現一下，戴上專用手套，麻利地把頭髮紮起來，帽子也扣好，跟那小哥一起幹活去了。

另一邊，先斬後奏的章教授也打通了電話，孫教授那邊都快要蹦起來了：「章老，我敬重您是前輩，但前輩也不能老幹這種事吧？」

章教授笑呵呵道：「年輕人不要急……」

孫教授道：「我不年輕了，我今年五十好幾了！」

章老和善道：「你們不是有十三個人嗎？」

電話對面的孫教授開始怒吼了：「那是加上我才十三個，加上我！！」他稍微平息了一

下怒火，深吸了一口氣，商量道：「別的不多要，您就把我那個叫單靜的學生還給我，我哈密那邊還有一半隊伍呢，您把我的指揮官都抽走了！」

章教授答應了一聲，慢悠悠地往後面喊著問了一句：「單靜去哪裡啦？」

孫教授也在屏息聽著，盼著自己好歹能收回一個學生來，隔著電話老遠就能到陳白微的聲音說了什麼，緊跟著章教授和氣道：「哦，我剛問過了，單靜呀，去幹活啦。」

孫教授：「……」

孫教授氣得都哆嗦了，「我十二個清清白白帶來的學生，您就讓陳白微那小兔崽子一口氣給我順走四個！四個啊，您自己算算，這都三分之一人馬了，還專挑最好的偷，太過分了，簡直太過分了！您昨天晚上走我就覺得不對勁，您走了，怎麼這小混蛋還留在這兒，一準就沒好事兒！」

章老笑呵呵道：「哎呀，不要這麼說嘛，他也是為了我好。」

孫教授氣道：「他怎麼不為我想想呢？昨兒就偷我的茶葉，今天又來偷我的人，有完沒完了？陳白微這個兔崽子，這個小王八蛋！」

章老脾氣還是挺好的，勸慰他道：「不要這樣說，白微都大了，你也不能總罵他嘛！」

孫教授氣得把電話掛上了，再說下去他怕自己撐不住要開車追過去打人。

章教授那手機有些舊了，打電話的聲音特別清晰，周圍的人聽見了都忍不住側目，反倒是當事人陳白微跟沒什麼事一樣，還在那笑咪咪地幹活。

米陽跟著陳白微，也是離著章教授最近的。章教授年紀大了，陳白微在他身邊悄無聲息

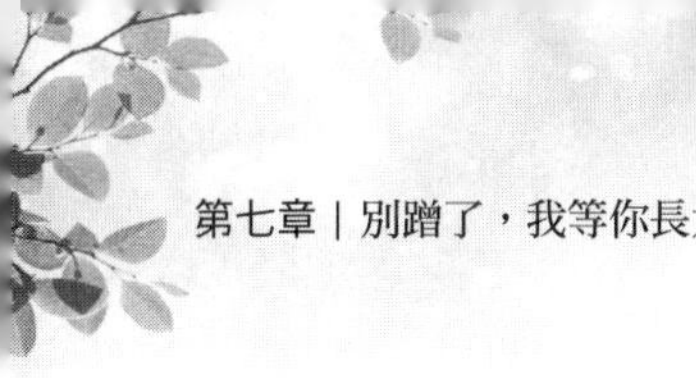

接過來許多重活，實在替換不了的也在一幫盡可能地幫老教授，簡直就是萬能小幫手，什麼都會一些。整個場地上有什麼事，找他準沒錯。他人雖然不在，但也像是長了四雙眼睛八隻手臂，哪裡都能插上一點，把事情解決。

不說別的，光看他對章老這份伺候的孝心，米陽都覺得章老和他像是親爺孫倆一般。陳白微拿著他老人家的事，當成了自己的家事，盡心盡力，又做得自然。

章教授正在檯子上帶著他們看那副唐卡，略微出來一點形狀了，但還是看不清原本的樣子，只能憑藉一點邊角的圖案和色彩來猜測。章教授指著那邊小聲道：「瞧這裡，看到他肩上沒有？『左經右劍』的形狀已經拼湊出來了，應該是一幅宗喀巴大師唐卡……」

陳白微小聲點頭稱是，按照老教授說的，開始小心動手整理。

米陽也戴上了口罩，聽著陳白微的話，幫他做一些小事。陳白微並不敢讓他一開始就接觸大件的東西，怕他碰壞了，只讓他做一些不是很重要的雜事。

米陽性子沉穩，手也足夠穩，吩咐什麼都做得認真，而且他還有一個優點就是不說話。

陳白微如果不是停下來休息片刻的時候抬頭去看，都不能察覺身邊還有一個小師弟，簡直太乖巧了。

陳白微笑了一下，走過去看米陽手頭的活計。他剛才吩咐米陽去磨顏料，這邊修復的時候顏料都是礦物顏料，必須現場研磨，這樣效果更柔和自然也更能和原色協調。也就是說，這活兒需要不停地一點一點地去弄，又細緻又瑣碎，米陽就安靜坐在那，手上動作非常穩，正在把花青和藤黃混合調成草綠色。旁邊已經放著幾隻小碗，裝著調配好的顏色，極清淡的色彩，瞧著就賞心悅目。

陳白微觀察了他一陣子，瞧著小孩耐性足，心裡挺滿意的。等著米陽做完手頭的這些，陳白微道：「這些顏料今天就夠用了，你擱在一邊吧，先去洗手，找副手套來幫我拼碎片。」

米陽答應了一聲，收拾好了去幫忙。

陳白微人看著輕浮，但是對著手上的這些殘片卻十分細心溫柔，一邊帶著米陽做事，一邊小聲跟他說著需要注意的事項。

「這裡比著這個來拼，對，手上再輕一點，用鑷子，這裡太乾燥很容易脆裂。這是肩膀以上的部分，這黃色的部分是帽子，你負責這個吧。」陳白微道：「有拿不準的再問我。」

米陽點頭，拼湊了一會兒，陳白微誇讚道：「做得不錯。」

米陽跟著陳白微，自然也是和章教授接觸的最多的，不過兩天，就讓章教授自己來問了他名字：「你叫什麼名字？也是滬大的嗎？」

米陽搖搖頭道：「不是，我是高二的學生，孫教授讓我來幫忙的。」

章教授最喜歡聽話的學生，米陽手又靈巧，很快就慢慢把一些瑣碎的拼湊事情交給他來做，打發陳白微去那邊記錄文物資訊去了。

「纖維檢測分析要快點弄出來，還等著調配。你去做那個，資料表也盡快弄好……」章老拍了拍他的肩膀，笑呵呵道：「那邊有把椅子，你坐著寫啊，寫好了就去睡會兒。忙了兩天就睡了四個小時，鐵打的也不行，快去吧。」

陳白微笑道：「知道了。」

趕著陳白微去休息了，章教授又帶著米陽繼續做事。老人家知道的多，一邊做一邊給講解，米陽第一次接觸唐卡，很是好奇，但也謹言慎行，只點頭應是，下手特別小心。

章教授看他一眼，笑著搖頭：「你這性子也太沉穩了，白微像你這麼大的時候，雞飛狗跳地沒少折騰事，我啊，那個時候最盼著他念大學了就沉穩了。喏，就像你現在這樣。」

米陽笑了一下，「陳師哥現在也挺好的，大家都很喜歡他。」

米陽打電話給白洛川的時候，白洛川聽到忍不住道：「又晚？」

跟在章教授身邊學的多，但是留下來的時間也延長了幾天。

米陽道：「嗯，陳師兄說要再等兩天。」

白洛川有些不樂意道：「前天你就這麼說的，明天就是第十天了，要晚到什麼時候？」

米陽也有些無奈，低聲道：「沒辦法啊，章教授那邊的人有些事在京城耽擱了，再過來怎麼也要等幾天。」

白洛川道：「是不是故意欺負你呢？就跟你一個人這麼說的嗎？其餘人呢？」

米陽笑道：「沒有，大家都等著呢。這邊的人都很好，大家很照顧我。」

白洛川還是堅持道：「你讓他們拿出機票行程，看看時間，到底訂票了沒有，哪有這麼一直拖起來沒完的，你還要不要回來考試了？」

春季考場各地時間都不一樣，滬市今年設了四個考點，時間在五月左右，現在回去也就一兩個月的時間抓緊複習，米陽來的時候帶著不少參考書，他雖然不說，心裡也是緊張的。

兩個人電話裡說了一陣子，米陽都覺得頭疼起來。

另一邊，坐在車上準備回家的白少爺心情也不太好，他覺得自己忍耐到了極限，他和米陽從小到大都沒怎麼分開過，米陽的一舉一動他都知道，哪怕是高中他們不在一個宿舍住的時候，他也能和米陽班上的同學混熟了，知道他的每一件事，但這次不一樣，他忽然有一種米陽離開他的錯覺。

不是那種距離上的，而是多了很多他不知道的人、也多了很多他不了解的事。

車開的很快，車窗外晃過的路燈刺眼，白洛川手背搭在額前聽著米陽在那邊跟他解釋，但是米陽說出來的人名他一個都不認識。

「……靜姊就帶著我們先自己倒騰，不敢直接下手，她找了半天就陳師兄一條圍巾料子比較細密，拆開了教我們梳理經緯線。那副唐卡的鑲邊和畫芯都裂了，也先在那條圍巾上試過縫合針法才敢下手。陳師兄捧著剩下那點圍巾殘骸去找章教授，非說是工傷，讓系裡出錢賠一條，特別有意思。」米陽努力跟他說一些好玩的事情，想要緩和一下。

白洛川聽著，抿著唇沒有回話。

手機那邊有一個年輕男人的聲音傳過來，喊了米陽一聲，「快趁熱，先脫了進來！」

米陽答應了一聲，窸窸窣窣的響動傳來，白洛川立刻問：「那是誰？」

米陽道：「哦，是室友，先不聊了，明天再打給你啊！」

陳白微轉身又去端了一盆熱水過來，放在床邊，自己脫了鞋也泡了腳進去，舒坦地呻吟了一聲，「天兒可真冷，還是泡泡舒坦。」

米陽也學著他的樣子捲起褲管泡腳，滾燙的熱水瞬間就讓全身都熱乎起來，「是呀，謝

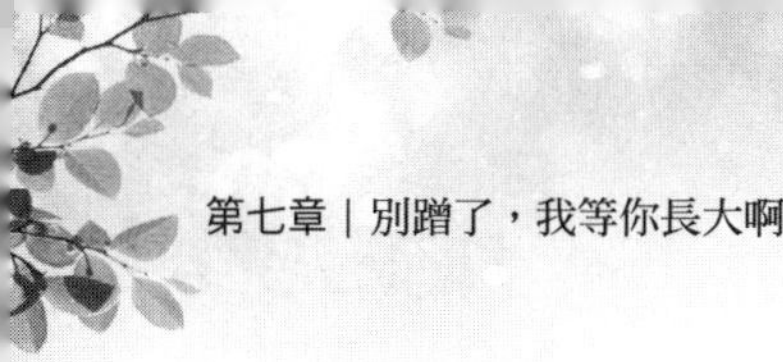

謝師哥，明天我打水。」

陳白微擺擺手笑道：「跟我客氣什麼，照顧你這個小孩也是應該的，尊老愛幼嘛。」

米陽也笑了，他來這邊來之後，陳白微一直都很照顧他。

放在床上的手機震動好幾下，米陽低頭看了，不出意外是白少爺。他才剛掛了電話，白少爺那邊簡訊瞬間就追過來了：「他讓你脫什麼？」

米陽失笑，回他：「脫鞋，陳師哥打了熱水給我泡腳呢！」

哪怕有簡訊發著，白少爺終究意難平。一直到睡前，白少爺隔段時間就發一條簡訊過去問問，生怕米陽出什麼意外，聽著他說要睡了這才消停。

陳白微裹著厚大衣問他：「跟誰發簡訊呢，這麼勤快？小女朋友？」

米陽有點不好意思，揉了鼻尖一下笑道：「就……我喜歡的人。」

陳白微拖長了聲音逗他道：「哦，早戀呀，小朋友也不是很乖嘛，不過早戀也不錯啊，提前談著點，積累經驗，等進了大學就不會挑花眼了。」

米陽笑道：「不挑，我就交這一個。」

陳白微覺得這小朋友太有意思了，又純又可愛，坐在那老實聽話得像是一隻小奶狗，跟誰都能走上兩步，但跑遠了還能回來蹲在家門口等小主人的那種。

這房間就米陽和陳白微住，兩人都是怕冷的那種，陳白微剛泡出一點熱乎氣，整個人都縮在被子裡。米陽去把水倒了才回來睡覺，他在那鋪被子的時候，就聽到陳白微小聲罵了一句：「凍成狗了，我恨不得穿著羽絨外套鑽被子裡睡。」

米陽笑了一聲，自己鋪好了躺下休息，厚被子裡面還多了一件衣服，沒穿著，但也蓋在身上裹著睡的。米陽閉著眼睛，在黑暗裡拽著那件校服外套略微高出來一點，把鼻尖都埋進去，呼吸著慢慢睡。

晚上冷得厲害，陳白微在對面窸窸窣窣地翻身，過了一會兒摸黑起來抱著自己被子摸到米陽這邊，人都凍得哆嗦了還在那道：「小師弟，我觀察你好幾天了，你是個好孩子。」

他用這個開頭，米陽瞌睡都飛走了。

他沒跟白洛川在一起之前，不覺得兩個男的睡一塊有什麼，但陳白微半夜摸到他床上，米陽立刻緊張道：「師哥，我不習慣和別人睡一塊。」

陳白微掀開被子摸上床去，米陽防備道：「師哥，你想幹什麼？」

陳白微擠過去，雙手抱胸，冷得牙齒都撞在一起，「你、你晚上睡覺老實吧？別占我便宜啊，我可是有家室的人。」

米陽冷，但是越冷團起來身上越熱的那種。陳白微就像是一塊寒玉，人長得俊俏，皮膚也如玉似的白，冷起來那也是通透的冰涼。他一湊過來，米陽那點懷疑的心思都散了，這人是真的冷啊！

小師弟第一次反抗，推陳白微，「不成，你也太冷了，你回自己那邊去吧！」

陳白微出去一趟，拿了一個小熱水袋回來，哆哆嗦嗦和米陽抱著睡，「就這一個了，我平時用它就能暖前半夜，條件艱苦，大家克服一下吧。」

米陽為了那一點熱度也屈服了，跟他擠在一起。

不過睡覺的時候還是把自己那件校服扯走了，翻身背對背睡著。兩人背貼著背，也不知道是暖水袋的功勞還是米陽的，慢慢的陳白微那邊也有了一絲熱呼氣，呼吸沉穩地睡了。

米陽抱著自己懷裡的校服，睏意也上來了，覺得陳師哥真的是來取暖的，也就慢慢放鬆下來閉上眼睛。他手指在校服一角搓了兩下，遮著鼻子的衣服上氣味已經很淡了，但是也能聞到一點乾淨而熟悉的香皂氣味——這次來行李有限他就沒帶小枕頭，帶了別的，一件白洛川的校服外套。

兩個人睡暖和一些，但是陳白微第二天起來的時候一張俊臉依舊是冷白的，他裹上衣服之後還覺得不夠，又把那個暖水袋拿出來重新換了熱水，揣在衣服裡面帶著去幹活。

他自己試了一下，覺得暖和，還問米陽道：「你冷不冷？不然我把這個讓給你？」

米陽看他小肚子那鼓起來一塊，笑著搖頭道：「不了，我還行。」

陳白微就喜孜孜地自己用了。

揣著暖水袋暖和不少，但原本穿的衣服本就厚重，這會兒肚子那鼓起來一團，就像是身懷六甲一樣。陳白微一進工作室就接收到了四面八方的目光，他人緣不錯，一進門大家就紛紛跟他道賀，一個戴著黑框圓眼鏡的師哥還邁著小碎步特意跑過來把脈，他摸了陳白微一隻手腕，沒兩秒眉梢眼角帶著喜氣道：「喲，這是喜脈！你自己跟大夥說，是不是有寶寶啦？」

陳白微笑道：「是，過兩個月就生了，到時候請你喝滿月酒。」

胖師哥挺著肚子道：「你一個人的面子可不夠，孩子他爸誰啊？」他視線就往陳白微

同屋住的人身上瞅，陳白微推他一把，笑道：「別鬧啊，米陽還是個小孩，臉皮薄，經不起鬧。再說孩子他爸怎麼可能是小師弟，你瞧著我這牙口，怎麼也得啃個硬骨頭呀！」

米陽立刻澄清：「跟我沒關係！」

胖師哥點頭道：「也對，我瞧著也是熟人作案。既然跟小師弟沒關係，那就沒跑了，肯定是小任的了。」

旁邊的新疆小哥也舉起手，咧嘴笑道：「我也猜是他，這孩子肯定是任景年的！」

周圍幾個章老帶的學生也跟著起鬨，都笑起來，「快打電話給小任，讓他把人接回去好好伺候著，我們還等著過幾個月去喝滿月酒了！」

他們跟著章老好些年了，但是誰都沒有陳白微跟著的時間長，這畢竟是在老人跟前長起來的，十來歲就鞍前馬後地伺候老爺子，和章教授的親外孫任景年關係好得恨不得穿一條褲子了。陳白微外向熱情，任景年內斂沉穩，儘管陳白微要大一點，但平時兩人在一塊都是陳白微使喚小任去做事。

章教授從外面走進來手上還拿著一疊資料，老遠就聽見他們在工作室裡說笑，走過來也笑著問道：「喲，都來了啊，說什麼呢，這麼熱鬧？」

胖師哥就開玩笑道：「老師，您看白微的肚子！咱們白微這是有喜了，剛都審問出來了，是您家小任的！」

章教授笑著點頭道：「我看著也像，白微啊，放心生下來，咱們家有錢，養得起。」

章老就那一個外孫，他老人家雖然清廉，但是早年間收集了不少古玩，家底也豐厚。再

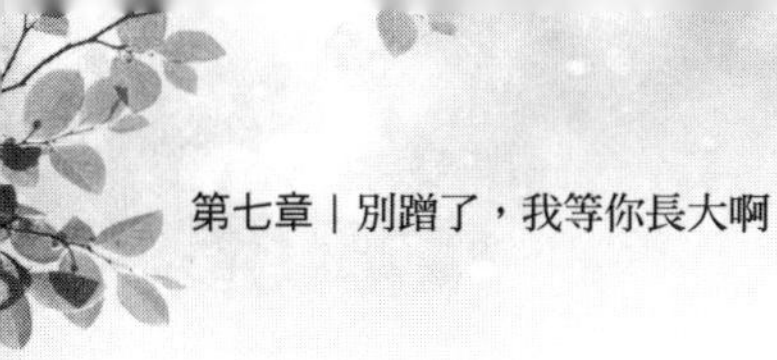

加上任景年是搞電腦的，這才剛大一就已經在外面和人一起搗鼓起公司來，確實有錢。

章教授還過去慈愛地看了一眼「曾外孫」。

陳白微大大方方挺著肚子讓老爺子看，沒一點害臊的樣子。

章教授撫了撫鼻樑上的眼鏡，不但看了還伸手摸了一把，笑道：「這也是個辦法，天氣是太冷了，白微不行，回頭把我屋裡那個暖爐子也拿過去。」

陳白微哪能要，笑著推拒了。章教授事情忙，抬頭看了一圈，叫了米陽來給他搭把手。米陽立刻就過去了，這次離著陳白微保持一點距離，遠離這位「有家室」的人了。

陳白微手機響了，他接起來道：「喂，景年？」

旁邊的新疆小哥跟任景年也熟，平日裡也鬧慣了，起鬨開玩笑祝他喜當爹。

陳白微唇角還帶著笑，對旁邊說了一聲「滾蛋」，出去接電話，聲音都柔和了不少。

過了好一會兒陳白微才回來。

胖師哥嚴肅道：「白微啊，你這是偷懶知道嗎？」他自己說完又好奇起來，「你剛和小任說什麼去了？你倆怎麼每天都這麼多話啊？」

陳白微挑眉，得意道：「談了一會兒孩子滿月酒擺多少桌，到時候一定叫上你，紅包記得包大一點，不然不讓我們家老爺子給你過，年底重考。」

胖師哥捂著口袋搖頭，「那不成，我是有原則的人！」

陳白微問他：「什麼原則啊？」

胖師哥認真道：「孩子不像我的，一概不給錢。」

陳白微：「……」

胖師哥又譴責他：「你們家景年都這麼有錢了，還缺我這三毛兩毛的嗎？」

陳白微冷笑，「缺！」

胖師哥沉痛指責了陳白微的摳門行為，並表示小任是個好孩子，絕不會和他同流合汙，他要回京城親口問過任景年再決定要不要參加這個「滿月酒」宴。胖師哥一邊忙活手裡的東西，一邊憤憤道：「你早晚要把小任帶壞了！」

陳白微笑嘻嘻道：「怎麼帶壞？一家子的摳門，整整齊齊的多好。」

摳門的陳白微等到拐了人來的第十天，才履行了諾言，請了米陽他們四個人吃入夥飯。

陳白微去採購補給，帶了米陽他們四個去了一趟市區，他去買東西，然後給米陽他們開了兩間賓館的房間，讓他們去痛痛快快地洗了個熱水澡，然後休息一下。陳白微雖然摳門，但是對女生還是很紳士，單獨給單靜開了一個房間，讓女孩子好好梳洗打扮。

等著買了東西回來，陳白微自己也去樓上找了米陽他們，在房間浴室裡沖洗乾淨，換了身乾淨的新衣服，以前的舊衣服團起來裝在袋子裡提上，對米陽他們道：「怎麼樣，舒服點沒有？好了咱們就去吃飯，今天吃烤肉，管飽！」

幾個人都歡呼起來，尤其是男生，眼睛都亮了。

陳白微找了一家烤肉店，他也能說兩句當地話，逗得點菜的小丫頭笑個不停，還送了他們一瓶果汁。

西北飯菜實惠量大，先上來的就是饢和烤肉，陳白微還要了一些烤包子，一個個烤得香

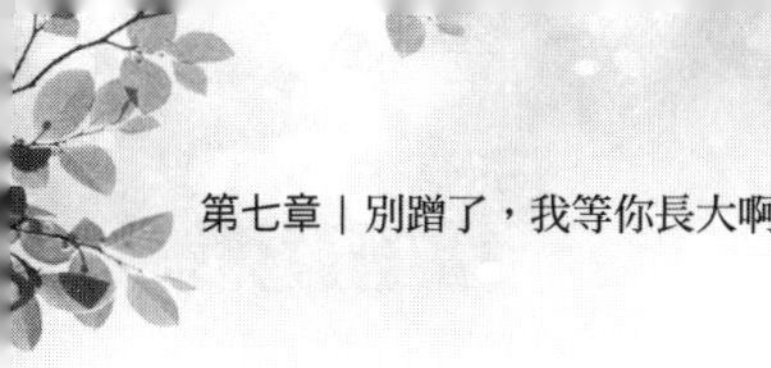

氣撲鼻，咬在嘴裡又酥又燙，滿口流油。一行人扎扎實實吃了一頓肉，已經不是胃裡滿了，恨不吃得頂到了脖子那。

陳白微招手要了酒，「來來來，咱們大家喝一杯，認識一場，也多謝你們留下幫忙。」

米陽低聲道：「師哥，我就不喝了。」

陳白微道：「當然不可以呀，寶貝，你這樣，抿一小口，剩下的師哥替你喝。」

他最近跟米陽也熟悉起來，喜歡說話的時候加一個「寶貝」，米陽要是做事做得好，他就豎起大拇指誇他「寶貝，幹得漂亮」，米陽要是做得不好，他就連聲道「哎喲，我的小寶貝可不能這樣，這裡不能用鑷子」，反正越是熟悉了，這人就越顯露出本性，特別像是一隻甩著尾巴的不正經狐狸，還是蔫壞又漂亮的那種。

米陽看著那酒也沒攙其他的什麼，略微想了一下，覺得還可以，就端起來喝一小口。

陳白微果然把剩下的倒在自己的杯子裡，跟其他幾個人談笑風生起來。大概是喝了酒暖身，他整個人都舒展開一樣，神采飛揚，什麼話經過他嘴裡都變得俏皮許多，逗得整個桌上的人笑的開懷。一頓飯下來，大家的距離又拉進不少。

米陽旁邊坐著的是帶他們來的司機，司機這兩年也一直跟著章教授這個團隊忙活，每次來都是他服務，他是漢人，但是來定居久了，說話也夾雜著當地的口音，跟米陽交談了兩句笑著道：「這次選的時候大家都給白微投票，他去了，你們就來了！」

司機跟米陽解釋了一下他們這個團隊「偷人」之前的準備工作，大家在營地裡面待得久了，就算是京城大學的高材生，一個個都穿得跟落難民工似的，簡直像是剛從黑煤窯裡挖出

來。這邊風沙大，這幫人一個禮拜沒洗澡了，實在形象不夠好。

司機道：「然後他們就說讓陳白微去，他形象好，洗乾淨之後就能把人拐回來了，真的很有用啊！」就這樣，司機還坐在那誇他能幹。

米陽：「……」

司機憨厚道：「陳白微這小夥子挺不錯的，能力好，人也好，就是評價不是很好。」

米陽自己正端了一小杯酒試著喝了兩口，聽見差點沒噴出來。

司機搖頭晃腦道：「評價兩極分化，特別厲害。」

米陽就問他：「都是怎麼說的？」

那個司機就撓撓頭，「一般跟他一隊的時候，成天都有人誇他好，跟他不是一隊的時候，見了他就想罵娘。你們都是文化人，換了我們，可能都動手了。」

米陽聽了直樂，還是點了點頭。

別說，還真是這樣，總結相當到位了。

採購了物資，又痛快洗了個澡喝了點小酒，大家心滿意足地回去了。

陳白微剛到就去給章教授那邊送東西去了，他這次去特意買了一雙厚些的護膝，擔心老爺子腿冷，一到就給送了去。

米陽喝了一點酒，身上暖暖的，也沒急著回房間去，自己在營地附近走了走。他拿出手機給家裡打了電話，先給程青那邊打，詢問了一下，知道程老太太感冒好了，程青已經回滬市之後就放心下來。他握著手機又翻看了一下簡訊，並沒有白洛川的簡訊，白少爺今天話特別少，他中午抽空打電話的時候都關機沒接，這會兒簡訊都沒發了。

米陽發了兩條簡訊給他，對方沒回，他又忍不住打了一個電話過去。這次沒關機，但是依舊沒人接，嘟一聲拖長了音在響著，米陽就一邊邁步走一邊等他接電話。

快走到營地門口的時候，就聽見一點模糊的鈴聲，由遠及近，聲音也特別熟悉，跟他現在用的這支手機一樣的鈴聲。

米陽愣了一下，抬起頭來，營地門口站著一個身影，也在抬頭注視著他，瞧見之後立刻就大步走了過來。

白洛川穿著一件和米陽身上一樣的羽絨外套，走到他跟前的時候呼吸聲都重了，像是也跑了一圈剛找到他一樣，先是上下打量了一遍，緊跟著皺起眉頭道：「你去哪兒了？我聽到他們回來就出來找你，都說你下車了，一眨眼人就沒了。」

米陽看了他好一會兒，才愣過神來，笑彎了眼睛，先上前使勁抱了抱他。

白洛川心裡的火氣忽然就熄滅了，他抬手也抱了米陽一下，略微用了點力氣把他按在自己懷裡小聲道：「我以為你又丟了。」

米陽笑道：「怎麼會，我剛去轉了一圈，順便打電話給你。」抱了一下很快就分開了，米陽握著他手腕帶他回住的房間，一邊走一邊問道：「你怎麼來了？昨天都沒跟我說，不然我就不出去了，留在這等你。」

白洛川道：「週末，學校放假。」

米陽笑著看他一眼，覺得這個理由不成立，哪有週末閒著沒事從滬市跑到新疆來的？

白少爺心裡的酸意勉強壓下去一點，對他道：「我昨天晚上都沒睡好，早上跟魏爺爺請了假，訂了最早的航班過來……」他話還沒說完，就看到一個人影走過來，改口道：「過來給你送點資料，馬上就要考試了，你也不能落下太多。」

陳白微正好回來，一邊推開房門，一邊好奇道：「米陽，你朋友？」

米陽點頭，帶著白洛川一起走進去道：「我同學，來給我送點資料和筆記。」

陳白微吹了一聲口哨，挑起眼睛看著他們笑道：「感情可真夠好的，不遠千里來送資料，真是超級好同學了。」

白洛川略微頷首道：「家裡在附近正好有工程，也是順路過來。」

陳白微在這待了一兩年，對這邊也熟悉，問了一下什麼工程，白洛川就大概跟他提了兩句。陳白微知道那家，是和央企合作的一個西線大工程，但凡能留下參與一部分的都是有背景有實力的大公司，他看著白洛川笑道：「喲，富二代啊！」

白洛川看了一下房間，實在太過簡陋，他忍不住眉頭又皺起來。

米陽問他：「你的行李呢？」

白洛川道：「就帶了一個包，放在登記處那邊了，其餘的明天送過來，等一下去拿。」

他們兩個人在那低聲說話，陳白微上前去把床上的被子拿起來一條，略微疊了兩下抱起來道：「米陽，我今天晚上先不回來睡了，我們老爺子今天有點咳嗽，我不放心得過去照顧，正好你同學來了，讓他睡我那床鋪吧。你們要去登記處吧，順便也跟單靜說一聲，讓她給你同學拿床被子。」

他一邊說一邊又從床上翻找出一個暖水袋，笑道：「這我也拿走了啊，你一會兒從單靜那再要一個。今天多買了幾個，以後不用咱倆擠著用一個了。」

這次輪到白洛川擰緊眉頭去打量他了，先是看看他抱著的被子，又看看之前放被子的地方。確實是一張床上，如果他沒看錯，那邊還剩下一條被子以及米陽的一個背包。

白洛川瞬間抬頭看向他，加重了聲音問：「你們睡一起？」

陳白微還沒聽出來，點頭道：「可不是，天氣太冷了，我恨不得晚上抱著米陽睡了，他身上也涼，最後真不知道誰暖誰。」

米陽吞了下口水，抬頭去看白洛川，小心搖頭道：「不是，就這兩天才一起睡。」

陳白微喝了點小酒，身上暖眼神也飛揚起一點，看了米陽眨眨眼笑道：「跟師哥還害羞什麼，我走了啊，你招待好你同學。」

陳白微抱著被子走了，米陽看著白洛川黑著臉去把門插上，就覺得要壞事。

果然緊跟著就走回來按著他肩膀，抵到牆上開始親。

米陽躲了一下，支吾道：「別，別……你把燈關上。」

白洛川咬他一下，「怎麼，我現在親一下都不成了？」

米陽推他肩膀，這人渾身繃緊了跟一塊鐵似的，根本推不動，他想轉頭也被捏著下巴再轉回來。白洛川垂著眼睛一邊看他一邊用力親吻，親得賣力，舌尖抵著他的恨不得捲起來吞吃入腹。米陽被他親得沒有招架之力，乾脆放鬆了身體。這人貼上來就不肯分開，他嘴角都酸了，等停下來之後用手背擦了嘴角，眼睛濕潤地抬頭看他：「沒不讓，開著燈窗戶上有倒影，被人看到怎麼辦？」

白洛川額頭抵著他的，閉了閉眼睛道：「那就告訴他們，誰要是敢說你一句，我就把你帶走，正好不想你在這破地方了。」

米陽被他氣笑了，輕撞他一下，「我來的時候你可不是這麼說的，你說我選什麼都能夠做好，你都支持，我的行李還是你收拾的呢。」

白洛川道：「我後悔了，行不行？」

米陽搖頭，沒憋住笑起來。

白洛川小聲道：「又不是沒床，他跟你擠什麼？」

米陽道：「陳師哥特別怕冷，白天都要揣著暖水袋幹活。」

白洛川道：「他就是你做的那個陳師哥，給你打水的那個？」他看米陽點點頭，還一副想幫陳白微說話的樣子，繃著臉道：「你這個陳師哥有問題。」

米陽：「啊？」

白洛川道：「他跟咱們一樣，你沒看出來？」

米陽驚訝道：「不會吧？他挺正常的啊！每次出去好多小女生都特別喜歡他，真的，今天吃飯他就跟人家說了兩句話，烤肉店的女生還送了他一瓶果汁……你就見剛才過他一面，怎麼看出來的啊？」

白洛川捏他臉一下，問道：「這麼明顯，你一點都沒感覺出來？」

米陽茫然地搖搖頭，他覺得陳白微和大家都一樣。

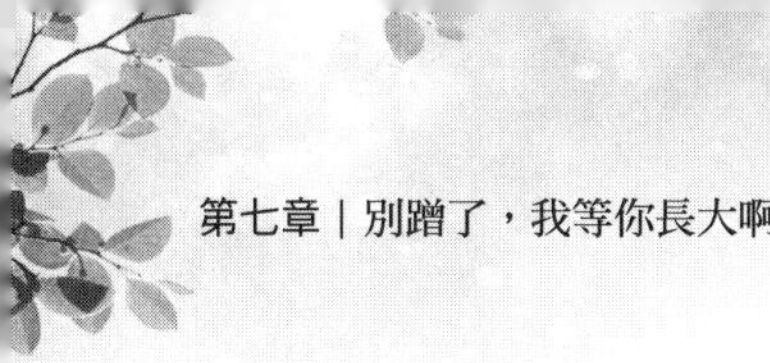

白洛川嘖了一聲，放開他道：「反正我不喜歡他，你以後離他遠一點，別讓他靠近你。還有，床鋪分開！真是幾天沒盯著，你就跟別人睡一塊去了！」

米陽被他說得耳尖都紅了，想爭辯幾句，但是張開嘴也說不出什麼反駁的話。

白洛川對這裡的一切都不習慣，他看著這簡陋的房間心裡不爽，尤其是米陽那床，讓他更不爽，乾脆捲起袖子自己去收拾起來。

米陽連忙上前拽他手臂，「你幹什麼？不用幫我收拾……」

白洛川道：「不收拾晚上怎麼睡？你閃開，我看看還有什麼東西，不是你的都拿走。」

米陽拽不動他，乾脆自己撲到床上壓著被子不讓他動，含糊道：「你先去登記處那拿你的行李，我自己收拾，保管你來了就全都收拾好了，你快去。」

他越是趕白洛川，白洛川就覺得他是有事瞞著自己，更是一步也不肯走了。

白洛川力氣大，爬到床上去把米陽拽起來抱在自己懷裡，一邊單手制住了他，一邊在他耳邊磨牙道：「你乖一點，別惹我生氣啊！我今天早上搭六點的飛機，沒有直達的，轉了兩次才到這裡，你……」他說到這，手裡也翻出了米陽藏在被子裡的東西，剛好捏在衣領繡著名字的那裡，上面繡著一個「白」字。

白洛川低頭看他，「小乖？」

米陽鴕鳥心態，把頭埋在對方懷裡恨不得扎進去不出來了，叫什麼也不理。

白洛川又叫了他幾聲，瞧著懷裡的小孩耳朵紅通通的樣子，一邊喊著一邊自己嘴角揚起來，湊過去一點，親了他耳尖一下，「做什麼出遠門帶我的衣服，嗯？」

米陽小聲道：「就、帶著了。」

白洛川笑了一聲，把人從懷裡抓出來，讓他瞧著自己不許閃躲，「你說點好聽的，我坐了那麼久的飛機，下午四點多才到呢。」

米陽臉上發燙，看著他道：「我特別想你，每天幹完活就想打電話給你，昨天晚上做夢還夢到你突然來了。我剛見你的時候，還掐了自己一下，我以為我是做夢……」

他說一句，白洛川就湊過來親他一下，後面都親得說不成了。

過了好一會兒，白洛川才停下來，趴在米陽身上鼻尖蹭了他的，「我從剛才就想問了，小乖，你晚上喝酒了是不是？」

米陽點頭，「一點點。」

白洛川笑著親他，「難怪嘴這麼甜。我家小乖一喝酒啊，什麼好聽的話都說，是不是把平時藏在心裡的話都說給我聽了？」

米陽還在那點頭，他眼神追著白洛川，確實比平時反應略微慢點，但也誠實得厲害。

白洛川見著他一顆心就踏實了許多，讓米陽在房間裡等他，自己又出去把行李拿回來。那是一個登山背包，裡面放著一個折疊起來的雙人睡袋，還有一本筆記，和其他一些實用的小東西。白洛川剝開一顆橘子糖，放進自己嘴裡，又轉身哺給米陽，吸了他舌尖一下，滿意道：「你今天做了讓我高興的事，也獎勵你糖。」

米陽坐在房間裡，酒勁有點上來了，雖然沒上次那麼厲害，但他還是老實坐著，也不敢隨便說話了，生怕白洛川一會兒又來審問他，含著糖鼓著腮幫子看他忙碌。

白洛川重新收拾了米陽的床鋪，徹底檢查沒有外人的東西之後，這才把睡袋搬過來，鋪好了招手讓米陽過來一起睡。

白洛川叮囑道：「我又拿了一個新的熱水袋過來，你以後自己用一個，聽見沒有？」

房間裡的燈關了，米陽窸窸窣窣地爬進睡袋裡，幾乎是立刻就被白少爺給抱了個滿懷，熱呼呼的小暖水袋送到他手裡，全身也被白洛川抱住了。白洛川體溫高，抱住的一瞬間米陽就覺得從頭到腳都暖起來。他鼻尖動了動，貼在白洛川脖子那小心聞了一下，比校服的氣味更好聞，帶著白洛川特有的氣息，乾淨而清爽。

白洛川抱著他，幫他暖手暖腳，又問：「你和陳師哥怎麼睡的？也這麼抱著？」

米陽搖頭道：「沒有，我們背對背，就像這樣。」他翻身過去比劃了一下。白洛川緊追過去，兩個人在睡袋裡抱得緊。白洛川摟著他的腰憤憤道：「那也是在一個被子裡了？」

米陽：「……」

米陽覺得這人陷阱挖得太深了，試著為自己辯解：「我穿睡衣了。」

白洛川在背後酸得厲害，「他還給你小暖水袋，他為什麼對你這麼好啊？」

米陽手放在他手臂上，笑道：「可是我跟你好呀！」

白少爺被順毛摸了一把，嫉妒的小火苗勉強壓下去一點，但還是沒停止燃燒。

米陽還在小聲說著好聽的話，白洛川看不到他，就伸手過去輕輕蹭過他的唇，感覺到唇開開合合說的全是自己才滿足了一點。

是了，剛才他還翻出了米陽藏著的衣服，那可是一件他穿過的校服。

小乖還是最喜歡他的。

白洛川忽然問道：「你這次來沒帶小枕頭吧，那衣服你平時都放在哪裡？」

米陽蜷縮起身體，含糊道：「我睏了，想睡，明天再聊吧。」

白洛川不肯，湊近了一點咬他耳朵，呼吸也加重了些，「你晚上偷偷抱著睡的？跟你平時抱著那小枕頭一樣，是不是？」光是這樣一個念頭，他就有些反應。

兩個人在睡袋裡抱著，米陽身體僵硬了一下，略微躲了一點。

白洛川按著米陽道：「別動。」

米陽背對著他，臉上有些熱。

白洛川聲音低沉，鼻息都重了，「跟你說了別動。」

米陽覺得這人簡直就是誣賴，明明自己蜷在那一動不動的，反而是白少爺自己靠過來。

白洛川低聲道：「你是不是故意的？」

米陽：「……」

米陽覺得後背都要燒起來似的，現在是一點都不冷了，額頭都要冒汗，心跳也突突地加快，小聲抗議道：「沒有。」

白洛川下巴搭在米陽肩上道：「你乖一點。」

米陽應了一聲，背著身在那不動，拿手指頭摳了一下睡袋，又小聲提醒他：「你別把睡袋裡面弄髒了，好不容易睡暖和點……」

白洛川埋頭在他後脖頸那磨牙，對方反應也足夠，幾乎是立刻就縮起來討饒。

「別咬，我不是趕你走，我錯了！我也是為你好，一會兒冷了睡著了會感冒的！」

白洛川咬著他沒鬆開，含糊又憤憤道：「那你還讓我出去？」

米陽道：「我就那麼隨口一說……」

白洛川被他氣得情緒下去大半，懷裡的人那點小想法他一清二楚，壓根兒就是冷怕了，又想要睡袋又想要他這個火爐，從小就是膽小怕事，但是只要他一生氣對方就立刻軟下來，怎麼都成了。白少爺偏偏就吃這一口，對方脾氣軟，他心也跟著軟下來。

他抱著米陽忍了一會兒，略微好一點了，湊過去親他一下，「別怕。」

米陽嘴角翹起來一點，不知道為什麼，忽然想起白少爺小時候的樣子了。那個時候的小白洛川也是這樣，脾氣衝得不得了，因為比自己大上兩個月，凡事都走在他前面。兩個人小手拉小手地慢慢回家，小巷子很黑，小白洛川也是牽著他的手這麼跟他說的，板著一張小大人似的漂亮臉蛋，神情嚴肅地安撫他，告訴他「別怕」。

米陽在睡袋裡翻身過去，雙手抱著他的腰，「等到回去。」

白洛川彈他額頭一下，小聲笑道：「不行，乖一點，等考完試吧。」

米陽「哦」了一聲，又問他：「你這次過來待幾天？」

白洛川道：「明天下午就走了，就來看看你。」

米陽以為他怎麼也要再住一天，冷不防聽見，心裡又有點捨不得了，往白洛川懷裡鑽，這次反而是白少爺推開他，也不肯親了，米陽小聲問他：「怎麼了？」

白洛川抱著米陽，在他耳邊道：「小乖，快點長大。」

最後這句，也不知道是跟米陽說還是跟他自己說，帶著嘆息的語氣。

米陽抱著他睡得特別安穩，臨睡前，他模糊想到，幸好自己今天去市區洗了澡。

第二天一早，米陽醒過來的時候有些迷糊，被親了兩下，第一反應是先去推對方的臉，但是都在睡袋裡也掙不開，過了一會兒才反應過來，鬆了口氣道：「是你啊！」

白洛川不樂意道：「你以為是誰？」

米陽眨眨眼，看著他。

白洛川冷聲道：「你編啊，編一個我看看。」

米陽就自己笑了，抵在他肩上蹭了兩下喊他名字：「白洛川，我們起來唄，我都餓了，我剛看到你包裡有巧克力，我想吃一點。」

白少爺對米陽向來有求必應，聽見他這麼說就先放他一馬，兩人起來洗漱完畢，又去了小餐廳那邊吃了早點。

米陽啃了大半塊巧克力，有點膩住了，早飯那一盤炒飯吃得很慢。白洛川拿過來替他吃了，對他道：「我的行李中午到，裡面還有很多吃的，餓了再吃吧，別勉強自己了。」

米陽應了一聲。

他們來得挺早，吃了一會兒也只有單靜一個人過來，米陽跟她打了招呼介紹了一下白洛川。單靜昨天熬夜做表格還一直打哈欠，抱歉地笑道：「小師弟招呼好啊，我拿點東西去工作室，那邊還有兩個人等著，真是忙得過來一趟吃飯的功夫都沒有。」

沒一會兒，陳白微也過來了，他瞧著精神不錯，見了打招呼道：「小師弟早啊，這位同

學也好，昨天睡得怎麼樣？」

米陽道：「挺好的，章教授怎麼樣了，身體要緊嗎？」

陳白微道：「不要緊，老毛病了，吃點潤肺止咳的就好了，主要還是休息不夠，跟他老人家說了，怎麼勸都不聽。」他坐過來跟米陽他們一起吃飯，剛說了沒兩句，旁邊的白洛川就動作迅速地解決了一整盤炒飯，「我吃好了。」

白洛川站起身看著米陽。

陳白微也停下說話歪頭看著他們，帶著點好奇。

米陽連忙站起來道：「哦哦，對，師哥你慢慢吃，我帶他回去。」

陳白微笑道：「你帶你同學去一號工作室看看，那邊還有椅子，讓他坐著等。」

米陽點點頭，又道：「他今天下午就走了。」

陳白微道：「不礙事，咱們這難得來個人，你帶著去參觀一下吧。」

米陽道：「嗯，知道了。」

白洛川跟著米陽出去，小聲跟他道：「你怎麼這麼聽他的？」

米陽覺得這位今天沒再鬧，也沒擺臉色已經進步很多了，趁機壓低聲音哄他道：「因為他名字裡有一個『白』字，我一喊他就覺得像是喊你，瞧見就特別親切。你不知道，我在這可想你了，每天都想。」

這個理由特別牽強，但是白少爺也勉強認了。

剛走出去沒幾步，又聽見身後的陳白微喊了一聲道：「小師弟啊，我突然想起來，先讓

你同學去一號工作室吧，你跟我來一趟！」

米陽這段時間一直跟著陳白微幹活，習慣性地應了一聲：「好！」

白洛川不樂意了，「我人就在這裡，你怎麼還跟他走啊？」

米陽道：「幹活唄！幹完了就能早點回去了。」

白洛川擰眉，但也只能認了。

陳白微拐了四個勞動力，再瞧見白洛川的時候總有些忍不住地打量他，覺得不用實在浪費，他帶著米陽抬了箱子走過，白洛川立刻就來幫忙，力氣瞧著也挺大。陳白微笑道：「哎，這位同學，有沒有興趣來給我們幫個小忙？」

這話聽著耳熟，米陽剛想開口，白洛川就接過陳白微遞來的手套，俐落地戴上，一言不發地過去給他們幫忙了。

白洛川想要的很簡單，他想看看米陽離開自己之後都做了些什麼。

再也沒有比親自看著知道的更多的了。

白洛川做事賣力，話又少，非常注意不去影響他們工作，不碰著展臺上的任何東西。

他這麼小心，反而讓旁邊的胖師哥忍不住多看了兩眼，笑呵呵道：「小白是吧，沒事，別這麼緊張，那邊就是我們昨兒剛買來的一些絲線，不是文物。」

白洛川點點頭，依舊站在一旁避開那些。他戴著口罩，遮擋住了鼻樑以下的部分，視線平淡地只盯著米陽那邊看他幹活。

胖師哥瞧見了，又道：「哦，他們那邊修復的是唐卡，說來我們這次在高昌故城找到了

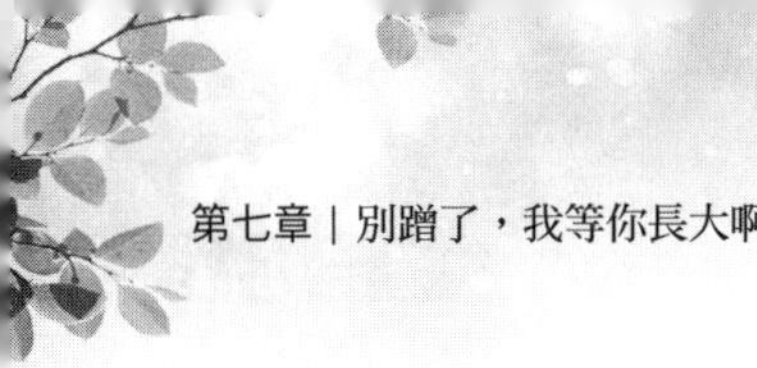

不少好東西，老師忙活了兩年，估計明年還得來呢。」

白洛川這才看向他，「明年也來這邊？」

胖師哥笑道：「差不多吧，老師為這裡準備了太多，和這邊的研究館、博物院都講好了，這邊一個絲綢博物館裡已經展覽了一些修復好的了，總體來說，這次收穫還是不錯的。」

白洛川點點頭，又去看米陽那邊了。

胖師哥閒不住，一邊幹活一邊跟他搭話：「你和米陽穿的羽絨外套一樣啊？」

白洛川言簡意賅：「校服。」

胖師哥道：「喲，你們滬市高中就是不一樣啊，校服都發名牌的呢。」

白洛川隨口應了一聲，胖師哥還想跟他再聊幾句，但是對方忽然抬腳大步走了過去，一直走到了主工作臺那邊。

陳白微正握住了米陽的手腕，一邊教他一邊道：「哎喲，我的寶貝啊，這兩條線是錯的，你看這裡，不應該是放這塊碎片……」

米陽難得沒鬆開鑷子，試探道：「可是，我覺得它們才是一部分的，昨天靜姊教我看經緯線，師哥，你看這條線的走向和摺痕。」

陳白微湊過去看了一眼，擰眉道：「還真是，可圖案就對不上了，這應該是經書紋理，你等著啊，我請老師來看看。」

他一抬頭，就看到站在旁邊的那位個子挺高的同學。

白洛川面無表情問他：「陳師哥，還需要我幹什麼活嗎？」

陳白微看了他一會兒，忽然笑了，拍拍他肩膀道：「要啊，你幫我去把章教授請來，他在三號工作室呢。」說完又回頭去跟米陽繼續研究去了。

白洛川：「……」

白洛川去請了章教授來，米陽發現的那個問題讓老教授也有些驚訝，文物已經破損了，他們按照各類資料上記載的或許就直接拼好，依舊能夠保證完整，但是現在看來，並不只是單純的一幅圖，至少和他們之前發現的都不一樣。章教授有些激動起來，去找了其他人開始繼續查詢資料，米陽這邊負責的瑣碎活計也都停下，要等結論出來之後，再由章老帶著他們開始修復。一個微小的線索，文物的價值就大大不同起來。

米陽也因此得了空閒，和白洛川能坐著聊一會兒了。陳白微也停下手頭的活計，伸了個懶腰走過來，跟他們湊在一處偷閒。

白洛川忽然開口道：「我還有一些東西中午送過來，給大家買了一些吃的用的，也給陳師哥買了個睡袋，保管暖和，就不用再兩個人擠了吧。」

陳白微有點驚訝地看著他。

白洛川道：「米陽不習慣跟人睡，晚上睡不好，他忙完這裡的事還要回去準備考試。」

「行啊，多謝你。」陳白微笑著點點頭，又開口問他：「對了，你們昨天怎麼睡的？」

白洛川面不改色道：「一人一張床。」

陳白微挑了一下眉毛，唇角露出一個玩味的笑容，但也點點頭沒再多說什麼了。

白洛川的行李提前送到了，比米陽預計的還要多，已經不是幾個行李箱的問題，而是打了幾個結實的包，捆得結結實實像是運來的物資，堆了小半個帳篷。這次不止是陳白微，每個人都得了一個睡袋，吃用的東西更是挑著最好的帶來不少，連藥品都準備了，專門給章教授備了一份，裡面好幾瓶清熱潤肺的上好秋梨膏。

這些將來都是米陽的學長學姊，還要多相處好幾年的時間，白洛川做事細緻周到，人情方面從來不會虧待。陳白微看到那幾瓶秋梨膏，手指尖在瓶子上彈了兩下，笑意更重了，他覺得這兩個小傢伙有點意思。

白洛川帶來的東西太多，除去給營地裡其他人的，米陽的是單獨裝了一份拿過去，堆在房間裡。米陽一共在這裡待不了幾天了，覺得這些等他走也根本用不完，但是白洛川堅持，他也只能留下。

米陽道：「那就放在這，等暑假可能還會再來。」

白洛川正在給他整理參考書和筆記，除了昨天他自己帶來的那本之外，今天又送了一些過來，聽見問道：「暑假還來？」

米陽道：「章教授那天問我，他說如果還帶隊過來，到時候會看情況給我打電話。」

白洛川又問：「你想來嗎？」

米陽抬頭看他，眼睛亮晶晶的。

白洛川笑道：「幹什麼這麼看我，你想來就來啊，到時候我先處理好我那邊的事兒，然後也來瞧瞧。」

米陽高興不少，「是你上次說的那個京城的堂哥帶著你做生意的事嗎？」

白洛川點頭道：「對，我本來還想帶你先去一趟京城，你上次說要找的人有點消息了，我堂哥找到以前接手書肆的一個人，不過你要先來新疆也行吧，那邊有堂哥在幫我們打點著，回頭去了大學我再陪你慢慢找。」

米陽點頭應了一聲，伸手去拽他衣袖，白洛川道：「別動，我幫你劃重點了。」

米陽道：「你別劃了，晚上打電話的時候再跟我說唄。」

白洛川低頭一邊寫一邊道：「我怕說不清楚。」

米陽湊近了一點，兩個人在房間裡也沒有外人，他抬頭看了一眼關著的房門，又湊過去親了白洛川臉頰一下，「少爺現在對我真好。」

白洛川道：「我以前對你不好？」

米陽笑著搖搖頭，又親他一下，「越來越好了，我最喜歡你了。」

最喜歡的人還是要走，下午白家的車就來接了，大概是怕白洛川臨時變主意，來了三輛車瞧著要一路護送去機場的架勢。白洛川磨到了最後一分鐘，背上包出去了，在營地門口跟米陽揮揮手，上車離開了。

白洛川隔著車窗看了一眼，營地門口的小孩戴著帽子圍巾，裹得像是一條蠶寶寶，看車開走了這才慢吞吞地挪回去。

白洛川唇角揚起來一點，很快又收斂下去，恢復了平日的樣子。

米陽留在這邊繼續跟著章教授忙碌，師兄們都肯帶他，米陽記性好，說過一遍的事都記得住，而且肯動腦去想，章教授在一旁瞧著十分心喜，有次吃飯閒聊的時候還跟米陽問兩

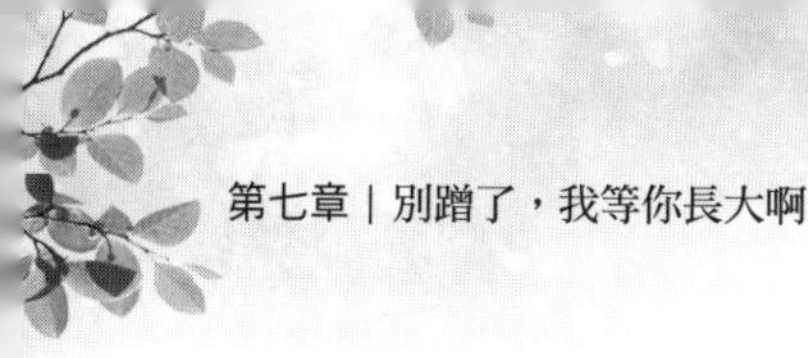

句，聽到他第一志願是考自己這裡，笑得嘴都合不攏了，連聲道：「好啊，真是太好了！米陽啊，你要是想來，就放心大膽地準備考試，明年不成就等後年，老師提前給你留個位置，你什麼時候來我都帶你，呵呵！」

米陽揉了一下鼻尖，「謝謝章老，我其實今年就打算考試。」

章教授驚訝道：「今年？提前考試嗎？我還真不知道你這個情況，耽誤你複習了吧？」

米陽搖頭笑道：「沒事，我同學送參考書過來給我了，我晚上可以自己看。」

陳白微在旁邊提醒道：「就是前兩天來的那個男同學，個子挺高的，長得也不錯，力氣特別大，就扛箱子那個……您想起來沒有？」

章教授恍然道：「對對，是有個同學。」

米陽笑道：「他也跟我一樣提前考試，我們倆一起複習。他這次也是家裡人在這邊有工程過來一趟，正好給我送點東西。章老，運氣好的話，等九月您就能見到我了。您自己說的，一定要帶我啊！」

章教授道：「帶，一定帶！」

米陽比預計的又晚了五天，要不是聽說他要考試，章教授都不打算放人了。二十天的交流學習非常圓滿，米陽人回來的時候除了瘦了一點沒什麼太大變化，眼睛裡都帶著希冀而明亮的光芒，比之前的信念更堅定了許多，很快又投入到忙碌的學習中去。

託白洛川給他送了一份參考資料的福，米陽回來之後的考試成績還不湊，魏賢給他們也出了題目，針對他們課目的弱點集中補習。

五月米陽和白洛川一起參加了春季場考試。

程青不管藥房的事，專門騰出兩天來陪他，臨送米陽進考場的時候還一起和他又檢查了一遍：「陽陽，你再看看，身分證和准考證都帶了吧？筆呢，筆夠用嗎？」

米陽拿出來給她看，兩證齊全，黑色水筆也都多準備了兩支，其餘允許帶的三角板等工具也都帶了，還多帶了一塊手錶，專門看時間的。

程青臉都白了還在那勉強笑道：「很好，都拿齊了就行，你進去慢慢寫，時間不夠也別緊張，能寫多少寫多少，要是提前寫完了就坐著多檢查一下，別提前交，知道嗎？」

米陽點點頭，笑道：「我知道了。媽，到點了，我進去了啊？」

程青點點頭，她這邊剛送了米陽進去，就看到旁邊停著的那輛黑色房車打開了車門，下來一個挺高的男孩，長得也帥氣，見了她點頭笑道：「程阿姨，我媽也來了，您進車裡歇一會兒，也陪陪她，她剛才念叨好久，瞧著比我還緊張呢。」

程青笑了一下，「行，你快去吧，陽陽剛進去。」

白洛川點頭，大步向考點大門那走過去，隔著大門不遠處，米陽正站在那等著，果然瞧見白洛川之後兩人才肩並肩地一起進了教學大樓。

程青看著他們走遠才回頭上車上去，駱江璟坐在那也隔著玻璃正看著，眼眶有點發紅，她瞧見程青有點不好意思地笑了道：「妳說我，不知道怎麼的，就覺得他們忽然長大了，怎麼一眨眼就這麼大了，我也幫不上什麼，跟著瞎操心。」

程青坐在她身邊，附和道：「不瞞妳說，剛才我送陽陽的時候也緊張得手心冒汗，像

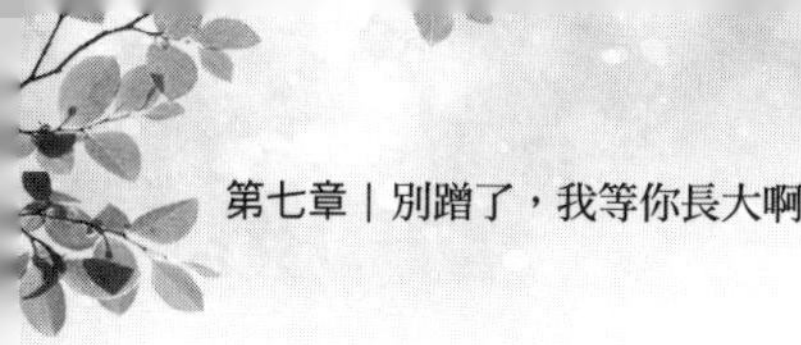

是二十年前我自己參加高考一樣，這一晃眼都過去多少年啦！高考只是一站，人生的路啊長著，且走著吧。」

駱江璟笑著點頭說是，又忍不住抬起頭來隔著車窗玻璃往外看那棟教學大樓。

程青也在看著，她期望沒有那麼高，與其說擔心米陽的成績，不如說是擔心考得不好兒子自尊心受到挫折，不過轉念想著好歹小學跳了一級，再多考一年也不耽誤什麼。她是個樂天派，自己安慰了自己一會兒又放鬆下來。

上午考完一場，兩個人回來的時候狀態還不錯。

下午那場考試時間在三點，給了充足的時間休息，駱江璟在附近訂好了飯店，把兩個孩子一起送了過去。程青不放心飯店的飯菜，借用了人家的廚房給兩個孩子做了一頓飯菜。兩個人吃得很香，白洛川更是吃了兩碗飯才停下，比在家裡的時候吃的多些。

原本訂了兩個房間讓他們各自休息，但是白洛川拿了書道：「媽、程阿姨，我和米陽一個房間吧，我們要再看一會兒書，之後睡午覺。」

駱江璟道：「行，那媽媽一會兒叫你們。」

白洛川想說自己可以訂鬧鐘，還沒開口，米陽就點頭道：「好，那麻煩駱阿姨了。」

駱江璟得了這個任務，就去隔壁房間和程青一起坐著去了。她們兩個是沒有一點心思睡午覺的，駱江璟更是連公司的檔翻看了兩頁，什麼都沒記住，只抬頭時不時地去看時間，生怕給孩子們耽誤一點。

白洛川和米陽躺在一張小床上睡覺，米陽翻了一下書，白洛川就笑道：「還真看啊，這本都快被你翻爛了，有哪個你不會的？」

米陽也笑了一聲，把書放在枕頭邊輕輕嘆了口氣道：「就是有點緊張。」

白洛川道：「沒事，你考不好我花錢給你買進去。等白哥哥賺了錢，給學校捐一棟樓……哦，京城大學估計一棟不成，得再加個體育館。」

米陽被他逗樂了，緊張勁兒也散下去一些。

白洛川唇角翹起來，閉著眼睛抓住他的手放在自己手心裡握著，小聲道：「快睡吧，下午還有一場呢。」

旁邊的人睡得快，就跟情緒帶動一樣，米陽身體也慢慢鬆弛下來睡著了。

下午他們的小鬧鐘先響了，剛起來洗了把臉，緊跟著外面也響起了敲門聲。

白洛川打開門，駱江璟和程青就站在外面，已經在等著他們了。

程青拿了一點薄荷膏沾在手指上，給他們兩個太陽穴那揉了兩下，笑道：「提神醒腦的，下午也要加油啊！」

白洛川笑道：「知道，謝謝程阿姨。」

那邊駱江璟也給了米陽一塊新手錶，對他道：「今天中午跟你媽媽聊起來才知道，你那手錶之前泡過水，萬一出點什麼問題可怎麼好？我讓人去買了一塊和洛川一樣的過來，小乖聽話，把這個拿上。」

米陽愣了一下，連忙推拒道：「駱阿姨，不用的，那都是一年前的事了，已經修好了，我用著還挺好……」

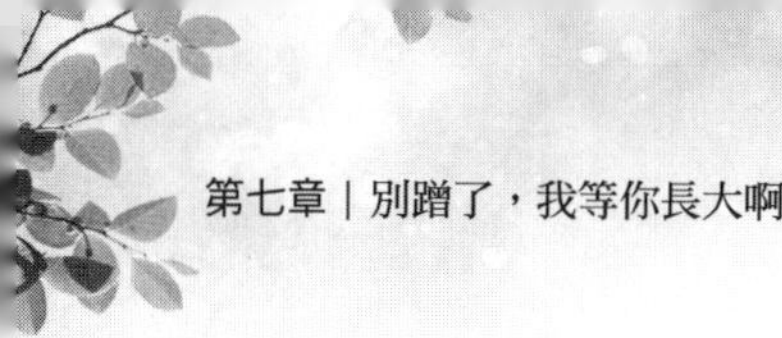

駱江璟不肯聽他的，堅持要他拿著，白洛川過來給米陽換上，一邊給他戴上一邊道：「你就聽她們的吧。」他眨眨眼笑道：「也理解一下高考考場外面焦急的家長心情。」

米陽抬頭去看程青，見程青也無奈地點頭讓他拿上，只能禮貌道：「謝謝駱阿姨。」

駱江璟摸了摸他的頭，笑道：「考試加油呀！」

高考兩天，兩個媽媽一直全程陪伴，第二天的時候下了雨，駱江璟的房車開得離著校門口近了一些，但她還是不放心，時間不到就和程青兩人撐著傘下去等了。

這個月份的天氣還不熱，綿綿細雨落在傘上發出細微的聲響，不多時教學樓的考場鈴聲響了，過了一會兒開始有學生陸續走出來。

有不少考生提前帶了傘來，等在周圍的家長們圍上去，雖然考場不大，人數也不多，但是家長們來的都是雙倍，一時間校門口那也圍滿了人。瞧著周圍有個接女兒的家長抱著孩子哭，駱江璟也有點眼眶發熱，但是抬頭再去找自己家的孩子時，就看到那倆擠在一把傘裡一邊走還一邊在那小聲爭辯。

「你怎麼自己不撐傘啊，這個太小了！」

「我懶得打開，你撐著唄！」

「我的書包都濕了……」

「書包重要還是我重要？」

……

駱江璟那一點傷感的小心思立刻都被沖淡了，噗哧一下笑出聲來，程青也跟著笑，一邊

搖頭一邊道：「駱姊，妳昨天還說他們長大了，我瞧著跟小時候一模一樣，壓根兒沒變！」

駱江璟失笑，「洛川還是這性子，整天就知道欺負小乖。」

程青道：「米陽也有脾氣，不是誰都能欺負，他那是習慣照顧了。」

駱江璟覺得頭疼，「從小我就教他照顧弟弟，真是半點都沒聽進去。」

程青不在意道：「一樣，反正他倆互相照顧，咱們就甭操心了。」

兩個人說說笑笑地走過去，把兩個男孩接上。駱江璟先遞給了自己的傘給白洛川，戳他額頭一下，笑道：「又欺負弟弟？跟你說多少次，你是當哥哥的，要照顧小乖聽到沒有？你看看小乖怎麼照顧米雪的，學著點。」

白洛川不在意道：「好哥哥嘛，我知道，晚上摟著他睡覺還給他講故事唄！」

駱江璟道：「你是不是要氣死我？」

白洛川攬著她的肩膀往前走，哄她道：「怎麼可能？我最最心疼您了！我們駱女士心胸寬廣，肯定能活到一百歲，而且還駐顏有術，到了一百歲也是最漂亮的老太太。」

那邊的程青接過米陽的書包，笑著跟他說話：「甭管考得怎麼樣，先放鬆兩天，明天週五的課媽媽去幫你請假，連著週末兩天你好好休息一下，什麼都不用管。」

米陽點頭道：「好，謝謝媽。」

成績要等一個月左右才出來，這段時間兩個人也鬆了一口氣，一邊繼續回學校讀書，一邊等成績。一班和二班的班導師也在關注這兩個尖子生，這都是他們的心頭寶，等著他們回來，也給他們各自估算了一下分數。因為文科和理科都是分開的，白洛川和米陽之前對過一

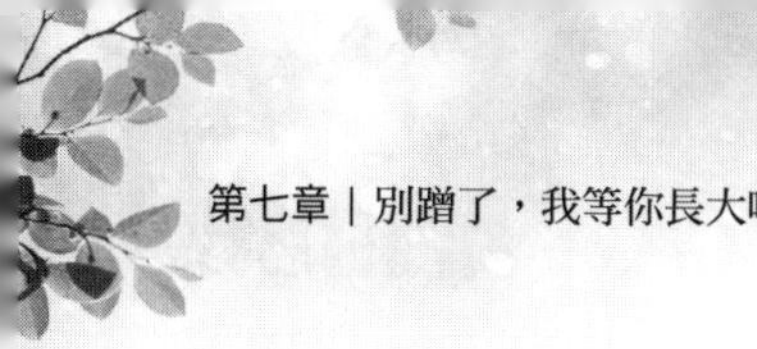

次分數，但也只對了語文、數學和英語這三門，其餘的都是各自估算的。

這次班導師給他們估了一下分數，算著還不錯，都沒什麼問題，尤其是白洛川，老戴特意請了他們教學組的老師來給算了一下，白洛川這都算是超常發揮了。老戴心裡高興，但是也沒表現出太多，只點頭道：「還不錯，回去接著複習啊，還有一個月呢，沒出成績之前你就是咱們高二一班的學生，跟著大家老實地一起念書吧。」

白洛川點點頭，起身要走，站起來的時候忽然發現老戴電腦上貼著的一張行程表，愣了一下道：「老師，您晚上要出去……吃飯啊？」

老戴也瞧見了，把那個單子拽下來咳了一聲，有點不自在道：「你管我呢，快回去念書，一會兒我上課就抽查你背課文啊！」

白洛川：「……」

白班長估了一個不錯的分數，老戴一高興，上課就讓他背了兩遍《遊褒禪山記》。

等到下課之後，白洛川也隱約覺得有點不太對勁，老戴那行程表上寫著時間和飯店的名字，關鍵是還畫了波浪線和一顆愛心。

另一邊，米陽估分完了之後，被班導師文老師慈愛地誇讚了幾句，把他送回了教室。

文老師這段時間清減了不少，穿著連衣裙顯得身材苗條又溫婉，她在班裡轉了一下，又給講臺上放著的那盆綠蘿倒了點水之後這才走了。

全班的氣氛陷入一種古怪的幽怨中。

米陽看著同桌，平日裡陽光活潑的大男孩也幽幽地看著講臺上的綠蘿不說話，米陽手臂

上的寒毛都要豎起來了，揉了手臂一把，小心問道：「大家怎麼都……不太對勁啊？」
同桌冷聲道：「哪裡是我們不對勁，全是這個世界的錯！」
米陽耐心問道：「這世界具體錯哪兒了？」
同桌眼神裡的怨念都快凝結出來，「團支書，你出去交流學習又忙著考試還不知道吧？隔壁班的戴老師背叛我們了。」
米陽道：「啊？」
同桌把自己代入瓊瑤劇女主角了，悲痛道：「老戴去相親了，一個星期還相兩回啊！」

第八章

慾火上來，打拳都消不下去

米陽驚訝道：「戴老師去相親了？跟誰？」

同桌低聲道：「和一個特時髦的女人，咱們班的袁琪她家是開咖啡廳的，開家長會的時候見過戴老師，一眼就認出來了。她當時跟我們說的時候，咱們大家都不信，但是老戴也真是的，逮著一家相親起來沒完了，又領著另外一個女的去了一回。這次袁琪親眼瞧見的啊，回來說的時候，眼眶都紅了……」

米陽覺得他有點激動，嘴唇抖著，像是至今也無法接受這個事實。

同桌哽咽道：「老戴這次太過分了！」

米陽忍不住道：「或許……或許戴老師就是普通的想去多認識一點朋友？」

米陽後排的一個女同學幽幽道：「團支書，咱們文老師平日裡待你不薄，你站哪邊的？文老師肯定傷心了，你看她都瘦了好多。」

同桌心痛道：「可不是，我們眼睜睜瞧著，痛在心裡啊，戴老師這事做得不道地，平時來咱們班這麼勤快，恨不得一天來三回，現在又去相親……他怎麼能幹出這種事呢？」

二班人的心情整齊劃一，他們覺得自己都是文老師的娘家人一般，對老戴相親的事由震驚到憤怒——你這濃眉大眼的傢伙竟然也背叛了「革命」？

米陽抬頭看著講臺上那一小盆綠蘿，當初還是一班給送來的，掐了一段枝葉過來養到現在已經長得非常茁壯了，綠色的葉子舒展開，綠意映然。戴老師每次來上課的時候，都會順手侍弄一下這盆綠蘿，他愛花，也會養花草，拿著小水壺澆花的時候都是哼著歌的。

文老師剛才澆花的姿勢跟他一樣。

另一邊，白洛川也在想著戴老師那個行程表，擰著眉頭想了一會兒，轉身敲了敲後面毛岳的桌子，問他道：「老戴最近什麼情況？」

毛岳虎目含淚，一臉愧疚地看向他，「班長……」

白洛川嚇了一跳，「怎麼回事？」

毛岳還沒開口說話，老戴又急匆匆走進來，給大家貼了新的值日表，一些零碎的活計都分派給了白洛川，大概是對他的估分想當滿意，還說了兩句玩笑話：「讓白班長再給我們服務一兩個月，大家抓緊時間，監督他履行班長的義務啊！」

老戴帶頭開始鼓掌，班上的同學們也跟著稀稀拉拉地鼓掌，雖然配合，但依舊能看出又幾分落寞。老戴也瞧出來了，只當同學們是念書辛苦了，按以前那樣對他們鼓舞道：「大家也要努力啊，我們還有一年多點的時間可以拚，一起衝一把，好不好？」

老戴舉著拳頭興致勃勃，但是學生們看向他的時候只拖長了音回道：「好……」硬生生都能聽出一些哀怨來，底下抬頭看過來的一道道視線也帶著青春的傷痛。全班學生士氣低迷，給他一種像是背著全班做了什麼對不起大家的事一樣。

老戴摸不著頭緒，又叮囑了白洛川兩句管理好自習課的紀律就走了。

毛岳在後面嘆了口氣，喊了白洛川一聲：「班長。」

白洛川笑道：「又怎麼了，我就提前一年多去大學，你們不會這麼捨不得我吧？」

毛岳嘴笨，張嘴說半天說不到點子上去，旁邊的宣傳委員是他同桌，推了他一把自己接過了話碴，憤憤道：「老戴竟然去相親了，對象還不是文老師！」

另一個也憤慨道：「還被拒絕了，活該啊！」

也有人嘆道：「我們跟二班的兄弟班情誼完蛋了，老戴不爭氣啊！」

「對，這回是老戴過分了，我現在看見文老師心裡就特別難受，覺得對不住二班的那幫兄弟姊妹們。」

全班同學都一致鄙視了老戴吃著碗裡看著鍋裡的行為——就算是追人也要有誠意啊，好端端的大夥兒一起幫著他追了兩年，怎麼轉頭說相親就相親去了呢？很氣！一班同學也毫無心理準備，連他們班那個平日裡心態特別平和的團支書都連著看了兩天《心經》來消火，毛岳一個鐵塔一樣的漢子抖著嘴角難過得說不出話來，白洛川瞧著毛岳那樣手臂上的雞皮疙瘩都冒出來了，略微離他遠了一點。

一班團支書放下手裡的《心經》，嘆了一口氣目光幽幽看著毛岳，「男兒有淚不輕彈，只是未到傷心處啊！」

白洛川：「……」

也不知道是兩個班級同學們的怨念還是老戴自己運氣不夠好，第三次相親依舊失敗了。

正所謂一鼓作氣，再而衰，三而竭，老戴這次也有點蔫了，穿著他那件短袖格子襯衫和長褲來上課，鼻樑上架著眼鏡，雖然還是笑著，但也能瞧出幾分失落。

兩個班的同學們心情不比他好到哪裡去，簡直像是看了兩年大型真人戀愛秀男主忽然變心，一時心裡也不是滋味。

事情的轉機來自一個禮拜之後，老戴第一次得到了二班的回饋。

是文老師送的一份雞湯，裝在保溫壺裡的一罐熬得湯汁濃郁的雞湯，還冒著熱氣，喝一口就特別熨貼的那種。

打從高一剛開學，老戴就習慣了他們白班長帶著人去二班幹活，去給二班送東西，去給二班爭取榮譽，這還是頭一回從二班得到點物質上的東西，老戴接過來的時候臉都紅了。

文老師站在那穿著一身碎花連衣裙，披肩的頭髮燙了髮尾的一點小捲，看著溫婉可人，她笑道：「戴老師，這幾天看你一直在辦公室備課到很晚，還特意給我們班幾個同學補課，辛苦了，這是我自己做的，也不值什麼，您嘗嘗吧。」

老戴一個大齡未婚男青年，這輩子基本只和詩歌談過戀愛，壓根兒不懂什麼風情，但是瞧著文老師溫柔賢淑的模樣，臉還是紅了起來，結結巴巴道：「謝、謝謝妳啊！」

文老師略微點點頭，「不客氣，咱們兩個班關係這麼好，應該的。」

老戴喜孜孜地捧著回去喝雞湯了。

不知道是雞湯補元氣，還是班裡的同學又莫名恢復了一點精神，老戴這幾天都過得非常舒心。就在喝了人家文老師四五罐雞湯之後，老戴再看著自己桌上淡粉色的保溫壺的時候，雙目炯炯，忽然有點感覺了。

一天放學後，老戴捧著那個空了的雞湯保溫壺去找了文老師。文老師也是非常努力的老師，她雖然年輕，但是教學抓得也很嚴，自己更是以身作則地每天留在辦公室裡忙碌到最後一個走。老戴過來的時候，辦公室裡剩下文老師一個人，還在伏案修改著學生的作業。

老戴走過去，磕磕巴巴道：「那個，文老師啊，我找妳有點事。」

文老師停下手上的筆，抬頭看著他，笑道：「您說。」

老戴支吾半天，臉皮都漲紅了也沒能說出一句來。

文老師疑惑道：「您這是要說什麼呀？」

老戴脫口而出道：「我、我想和妳比比看咱們哪個班上學生考上重點大學的多。」

文老師道：「……行吧。」

老戴自己覺得這樣和文老師搭上了話，非常高興。對面文老師一直都是笑咪咪的非常配合他，有的時候老戴特意來問她小考成績的時候，文老師也耐心回答了。

文老師教英語，有時候會放一兩部英文電影給大家看，老戴也會厚著臉皮搬一個凳子過去一起看。教室裡拉著窗簾關上前後門，黑漆漆的，還真有點像是電影院。

二班的學生一邊看電影，一邊留神分出一點精力來聽老戴跟他們文老師說了什麼。

老戴道：「這片子我以前看過，費雯麗氣質真好啊，像公主似的，和咱們這些當老師的就是不一樣。」

文老師道：「……對。」

老戴興致勃勃還在那小聲說著，二班同學氣得鼻子都歪了，轉頭看電影一點都不想聽他說話。倒是文老師脾氣溫和，笑著在那點頭跟他攀談，慢慢引著他談到了其他電影上。

老戴小聲道：「亂世佳人嗎？妳需要的話，我明天可以把片子拿來給妳。」

文老師笑道：「那可太好了，謝謝你呀！」

老戴紅光滿面道：「不客氣，原來妳這麼喜歡費雯麗啊！」

文老師道：「啊？啊，對！」

老戴美滋滋地看了一場教室裡的電影，然後走了。

隔天老戴來給文老師送了電影碟片，還送來不少，任由她挑選。身為一個文藝青年，除了詩歌，最喜歡的就是電影了。文老師連聲道謝，一來一往地，兩個人互動明顯增多了。

一班同學激動起來，覺得老戴浪子回頭金不換，這是發現了真愛啊！

二班同學努力繃緊表情，心裡也是激動得扭著小手帕，一致同意再給老戴一個機會。

米陽和白洛川回到宿舍的時候，兩個人挺感慨的，米陽坐在椅子上拿著書翻了兩頁，笑著道：「戴老師這次是認真的吧？」

白洛川道：「應該吧。」

米陽拿書敲了敲他手臂，道：「你怎麼用詞這麼模糊？我們班同學可都提高戒心了，生怕他又招惹了文老師，回頭再出去相親。」

白洛川道：「我們這也監控著了，毛岳禮拜天去商場買東西，老遠看到老戴立刻就跟了一路，東西也不買了，確定他一路上身邊沒可疑人物才放心。」

米陽問他：「什麼叫可疑人物？」

白洛川道：「除了文老師以外的一切女性，五十歲以上的除外。」

米陽笑得不行，對他豎起大拇指。

白洛川也笑了，過去把他抱起來一直抱到床邊。

米陽突然騰空，嚇了一跳，摟著他脖子道：「怎麼了？」

白洛川把他放下，彎腰親了他一下道：「等著啊！」

他去打了一盆熱水回來，試了溫度要給米陽泡腳。米陽躲了兩下沒躲開，哭笑不得，「你有完沒完了，陳師哥就給我打了兩次熱水，你還真要按著我洗一個月啊？」

「他能做到的，我加倍做到。」白洛川低頭幫他搓了一下，又道：「別動，乖一點。」

米陽腳趾縮起來，小聲抗議：「他就打水，也沒給我揉啊！」

白洛川不答反問：「我做的是不是比他好？」

米陽連聲道：「好好，特別好，可以了吧，我覺得有點熱了。」

這個天沖涼都是溫熱的水了，熱水泡腳之後，米陽腦門上的汗都出來了，而且白洛川走完形式，他還是一樣得去浴室洗澡。白少爺就是自己心裡不痛快，一定要找補回來，他堅持著，米陽也只能配合。

晚上睡覺的時候白洛川抱著他擠在一處睡，旁邊那張床算是徹底閒置了，白少爺一邊捏著他的手，一邊哼道：「他說你身上涼，我摸著怎麼不涼？」

米陽這次學聰明了，立刻道：「他瞎說的，他都沒摸過，頂多就摸過手，還是教我梳理絲綢經緯線的時候！」

白洛川又道：「他最近聯絡你沒有？」

米陽搖搖頭，白洛川放心了一點，對他道：「要是章教授那邊的事，你就還是答應下來，機會難得。你既然喜歡就從一開始跟著多學習，我看你上回在新疆挺開心的。」

米陽笑了一聲，點頭道：「好。」

白洛川在身後伸出手把他圈在自己懷裡，跟他咬耳朵：「但是這回不能人家喊你什麼都答應，尤其是那個陳白微，你跟他說不許他那麼喊你，聽見沒有？什麼『寶貝』的，我上回聽見就生氣。」

米陽解釋道：「陳師哥喊所有人都這樣，就是一個口頭禪。」

白洛川冷哼道：「輕浮！」

米陽笑道：「那我跟他說，讓他好好叫我名字，以後這種話就咱們倆能喊，好不好？」

白洛川道：「喊什麼？」

米陽手放在他手臂上輕輕拍了拍，安撫似的道：「喊你寶貝？」

白少爺在後面嗤笑一聲，貼過來一點親他耳朵，一邊親吻一邊道：「你這喊得一點誠意都沒有，成天在家裡這麼喊米雪吧？我才不要。」他略微用力把米陽翻過來，捏著他下巴讓他看自己，「我喊你吧，我從來沒這麼叫過別人，一次都沒有。」

他手指放在米陽唇邊，來回摩挲幾下，落了一個很輕的吻上去，話也輕柔，放在心尖上哄著似的道：「寶寶。」

米陽臉上發燙，躲了一下。

白洛川捏著他下巴不讓他走，親完了才笑道：「一點都不乖，壞寶寶。」

回到學校一段時間之後，米陽接到了章教授的電話。

章教授讓他來一趟京城，通知他參加一項考試：「自主招生也是這一兩年剛開始弄的，學校裡也在摸索，剛好問到我這兒，我就想起你來了。米陽啊，你準備一下，過來再參加這

個考試，分數估計也加不了多少，不過高考成績多一點總歸好些。考試題目分筆試和面試，因為我這邊學生的專業也是固定，都要帶上好幾年，我就又申請加了一個動手實踐。」老人家說得很慢，語氣溫和問他：「你可確定好了？如果來參加了考試，可就連著幾年都跟著我，不能再修改志願嘍！」

米陽難得有些激動，「我願意的，我從一開始就喜歡這個專業。您等我，我一定去。」

這次去京城考試時間很短，來回兩天，白洛川沒有跟著他去，只是路上發簡訊鼓勵了米陽幾句。白洛川空閒的時間也被占用起來了，像是之前一樣，出了學校就去公司忙碌著，也多虧他精力充足並不覺得累，反倒是帶著他的米澤海有些時候都跟不上他，笑著誇他：「你這精神，兩個我都比不了。」

白洛川道：「米叔說的哪裡話，您年輕的時候也厲害。」

米澤海帶著他看完現場，一邊走一邊搖頭道：「現在不行了，對了，一會兒你還要去哪？回學校嗎？」

白洛川看看手錶，「不了，晚上回去也是自習，我去一下散打館，約了教練。」

米澤海上下打量著他，驚訝道：「還能訓練啊？你今天跟我跑了這麼久，撐得住嗎？」

白洛川笑道：「就是走路，沒事的。您先回去吧，我自己過去就成。」

米澤海看著他單肩背包離開的身影，恍惚發現白家這小子已經不是當年那個小孩了，將近一米八的身高走在路上還是非常醒目的，光看背影就覺得有一種少年人的勁頭。

米澤海摸了摸自己的肚子，雖然還是平整的，但是已經不是以前在部隊的時候那種腹肌分明的感覺，他笑著搖搖頭，無奈道：「也是，孩子們都這麼大了，真的老了啊！」

白洛川去散打館練習了一會兒，他這個年紀，正是精力旺盛到用不完的時候，捲起的袖子露出結實的肌肉，手臂每次揮拳都力氣十足，不是穿著校服那個懶洋洋的學生。

教練以前曾經拿過幾個全國散打冠軍，帶出不少好苗子，他是兩年前才接手這個學生。當時一個穿著黑色西裝的人遞了名片指名要他帶，剛開始以為就是一個家裡有錢的富二代，吃不了什麼苦，學上一段時間就走了，但是沒想到兩年來這位少爺一直堅持著，尤其是近一年的表現，已經可以打贏一些職業賽了。

教練也只敢這樣在心裡想想，這種大少爺，哪裡會去參加職業賽。

白洛川也不像是對那些感興趣的人。

今天訓練的時間比往常還久一些，教練最後還和他對打了一場，結束之後脫下手上的護具甩了甩手腕笑道：「洛川，今天這麼狠啊，我手都快斷了，在學校裡待著煩了？」

白洛川脫下拳套，隨意用手向後擼了一把額前散下來的碎髮，「有點。」

他矮身鑽出擂臺，手指拽了一下領口，身上的衣服已經濕透了，黏膩的感覺讓他覺得有些不耐煩起來，走到一旁存放背包的前臺要拿了乾淨衣服去後面沖澡，他手指還沒碰到，旁邊一個女孩立刻就跑過來道：「我幫你！」

女孩年輕漂亮，穿著健身的短衣更顯得身材火辣，尤其是彎腰的時候胸前風光更盛。

白洛川卻看都不看她，推開她一點，擰眉道：「別碰我的東西！」

女孩有些尷尬，剛才白洛川嫌棄得太明顯，她也不好再去碰了。

白洛川拿了包自己去浴房沖澡了。

女孩一直看著他背影，教練走過來拿一顆薄荷糖扔在她腦門打了一下，笑道：「回神了，別看了，那不是妳能攀得上的。」

女孩臉上漲紅，平日裡也是因為容貌和身材被寵慣了的，立刻翻了個白眼道：「當我稀罕啊？今天不練了，我先走了！」

教練看著她搖搖頭，不是第一個了，這兩年為了白洛川特意轉來的女孩也有，走的卻更多，這位少爺一點都不在意地釋放自己的魅力，但是對所有接近的人全都是冷臉相對，他天生有這樣的本錢，不用在意任何人的眼光而活著，肆意明亮，驕縱任性，像是一團火，但又不是誰都能接近的火焰。

白洛川要了貴賓室，浴房裡只有他一個人，他赤身扶著浴室牆壁沖洗了很久。花灑裡的水霧淋下來，溫度很低，但他身上依舊冒著熱氣。

剛才的運動沒有像之前一樣讓他分散掉精力，反而因為身邊的空缺，讓他總是忍不住想起那個身在北京的傢伙。這會兒應該考試完了吧？他們打最後一通電話的時候，他逼著米陽喊了一聲「哥哥」。

白洛川喉結滾動幾下。

米陽喊得很好聽，但又帶著點羞澀似的，他現在還記得那一小聲有多甜。

白洛川閉了閉眼睛，單手撐著瓷磚牆面。

過了一會兒，白洛川換了一身乾淨新衣出來，跟教練說了一聲就走了。

外面的司機還在等著，跟多年來一樣。

白洛川習慣性坐上後排，他剛坐進去就察覺出有些不對，旁邊竟然還坐著一個人。車子裡黑漆漆的看不清楚對方的臉，但是能聽到對方熟悉得不能再熟的聲音，他笑道：「練好了？我猜著你就在這。我考完試也沒什麼事，就把機票改成今天晚上的，提前回來了。」

白洛川看著他，對面的人這次看得清楚了，唇角的淺笑也看得到。

米陽伸手在他面前晃了晃，「怎麼了？是不是瞧見我太高興了？」

白洛川握著他的手道：「是。」

米陽覺得他手心的熱度滾燙，肩膀挨著他的地方溫度也很高，白洛川運動後是會這樣，米陽問：「要不要把空調再開大一點？」他想要鬆開白洛川的手去開，對方握著更緊了。

白洛川開口對司機道：「平叔在前面路口停一下吧，麻煩幫我在路邊那家麵包店買點東西吃，我餓了。」

米陽道：「我去吧，我知道你平時喜歡吃哪個……」

白洛川道：「他也知道。」

司機道：「是，買蝴蝶酥和金桔餅是吧？陽陽再要兩個豆沙餡的麻團？」

米陽笑道：「對，謝謝平叔。」

司機在路邊停好車下去買東西了，幾乎是他一下車，白洛川就拽著米陽的手按在座椅上俯身吻住他。他身上剛沐浴過，帶著一點薄荷的清涼氣息，在高熱的體溫下激發出來，米陽鼻尖裡都是他的味道，嘴裡也被他蠻橫地頂開唇縫入侵進來，舌尖被纏裹著吮吸。他只略動

兩下，就被白洛川咬了下唇一口，緊跟著又是綿密不斷的吻，雙唇膠和，沒有分開的跡象。

米陽後頸被他單手按著，一邊捏揉一邊向前送過來，他被白洛川這個突如其來的吻激得有些怯意。那是一種想要將對方拆吃入腹，特別凶狠的親吻。

車窗很黑，從外面並不能看到裡面，卻可以從車裡看到外面的情形。有經過的路人，也有呼嘯而過的其他車輛，米陽身體發抖，他一邊同白洛川接吻，一邊看著外面，在感覺到白洛川的大手沿著他的腰線想要挑開上衣的邊角伸進來的時候，連忙按住他的手。米陽沒有對方的力氣大，依舊被按在那裡。白洛川伸手進去肆意撫摸著他的後背，沿著脊柱一直向上。只是背，也揉得米陽耳尖充血般的紅起來。

米陽揪著他的衣服，含糊地討饒，他從來沒想過自己的後背會這麼敏感。

「白洛川……別，別在車裡親……要回來了……」

白洛川還在專心親吻他，手心滾燙，只覺得掌心觸碰到的皮膚冰涼滑膩，比什麼都還舒服。他渾身滾燙，血管裡流淌著的血液都在奔湧著，耳邊聽著米陽小聲而急促的呼吸聲，心臟都要炸開了。

米陽看到司機出了麵包店的門，推了他肩膀兩下。白洛川閉著眼睛親吻得更狠了，沒有鬆開的意思。米陽推他肩膀，又加大了力氣捶打了兩下，嗚了一聲。

白洛川按著他在座椅上，舌尖舔著他的，貪婪成癮。

米陽舌尖被他吸得發麻，甚至都緊張地嗆咳了一聲，「白……白洛川！」

司機提著東西站在車邊，打開車門，把東西遞過去的時候就看到米陽向前趴在椅背上，

躬著身體埋頭在那，他愣了一下問道：「陽陽是怎麼了？」

白洛川接過那袋麵包，神色如常道：「他趕飛機，有點累了。」

司機笑道：「是，晚上這個航班是有點累。我瞧著剛才有新鮮的蝴蝶酥要出爐，就多等了一會兒，還買了點你們常吃的那種栗子蛋糕。還要吃什麼嗎？這些夠不夠？」

白洛川點頭道：「夠了。」

他拆開一盒栗子蛋糕，咬了一口嚼著吃了下去，口感甜而軟糯，上面還有薄薄的一層奶油。他用手指捏下來一點，伸了手指過去餵還趴在那不肯抬頭的米陽，手指摸索著他的唇，餵進去時還被憤憤咬了一小口。

白洛川低聲笑了一聲。

司機在前面問道：「陽陽是要回哪裡？」

米陽一般有三個地方可以去，一個是他家之前住的公寓，另外一處是程青剛裝修好的藥房，那邊的二樓已經收拾好了可以住人，再一處就是白家。

白洛川今天沒打算讓他去其他兩個地方，替他說道：「去我那邊。」

司機應了一聲，就繼續向前行駛了。

米陽在車上趴了一路，不肯抬頭，白洛川也沒有再為難他，自己坐在一旁看著窗外，外面路燈閃過，他也不知道回想起什麼了，垂著眼睛忽然笑了一下。

米陽的行李就一件，白洛川替他提著一起進了家門，他還要伸手去握著米陽的手，但是被米陽躲開了一點。白洛川擰眉看向他，道：「生氣了？」

米陽搖搖頭，向旁邊看了一眼，無奈道：「駱阿姨的車在，你好歹注意一下。」

白洛川也看了旁邊一眼，眉頭還是皺著的，但是沒有再伸手了，跟米陽一前一後進去。

客廳裡的燈光明亮，駱江璟穿了一身頗為居家的長裙，頭髮散著，鼻樑上架著一副眼鏡，看起來和她平時在公司的樣子非常不一樣，也沒有了之前女總裁的氣勢，整個人都柔和起來。她瞧見米陽跟著進來，笑道：「喲，一起回來了？怎麼樣，小乖考試還順利吧？」

米陽點頭道：「挺好的。」

駱江璟又讓家裡廚師給他們準備宵夜，白洛川道：「不用了，路上吃了點心。」

駱江璟道：「小乖呢，今天有小餛飩，要不要？」

米陽也搖頭道：「不了，駱阿姨，我吃過點心了。」

駱江璟點點頭，視線落在米陽唇上，奇怪地問道：「嘴巴怎麼了，好像有點腫？」

米陽含糊道：「我吃了芒果。」

駱江璟道：「下次小心點，你本來就容易過敏呢。」

米陽答應了一聲，和白洛川上樓去了。白洛川在房間裡換了一身衣服的功夫，又被駱江璟叫去了樓下的小書房。她公司裡有些事要跟兒子商量，這段時間除了讓白洛川跟著公司裡的其他人跑動，她也開始手把手地帶白洛川做事了。

白洛川在小書房待到很晚，駱江璟雖然疼愛他，但是對他也是嚴格要求的。他回來自己房間的時候，房間裡的床鋪鋪開著，上面並沒有人。

白洛川只看了一眼，就去了隔壁客房。

說是客房，和他那一間也沒有什麼太大區別，只除了沒有小客廳之外，臥室裡也帶了小浴室，擺設基本一致，書櫃上多了很多書籍，桌上還放著一個馬蹄鬧鐘——那是有一年他們從山海鎮上帶回來的，米陽一直很喜歡這樣的小玩意兒，擺在桌上會秒針會不停發出輕微的聲響，聽著像是時間都流動起來一樣，特別容易入眠。

米陽躺在客房的床上已經睡了，窗簾沒有關嚴，藉著月光能看到他長睫毛落下的一小片陰影，嘴巴還微微腫著，如果靠近了看還能瞧見上面淺淺的齒痕，有點可憐。

白洛川反而沒有那麼躁動了，只要看到這個人在，在自己身邊就夠了。

白洛川挨著他躺下，把人抱在懷裡一起睡在了客房。

第二天早上米陽是被親醒的，一下接一下，米陽覺得癢想躲，剛把頭埋在薄毯裡，就被身後的人追過來咬了他脖子。米陽身體僵了一下，連聲討饒：「別別，留下印子怎麼辦啊，我今天還要去學校呀……」

白洛川就輕輕叼著那塊軟肉吸了一下，然後放開了。

米陽還是不放心，伸手過去摸，問道：「你是不是咬紅了？」

「沒有，不過你再揉就紅了。」白洛川在後面抱著他問道：「考得好嗎？」

米陽道：「應該沒什麼問題，實踐那些都是之前在新疆的時候做過的，靜姊她們教過我，出來的時候章教授還對我點頭了，應該都做對了。」

白洛川又問他：「見到陳白微了嗎？」

米陽笑道：「你怎麼就記住他了？」

白洛川道：「因為你陳師哥長得帥啊，我問問都不行？」

米陽道：「我覺得他一般帥吧，你最好看，我就喜歡你一個。」

白洛川哼了一聲，但是手臂也略微鬆開點，跟米陽在床上黏糊一會兒就起來了。

他們早上還有課，提前出門了，兩個人去學校附近吃了早點。

米陽喜歡吃這家的茴香小油條，豆漿也不錯，這個天氣吃起來正舒服。白洛川有時候吃煩了家裡的早點，也會偷溜出來和米陽一起吃這些。兩家的媽媽都注重養生，但是這個年紀看來還是學校附近的小吃店更美味，尤其是家裡越不讓吃，越是想偷著吃。

學校附近還有幾家禮品店，這會兒剛開門，也沒什麼客人，偶爾有人進來看看老闆都非常客氣地招呼著。

白洛川忽然碰了米陽的手臂一下，小聲道：「你看那邊。」

米陽抬起頭來，就看到對面的禮品店裡有兩個人進去了，男的略微有些富態，但是人看著白白淨淨的非常和氣，短髮清爽戴著一副眼鏡，斯斯文文的，女的則穿著一身小碎花連身裙，一邊走一邊笑著同他講話，不是老戴和文老師是誰？

米陽豆漿都不喝了，眨著眼睛看著那家店，等了沒一會兒，兩個老師又一起走了出來，手裡都提了不少東西，文老師手上還多了一小盆仙人球。

白洛川擰起眉頭，他都覺得不對了，「老戴怎麼回事，送了一小盆仙人球？怎麼也應該買一枝玫瑰吧？」

米陽沉吟道：「可能是防電腦輻射？最近好像很流行送這樣的小盆栽。」

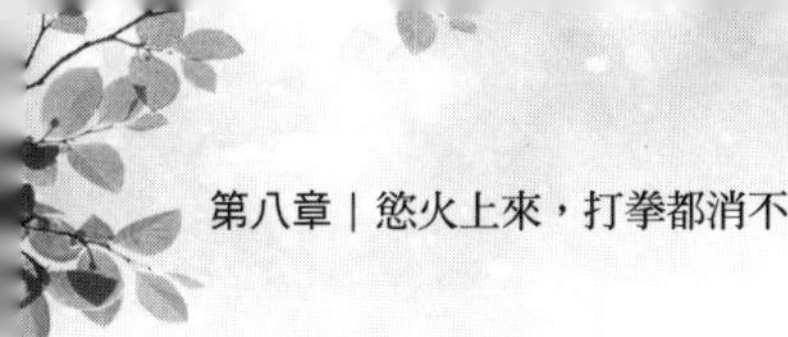

白洛川應了一聲，又看了一會兒，忽然道：「老戴挺高興的，你看他的手，他一高興就喜歡瞎比劃，上課的時候朗讀詩詞就愛這樣。」

米陽眼睛裡亮了一下，道：「他們倆這是成了？」

白洛川摸了下巴道：「說不準。」

白洛川和米陽回了學校，一起去教務處領了練習冊，他先送了米陽他們二班的去，又領了自己班級的回去。白洛川剛進教室，就看到同學們每個人都紅光滿面的，特別精神，偶爾聽到一兩句談話，也都是關於早上校門口禮品店的事，竊竊私語著「兩人一起進去的」、「買了一些便條紙和筆記本」、「對，他買了仙人球給文老師」之類的話。每個人都喜氣洋洋，活像是老戴送的那一小盆仙人球是他們集資的。

一班團支書也不看《心經》了，開始和周圍的幾個同學熱情討論起這個月有什麼節日，努力想再給老戴人工製造一些機會，大家紛紛表達了內心的喜悅以及輕微的不滿。

「第一次送禮物送個仙人球，老戴也真是的，買個什麼不比這個好？」

「也不能這麼說，送這個也挺好的，現在都流行暖男。」

「你們說，是不是學校附近禮品店沒有賣玫瑰啊？我們去批發一點放著吧，也不用多，每天早上都能有幾枝新鮮的放著。」

「對對對，放最顯眼的地方，讓老戴一眼能瞧見的那種！」

大家集思廣益，恨不得替老戴去送花求愛了。

一班團支書道：「我剛看了一下這個月的節日，六月算來算去，除了剛過去的兒童節，

就是端午節了，硬要湊的話，第三個星期日還有個父親節。」

旁邊同學道：「老戴剛過三十歲生日呢，咱們就給他過父親節不太好吧？」

一班團支書道：「那咱們就和二班一起過個端午節吧？反正端午放半天假，咱們晚點走，和二班一起辦個小聯誼，大家準備點節目，然後抽抽獎什麼的。」

毛岳對這個挺感興趣，問道：「獎品都有什麼？」

一班團支書也是根正苗紅，小手一揮道：「還能有什麼，是我們大家現階段最需要的！」

她這麼一說，白洛川都好奇了，抬眼瞧了一下這幫人列表寫下的獎品，剛看兩行就神色古怪起來。團支書寫得認真，一連串書名很熟悉，《五年高考三年模擬》、《黃岡題庫》、《海澱名師輔導》……寫完之後又問道：「要不要再加點別的，班長，你帶個頭？」

白洛川道：「我那天可能有事就不過來了，不過大家需要什麼就告訴我，我出錢吧。」

團支書道：「那好，我去和二班團支書商量一下。」

等了一個課間商討之後，一班的團支書高高興興地回來了，對大家道：「商量好了，二班那邊也高興，說和咱們全力配合。對了，他們班聽說咱們出物資，就說場地他們包了，到時候我們拿著東西過去就行，他們全部收拾好。」她美滋滋道：「二班真不愧是我們的兄弟班，他們班也加了不少獎品。」

白洛川問道：「都送什麼？」

「跟咱們差不多，抽獎送試卷，特等獎是二班團支書米陽的隨堂筆記，聽說還能點名讓他輔導呢！」

白洛川道：「給我留個位置，我也去。」

一班團支書道：「你不是有事嗎？」

白洛川道：「我盡量趕過來吧，參與一下團體活動。」

一班團支書很高興，多來一個人多一份力量。

兩個班的學生可以說是非常拚了，沒有機會硬是創造機會。

比他們摩拳擦掌地籌備端午聯誼來得更快的，是米陽和白洛川的考試成績。

月初的時候他們兩個的成績下來了，老戴拿到的時候激動得快要熱淚盈眶了。白洛川的成績比他預想的還要高些，當初估分老戴就猜著要出個第一，但是沒敢想是狀元，等拿到成績的時候，他覺得十有八九白洛川這個理科狀元的位置就要坐穩了。

老戴一拿到成績就打電話到白洛川家裡，他聲音都抖了，努力把每個字咬清楚：「語文一三二分，數學一四九分，英語一四六分，物理一四五分……總分六百。白、白洛川啊，你不要激動，老師跟你說，你這分數上京師大學沒問題，春考狀元的位置應該沒跑了，可能過兩天還要接受採訪。」

白洛川笑道：「我沒激動，不過採訪就算了，我能不能跟您請兩天假？家裡有事。」

老戴點點頭，又發現是在打電話對方看不到，這才趕忙道：「當然可以，我給你幾天假，你好好休息。」

白洛川跟他道謝，要掛電話的時候老戴又叫住了他，有些不捨道：「雖然今年情況特殊，京師大學也來招生，但你這分數還是有些可惜了，你要不把這次面試推了，參加一下

明年的高考？老師查了一下，去年滬市的理科狀元分數比你這個還低幾分，到時候選擇更多……」

有不少學霸都是拿春考練手，不去參加後續的面試，但是白洛川從一開始就定了目標，對他道：「不用了，戴老師，我就去京師大學。」

老戴笑道：「行，還是恭喜你了，準大學生！」

白洛川笑道：「謝謝您。」

另一邊，文老師拿到文科的成績也非常激動，她比老戴要細心的多，當天晚上拿到成績之後直接去了米陽家中親手把成績交了過去。

文老師坐在米陽家的沙發上，對程青親切道：「成績剛下來，我抄了一份送過來給您。您看這裡，語文一二一分，數學一四五分，英語一四六分，歷史一三四分……另外還有前幾天自主招生的附加分十分，總分五八三，比去年的文科狀元還高了五分呢！」

程青也有些激動，問道：「那這個成績能上京師大學吧？」

文老師笑道：「當然，其實就算沒有自主招生分數也足夠了，有這個更穩妥。」

米陽的第一志願就是京師大學考古文博院，所以文老師沒有推薦他參加明年的夏季考場繼續選擇其他學校，畢竟京師大學也是全國排名數一數二的好大學，她已經非常知足了。

程青打從文老師進門開始，臉上的笑容就沒退下去過，等送了文老師走，回來之後更是高興地抱著小女兒在家裡轉了個圈，米雪樂得咯咯笑。

程青把小丫頭放在米陽懷裡，美滋滋道：「來，小雪快沾沾哥哥的喜氣！」

米雪立刻摟著哥哥的脖子，仰頭看他道：「哥哥，你又考了第一名呀？」她還小，不懂高考的含義，只知道米陽每年都是全班第一名，足夠讓她炫耀一陣子了。

米陽笑道：「不一定呢，等過段時間看看。」

程青道：「不管第幾名，考完了就行了。」

兩個人的通知書沒過多久收到了，成績排名也確定下來，白洛川和米陽兩個學霸參加的春季考場裡，兩個人拉開了其他人一大截的分數，一個是理科狀元，一個是文科狀元。

米陽之前沒經歷過這些，還是頭一回提前一年高考完了。離著放暑假還有一段時間，他也不知道該幹什麼去，就依舊還是坐在教室裡看書上課，周圍的同學敢怒不敢言，瞧著自己班的團支書光明正大地上課看窗外，眼神都忍不住瞟過去——這人怎麼還不回家？怎麼就還不走呢？太讓人嫉妒了！

文老師安排米陽輪流和同學們坐在一起，原意是想讓米陽帶帶大家的成績，但是跟米陽同桌的人都被刺激得嗷嗷地衝刺學習。不管怎麼說，文老師的最終目的還是實現了。

（未完待續）

綺思館041

回檔1988 2

國家圖書館出版品預行編目資料

回檔1988 / 愛看天著. -- 初版. -- 臺北市 : 晴空,
城邦文化出版 : 家庭傳媒城邦分公司發行,
2019.09
冊； 公分. --（綺思館041）

ISBN 978-957-9063-43-2（第2冊：平裝）

857.7 108010476

作者 愛看天
封面繪圖 子葉
責任編輯 施雅棠
國際版權 吳玲瑋 郭哲維
行銷 艾青荷 蘇莞婷 黃俊傑
業務 李再星 陳紫晴 陳美燕 馮逸華
編輯總監 劉麗真
總經理 陳逸瑛
發行人 涂玉雲
出版 晴空
城邦文化事業股份有限公司
104台北市中山區民生東路二段141號5樓
電話：（886）2-2500-7696 傳真：（886）2-2500-1966
發行 英屬蓋曼群島商家庭傳媒股份有限公司城邦分公司
104台北市中山區民生東路二段141號2樓
書虫客服服務專線：(886)2-2500-7718；2500-7719
24小時傳真服務：(886)2-2500-1990；2500-1991
服務時間：週一至週五09:30-12:00；13:30-17:00
郵撥帳號：19863813 戶名：書虫股份有限公司
讀者服務信箱E-mail：service@readingclub.com.tw
晴空部落格 http://sky.ryefield.com.tw
香港發行所 城邦（香港）出版集團有限公司
香港灣仔駱克道193號東超商業中心1樓
電話：852-2508-6231 傳真：852-2578-9337
E-mail：hkcite@biznetvigator.com
馬新發行所 城邦（馬新）出版集團【Cite(M)Sdn. Bhd.(45832U)】
411, Jalan 30D/146, Desa Tasik,Sungai Besi, 57000 Kuala Lumpur, Malaysia.
電話：(603) 9057-8822 傳真：(603) 9057-6622
Email：cite@cite.com.my
美術設計 洸譜創意設計股份有限公司
印刷 沐春行銷創意有限公司
初版一刷 2019年08月29日
定價 380元
ISBN 978-957-9063-43-2

原著書名：《回档1988》，由北京晉江原創網絡科技有限公司授權出版。